Meisterhaft
und unvergänglich

*Erlesene Bücher aus aller Welt*

Verlag Das Beste
Stuttgart · Zürich · Wien

JOSEPH VON EICHENDORFF

# AUS DEM LEBEN EINES TAUGENICHTS

## und andere Erzählungen

Illustrationen von
Friedrich Hechelmann

Mit einem Nachwort von Hermann Hesse
und Anmerkungen
von Ludger Grenzmann

*Das Fernweh lockt den Sohn eines Müllers hinaus in die weite Welt, wo er sein Glück machen will. Mit der Geige in der Hand streift der junge Träumer ziellos umher und läßt sein Schicksal von Zufällen und Abenteuern bestimmen. Doch eines Tages verliebt er sich auf einem Schloß in der Nähe von Wien in die vermeintliche Tochter eines Grafen . . .*

*Joseph von Eichendorffs Novelle „Aus dem Leben eines Taugenichts" gilt als ein Meisterwerk der spätromantischen Literatur. Sie ist ebenso von zauberhafter Musikalität und leidenschaftlicher Natursehnsucht durchdrungen wie die vier Erzählungen des Dichters, die diesen Band abrunden.*

# AUS DEM LEBEN EINES TAUGENICHTS

# ERSTES KAPITEL

Das Rad an meines Vaters Mühle brauste und rauschte schon wieder recht lustig, der Schnee tröpfelte emsig vom Dach, die Sperlinge zwitscherten und tummelten sich dazwischen; ich saß auf der Türschwelle und wischte mir den Schlaf aus den Augen; mir war so recht wohl in dem warmen Sonnenscheine. Da trat der Vater aus dem Hause; er hatte schon seit Tagesanbruch in der Mühle rumort und die Schlafmütze schief auf dem Kopfe, der sagte zu mir: „Du Taugenichts! Da sonnst du dich schon wieder und dehnst und reckst dir die Knochen müde und läßt mich alle Arbeit allein tun. Ich kann dich hier nicht länger füttern. Der Frühling ist vor der Tür, geh auch einmal hinaus in die Welt und erwirb dir selber dein Brot."

„Nun", sagte ich, „wenn ich ein Taugenichts bin, so ist's gut, so will ich in die Welt gehen und mein Glück machen." Und eigentlich war mir das recht lieb, denn es war mir kurz vorher selber eingefallen, auf Reisen zu gehn, da ich die Goldammer, welche im Herbst und Winter immer betrübt an unserm Fenster sang: „Bauer, miet mich, Bauer, miet mich!", nun in der schönen Frühlingszeit wieder ganz stolz und lustig vom Baume rufen hörte: „Bauer, behalt deinen Dienst!"

Ich ging also in das Haus hinein und holte meine Geige, die ich recht artig spielte, von der Wand, mein Vater gab mir noch einige Groschen Geld mit auf den Weg, und so schlenderte ich durch das lange Dorf hinaus. Ich hatte recht meine heimliche Freude, als ich da alle meine alten Bekannten und Kameraden rechts und links, wie gestern und vorgestern und immerdar, zur Arbeit hinausziehen, graben und pflügen sah, während ich so in die freie Welt hinausstrich. Ich rief den armen Leuten nach allen Seiten recht stolz und zufrieden Adjes zu, aber es kümmerte sich eben keiner sehr darum. Mir war es wie ein ewiger Sonntag im Gemüte. Und als ich endlich ins freie Feld hinauskam, da nahm ich meine liebe Geige vor und spielte und sang, auf der Landstraße fortgehend:

„Wem Gott will rechte Gunst erweisen,
Den schickt er in die weite Welt,
Dem will er seine Wunder weisen
In Berg und Wald und Strom und Feld.

Die Trägen, die zu Hause liegen,
Erquicket nicht das Morgenrot,
Sie wissen nur vom Kinderwiegen,
Von Sorgen, Last und Not um Brot.

Die Bächlein von den Bergen springen,
Die Lerchen schwirren hoch vor Lust,
Was sollt' ich nicht mit ihnen singen
Aus voller Kehl' und frischer Brust?

Den lieben Gott lass' ich nur walten;
Der Bächlein, Lerchen, Wald und Feld
Und Erd' und Himmel will erhalten,
Hat auch mein' Sach' aufs best' bestellt!"

Indem, wie ich mich so umsehe, kömmt ein köstlicher Reisewagen ganz nahe an mich heran, der mochte wohl schon einige Zeit hinter mir dreingefahren sein, ohne daß ich es merkte, weil mein Herz so voller Klang war, denn es ging ganz langsam, und zwei vornehme Damen steckten die Köpfe aus dem Wagen und hörten mir zu. Die eine war besonders schön und jünger als die andere, aber eigentlich gefielen sie mir alle beide. Als ich nun aufhörte zu singen, ließ die ältere stillhalten und redete mich holdselig an: „Ei, lustiger Gesell, Er weiß ja recht hübsche Lieder zu singen."

Ich nicht zu faul dagegen: „Euer Gnaden aufzuwarten, wüßt ich noch viel schönere."

Darauf fragte sie mich wieder: „Wohin wandert Er denn schon so am frühen Morgen?"

Da schämte ich mich, daß ich das selber nicht wußte, und sagte dreist: „Nach Wien."

Nun sprachen beide miteinander in einer fremden Sprache, die ich nicht verstand. Die jüngere schüttelte einigemale mit dem Kopfe, die andere lachte aber in einem fort und rief mir endlich zu: „Spring Er nur hinten mit auf, wir fahren auch nach Wien."

Wer war froher als ich! Ich machte eine Referenz* und war mit einem Sprunge hinter dem Wagen, der Kutscher knallte, und wir flogen über die glänzende Straße fort, daß mir der Wind am Hute pfiff.

Hinter mir gingen nun Dörfer, Gärten und Kirchtürme unter, vor mir neue Dörfer, Schlösser und Berge auf; unter mir Saaten, Büsche und Wiesen bunt vorüberfliegend, über mir unzählige Lerchen in der klaren blauen Luft – ich schämte mich, laut zu schreien, aber innerlichst jauchzte ich und strampelte und tanzte auf dem Wagentritt herum, daß ich bald meine Geige verloren hätte, die ich unterm Arme hielt. Wie aber denn die Sonne immer höher stieg, rings am Horizont schwere weiße Mittagswolken aufstiegen und alles in der Luft und auf der weiten Fläche so leer und schwül und still wurde über den leise wogenden Kornfeldern, da fiel mir erst wieder mein Dorf ein und mein Vater und unsere Mühle, wie es da so heimlich kühl war an dem schattigen Weiher und daß nun alles so weit, weit hinter mir lag. Mir war dabei so kurios zumute, als müßt' ich wieder umkehren; ich steckte meine Geige zwischen Rock und Weste, setzte mich voller Gedanken auf den Wagentritt hin und schlief ein.

Als ich die Augen aufschlug, stand der Wagen still unter hohen Lindenbäumen, hinter denen eine breite Treppe zwischen Säulen in ein prächtiges Schloß führte. Seitwärts durch die Bäume sah ich die Türme von Wien. Die Damen waren, wie es schien, längst ausgestiegen, die Pferde abgespannt. Ich erschrak sehr, da ich auf einmal so allein saß, und sprang geschwind in das Schloß hinein, da hörte ich von oben aus dem Fenster Lachen.

In diesem Schlosse ging es mir wunderlich. Zuerst, wie ich mich in der weiten kühlen Vorhalle umschaue, klopft mir jemand mit dem Stocke auf die Schulter. Ich kehre mich schnell um, da steht ein großer Herr in Staatskleidern, ein breites Bandelier** von

---

* Verbeugung
** Schulterriemen, Wehrgehänge

Gold und Seide bis an die Hüften übergehängt, mit einem oben versilberten Stabe in der Hand und einer außerordentlich langen, gebogenen, kurfürstlichen Nase im Gesicht, breit und prächtig wie ein aufgeblasener Puter, der mich fragt, was ich hier will. Ich war ganz verblüfft und konnte vor Schreck und Erstaunen nichts hervorbringen. Darauf kamen mehrere Bediente die Treppe herauf- und heruntergerannt, die sagten gar nichts, sondern sahen mich nur von oben bis unten an. Sodann kam eine Kammerjungfer (wie ich nachher hörte) gerade auf mich los und sagte: Ich wäre ein charmanter Junge, und die gnädige Herrschaft ließe mich fragen, ob ich hier als Gärtnerbursche dienen wollte? Ich griff nach der Weste; meine paar Groschen – weiß Gott, sie müssen beim Herumtanzen auf dem Wagen aus der Tasche gesprungen sein – waren weg, ich hatte nichts als mein Geigenspiel, für das mir überdies auch der Herr mit dem Stabe, wie er mir im Vorbeigehn sagte, nicht einen Heller geben wollte. Ich sagte daher in meiner Herzensangst zu der Kammerjungfer: „Ja", noch immer die Augen von der Seite auf die unheimliche Gestalt gerichtet, die immerfort wie der Perpendikel einer Turmuhr in der Halle auf und ab wandelte und eben wieder majestätisch und schauerlich aus dem Hintergrunde heraufgezogen kam. Zuletzt kam endlich der Gärtner, brummte was von Gesindel und Bauernlümmel unterm Bart und führte mich nach dem Garten, während er mir unterwegs noch eine lange Predigt hielt: wie ich nur fein nüchtern und arbeitsam sein, nicht in der Welt herumvagieren*, keine brotlosen Künste und unnützes Zeug treiben solle, da könnt' ich es mit der Zeit auch einmal zu was Rechtem bringen. Es waren noch mehr sehr hübsche, gutgesetzte, nützliche Lehren, ich habe nur seitdem fast alles wieder vergessen. Überhaupt weiß ich eigentlich gar nicht recht, wie doch alles so gekommen war, ich sagte nur immerfort zu allem: „Ja" – denn mir war wie einem Vogel, dem die Flügel begossen worden sind. So war ich denn, Gott sei Dank, im Brote.

In dem Garten war schön leben, ich hatte täglich mein warmes Essen vollauf und mehr Geld, als ich zum Weine brauchte, nur hatte ich leider ziemlich viel zu tun. Auch die Tempel, Lauben und schönen grünen Gänge, das gefiel mir alles recht gut, wenn

* umherschweifen

ich nur hätte ruhig drin herumspazieren können und vernünftig diskurrieren*, wie die Herren und Damen, die alle Tage dahin kamen. Sooft der Gärtner fort und ich allein war, zog ich sogleich mein kurzes Tabakspfeifchen heraus, setzte mich hin und sann auf schöne höfliche Redensarten, wie ich die eine junge schöne Dame, die mich in das Schloß mitbrachte, unterhalten wollte, wenn ich ein Kavalier wäre und mit ihr hier herumginge. Oder ich legte mich an schwülen Nachmittagen auf den Rücken hin, wenn alles so still war, daß man nur die Bienen sumsen hörte, und sah zu, wie über mir die Wolken nach meinem Dorfe zu flogen und die Gräser und Blumen sich hin und her bewegten, und gedachte an die Dame, und da geschah es denn oft, daß die schöne Frau mit der Gitarre oder einem Buche in der Ferne wirklich durch den Garten zog, so still, groß und freundlich wie ein Engelsbild, so daß ich nicht recht wußte, ob ich träumte oder wachte.

So sang ich auch einmal, wie ich eben bei einem Lusthause zur Arbeit vorbeiging, für mich hin:

„Wohin ich geh' und schaue,
In Feld und Wald und Tal,
Vom Berg ins Himmelsblaue,
Vielschöne gnäd'ge Fraue,
Grüß' ich dich tausendmal."

Da seh ich aus dem dunkelkühlen Lusthause zwischen den halb geöffneten Jalousien und Blumen, die dort standen, zwei schöne, junge, frische Augen hervorfunkeln. Ich war ganz erschrocken, ich sang das Lied nicht aus, sondern ging, ohne mich umzusehen, fort an die Arbeit.

Abends, es war gerade an einem Sonnabend, und ich stand eben in der Vorfreude kommenden Sonntags mit der Geige im Gartenhause am Fenster und dachte noch an die funkelnden Augen, da kommt auf einmal die Kammerjungfer durch die Dämmerung dahergestrichen. „Da schickt Euch die vielschöne gnädige Frau was, das sollt Ihr auf ihre Gesundheit trinken. Eine gute Nacht auch!" Damit setzte sie mir fix eine Flasche Wein aufs Fenster

---

* eifrig erörtern

und war sogleich wieder zwischen den Blumen und Hecken verschwunden, wie eine Eidechse.

Ich aber stand noch lange vor der wundersamen Flasche und wußte nicht, wie mir geschehen war. Und hatte ich vorher lustig die Geige gestrichen, so spielt' und sang ich jetzt erst recht und sang das Lied von der schönen Frau ganz aus und alle meine Lieder, die ich nur wußte, bis alle Nachtigallen draußen erwachten und Mond und Sterne schon lange über dem Garten standen. Ja, das war einmal eine gute schöne Nacht!

Es wird keinem an der Wiege gesungen, was künftig aus ihm wird, eine blinde Henne findet manchmal auch ein Korn, wer zuletzt lacht, lacht am besten, unverhofft kommt oft, der Mensch denkt, und Gott lenkt, so meditiert' ich, als ich am folgenden Tage wieder mit meiner Pfeife im Garten saß und es mir dabei, da ich so aufmerksam an mir heruntersah, fast vorkommen wollte, als wäre ich doch eigentlich ein rechter Lump. Ich stand nunmehr, ganz wider meine sonstige Gewohnheit, alle Tage sehr zeitig auf, eh' sich noch der Gärtner und die andern Arbeiter rührten. Da war es so wunderschön draußen im Garten. Die Blumen, die Springbrunnen, die Rosenbüsche und der ganze Garten funkelten von der Morgensonne wie lauter Gold und Edelstein. Und in den hohen Buchenalleen, da war es noch so still, kühl und andächtig wie in einer Kirche, nur die Vögel flatterten und pickten auf dem Sande. Gleich vor dem Schlosse, gerade unter den Fenstern, wo die schöne Frau wohnte, war ein blühender Strauch. Dorthin ging ich dann immer am frühesten Morgen und duckte mich hinter die Äste, um so nach den Fenstern zu sehen, denn mich im Freien zu produzieren hatt' ich keine Courage. Da sah ich nun allemal die allerschönste Dame noch heiß und halb verschlafen im schneeweißen Kleide an das offene Fenster hervortreten. Bald flocht sie sich die dunkelbraunen Haare und ließ dabei die anmutig spielenden Augen über Busch und Garten ergehen, bald bog und band sie die Blumen, die vor ihrem Fenster standen, oder sie nahm auch die Gitarre in den weißen Arm und sang dazu so wundersam über den Garten hinaus, daß sich mir noch das Herz umwenden will vor Wehmut, wenn mir eines von den Liedern bisweilen einfällt – und ach, das alles ist schon lange her!

So dauerte das wohl über eine Woche. Aber das eine Mal – sie stand gerade wieder am Fenster, und alles war still ringsumher – fliegt mir eine fatale Fliege in die Nase, und ich gebe mich an ein erschreckliches Niesen, das gar nicht enden will. Sie legt sich weit zum Fenster hinaus und sieht mich Ärmsten hinter dem Strauche lauschen. Nun schämte ich mich und kam viele Tage nicht hin.

Endlich wagte ich es wieder, aber das Fenster blieb diesmal zu, ich saß vier, fünf, sechs Morgen hinter dem Strauche, aber sie kam nicht wieder ans Fenster. Da wurde mir die Zeit lang, ich faßte ein Herz und ging nun alle Morgen frank und frei längs dem Schlosse unter allen Fenstern hin. Aber die liebe schöne Frau blieb aus. Eine Strecke weiter sah ich dann immer die andere Dame am Fenster stehn. Ich hatte sie sonst so genau noch niemals gesehen. Sie war wahrhaftig recht schön rot und dick und gar prächtig und hoffärtig anzusehn, wie eine Tulipane*. Ich machte ihr immer ein tiefes Kompliment, und, ich kann nicht anders sagen, sie dankte mir jedesmal und nickte und blinzelte mit den Augen dazu ganz außerordentlich höflich. Nur ein einziges Mal glaub ich gesehn zu haben, daß auch die Schöne an ihrem Fenster hinter der Gardine stand und versteckt hervorguckte.

Viele Tage gingen jedoch ins Land, ohne daß ich sie sah. Sie kam nicht mehr in den Garten, sie kam nicht mehr ans Fenster. Der Gärtner schalt mich einen faulen Bengel, ich war verdrießlich, meine eigne Nasenspitze war mir im Wege, wenn ich in Gottes freie Welt hinaussah.

So lag ich eines Sonntags nachmittag im Garten und ärgerte mich, wie ich so in die blauen Wolken meiner Tabakspfeife hinaussah, daß ich mich nicht auf ein anderes Handwerk gelegt und mich also morgen nicht auch wenigstens auf einen blauen Montag zu freuen hätte. Die andern Burschen waren indes alle wohlausstaffiert nach den Tanzböden in der nahen Vorstadt hinausgezogen. Da wallte und wogte alles im Sonntagsputze in der warmen Luft zwischen den lichten Häusern und wandernden Leierkasten schwärmend hin und zurück. Ich aber saß wie eine

---

* Tulpe

Rohrdommel im Schilfe eines einsamen Weihers im Garten und schaukelte mich auf dem Kahne, der dort angebunden war, während die Vesperglocken aus der Stadt über den Garten herüberschallten und die Schwäne auf dem Wasser langsam neben mir hin und her zogen. Mir war zum Sterben bange.

Währenddes hörte ich von weitem allerlei Stimmen, lustiges Durcheinandersprechen und Lachen, immer näher und näher, dann schimmerten rot' und weiße Tücher, Hüte und Federn durchs Grüne, auf einmal kommt ein heller lichter Haufen von jungen Herren und Damen vom Schlosse über die Wiese auf mich los, meine beiden Damen mitten unter ihnen. Ich stand auf und wollte weggehen, da erblickte mich die ältere von den schönen Damen. „Ei, das ist ja wie gerufen", rief sie mir mit lachendem Munde zu, „fahr Er uns doch an das jenseitige Ufer über den Teich!" Die Damen stiegen nun eine nach der andern vorsichtig und furchtsam in den Kahn, die Herren halfen ihnen dabei und machten sich ein wenig groß mit ihrer Kühnheit auf dem Wasser. Als sich darauf die Frauen alle auf die Seitenbänke gelagert hatten, stieß ich vom Ufer. Einer von den jungen Herren, der ganz vorn stand, fing unmerklich an zu schaukeln. Da wandten sich die Damen furchtsam hin und her, einige schrien gar. Die schöne Frau, welche eine Lilie in der Hand hielt, saß dicht am Bord des Schiffleins und sah so still lächelnd in die klaren Wellen hinunter, die sie mit der Lilie berührte, so daß ihr ganzes Bild zwischen den widerscheinenden Wolken und Bäumen im Wasser noch einmal zu sehn war, wie ein Engel, der leise durch den tiefen blauen Himmelsgrund zieht.

Wie ich noch so auf sie hinsehe, fällt's auf einmal der andern lustigen Dicken von meinen zwei Damen ein, ich sollte ihr während der Fahrt eins singen. Geschwind dreht sich ein sehr zierlicher junger Herr mit einer Brille auf der Nase, der neben ihr saß, zu ihr herum, küßt ihr sanft die Hand und sagt: „Ich danke Ihnen für den sinnigen Einfall! Ein Volkslied, *gesungen* vom Volk in freiem Feld und Wald, ist ein Alpenröslein auf der Alpe selbst – die ‚Wunderhörner'* sind nur Herbarien** –, ist

* Anspielung auf die Volkslieder der Sammlung „Des Knaben Wunderhorn", herausgegeben von Achim von Arnim und Clemens Brentano, Heidelberg 1806–08
** Pflanzensammlung

die Seele der Nationalseele." Ich aber sagte, ich wisse nichts zu singen, was für solche Herrschaften schön genug wäre.

Da sagte die schnippische Kammerjungfer, die mit einem Korbe voll Tassen und Flaschen hart neben mir stand und die ich bis jetzt noch gar nicht bemerkt hatte: „Weiß Er doch ein recht hübsches Liedchen von einer vielschönen Fraue."

„Ja, ja, das sing Er nur recht dreist weg!" rief darauf sogleich die Dame wieder. Ich wurde über und über rot. Indem blickte auch die schöne Frau auf einmal vom Wasser auf und sah mich an, daß es mir durch Leib und Seele ging. Da besann ich mich nicht lange, faßt' ein Herz und sang so recht aus voller Brust und Lust:

„Wohin ich geh' und schaue,
In Feld und Wald und Tal,
Vom Berg hinab in die Aue,
Vielschöne, hohe Fraue,
Grüß' ich dich tausendmal.

In meinem Garten find' ich
Viel Blumen, schön und fein,
Viel Kränze wohl draus wind' ich,
Und tausend Gedanken bind' ich
Und Grüße mit darein.

*Ihr* darf ich keinen reichen,
Sie ist zu hoch und schön,
Die müssen alle verbleichen,
Die Liebe nur ohnegleichen
Bleibt ewig im Herzen stehn.

Ich schein' wohl froher Dinge
Und schaffe auf und ab,
Und ob das Herz zerspringe,
Ich grabe fort und singe
Und grab' mir bald mein Grab."

Wir stießen ans Land, die Herrschaften stiegen alle aus, viele von den jungen Herren hatten mich, ich bemerkt' es wohl, während ich sang, mit listigen Mienen und Flüstern verspottet vor den Damen. Der Herr mit der Brille faßte mich im Weggehen bei der Hand und sagte mir, ich weiß selbst nicht mehr was, die ältere von meinen Damen sah mich sehr freundlich an. Die schöne Frau hatte während meines ganzen Liedes die Augen niedergeschlagen und ging nun auch fort und sagte gar nichts. Mir aber standen die Tränen in den Augen schon, wie ich noch sang, das Herz wollte mir zerspringen von dem Liede vor Scham und vor Schmerz, es fiel mir jetzt auf einmal alles recht ein, wie *sie* so schön ist und ich so arm bin und verspottet und verlassen von der Welt – und als sie alle hinter den Büschen verschwunden waren, da konnt' ich mich nicht länger halten, ich warf mich in das Gras hin und weinte bitterlich.

## ZWEITES KAPITEL

Dicht am herrschaftlichen Garten ging die Landstraße vorüber, nur durch eine hohe Mauer von derselben geschieden. Ein gar sauberes Zollhäuschen mit rotem Ziegeldache war da erbaut und hinter demselben ein kleines, bunt umzäuntes Blumengärtchen, das durch eine Lücke in der Mauer des Schloßgartens hindurch an den schattigsten und verborgensten Teil des letzteren stieß. Dort war eben der Zolleinnehmer gestorben, der das alles sonst bewohnte. Da kam eines Morgens frühzeitig, da ich noch im tiefsten Schlafe lag, der Schreiber vom Schlosse zu mir und rief mich schleunigst zum Herrn Amtmann. Ich zog mich geschwind an und schlenderte hinter dem lustigen Schreiber her, der unterwegs bald da, bald dort eine Blume abbrach und vorn an den Rock steckte, bald mit seinem Spazierstöckchen künstlich in der Luft herumfocht und allerlei zu mir in den Wind hineinparlierte, wovon ich aber nichts verstand, weil mir die Augen und Ohren noch voller Schlaf lagen. Als ich in die Kanzlei trat, wo es noch gar nicht recht Tag war, sah der Amtmann hinter einem ungeheuren Tintenfasse und Stößen von Papier und Büchern und einer ansehnlichen Perücke wie die Eule aus ihrem Nest auf mich und hob an: „Wie heißt Er? Woher ist Er? Kann Er schreiben, lesen und rechnen?" Da ich das bejahte, versetzte er: „Na, die gnädige Herrschaft hat Ihm, in Betrachtung Seiner guten Aufführung und besondern Meriten*, die ledige Einnehmerstelle zugedacht.“ Ich überdachte in der Geschwindigkeit für mich meine bisherige Aufführung und Manieren, und ich mußte gestehen, ich fand am Ende selber, daß der Amtmann recht hatte. Und so war ich denn wirklich Zolleinnehmer, ehe ich mich's versah.

Ich bezog nun sogleich meine neue Wohnung und war in kurzer Zeit eingerichtet. Ich hatte noch mehrere Gerätschaften gefunden, die der selige Einnehmer seinem Nachfolger hinterlassen, unter andern einen prächtigen roten Schlafrock mit gelben Punkten, grüne Pantoffeln, eine Schlafmütze und einige Pfeifen mit langen Röhren. Das alles hatte ich mir schon einmal gewünscht, als ich noch zu Hause war, wo ich immer unsern Pfarrer so bequem herumgehen sah. Den ganzen Tag (zu tun hatte ich weiter nichts) saß ich daher auf dem Bänkchen vor meinem Hause in Schlafrock und Schlafmütze, rauchte Tabak aus dem längsten Rohre, das ich von dem seligen Einnehmer vorgefunden hatte, und sah zu, wie die Leute auf der Landstraße hin und her gingen, fuhren und ritten. Ich wünschte nur immer, daß auch einmal ein paar Leute aus meinem Dorfe, die immer sagten, aus mir würde mein Lebtage nichts, hier vorüberkommen und mich so sehen möchten. Der Schlafrock stand mir schön zu Gesichte, und überhaupt behagte mir das alles sehr gut. So saß ich denn da und dachte mir mancherlei hin und her, wie aller Anfang schwer ist, wie das vornehmere Leben doch eigentlich recht bequem sei, und faßte heimlich den Entschluß, nunmehr alles Reisen zu lassen, auch Geld zu sparen wie die andern und es mit der Zeit gewiß zu etwas Großem in der Welt zu bringen. Inzwischen vergaß ich über meinen Entschlüssen, Sorgen und Geschäften die allerschönste Frau keineswegs.

Die Kartoffeln und anderes Gemüse, das ich in meinem kleinen Gärtchen fand, warf ich hinaus und bebaute es ganz mit den auserlesensten Blumen, worüber mich der Portier vom Schlosse mit der großen kurfürstlichen Nase, der, seitdem ich hier wohnte, oft zu mir kam und mein intimer Freund geworden war, bedenklich von der Seite ansah und mich für einen hielt, den sein plötzliches

---

* Verdienste

Glück verrückt gemacht hätte. Ich aber ließ mich das nicht anfechten. Denn nicht weit von mir im herrschaftlichen Garten hörte ich feine Stimmen sprechen, unter denen ich die meiner schönen Frau zu erkennen meinte, obgleich ich wegen des dichten Gebüsches niemand sehen konnte. Da band ich denn alle Tage einen Strauß von den schönsten Blumen, die ich hatte, stieg jeden Abend, wenn es dunkel wurde, über die Mauer und legte ihn auf einen steinernen Tisch hin, der dort inmitten einer Laube stand; und jeden Abend, wenn ich den neuen Strauß brachte, war der alte von dem Tische fort.

Eines Abends war die Herrschaft auf die Jagd geritten; die Sonne ging eben unter und bedeckte das ganze Land mit Glanz und Schimmer, die Donau schlängelte sich prächtig wie von lauter Gold und Feuer in die weite Ferne, von allen Bergen bis tief ins Land hinein sangen und jauchzten die Winzer. Ich saß mit dem Portier auf dem Bänkchen vor meinem Hause und freute mich in der lauen Luft, wie der lustige Tag so langsam vor uns verdunkelte und verhallte. Da ließen sich auf einmal die Hörner der zurückkehrenden Jäger von ferne vernehmen, die von den Bergen gegenüber einander von Zeit zu Zeit lieblich Antwort gaben. Ich war recht im innersten Herzen vergnügt und sprang auf und rief wie bezaubert und verzückt vor Lust: „Nein, das ist mir doch ein Metier, die edle Jägerei!"

Der Portier aber klopfte sich ruhig die Pfeife aus und sagte: „Das denkt Ihr Euch just so. Ich habe es auch mitgemacht, man verdient sich kaum die Sohlen, die man sich abläuft; und Husten und Schnupfen wird man erst gar nicht los, das kommt von den ewig nassen Füßen."

Ich weiß nicht, mich packte da ein närrischer Zorn, daß ich ordentlich am ganzen Leibe zitterte. Mir war auf einmal der ganze Kerl mit seinem langweiligen Mantel, die ewigen Füße, sein Tabaksschnupfen, die große Nase und alles abscheulich. Ich faßte ihn, wie außer mir, bei der Brust und sagte: „Portier, jetzt schert Ihr Euch nach Hause, oder ich prügle Euch hier sogleich durch!" Den Portier überfiel bei diesen Worten seine alte Meinung, ich wäre verrückt geworden. Er sah mich bedenklich und mit heimlicher Furcht an, machte sich, ohne ein Wort zu sprechen, von mir los und ging, immer noch unheimlich nach mir zurückblickend, mit langen Schritten nach dem Schlosse, wo er atemlos aussagte, ich sei nun wirklich rasend geworden.

Ich aber mußte am Ende laut auflachen und war herzlich froh, den superklugen Gesellen los zu sein, denn es war gerade die Zeit, wo ich den Blumenstrauß immer in die Laube zu legen pflegte. Ich sprang auch heute schnell über die Mauer und ging eben auf das steinerne Tischchen los, als ich in einiger Entfernung Pferdetritte vernahm. Entspringen konnt' ich nicht mehr, denn schon kam meine schöne gnädige Frau selber, in einem grünen Jagdhabit und mit nickenden Federn auf dem Hute, langsam und, wie es schien, in tiefen Gedanken die Allee herabgeritten. Es war mir nicht anders zumute, als da ich sonst in den alten Büchern bei meinem Vater von der schönen Magelone* gelesen, wie sie so zwischen den immer näher schallenden Waldhornsklängen und wechselnden Abendlichtern unter den hohen Bäumen hervorkam – ich konnte nicht vom Fleck. Sie aber erschrak heftig, als sie mich auf einmal gewahr wurde, und hielt fast unwillkürlich still. Ich war wie betrunken vor Angst, Herzklopfen und großer Freude, und da ich bemerkte, daß sie wirklich meinen Blumenstrauß von gestern an der Brust hatte, konnte ich mich nicht länger halten, sondern sagte ganz verwirrt: „Schönste gnädige Frau, nehmt auch noch diesen Blumenstrauß von mir und alle Blumen aus meinem Garten und alles, was ich habe. Ach, könnt' ich nur für Euch ins Feuer springen!" Sie hatte mich gleich anfangs so ernsthaft und fast böse angeblickt, daß es mir durch Mark und Bein ging, dann aber hielt sie, solange ich redete, die Augen tief niedergeschlagen. Soeben ließen sich einige Reiter und Stimmen im Gebüsch hören. Da ergriff sie schnell den Strauß aus meiner Hand und war bald, ohne ein Wort zu sagen, am andern Ende des Bogenganges verschwunden.

Seit diesem Abend hatte ich weder Ruh' noch Rast mehr. Es war mir beständig zumute wie sonst immer, wenn der Frühling anfangen sollte, so unruhig und fröhlich, ohne daß ich wußte,

* Das gleichnamige Volksbuch, 1527 von Veit Warbeck aus dem Französischen ins Deutsche übertragen, wurde bekannt durch die Tiecksche Bearbeitung von 1797 und „Die teutschen Volksbücher" (1806) von Görres.

warum, als stünde mir ein großes Glück oder sonst etwas Außerordentliches bevor. Besonders das fatale Rechnen wollte mir nun erst gar nicht mehr von der Hand, und ich hatte, wenn der Sonnenschein durch den Kastanienbaum vor dem Fenster grüngolden auf die Ziffern fiel und so fix vom Transport bis zum Latus* und wieder hinauf und hinab addierte, gar seltsame Gedanken dabei, so daß ich manchmal ganz verwirrt wurde und wahrhaftig nicht bis drei zählen konnte. Denn die Acht kam mir immer vor wie meine dicke enggeschnürte Dame mit dem breiten Kopfputz, die böse Sieben war gar wie ein ewig rückwärts zeigender Wegweiser oder Galgen. Am meisten Spaß machte mir noch die Neun, die sich mir so oft, eh' ich mich's versah, lustig als Sechs auf den Kopf stellte, während die Zwei wie ein Fragezeichen so pfiffig dreinsah, als wollte sie mich fragen: „Wo soll das am Ende noch hinaus mit dir, du arme Null? Ohne *sie*, diese schlanke Eins und Alles, bleibst du doch ewig nichts!"

Auch das Sitzen draußen vor der Tür wollte mir nicht mehr behagen. Ich nahm mir, um es bequemer zu haben, einen Schemel mit heraus und streckte die Füße darauf, ich flickte ein altes Parasol** vom Einnehmer und steckte es gegen die Sonne wie ein chinesisches Lusthaus über mich. Aber es half nichts. Es schien mir, wie ich so saß und rauchte und spekulierte, als würden mir allmählich die Beine immer länger vor Langeweile und die Nase wüchse mir vom Nichtstun, wenn ich so stundenlang an ihr heruntersah. Und wenn denn manchmal noch vor Tagesanbruch eine Extrapost vorbeikam und ich trat halb verschlafen in die kühle Luft hinaus und ein niedliches Gesichtchen, von dem man in der Dämmerung nur die funkelnden Augen sah, bog sich neugierig zum Wagen hervor und bot mir freundlich einen guten Morgen, in den Dörfchen aber ringsumher krähten die Hähne so frisch über die leise wogenden Kornfelder herüber, und zwischen den Morgenstreifen hoch am Himmel schweiften schon einzelne zu früh erwachte Lerchen, und der Postillion nahm dann sein Posthorn und fuhr weiter und blies und blies – da stand ich lange

* Ausdrücke aus der Buchhaltung; *Transport:* Übertrag; *Latus:* Summe einer Seite
** Sonnenschirm

und sah dem Wagen nach, und es war mir nicht anders, als müßt' ich nur sogleich mit fort, weit, weit in die Welt.

Meine Blumensträuße legte ich indes immer noch, sobald die Sonne unterging, auf den steinernen Tisch in der dunkeln Laube. Aber das war es eben: Damit war es nun aus seit jenem Abend. Kein Mensch kümmerte sich darum: Sooft ich des Morgens frühzeitig nachsah, lagen die Blumen noch immer da wie gestern und sahen mich mit ihren verwelkten niederhängenden Köpfchen und darauf stehenden Tautropfen ordentlich betrübt an, als ob sie weinten. Das verdroß mich sehr. Ich band gar keinen Strauß mehr. In meinem Garten mochte nun auch das Unkraut treiben, wie es wollte, und die Blumen ließ ich ruhig stehn und wachsen, bis der Wind die Blätter verwehte. War mir's doch ebenso wild und bunt und verstört im Herzen.

In diesen kritischen Zeitabläufen geschah es denn, daß einmal, als ich eben zu Hause im Fenster liege und verdrüßlich in die leere Luft hinaussehe, die Kammerjungfer vom Schlosse über die Straße dahergetippelt kommt. Sie lenkte, da sie mich erblickte, schnell zu mir ein und blieb am Fenster stehen. „Der gnädige Herr ist gestern von seiner Reise zurückgekommen", sagte sie eilfertig.

„So?" entgegnete ich verwundert – denn ich hatte mich schon seit einigen Wochen um nichts bekümmert und wußte nicht einmal, daß der Herr auf Reisen war –, „da wird seine Tochter, die junge gnädige Frau, auch große Freude gehabt haben." Die Kammerjungfer sah mich kurios von oben bis unten an, so daß ich mich ordentlich besinnen mußte, ob ich was Dummes gesagt hätte.

„Er weiß aber auch gar nichts", sagte sie endlich und rümpfte das kleine Näschen. „Nun", fuhr sie fort, „es soll heute abend dem Herrn zu Ehren Tanz im Schlosse sein und Maskerade. Meine gnädige Frau wird auch maskiert sein, als Gärtnerin – versteht Er auch recht – als Gärtnerin. Nun hat die gnädige Frau gesehen, daß Er besonders schöne Blumen hat in Seinem Garten." Das ist seltsam, dachte ich bei mir selbst, man sieht doch jetzt fast keine Blume mehr vor Unkraut. Sie aber fuhr fort: „Da nun die gnädige Frau schöne Blumen zu ihrem Anzuge braucht, aber ganz frische, die eben vom Beete kommen, so soll Er ihr welche bringen und damit heute abend, wenn's dunkel geworden ist, unter dem großen Birnbaum im Schloßgarten warten, da wird sie dann kommen und die Blumen abholen."

Ich war ganz verblüfft vor Freude über diese Nachricht und lief in meiner Entzückung vom Fenster zu der Kammerjungfer hinaus.

„Pfui, der garstige Schlafrock!" rief diese aus, da sie mich auf einmal so in meinem Aufzuge im Freien sah. Das ärgerte mich, ich wollte auch nicht dahinter bleiben in der Galanterie und machte einige artige Kapriolen, um sie zu erhaschen und zu küssen. Aber unglücklicherweise verwickelte sich mir dabei der Schlafrock, der mir viel zu lang war, unter den Füßen, und ich fiel der Länge nach auf die Erde. Als ich mich wieder zusammenraffte, war die Kammerjungfer schon weit fort, und ich hörte sie noch von fern lachen, daß sie sich die Seiten halten mußte.

Nun aber hatt' ich was zu sinnen und mich zu freuen. *Sie* dachte ja noch immer an mich und meine Blumen! Ich ging in mein Gärtchen und riß hastig alles Unkraut von den Beeten und warf es hoch über meinen Kopf weg in die schimmernde Luft, als zög' ich alle Übel und Melancholie mit der Wurzel heraus. Die Rosen waren nun wieder wie *ihr* Mund, die himmelblauen Winden wie *ihre* Augen, die schneeweiße Lilie mit ihrem schwermütig gesenkten Köpfchen sah ganz aus wie *sie*. Ich legte alle sorgfältig in einem Körbchen zusammen. Es war ein stiller schöner Abend und kein Wölkchen am Himmel. Einzelne Sterne traten schon am Firmamente hervor, von weitem rauschte die Donau über die Felder herüber, in den hohen Bäumen im herrschaftlichen Garten neben mir sangen unzählige Vögel lustig durcheinander. Ach, ich war so glücklich!

Als endlich die Nacht hereinbrach, nahm ich mein Körbchen an den Arm und machte mich auf den Weg nach dem großen Garten. In dem Körbchen lag alles so bunt und anmutig durcheinander, weiß, rot, blau und duftig, daß mir ordentlich das Herz lachte, wenn ich hineinsah.

Ich ging voller fröhlicher Gedanken bei dem schönen Mondschein durch die stillen, reinlich mit Sand bestreuten Gänge über die kleinen weißen Brücken, unter denen die Schwäne eingeschlafen auf dem Wasser saßen, an den zierlichen Lauben und

Lusthäusern vorüber. Den großen Birnbaum hatte ich gar bald aufgefunden, denn es war derselbe, unter dem ich sonst, als ich noch Gärtnerbursche war, an schwülen Nachmittagen gelegen.

Hier war es so einsam dunkel. Nur eine hohe Espe zitterte und flüsterte mit ihren silbernen Blättern in einem fort. Vom Schlosse schallte manchmal die Tanzmusik herüber. Auch Menschenstimmen hörte ich zuweilen im Garten, die kamen oft ganz nahe an mich heran, dann wurde es auf einmal wieder ganz still.

Mir klopfte das Herz. Es war mir schauerlich und seltsam zumute, als wenn ich jemand bestehlen wollte. Ich stand lange Zeit stockstill an den Baum gelehnt und lauschte nach allen Seiten, da aber immer niemand kam, konnt' ich es nicht länger aushalten. Ich hing mein Körbchen an den Arm und kletterte schnell auf den Birnbaum hinauf, um wieder im Freien Luft zu schöpfen.

Da droben schallte mir die Tanzmusik erst recht über die Wipfel entgegen. Ich übersah den ganzen Garten und gerade in die hell erleuchteten Fenster des Schlosses hinein. Dort drehten sich die Kronleuchter langsam wie Kränze von Sternen, unzählige geputzte Herren und Damen, wie in einem Schattenspiele, wogten und walzten und wirrten da bunt und unkenntlich durcheinander, manchmal legten sich welche ins Fenster und sahen hinunter in den Garten. Draußen vor dem Schlosse aber waren der Rasen, die Sträucher und die Bäume von den vielen Lichtern aus dem Saale wie vergoldet, so daß ordentlich die Blumen und die Vögel aufzuwachen schienen. Weiterhin um mich herum und hinter mir lag der Garten so schwarz und still.

Da tanzt *sie* nun, dacht' ich in dem Baume droben bei mir selber, und hat gewiß lange dich und deine Blumen wieder vergessen. Alles ist so fröhlich, um dich kümmert sich kein Mensch. Und so geht es mir überall und immer. Jeder hat sein Plätzchen auf der Erde ausgesteckt, hat seinen warmen Ofen, seine Tasse Kaffee, seine Frau, sein Glas Wein zu Abend und ist so recht zufrieden; selbst dem Portier ist ganz wohl in seiner langen Haut. Mir ist's nirgends recht. Es ist, als wäre ich überall eben zu spät gekommen, als hätte die ganze Welt gar nicht auf mich gerechnet.

Wie ich eben so philosophiere, höre ich auf einmal unten im Grase etwas einherrascheln. Zwei feine Stimmen sprachen ganz nahe und leise miteinander. Bald darauf bogen sich die Zweige in dem Gesträuch auseinander, und die Kammerjungfer steckte ihr kleines Gesichtchen, sich nach allen Seiten umsehend, zwischen der Laube hindurch. Der Mondschein funkelte recht auf ihren pfiffigen Augen, wie sie hervorguckten. Ich hielt den Atem an mich und blickte unverwandt hinunter. Es dauerte auch nicht lange, so trat wirklich die Gärtnerin, ganz so wie mir sie die Kammerjungfer gestern beschrieben hatte, zwischen den Bäumen heraus. Mein Herz klopfte mir zum Zerspringen. Sie aber hatte eine Larve vor und sah sich, wie mir schien, verwundert auf dem Platze um. Da wollt's mir vorkommen, als wäre sie gar nicht recht schlank und niedlich. Endlich trat sie ganz nahe an den Baum und nahm die Larve ab. Es war wahrhaftig die andere ältere gnädige Frau!

Wie froh war ich nun, als ich mich vom ersten Schreck erholt hatte, daß ich mich hier oben in Sicherheit befand. Wie in aller Welt, dachte ich, kommt *die* nur jetzt hierher? Wenn nun die liebe schöne gnädige Frau die Blumen abholt – das wird eine schöne Geschichte werden! Ich hätte am Ende weinen mögen vor Ärger über den ganzen Spektakel.

Indem hub die verkappte Gärtnerin unten an: „Es ist so stickend heiß droben im Saale, ich mußte gehen, mich ein wenig abzukühlen in der freien schönen Natur." Dabei fächelte sie sich mit der Larve in einem fort und blies die Luft von sich. Bei dem hellen Mondschein konnt' ich deutlich erkennen, wie ihr die Flechsen am Halse ordentlich aufgeschwollen waren; sie sah ganz erbost aus und ziegelrot im Gesicht. Die Kammerjungfer suchte unterdes hinter allen Hecken herum, als hätte sie eine Stecknadel verloren.

„Ich brauche so notwendig noch frische Blumen zu meiner Maske", fuhr die Gärtnerin von neuem fort, „wo er auch stecken mag!" Die Kammerjungfer suchte und kicherte dabei immerfort heimlich in sich selbst hinein. „Sagtest du was, Rosette?" fragte die Gärtnerin spitzig.

„Ich sage, was ich immer gesagt habe", erwiderte die Kammerjungfer und machte ein ganz ernsthaftes treuherziges Gesicht, „der ganze Einnehmer ist und bleibt ein Lümmel, er liegt gewiß irgendwo hinter einem Strauche und schläft."

Mir zuckte es in allen meinen Gliedern, herunterzuspringen und meine Reputation zu retten – da hörte man auf einmal ein großes Pauken und Musizieren und Lärmen vom Schlosse her.

Nun hielt sich die Gärtnerin nicht länger. „Da bringen die Menschen", fuhr sie verdrießlich auf, „dem Herrn das Vivat. Komm, man wird uns vermissen!" Und hiermit steckte sie die Larve schnell vor und ging wütend mit der Kammerjungfer nach dem Schlosse zu fort. Die Bäume und Sträucher wiesen kurios, wie mit langen Nasen und Fingern, hinter ihr drein, der Mondschein tanzte noch fix, wie über eine Klaviatur, über ihre breite Taille auf und nieder, und so nahm sie so recht, wie ich auf dem Theater manchmal die Sängerinnen gesehn, unter Trompeten und Pauken schnell ihren Abzug.

Ich aber wußte in meinem Baume droben eigentlich gar nicht recht, wie mir geschehen, und richtete nunmehr meine Augen unverwandt auf das Schloß hin; denn ein Kreis hoher Windlichter unten an den Stufen des Einganges warf dort einen seltsamen Schein über die blitzenden Fenster und weit in den Garten hinein. Es war die Dienerschaft, die soeben ihrer jungen Herrschaft ein Ständchen brachte. Mitten unter ihnen stand der prächtig aufgeputzte Portier, wie ein Staatsminister, vor einem Notenpult und arbeitete sich emsig an einem Fagott ab.

Wie ich mich soeben zurechtsetzte, um der schönen Serenade zuzuhören, gingen auf einmal oben auf dem Balkon des Schlosses die Flügeltüren auf. Ein hoher Herr, schön und stattlich in Uniform und mit vielen funkelnden Sternen, trat auf den Balkon heraus, und an seiner Hand – die schöne junge gnädige Frau, in ganz weißem Kleide, wie eine Lilie in der Nacht oder wie wenn der Mond über das klare Firmament zöge.

Ich konnte keinen Blick von dem Platze verwenden, und Garten, Bäume und Felder gingen unter vor meinen Sinnen, wie sie so wundersam beleuchtet von den Fackeln hoch und schlank dastand und bald anmutig mit dem schönen Offizier sprach, bald wieder freundlich zu den Musikanten herunternickte. Die Leute unten waren außer sich vor Freude, und ich hielt mich am Ende auch nicht mehr und schrie immer aus Leibeskräften Vivat mit.

Als sie aber bald darauf wieder von dem Balkon verschwand, unten eine Fackel nach der andern verlöschte und die Notenpulte weggeräumt wurden und nun der Garten ringsumher auch wieder finster wurde und rauschte wie vorher – da merkt' ich erst alles – da fiel es mir auf einmal aufs Herz, daß mich wohl eigentlich nur die Tante mit den Blumen bestellt hatte, daß die Schöne gar nicht an mich dachte und lange verheiratet ist und daß ich selber ein großer Narr war.

Alles das versenkte mich recht in einen Abgrund von Nachsinnen. Ich wickelte mich, gleich einem Igel, in die Stacheln meiner eigenen Gedanken zusammen; vom Schlosse schallte die Tanzmusik nur noch seltner herüber, die Wolken wanderten einsam über den dunkeln Garten weg. Und so saß ich auf dem Baume droben, wie die Nachteule, in den Ruinen meines Glücks die ganze Nacht hindurch.

Die kühle Morgenluft weckte mich endlich aus meinen Träumereien. Ich erstaunte ordentlich, wie ich so auf einmal um mich her blickte. Musik und Tanz war lange vorbei, im Schlosse und rings um das Schloß herum auf dem Rasenplatze und den steinernen Stufen und Säulen sah alles so still, kühl und feierlich aus; nur der Springbrunnen vor dem Eingange plätscherte einsam in einem fort. Hin und her in den Zweigen neben mir erwachten schon die Vögel, schüttelten ihre bunten Federn und sahen, die kleinen Flügel dehnend, neugierig und verwundert ihren seltsamen Schlafkameraden an. Fröhlich schweifende Morgenstrahlen funkelten über den Garten weg auf meine Brust.

Da richtete ich mich in meinem Baume auf und sah seit langer Zeit zum ersten Male wieder einmal so recht weit in das Land hinaus, wie da schon einzelne Schiffe auf der Donau zwischen den Weinbergen herabfuhren und die noch leeren Landstraßen wie Brücken über das schimmernde Land sich fern über die Berge und Täler hinausschwangen.

Ich weiß nicht, wie es kam – aber mich packte da auf einmal wieder meine ehemalige Reiselust: alle die alte Wehmut und Freude und große Erwartung. Mir fiel dabei zugleich ein, wie nun die schöne Frau droben auf dem Schlosse zwischen Blumen und unter seidnen Decken schlummerte und ein Engel bei ihr auf dem Bette säße in der Morgenstille. „Nein", rief ich aus, „fort muß ich von hier, und immer fort, so weit als der Himmel blau ist!"

Und hiermit nahm ich mein Körbchen und warf es hoch in die Luft, so daß es recht lieblich anzusehen war, wie die Blumen zwischen den Zweigen und auf dem grünen Rasen unten bunt umherlagen. Dann stieg ich selber schnell herunter und ging durch den stillen Garten auf meine Wohnung zu. Gar oft blieb ich da noch stehen auf manchem Plätzchen, wo ich sie sonst wohl einmal gesehen oder im Schatten liegend an sie gedacht hatte.

In und um mein Häuschen sah alles noch so aus, wie ich es gestern verlassen hatte. Das Gärtchen war geplündert und wüst, im Zimmer drin lag noch das große Rechnungsbuch aufgeschlagen, meine Geige, die ich schon fast ganz vergessen hatte, hing verstaubt an der Wand. Ein Morgenstrahl aber aus dem gegenüberstehenden Fenster fuhr gerade blitzend über die Saiten. Das gab einen rechten Klang in meinem Herzen. „Ja", sagt' ich, „komm nur her, du getreues Instrument! Unser Reich ist nicht von dieser Welt!"

Und so nahm ich die Geige von der Wand, ließ Rechnungsbuch, Schlafrock, Pantoffeln, Pfeifen und Parasol liegen und wanderte, arm wie ich gekommen war, aus meinem Häuschen und auf der glänzenden Landstraße von dannen.

Ich blickte noch oft zurück; mir war gar seltsam zumute, so traurig und doch auch wieder so überaus fröhlich, wie ein Vogel, der aus seinem Käfig ausreißt. Und als ich schon eine weite Strecke gegangen war, nahm ich draußen im Freien meine Geige vor und sang:

„Den lieben Gott lass' ich nur walten;
Der Bächlein, Lerchen, Wald und Feld
Und Erd' und Himmel tut erhalten,
Hat auch mein' Sach' aufs best' bestellt!"

Das Schloß, der Garten und die Türme von Wien waren schon hinter mir im Morgenduft versunken, über mir jubilierten unzählige Lerchen hoch in der Luft; so zog ich zwischen den grünen Bergen und an lustigen Städten und Dörfern vorbei gen Italien hinunter.

## DRITTES KAPITEL

Aber das war nun schlimm! Ich hatte noch gar nicht daran gedacht, daß ich eigentlich den rechten Weg nicht wußte. Auch war ringsumher kein Mensch zu sehen in der stillen Morgenstunde, den ich hätte fragen können, und nicht weit von mir teilte sich die Landstraße in viele neue Landstraßen, die gingen weit, weit über die höchsten Berge fort, als führten sie aus der Welt hinaus, so daß mir ordentlich schwindelte, wenn ich recht hinsah.

Endlich kam ein Bauer des Weges daher, der, glaub ich, nach der Kirche ging, da es heut eben Sonntag war, in einem altmodischen Überrock mit großen silbernen Knöpfen und einem langen spanischen Rohr mit einem sehr massiven silbernen Stockknopf darauf, der schon von weitem in der Sonne funkelte. Ich frug ihn sogleich mit vieler Höflichkeit: „Können Sie mir nicht sagen, wo der Weg nach Italien geht?" Der Bauer blieb stehen, sah mich an, besann sich dann mit weit vorgeschobener Unterlippe und sah mich wieder an. Ich sagte noch einmal: „Nach Italien, wo die Pomeranzen* wachsen."

„Ach, was gehn mich Seine Pomeranzen an!" sagte der Bauer da und schritt wacker wieder weiter. Ich hätte dem Manne mehr Konduite** zugetraut, denn er sah recht stattlich aus.

Was war nun zu machen? Wieder umkehren und in mein Dorf zurückgehn? Da hätten die Leute mit den Fingern auf mich gewiesen, und die Jungen wären um mich herumgesprungen: „Ei, tausend Willkommen aus der Welt! Wie sieht es denn aus in der Welt? Hat Er uns nicht Pfefferkuchen mitgebracht aus der Welt?"

Der Portier mit der kurfürstlichen Nase, welcher überhaupt viele Kenntnisse von der Weltgeschichte hatte, sagte oft zu mir:

* bittere Apfelsinenart
** Lebensart

„Wertgeschätzter Herr Einnehmer! Italien ist ein schönes Land, da sorgt der liebe Gott für alles, da kann man sich im Sonnenschein auf den Rücken legen, so wachsen einem die Rosinen ins Maul, und wenn einen die Tarantel beißt, so tanzt man mit ungemeiner Gelenkigkeit, wenn man auch sonst nicht tanzen gelernt hat."

„Nein, nach Italien, nach Italien!" rief ich voller Vergnügen aus und rannte, ohne an die verschiedenen Wege zu denken, auf der Straße fort, die mir eben vor die Füße kam.

Als ich eine Strecke so fortgewandert war, sah ich rechts von der Straße einen sehr schönen Baumgarten, wo die Morgensonne so lustig zwischen den Stämmen und Wipfeln hindurchschimmerte, daß es aussah, als wäre der Rasen mit goldenen Teppichen belegt. Da ich keinen Menschen erblickte, stieg ich über den niedrigen Gartenzaun und legte mich recht behaglich unter einem Apfelbaum ins Gras, denn von dem gestrigen Nachtlager auf dem Baume taten mir noch alle Glieder weh. Da konnte man weit ins Land hinaussehen, und da es Sonntag war, so kamen bis aus der weitesten Ferne Glockenklänge über die stillen Felder herüber, und geputzte Landleute zogen überall zwischen Wiesen und Büschen nach der Kirche. Ich war recht fröhlich im Herzen, die Vögel sangen über mir im Baume, ich dachte an meine Mühle und an den Garten der schönen gnädigen Frau, und wie das alles nun so weit, weit lag – bis ich zuletzt einschlummerte. Da träumte mir, als käme diese schöne Frau aus der prächtigen Gegend unten zu mir gegangen oder eigentlich langsam geflogen zwischen den Glockenklängen, mit langen weißen Schleiern, die im Morgenrote wehten. Dann war es wieder, als wären wir gar nicht in der Fremde, sondern bei meinem Dorfe an der Mühle in den tiefen Schatten. Aber da war alles still und leer, wie wenn die Leute sonntags in der Kirche sind und nur der Orgelklang durch die Bäume herüberkommt, daß es mir recht im Herzen weh tat. Die schöne Frau aber war sehr gut und freundlich, sie hielt mich an der Hand und ging mit mir und sang in einem fort in dieser Einsamkeit das schöne Lied, das sie damals immer frühmorgens am offenen Fenster zur Gitarre gesungen hat, und ich sah dabei ihr Bild in dem stillen Weiher, noch vieltausendmal schöner, aber mit sonderbaren großen Augen, die mich so starr ansahen, daß ich mich beinah gefürchtet hätte. Da fing auf einmal die Mühle erst in einzelnen langsamen Schlägen, dann immer schneller und heftiger an zu gehen und zu brausen, der Weiher wurde dunkel und kräuselte sich, die schöne Frau wurde ganz bleich, und ihre Schleier wurden immer länger und länger und flatterten entsetzlich in langen Spitzen, wie Nebelstreifen, hoch am Himmel empor; das Sausen nahm immer mehr zu, oft war es, als bliese der Portier auf seinem Fagott dazwischen, bis ich endlich mit heftigem Herzklopfen aufwachte.

Es hatte sich wirklich ein Wind erhoben, der leise über mir durch den Apfelbaum ging; aber was so brauste und rumorte, war weder die Mühle noch der Portier, sondern derselbe Bauer, der mir vorhin den Weg nach Italien nicht zeigen wollte. Er hatte aber seinen Sonntagsstaat ausgezogen und stand in einem weißen Kamisol* vor mir. „Na", sagte er, da ich mir noch den Schlaf aus den Augen wischte, „will Er etwa hier Poperenzen** klauben, daß er mir das schöne Gras so zertrampelt, anstatt in die Kirche zu gehen, Er Faulenzer!"

Mich ärgert' es nur, daß mich der Grobian aufgeweckt hatte. Ich sprang ganz erbost auf und versetzte geschwind: „Was, Er will mich hier ausschimpfen? Ich bin Gärtner gewesen, eh' Er daran dachte, und Einnehmer, und wenn Er zur Stadt gefahren wäre, hätte Er die schmierige Schlafmütze vor mir abnehmen müssen, und hatte mein Haus und meinen roten Schlafrock mit gelben Punkten."

Aber der Knollfink scherte sich gar nichts darum, sondern stemmte beide Arme in die Seiten und sagte bloß: „Was will Er denn? He! He!" Dabei sah ich, daß es eigentlich ein kurzer, stämmiger, krummbeiniger Kerl war und vorstehende glotzende Augen und eine rote, etwas schiefe Nase hatte. Und wie er immerfort nichts weiter sagte als: „He! – He!" und dabei jedesmal einen Schritt näher auf mich zukam, da überfiel mich auf einmal eine so kuriose grausliche Angst, daß ich mich schnell aufmachte, über den Zaun sprang und, ohne mich umzusehen,

* kurze Jacke
** statt „Pomeranzen"

immerfort querfeldein lief, daß mir die Geige in der Tasche klang.

Als ich endlich wieder stillhielt, um Atem zu schöpfen, war der Garten und das ganze Tal nicht mehr zu sehen, und ich stand in einem schönen Walde. Aber ich gab nicht viel darauf acht, denn jetzt ärgerte mich das Spektakel erst recht, und daß der Kerl mich immer Er nannte*, und ich schimpfte noch lange im stillen für mich. In solchen Gedanken ging ich rasch fort und kam immer mehr von der Landstraße ab, mitten in das Gebirge hinein. Der Holzweg, auf dem ich fortgelaufen war, hörte auf, und ich hatte nur noch einen kleinen, wenig betretenen Fußsteig vor mir. Ringsum war niemand zu sehen und kein Laut zu vernehmen. Sonst aber war es recht anmutig zu gehn, die Wipfel der Bäume rauschten, und die Vögel sangen sehr schön. Ich befahl mich daher Gottes Führung, zog meine Violine hervor und spielte alle meine liebsten Stücke durch, daß es recht fröhlich in dem einsamen Walde erklang.

Mit dem Spielen ging es aber auch nicht lange, denn ich stolperte dabei jeden Augenblick über die fatalen Baumwurzeln, auch fing mich zuletzt an zu hungern, und der Wald wollte noch immer gar kein Ende nehmen. So irrte ich den ganzen Tag herum, und die Sonne schien schon schief zwischen den Baumstämmen hindurch, als ich endlich in ein kleines Wiesental hinauskam, das rings von Bergen eingeschlossen und voller roter und gelber Blumen war, über denen unzählige Schmetterlinge im Abendgolde herumflatterten. Hier war es so einsam, als läge die Welt wohl hundert Meilen weit weg. Nur die Heimchen zirpten, und ein Hirt lag drüben im hohen Grase und blies so melancholisch auf seiner Schalmei, daß einem das Herz vor Wehmut hätte zerspringen mögen. Ja, dachte ich bei mir, wer es so gut hätte wie so ein Faulenzer! Unsereiner muß sich in der Fremde herumschlagen und immer attent** sein. Da ein schönes klares Flüßchen zwischen uns lag, über das ich nicht hinüber konnte, so rief ich ihm von weitem zu: wo hier das nächste Dorf läge? Er ließ sich aber nicht stören, sondern streckte nur den Kopf ein wenig aus

---

* bis in die Mitte des 18. Jahrhunderts Anrede für Personen niederen Standes
** aufmerksam, in Erwartung, gespannt

dem Grase hervor, wies mit seiner Schalmei auf den andern Wald hin und blies ruhig wieder weiter.

Unterdes marschierte ich fleißig fort, denn es fing schon an zu dämmern. Die Vögel, die alle noch ein großes Geschrei gemacht hatten, als die letzten Sonnenstrahlen durch den Wald schimmerten, wurden auf einmal still, und mir fing beinah an angst zu werden in dem ewigen, einsamen Rauschen der Wälder. Endlich hörte ich von ferne Hunde bellen. Ich schritt rascher fort, der Wald wurde immer lichter und lichter, und bald darauf sah ich zwischen den letzten Bäumen hindurch einen schönen grünen Platz, auf dem viele Kinder lärmten und sich um eine große Linde herumtummelten, die recht in der Mitte stand. Weiterhin an dem Platze war ein Wirtshaus, vor dem einige Bauern um einen Tisch saßen und Karten spielten und Tabak rauchten. Von der andern Seite saßen junge Burschen und Mädchen vor der Tür, die die Arme in ihre Schürzen gewickelt hatten und in der Kühle miteinander plauderten.

Ich besann mich nicht lange, zog meine Geige aus der Tasche und spielte schnell einen lustigen Ländler auf, während ich aus dem Walde hervortrat. Die Mädchen wunderten sich, die Alten lachten, daß es weit in den Wald hineinschallte. Als ich aber so bis zu der Linde gekommen war und mich mit dem Rücken daranlehnte und immerfort spielte, da ging ein heimliches Rumoren und Gewisper unter den jungen Leuten rechts und links, die Burschen legten endlich ihre Sonntagspfeifen weg, jeder nahm die Seine, und eh' ich's mir versah, schwenkte sich das junge Bauernvolk tüchtig um mich herum, die Hunde bellten, die Kittel flogen, und die Kinder standen um mich im Kreise und sahen mir neugierig ins Gesicht und auf die Finger, wie ich so fix damit hantierte.

Wie der erste Schleifer vorbei war, konnte ich erst recht sehen, wie eine gute Musik in die Gliedmaßen fährt. Die Bauernburschen, die sich vorher, die Pfeifen im Munde, auf den Bänken reckten und die steifen Beine von sich streckten, waren nun auf einmal wie umgetauscht, ließen ihre bunten Schnupftücher vorn am Knopfloch lang herunterhängen und kapriolten so artig um die Mädchen herum, daß es eine rechte Lust anzuschauen war. Einer von ihnen, der sich schon für was Rechtes hielt, haspelte lange in seiner Westentasche, damit es die andern sehen sollten, und brachte endlich ein kleines Silberstück heraus, das er mir in die Hand drücken wollte. Mich ärgerte das, wenn ich gleich dazumal kein Geld in der Tasche hatte. Ich sagte ihm, er sollte nur seine Pfennige behalten, ich spielte nur so aus Freude, weil ich wieder bei Menschen wäre. Bald darauf aber kam ein schmuckes Mädchen mit einer großen Stampe* Wein zu mir. „Musikanten trinken gern", sagte sie und lachte mich freundlich an, und ihre perlweißen Zähne schimmerten recht charmant zwischen den roten Lippen hindurch, so daß ich sie wohl hätte darauf küssen mögen. Sie tunkte ihr Schnäbelchen in den Wein, wobei ihre Augen über das Glas weg auf mich herüberfunkelten, und reichte mir darauf die Stampe hin. Da trank ich das Glas bis auf den Grund aus und spielte dann wieder von frischem, daß sich alles lustig um mich herumdrehte.

Die Alten waren unterdes von ihrem Spiel aufgebrochen, die jungen Leute fingen auch an müde zu werden und zerstreuten sich, und so wurde es nach und nach ganz still und leer vor dem Wirtshause. Auch das Mädchen, das mir den Wein gereicht hatte, ging nun nach dem Dorfe zu, aber sie ging sehr langsam und sah sich zuweilen um, als ob sie was vergessen hätte. Endlich blieb sie stehen und suchte etwas auf der Erde, aber ich sah wohl, daß sie, wenn sie sich bückte, unter dem Arme hindurch nach mir zurückblickte. Ich hatte auf dem Schlosse Lebensart gelernt, ich sprang also geschwind herzu und sagte: „Haben Sie etwas verloren, schönste Mamsell?"

„Ach nein", sagte sie und wurde über und über rot, „es war nur eine Rose – will Er sie haben?" Ich dankte und steckte die Rose ins Knopfloch. Sie sah mich sehr freundlich an und sagte: „Er spielt recht schön."

„Ja", versetzte ich, „das ist so eine Gabe Gottes."

„Die Musikanten sind hier in der Gegend sehr rar", hub das Mädchen dann wieder an und stockte und hatte die Augen beständig niedergeschlagen. „Er könnte sich hier ein gutes Stück Geld verdienen – auch mein Vater spielt etwas die Geige und hört gern von der Fremde erzählen – und mein Vater ist sehr reich."

---

* Stutzglas

Dann lachte sie auf und sagte: „Wenn Er nur nicht immer solche Grimassen machen möchte mit dem Kopfe, beim Geigen!"

„Teuerste Jungfer", erwiderte ich, „erstlich: Nennen Sie mich nur nicht immer Er; sodann mit dem Kopf-Tremulenzen*, das ist einmal nicht anders, das haben wir Virtuosen alle so an uns."

„Ach so!" entgegnete das Mädchen. Sie wollte noch etwas mehr sagen, aber da entstand auf einmal ein entsetzliches Gepolter im Wirtshause, die Haustür ging mit großem Gekrache auf, und ein dünner Kerl kam wie ein ausgeschoßner Ladstock** herausgeflogen, worauf die Tür sogleich wieder hinter ihm zugeschlagen wurde.

Das Mädchen war bei dem ersten Geräusch wie ein Reh davongesprungen und im Dunkel verschwunden. Die Figur vor der Tür aber raffte sich hurtig wieder vom Boden auf und fing nun an mit solcher Geschwindigkeit gegen das Haus loszuschimpfen, daß es ordentlich zum Erstaunen war. „Was!" schrie er, „ich besoffen? Ich die Kreidestriche an der verräucherten Tür nicht bezahlen? Löscht sie aus, löscht sie aus! Hab ich euch nicht erst gestern übern Kochlöffel barbiert und in die Nase geschnitten, daß ihr mir den Löffel morsch entzweigebissen habt? Barbieren macht einen Strich – Kochlöffel, wieder einen Strich – Pflaster auf die Nase, noch ein Strich – wieviel solche hundsföttische Striche wollt ihr denn noch bezahlt haben? Aber gut, schon gut, ich lasse das ganze Dorf, die ganze Welt ungeschoren. Lauft meinetwegen mit euren Bärten, daß der liebe Gott am Jüngsten Tage nicht weiß, ob ihr Juden seid oder Christen! Ja, hängt euch an euren eignen Bärten auf, ihr zottigen Landbären!" Hier brach er auf einmal in ein jämmerliches Weinen aus und fuhr ganz erbärmlich durch die Fistel fort: „Wasser soll ich saufen, wie ein elender Fisch? Ist das Nächstenliebe? Bin ich nicht ein Mensch und ein ausgelernter Feldscher***? Ach, ich bin heute so in der Rage! Mein Herz ist voller Rührung und Menschenliebe!" Bei diesen Worten zog er sich nach und nach zurück, da im Hause alles still blieb. Als er

---

* Wortkombination aus „tremolieren" und „Turbulenzen", mit der Bedeutung „Verrenkungen"

** Holz-, später Stahlstab, mit dem bei Vorderladern Pulver und Blei eingeschoben wurden

*** Wundarzt beim Militär

mich erblickte, kam er mit ausgebreiteten Armen auf mich los, ich glaube, der tolle Kerl wollte mich embrassieren*. Ich sprang aber auf die Seite, und so stolperte er weiter, und ich hörte ihn noch lange, bald grob, bald fein, durch die Finsternis mit sich diskurrieren.

Mir aber ging mancherlei im Kopfe herum. Die Jungfer, die mir vorhin die Rose geschenkt hatte, war jung, schön und reich – ich konnte da mein Glück machen, eh' man die Hand umkehrte. Und Hammel und Schweine, Puter und fette Gänse mit Äpfeln gestopft – ja, es war mir nicht anders, als säh' ich den Portier auf mich zukommen: „Greif zu, Einnehmer, greif zu! Jung gefreit hat niemand gereut, wer's Glück hat, führt die Braut heim, bleibe im Lande und nähre dich tüchtig." In solchen philosophischen Gedanken setzte ich mich auf dem Platze, der nun ganz einsam war, auf einen Stein nieder, denn an das Wirtshaus anzuklopfen traute ich mich nicht, weil ich kein Geld bei mir hatte. Der Mond schien prächtig, von den Bergen rauschten die Wälder durch die stille Nacht herüber, manchmal schlugen im Dorfe die Hunde an, das weiter im Tale unter Bäumen und Mondschein wie begraben lag. Ich betrachtete das Firmament, wie da einzelne Wolken langsam durch den Mondschein zogen und manchmal ein Stern weit in der Ferne herunterfiel. So, dachte ich, scheint der Mond auch über meines Vaters Mühle und auf das weiße gräfliche Schloß. Dort ist nun auch schon alles lange still, die gnädige Frau schläft, und die Wasserkünste und Bäume im Garten rauschen noch immerfort wie damals, und allen ist's gleich, ob ich noch da bin oder in der Fremde oder gestorben. Da kam mir die Welt auf einmal so entsetzlich weit und groß vor und ich so ganz allein darin, daß ich aus Herzensgrunde hätte weinen mögen.

Wie ich noch immer so dasitze, höre ich auf einmal aus der Ferne Hufschlag im Walde. Ich hielt den Atem an und lauschte, da kam es immer näher und näher, und ich konnte schon die Pferde schnauben hören. Bald darauf kamen auch wirklich zwei Reiter unter den Bäumen hervor, hielten aber am Saume des Waldes an und sprachen heimlich sehr eifrig miteinander, wie ich an

* umarmen

den Schatten sehen konnte, die plötzlich über den mondbeglänzten Platz vorschossen und mit langen dunklen Armen bald dahin, bald dorthin wiesen.

Wie oft, wenn mir zu Hause meine verstorbene Mutter von wilden Wäldern und martialischen Räubern erzählte, hatte ich mir sonst immer heimlich gewünscht, eine solche Geschichte selbst zu erleben. Da hatt' ich's nun auf einmal für meine dummen, frevelmütigen Gedanken!

Ich streckte mich nun an dem Lindenbaum, unter dem ich gesessen, ganz unmerklich so lang aus, als ich nur konnte, bis ich den ersten Ast erreicht hatte und mich geschwinde hinaufschwang. Aber ich baumelte noch mit halbem Leibe über dem Aste und wollte soeben auch meine Beine nachholen, als der eine von den Reitern rasch hinter mir über den Platz dahertrabte. Ich drückte nun die Augen fest zu in dem dunklen Laube und rührte und regte mich nicht. „Wer ist da?" rief es auf einmal dicht hinter mir.

„Niemand!" schrie ich aus Leibeskräften vor Schreck, daß er mich doch noch erwischt hatte. Insgeheim mußte ich aber doch bei mir lachen, wie die Kerls sich schneiden würden, wenn sie mir die leeren Taschen umdrehten.

„Ei, ei", sagte der Räuber wieder, „wem gehören denn aber die zwei Beine, die da herunterhängen?"

Da half nichts mehr. „Nichts weiter", versetzte ich, „als ein Paar arme, verirrte Musikantenbeine" und ließ mich rasch wieder auf den Boden herab, denn ich schämte mich auch, länger wie eine zerbrochene Gabel da über dem Aste zu hängen.

Das Pferd des Reiters scheute, als ich so plötzlich vom Baume herunterfuhr. Er klopfte ihm den Hals und sagte lachend: „Nun, wir sind auch verirrt, da sind wir rechte Kameraden; ich dächte also, du hälfest uns ein wenig den Weg nach B. aufsuchen. Es soll dein Schade nicht sein." Ich hatte nun gut beteuern, daß ich gar nicht wüßte, wo B. läge, daß ich lieber hier im Wirtshause fragen oder sie in das Dorf hinunterführen wollte. Der Kerl nahm gar keine Räson* an. Er zog ganz ruhig eine Pistole aus dem Gurt, die recht hübsch im Mondschein funkelte. „Mein

* veraltet für „Einsicht"

Liebster", sagte er dabei sehr freundschaftlich zu mir, während er bald den Lauf der Pistole abwischte, bald wieder prüfend an die Augen hielt, „mein Liebster, du wirst wohl so gut sein, selber nach B. vorauszugehn."

Da war ich nun recht übel dran. Traf ich den Weg, so kam ich gewiß zu der Räuberbande und bekam Prügel, da ich kein Geld bei mir hatte, traf ich ihn nicht – so bekam ich auch Prügel. Ich besann mich also nicht lange und schlug den ersten besten Weg ein, der an dem Wirtshause vorüber vom Dorfe abführte. Der Reiter sprengte schnell zu seinem Begleiter zurück, und beide folgten mir dann in einiger Entfernung langsam nach. So zogen wir eigentlich recht närrisch auf gut Glück in die mondhelle Nacht hinein. Der Weg lief immerfort im Walde an einem Bergeshange fort. Zuweilen konnte man über die Tannenwipfel, die von unten herauflangten und sich dunkel rührten, weit in die tiefen, stillen Täler hinaussehen, hin und her schlug eine Nachtigall, Hunde bellten in der Ferne in den Dörfern. Ein Fluß rauschte beständig aus der Tiefe und blitzte zuweilen im Mondschein auf. Dabei das einförmige Pferdegetrappel und das Wirren und Schwirren der Reiter hinter mir, die unaufhörlich in einer fremden Sprache miteinander plauderten, und das helle Mondlicht und die langen Schatten der Baumstämme, die wechselnd über die beiden Reiter wegflogen, daß sie mir bald schwarz, bald hell, bald klein, bald wieder riesengroß vorkamen. Mir verirrten sich ordentlich die Gedanken, als läge ich in einem Traum und könnte gar nicht aufwachen. Ich schritt immer stramm vor mich hin. Wir müssen, dachte ich, doch am Ende aus dem Walde und aus der Nacht herauskommen.

Endlich flogen hin und wieder schon lange rötliche Scheine über den Himmel, ganz leise, wie wenn man über einen Spiegel haucht, auch eine Lerche sang schon hoch über dem stillen Tale. Da wurde mir auf einmal ganz klar im Herzen bei dem Morgengruße, und alle Furcht war vorüber. Die beiden Reiter aber streckten sich und sahen sich nach allen Seiten um und schienen nun erst gewahr zu werden, daß wir doch wohl nicht auf dem rechten Wege sein mochten. Sie plauderten wieder viel, und ich merkte wohl, daß sie von mir sprachen, ja es kam mir vor, als finge der eine sich vor mir zu fürchten an, als könnt' ich wohl gar so ein heimlicher Schnapphahn* sein, der sie im Walde irreführen wollte. Das machte mir Spaß, denn je lichter es ringsum wurde, je mehr Courage kriegt' ich, zumal da wir soeben auf einen schönen freien Waldplatz herauskamen. Ich sah mich daher nach allen Seiten ganz wild um und pfiff dann ein paarmal auf den Fingern, wie die Spitzbuben tun, wenn sie sich einander Signale geben wollen.

„Halt!" rief auf einmal der eine von den Reitern, daß ich ordentlich zusammenfuhr. Wie ich mich umsehe, sind sie beide abgestiegen und haben ihre Pferde an einen Baum angebunden. Der eine kommt aber rasch auf mich los, sieht mir ganz starr ins Gesicht und fängt auf einmal ganz unmäßig an zu lachen. Ich muß gestehen, mich ärgerte das unvernünftige Gelächter. Er aber sagte: „Wahrhaftig, das ist der Gärtner, wollt' sagen: Einnehmer vom Schloß!"

Ich sah ihn groß an, wußte mich aber seiner nicht zu erinnern, hätt' auch viel zu tun gehabt, wenn ich mir alle die jungen Herren hätte ansehen wollen, die auf dem Schlosse ab und zu ritten. Er aber fuhr mit ewigem Gelächter fort: „Das ist prächtig! Du vazierst**, wie ich sehe, wir brauchen eben einen Bedienten, bleib bei uns, da hast du ewige Vakanz***." Ich war ganz verblüfft und sagte endlich, daß ich soeben auf einer Reise nach Italien begriffen wäre. „Nach Italien?!" entgegnete der Fremde, „eben dahin wollen auch wir!"

„Nun, wenn *das* ist!" rief ich aus und zog voller Freude meine Geige aus der Tasche und strich, daß die Vögel im Walde aufwachten. Der Herr aber erwischte geschwind den andern Herrn und walzte mit ihm wie verrückt auf dem Rasen herum.

Dann standen sie plötzlich still. „Bei Gott", rief der eine, „da seh ich schon den Kirchturm von B.! Nun, da wollen wir bald unten sein." Er zog seine Uhr heraus und ließ sie repetieren****, schüttelte mit dem Kopfe und ließ noch einmal schlagen. „Nein", sagte er, „das geht nicht, wir kommen so zu früh hin, das könnte schlimm werden!"

---

* Wegelagerer, Räuber
** veraltet für „dienstfrei sein"
*** mundartlich für „Ferien"
**** schlagen

Darauf holten sie von ihren Pferden Kuchen, Braten und Weinflaschen, breiteten eine schöne bunte Decke auf dem grünen Rasen aus, streckten sich darüber hin und schmausten sehr vergnüglich, teilten auch mir von allem sehr reichlich mit, was mir gar wohl bekam, da ich seit einigen Tagen schon nicht mehr vernünftig gespeist hatte. „Und daß du's weißt –", sagte der eine zu mir, „aber du kennst uns doch nicht?" Ich schüttelte mit dem Kopfe. „Also, daß du's weißt: Ich bin der Maler Leonhard, und das dort ist – wieder ein Maler – Guido geheißen."

Ich besah mir nun die beiden Maler genauer bei der Morgendämmerung. Der eine, Herr Leonhard, war groß, schlank, braun, mit lustigen, feurigen Augen. Der andere war viel jünger, kleiner und feiner, auf altdeutsche Mode gekleidet, wie es der Portier nannte, mit weißem Kragen und bloßem Hals, um den die dunkelbraunen Locken herabhingen, die er oft aus dem hübschen Gesichte wegschütteln mußte. Als dieser genug gefrühstückt hatte, griff er nach meiner Geige, die ich neben mir auf den Boden gelegt hatte, setzte sich damit auf einen umgehauenen Baumast und klimperte darauf mit den Fingern. Dann sang er dazu so hell wie ein Waldvögelein, daß es mir recht durchs ganze Herz klang:

„Fliegt der erste Morgenstrahl
Durch das stille Nebeltal,
Rauscht erwachend Wald und Hügel:
Wer da fliegen kann, nimmt Flügel!

Und sein Hütlein in die Luft
Wirft der Mensch vor Lust und ruft:
‚Hat Gesang doch auch noch Schwingen,
Nun so will ich fröhlich singen!'"

Dabei spielten die rötlichen Morgenscheine recht anmutig über sein etwas blasses Gesicht und die schwarzen verliebten Augen. Ich aber war so müde, daß sich mir die Worte und Noten, während er so sang, immer mehr verwirrten, bis ich zuletzt fest einschlief.

Als ich nach und nach wieder zu mir selber kam, hörte ich wie im Traume die beiden Maler noch immer neben mir sprechen und die Vögel über mir singen, und die Morgenstrahlen schimmerten mir durch die geschlossenen Augen, daß mir's innerlich so dunkelhell war, wie wenn die Sonne durch rotseidene Gardinen scheint. „*Come è bello!*"* hört' ich da dicht neben mir ausrufen. Ich schlug die Augen auf und erblickte den jungen Maler, der im funkelnden Morgenlicht über mich hergebeugt stand, so daß beinah nur die großen schwarzen Augen zwischen den herabhängenden Locken zu sehen waren.

Ich sprang geschwind auf, denn es war schon heller Tag geworden. Der Herr Leonhard schien verdrießlich zu sein, er hatte zwei zornige Falten auf der Stirn und trieb hastig zum Aufbruch. Der andere Maler aber schüttelte seine Locken aus dem Gesicht und trällerte, während er sein Pferd aufzäumte, ruhig ein Liedchen vor sich hin, bis Leonhard zuletzt plötzlich laut auflachte, schnell eine Flasche ergriff, die noch auf dem Rasen stand, und den Rest in die Gläser einschenkte. „Auf eine glückliche Ankunft!" rief er aus, sie stießen mit den Gläsern zusammen, es gab einen schönen Klang. Darauf schleuderte Leonhard die leere Flasche hoch ins Morgenrot, daß es lustig in der Luft funkelte.

Endlich setzten sie sich auf ihre Pferde, und ich marschierte frisch wieder nebenher. Gerade vor uns lag ein unübersehliches Tal, in das wir nun hinunterzogen. Da war ein Blitzen und Rauschen und Schimmern und Jubilieren! Mir war so kühl und fröhlich zumute, als sollt' ich von dem Berge in die prächtige Gegend hinausfliegen.

## VIERTES KAPITEL

Nun ade, Mühle und Schloß und Portier! Nun ging's, daß mir der Wind am Hute pfiff. Rechts und links flogen Dörfer, Städte und Weingärten vorbei, daß es einem vor den Augen flimmerte; hinter mir die beiden Maler im Wagen, vor mir

* wie schön er ist

vier Pferde mit einem prächtigen Postillion, ich hoch oben auf dem Kutschbock, daß ich oft ellenhoch in die Höhe flog.

Das war so zugegangen: Als wir vor B. angekommen, kommt schon am Dorfe ein langer, dürrer, grämlicher Herr im grünen Flauschrock uns entgegen, macht viele Bücklinge vor den Herrn Malern und führt uns in das Dorf hinein. Da stand unter den hohen Linden vor dem Posthause schon ein prächtiger Wagen mit vier Postpferden bespannt. Herr Leonhard meinte unterwegs, ich hätte meine Kleider ausgewachsen. Er holte daher geschwind andere aus seinem Mantelsack hervor, und ich mußte einen ganz neuen schönen Frack und Weste anziehn, die mir sehr vornehm zu Gesicht standen, nur daß mir alles zu lang und weit war und ordentlich um mich herumschlotterte. Auch einen ganz neuen Hut bekam ich, der funkelte in der Sonne, als wär' er mit frischer Butter überschmiert. Dann nahm der fremde, grämliche Herr die beiden Pferde der Maler am Zügel, die Maler sprangen in den Wagen, ich auf den Bock, und so flogen wir schon fort, als eben der Postmeister mit der Schlafmütze aus dem Fenster guckte. Der Postillion blies lustig auf dem Horne, und so ging es frisch nach Italien hinein.

Ich hatte eigentlich da droben ein prächtiges Leben, wie der Vogel in der Luft, und brauchte doch dabei nicht selbst zu fliegen. Zu tun hatte ich auch weiter nichts, als Tag und Nacht auf dem Bocke zu sitzen und bei den Wirtshäusern manchmal Essen und Trinken an den Wagen herauszubringen, denn die Maler sprachen nirgends ein, und bei Tage zogen sie die Fenster am Wagen so fest zu, als wenn die Sonne sie erstechen wollte. Nur zuweilen steckte der Herr Guido sein hübsches Köpfchen zum Wagenfenster heraus und diskurrierte freundlich mit mir und lachte dann den Herrn Leonhard aus, der das nicht leiden wollte und jedesmal über die langen Diskurse böse wurde. Ein paarmal hätte ich bald Verdruß bekommen mit meinem Herrn. Das eine Mal, wie ich bei schöner, sternklarer Nacht droben auf dem Bock die Geige zu spielen anfing, und sodann späterhin wegen des Schlafes. Das war aber auch ganz zum Erstaunen! Ich wollte mir doch Italien recht genau besehen und riß die Augen alle Viertelstunden weit auf. Aber kaum hatte ich ein Weilchen so vor mich hingesehen, so verschwirrten und verwickelten sich mir die sechzehn Pferdefüße vor mir wie Filet* so hin und her und übers Kreuz, daß mir die Augen gleich wieder übergingen, und zuletzt geriet ich in ein solches entsetzliches und unaufhaltsames Schlafen, daß gar kein Rat mehr war. Da mocht' es Tag oder Nacht, Regen oder Sonnenschein, Tirol oder Italien sein, ich hing bald rechts, bald links, bald rücklings über den Bock herunter, ja manchmal tunkte ich mit solcher Vehemenz mit dem Kopfe nach dem Boden zu, daß mir der Hut weit vom Kopfe flog und der Herr Guido im Wagen laut aufschrie.

So war ich, ich weiß selbst nicht wie, durch halb Welschland, das sie dort Lombardei nennen, durchgekommen, als wir an einem schönen Abend vor einem Wirtshause auf dem Lande stillhielten. Die Postpferde waren in dem daranstoßenden Stationsdorfe erst nach ein paar Stunden bestellt, die Herren Maler stiegen daher aus und ließen sich in ein besonderes Zimmer führen, um hier ein wenig zu rasten und einige Briefe zu schreiben. Ich aber war sehr vergnügt darüber und verfügte mich sogleich in die Gaststube, um endlich wieder einmal so recht mit Ruhe und Kommodität** zu essen und zu trinken. Da sah es ziemlich liederlich aus. Die Mägde gingen mit zerzottelten Haaren herum und hatten die offenen Halstücher unordentlich um das gelbe Fell hängen. Um einen runden Tisch saßen die Knechte vom Hause in blauen Überziehhemden beim Abendessen und glotzten mich zuweilen von der Seite an. Die hatten alle kurze, dicke Haarzöpfe und sahen so recht vornehm wie die jungen Herrlein aus. Da bist du nun, dachte ich bei mir und aß fleißig fort, da bist du nun endlich in dem Lande, woher immer die kuriosen Leute zu unserm Herrn Pfarrer kamen, mit Mausefallen und Barometern und Bildern. Was der Mensch doch nicht alles erfährt, wenn er sich einmal hinterm Ofen hervormacht!

Wie ich noch eben so esse und meditiere, wuscht ein Männlein, das bis jetzt in einer dunklen Ecke der Stube bei seinem Glase Wein gesessen hatte, auf einmal aus seinem Winkel wie eine Spinne auf mich los. Er war ganz kurz und bucklicht, hatte

* netzartige Stickerei
** Bequemlichkeit, Behaglichkeit

aber einen großen grauslichen Kopf mit einer langen römischen Adlernase und sparsamen roten Backenbart, und die gepuderten Haare standen ihm von allen Seiten zu Berge, als wenn der Sturmwind durchgefahren wäre. Dabei trug er einen altmodischen, verschossenen Frack, kurze plüschene Beinkleider und ganz vergilbte seidene Strümpfe. Er war einmal in Deutschland gewesen und dachte wunder, wie gut er Deutsch verstünde. Er setzte sich zu mir und frug bald das, bald jenes, während er immerfort Tabak schnupfte: ob ich der *Servitore** sei? wenn wir *arriware***? ob wir nach Roma kehn? Aber das wußte ich alles selber nicht und konnte auch sein Kauderwelsch gar nicht verstehn. *„Parlez-vous françois?“* sagte ich endlich in meiner Angst zu ihm. Er schüttelte mit dem großen Kopfe, und das war mir sehr lieb, denn ich konnte ja auch nicht Französisch. Aber das half alles nichts. Er hatte mich einmal recht aufs Korn genommen, er frug und frug immer wieder; je mehr wir parlierten, je weniger verstand einer den andern, zuletzt wurden wir beide schon hitzig, so daß mir's manchmal vorkam, als wollte der Signor mit seiner Adlernase nach mir hacken, bis endlich die Mägde, die den babylonischen Diskurs mit angehört hatten, uns beide tüchtig auslachten. Ich aber legte schnell Messer und Gabel hin und ging vor die Haustür hinaus. Denn mir war in dem fremden Lande nicht anders, als wäre ich mit meiner deutschen Zunge tausend Klafter*** tief ins Meer versenkt und allerlei unbekanntes Gewürm ringelte sich und rauschte da in der Einsamkeit um mich her und glotzte und schnappte nach mir.

Draußen war eine warme Sommernacht, so recht um gassatim zu gehn****. Weit von den Weinbergen herüber hörte man noch zuweilen einen Winzer singen, dazwischen blitzte es manchmal von ferne, und die ganze Gegend zitterte und säuselte im Mondschein. Ja manchmal kam es mir vor, als schlüpfte eine lange dunkle Gestalt hinter den Haselnußsträuchern vor dem Hause vorüber und guckte durch die Zweige, dann war alles auf einmal

* Diener
** ankommen
*** altes Längenmaß
**** auf die Gasse gehen, herumschlendern

wieder still. Da trat der Herr Guido eben auf den Balkon des Wirtshauses heraus. Er bemerkte mich nicht und spielte sehr geschickt auf einer Zither, die er im Hause gefunden haben mußte, und sang dann dazu wie eine Nachtigall:

„Schweigt der Menschen laute Lust:
Rauscht die Erde wie in Träumen
Wunderbar mit allen Bäumen,
Was dem Herzen kaum bewußt,
Alte Zeiten, linde Trauer,
Und es schweifen leise Schauer
Wetterleuchtend durch die Brust."

Ich weiß nicht, ob er noch mehr gesungen haben mag, denn ich hatte mich auf die Bank vor der Haustür hingestreckt und schlief in der lauen Nacht vor großer Ermüdung fest ein.

Es mochten wohl ein paar Stunden ins Land gegangen sein, als mich ein Posthorn aufweckte, das lange Zeit lustig in meine Träume hereinblies, ehe ich mich völlig besinnen konnte. Ich sprang endlich auf, der Tag dämmerte schon an den Bergen, und die Morgenkühle rieselte mir durch alle Glieder. Da fiel mir erst ein, daß wir ja um diese Zeit schon wieder weit fort sein wollten. Aha, dachte ich, heut ist einmal das Wecken und Auslachen an mir. Wie wird der Herr Guido mit dem verschlafenen Lockenkopfe herausfahren, wenn er mich draußen hört! So ging ich in den kleinen Garten am Hause dicht unter die Fenster, wo meine Herren wohnten, dehnte mich noch einmal recht ins Morgenrot hinein und sang fröhlichen Mutes:

„Wenn der Hoppevogel schreit,
Ist der Tag nicht mehr weit,
Wenn die Sonne sich auftut,
Schmeckt der Schlaf noch so gut!"

Das Fenster war offen, aber es blieb alles still oben, nur der Nachtwind ging noch durch die Weinranken, die sich bis in das Fenster hineinstreckten. „Nun, was soll denn das wieder bedeuten?" rief ich voll Erstaunen aus und lief in das Haus und durch die stillen Gänge nach der Stube zu. Aber da gab es mir einen rechten Stich ins Herz. Denn wie ich die Tür aufreiße, ist alles leer, darin kein Frack, kein Hut, kein Stiefel. Nur die Zither, auf der Herr Guido gestern gespielt hatte, hing an der Wand, auf dem Tische mitten in der Stube lag ein schöner voller Geldbeutel, worauf ein Zettel geklebt war. Ich hielt ihn näher ans Fenster und traute meinen Augen kaum, es stand wahrhaftig mit großen Buchstaben darauf: „Für den Herrn Einnehmer!"

Was war mir aber das alles nütze, wenn ich meine lieben lustigen Herrn nicht wiederfand? Ich schob den Beutel in meine tiefe Rocktasche, das plumpste wie in einem tiefen Brunnen, daß es mich ordentlich hintenüberzog. Dann rannte ich hinaus, machte einen großen Lärm und weckte alle Knechte und Mägde im Hause. Die wußten gar nicht, was ich wollte, und meinten, ich wäre verrückt geworden. Dann aber verwunderten sie sich nicht wenig, als sie oben das leere Nest sahen. Niemand wußte etwas von meinen Herren. Nur die eine Magd – wie ich aus ihren Zeichen und Gestikulationen zusammenbringen konnte – hatte bemerkt, daß der Herr Guido, als er gestern abend auf dem Balkon sang, auf einmal laut aufschrie und dann geschwind zu dem andern Herrn in das Zimmer zurückstürzte. Als sie hernach in der Nacht einmal aufwachte, hörte sie draußen Pferdegetrappel. Sie guckte durch das kleine Kammerfenster und sah den buckligen Signor, der gestern mit mir so viel gesprochen hatte, auf einem Schimmel im Mondschein quer übers Feld galoppieren, daß er immer ellenhoch überm Sattel in die Höhe flog und die Magd sich bekreuzte, weil es aussah wie ein Gespenst, das auf einem dreibeinigen Pferde reitet. Da wußt' ich nun gar nicht, was ich machen sollte.

Unterdes aber stand unser Wagen schon lange vor der Tür angespannt, und der Postillion stieß ungeduldig ins Horn, daß er hätte bersten mögen, denn er mußte zur bestimmten Stunde auf der nächsten Station sein, da alles durch Laufzettel bis auf die Minute vorausbestellt war. Ich rannte noch einmal um das ganze Haus herum und rief die Maler, aber niemand gab Antwort, die Leute aus dem Hause liefen zusammen und gafften mich an, der Postillion fluchte, die Pferde schnaubten, ich, ganz verblüfft, springe endlich geschwind in den Wagen hinein, der Hausknecht schlägt die Tür hinter mir zu, der Postillion knallt, und so ging's mit mir fort in die weite Welt hinein.

## FÜNFTES KAPITEL

Wir fuhren nun über Berg und Tal Tag und Nacht immerfort. Ich hatte gar nicht Zeit, mich zu besinnen, denn wo wir hinkamen, standen die Pferde angeschirrt, ich konnte mit den Leuten nicht sprechen, mein Demonstrieren* half also nichts; oft, wenn ich im Wirtshause eben beim besten Essen war, blies der Postillion, ich mußte Messer und Gabel wegwerfen und wieder in den Wagen springen und wußte doch eigentlich gar nicht, wohin und weswegen ich just mit so ausnehmender Geschwindigkeit fortreisen sollte.

Sonst war die Lebensart gar nicht so übel. Ich legte mich, wie auf einem Kanapee, bald in die eine, bald in die andere Ecke des Wagens und lernte Menschen und Länder kennen, und wenn wir durch Städte fuhren, lehnte ich mich auf beide Arme zum Wagenfenster hinaus und dankte den Leuten, die höflich vor mir den Hut abnahmen, oder ich grüßte die Mädchen an den Fenstern wie ein alter Bekannter, die sich dann immer sehr verwunderten und mir noch lange neugierig nachguckten.

Aber zuletzt erschrak ich sehr. Ich hatte das Geld in dem gefundenen Beutel niemals gezählt, den Postmeistern und Gastwirten mußte ich überall viel bezahlen, und ehe ich mich's versah, war der Beutel leer. Anfangs nahm ich mir vor, sobald wir durch einen einsamen Wald führen, schnell aus dem Wagen zu springen und zu entlaufen. Dann aber tat es mir wieder leid, nun den schönen Wagen so allein zu lassen, mit dem ich sonst wohl noch bis ans Ende der Welt fortgefahren wäre.

Nun saß ich eben voller Gedanken und wußte nicht aus noch ein, als es auf einmal seitwärts von der Landstraße abging. Ich schrie zum Wagen heraus auf den Postillion: wohin er denn fahre? Aber ich mochte sprechen, was ich wollte, der Kerl sagte

---

* mit den Händen reden

immer bloß: „*Si, si, Signore!*“ und fuhr immer über Stock und Stein, daß ich aus einer Ecke des Wagens in die andere flog.

Das wollte mir gar nicht in den Sinn, denn die Landstraße lief gerade durch eine prächtige Landschaft auf die untergehende Sonne zu, wohl wie in ein Meer von Glanz und Funken. Von der Seite aber, wohin wir uns gewendet hatten, lag ein wüstes Gebirge vor uns mit grauen Schluchten, zwischen denen es schon lange dunkel geworden war. Je weiter wir fuhren, je wilder und einsamer wurde die Gegend. Endlich kam der Mond hinter den Wolken hervor und schien auf einmal so hell zwischen die Bäume und Felsen herein, daß es ordentlich grauslich anzusehen war. Wir konnten nur langsam fahren in den engen steinigen Schluchten, und das einförmige, ewige Gerassel des Wagens schallte an den Steinwänden weit in die stille Nacht, als führen wir in ein großes Grabgewölbe hinein. Nur von vielen Wasserfällen, die man aber nicht sehen konnte, war ein unaufhörliches Rauschen tiefer im Walde, und die Käuzchen riefen aus der Ferne immerfort: „Komm mit, komm mit!“ Dabei kam es mir vor, als wenn der Kutscher, der, wie ich jetzt erst sah, gar keine Uniform hatte und kein Postillion war, sich einigemal unruhig umsähe und schneller zu fahren anfing, und wie ich mich recht zum Wagen herauslegte, kam plötzlich ein Reiter aus dem Gebüsch hervor, sprengte dicht vor unseren Pferden quer über den Weg und verlor sich sogleich wieder auf der andern Seite im Walde. Ich war ganz verwirrt, denn so viel ich bei dem hellen Mondschein erkennen konnte, war es dasselbe bucklige Männlein auf seinem Schimmel, das in dem Wirtshause mit der Adlernase nach mir gehackt hatte. Der Kutscher schüttelte den Kopf und lachte laut auf über die närrische Reiterei, wandte sich aber dann rasch zu mir um, sprach sehr viel und sehr eifrig, wovon ich leider nichts verstand, und fuhr dann noch rascher fort.

Ich aber war froh, als ich bald darauf von fern ein Licht schimmern sah. Es fanden sich nach und nach noch mehrere Lichter, sie wurden immer größer und heller, und endlich kamen wir an einigen verräucherten Hütten vorüber, die wie Schwalbennester auf dem Felsen hingen. Da die Nacht warm war, so standen die Türen offen, und ich konnte darin die hell erleuchteten Stuben und allerlei lumpiges Gesindel sehen, das wie dunkle Schatten um das Herdfeuer herumhockte. Wir aber rasselten durch die stille Nacht einen Steinweg hinan, der sich auf einen hohen Berg hinaufzog. Bald überdeckten hohe Bäume und herabhängende Sträucher den ganzen Hohlweg, bald konnte man auf einmal wieder das ganze Firmament und in der Tiefe die weite stille Runde von Bergen, Wäldern und Tälern übersehen. Auf dem Gipfel des Berges stand ein großes altes Schloß mit vielen Türmen im hellsten Mondschein. „Nun Gott befohlen!" rief ich aus und war innerlich ganz munter geworden vor Erwartung, wohin sie mich da am Ende noch bringen würden.

Es dauerte wohl noch eine gute halbe Stunde, ehe wir endlich auf dem Berge am Schloßtore ankamen. Das ging in einen breiten, runden Turm hinein, der oben schon ganz verfallen war. Der Kutscher knallte dreimal, daß es weit in dem alten Schlosse widerhallte, wo ein Schwarm von Dohlen ganz erschrocken plötzlich aus allen Luken und Ritzen herausfuhr und mit großem Geschrei die Luft durchkreuzte. Darauf rollte der Wagen in den langen, dunklen Torweg hinein. Die Pferde gaben mit ihren Hufeisen Feuer auf dem Steinpflaster, ein großer Hund bellte, der Wagen donnerte zwischen den gewölbten Wänden. Die Dohlen schrien noch immer dazwischen – so kamen wir mit einem entsetzlichen Spektakel in den engen, gepflasterten Schloßhof.

Eine kuriose Situation! dachte ich bei mir, als nun der Wagen stillstand. Da wurde die Wagentür von draußen aufgemacht, und ein alter langer Mann mit einer kleinen Laterne sah mich unter seinen dicken Augenbrauen grämlich an. Er faßte mich dann unter den Arm und half mir, wie einem großen Herrn, aus dem Wagen heraus. Draußen vor der Haustür stand eine alte, sehr häßliche Frau in schwarzem Kamisol und Rock, mit einer weißen Schürze und schwarzen Haube, von der ihr ein langer Schnipper* bis an die Nase herunterhing. Sie hatte an der einen Hüfte einen großen Bund Schlüssel hängen und hielt in der Hand einen altmodischen Armleuchter mit zwei brennenden

* Stirnläppchen einer Haube

Wachskerzen. Sobald sie mich erblickte, fing sie an, tiefe Knickse zu machen und sprach und frug sehr viel durcheinander. Ich verstand aber nichts davon und machte immerfort Kratzfüße vor ihr, und es war mir eigentlich recht unheimlich zumute.

Der alte Mann hatte unterdes mit seiner Laterne den Wagen von allen Seiten beleuchtet und brummte und schüttelte den Kopf, als er nirgend einen Koffer oder Bagage fand. Der Kutscher fuhr darauf, ohne Trinkgeld von mir zu fordern, den Wagen in einen alten Schoppen, der auf der Seite des Hofes schon offenstand. Die alte Frau aber bat mich sehr höflich durch allerlei Zeichen, ihr zu folgen. Sie führte mich mit ihren Wachskerzen durch einen langen schmalen Gang und dann eine kleine steinerne Treppe herauf.

Als wir an der Küche vorbeigingen, streckten ein paar junge Mägde neugierig die Köpfe durch die halbgeöffnete Tür und guckten mich so starr an und winkten und nickten einander heimlich zu, als wenn sie in ihrem Leben noch kein Mannsbild gesehen hätten. Die Alte machte endlich oben eine Tür auf, da wurde ich anfangs ordentlich ganz verblüfft. Denn es war ein großes, schönes, herrschaftliches Zimmer mit goldenen Verzierungen an der Decke, und an den Wänden hingen prächtige Tapeten mit allerlei Figuren und großen Blumen. In der Mitte stand ein gedeckter Tisch mit Braten, Kuchen, Salat, Obst, Wein und Konfekt, daß einem recht das Herz im Leibe lachte. Zwischen den beiden Fenstern hing ein ungeheurer Spiegel, der vom Boden bis zur Decke reichte.

Ich muß sagen, das gefiel mir recht wohl. Ich streckte mich ein paarmal und ging mit langen Schritten vornehm im Zimmer auf und ab. Dann konnt' ich aber doch nicht widerstehen, mich einmal in einem so großen Spiegel zu besehen. Das ist wahr, die neuen Kleider vom Herrn Leonhard standen mir recht schön, auch hatte ich in Italien so ein gewisses feuriges Auge bekommen, sonst aber war ich gerade noch so ein Milchbart, wie ich zu Hause gewesen war, nur auf der Oberlippe zeigten sich erst ein paar Flaumfedern.

Die alte Frau mahlte indes in einem fort mit ihrem zahnlosen Munde, daß es nicht anders aussah, als wenn sie an der langen herunterhängenden Nasenspitze kaute. Dann nötigte sie mich zum Sitzen, streichelte mir mit ihren dürren Fingern das Kinn, nannte mich *„poverino!“* *, wobei sie mich aus den roten Augen so schelmisch ansah, daß sich ihr der eine Mundwinkel bis an die halbe Wange in die Höhe zog, und ging endlich mit einem tiefen Knicks zur Tür hinaus.

Ich aber setzte mich zu dem gedeckten Tisch, während eine junge hübsche Magd hereintrat, um mich bei der Tafel zu bedienen. Ich knüpfte allerlei galanten Diskurs mit ihr an, sie verstand mich aber nicht, sondern sah mich immer ganz kurios von der Seite an, weil mir's so gut schmeckte, denn das Essen war delikat.

Als ich satt war und wieder aufstand, nahm die Magd ein Licht von der Tafel und führte mich in ein anderes Zimmer. Da war ein Sofa, ein kleiner Spiegel und ein prächtiges Bett mit grünseidenen Vorhängen. Ich frug sie mit Zeichen, ob ich mich da hineinlegen sollte? Sie nickte zwar: „Ja“, aber das war denn doch nicht möglich, denn sie blieb wie angenagelt bei mir stehen.

Endlich holte ich mir noch ein großes Glas Wein aus der Tafelstube herein und rief ihr zu: *„Felicissima notte!“* **, denn so viel hatt' ich schon Italienisch gelernt. Aber wie ich das Glas so auf einmal ausstürzte, bricht sie plötzlich in ein verhaltenes Kichern aus, wird über und über rot, geht in die Tafelstube und macht die Tür hinter sich zu. Was ist da zu lachen? dachte ich ganz verwundert, ich glaube, die Leute in Italien sind alle verrückt.

Ich hatte nun nur immer Angst vor dem Postillion, daß der gleich wieder zu blasen anfangen würde. Ich horchte am Fenster, aber es war alles still draußen. Laß ihn nur blasen! dachte ich, zog mich aus und legte mich in das prächtige Bett. Das war nicht anders, als wenn man in Milch und Honig schwämme! Vor den Fenstern rauschte die alte Linde im Hofe, zuweilen fuhr noch eine Dohle plötzlich vom Dache auf, bis ich endlich voller Vergnügen einschlief.

---

* armer Schlucker
** eine recht gute Nacht

## SECHSTES KAPITEL

Als ich wieder erwachte, spielten schon die ersten Morgenstrahlen an den grünen Vorhängen über mir. Ich konnte mich gar nicht besinnen, wo ich eigentlich wäre. Es kam mir vor, als führe ich noch immerfort im Wagen und es hätte mir von einem Schlosse im Mondschein geträumt und von einer alten Hexe und ihrem blassen Töchterlein.

Ich sprang endlich rasch aus dem Bette, kleidete mich an und sah mich dabei nach allen Seiten in dem Zimmer um. Da bemerkte ich eine kleine Tapetentür, die ich gestern gar nicht gesehen hatte. Sie war nur angelehnt, ich öffnete sie und erblickte ein kleines nettes Stübchen, das in der Morgendämmerung recht heimlich aussah. Über einem Stuhl waren Frauenkleider unordentlich hingeworfen, auf einem Bettchen daneben lag das Mädchen, das mir gestern abends bei der Tafel aufgewartet hatte. Sie schlief noch ganz ruhig und hatte den Kopf auf den weißen bloßen Arm gelegt, über den ihre schwarzen Locken herabfielen. Wenn die wüßte, daß die Tür offen war! sagte ich zu mir selbst und ging in mein Schlafzimmer zurück, während ich hinter mir wieder schloß und verriegelte, damit das Mädchen nicht erschrecken und sich schämen sollte, wenn sie erwachte.

Draußen ließ sich noch kein Laut vernehmen. Nur ein früh erwachtes Waldvöglein saß vor meinem Fenster auf einem Strauch, der aus der Mauer herauswuchs, und sang schon sein Morgenlied. „Nein", sagte ich, „du sollst mich nicht beschämen und allein so früh und fleißig Gott loben!" Ich nahm schnell meine Geige, die ich gestern auf das Tischchen gelegt hatte, und ging hinaus. Im Schlosse war noch alles totenstill, und es dauerte lange, ehe ich mich aus den dunklen Gängen ins Freie herausfand.

Als ich vor das Schloß heraustrat, kam ich in einen großen Garten, der auf breiten Terrassen, wovon die eine immer tiefer war als die andere, bis auf den halben Berg herunterging. Aber das war eine liederliche Gärtnerei. Die Gänge waren alle mit hohem Grase bewachsen, die künstlichen Figuren von Buchsbaum waren nicht beschnitten und streckten, wie Gespenster, lange Nasen oder ellenhohe spitzige Mützen in die Luft hinaus, daß man sich in der Dämmerung ordentlich davor hätte fürchten mögen. Auf einige zerbrochene Statuen über einer vertrockneten Wasserkunst war gar Wäsche aufgehängt, hin und wieder hatten sie mitten im Garten Kohl gebaut, dann kamen wieder ein paar ordinäre Blumen, alles unordentlich durcheinander und von hohem, wildem Unkraut überwachsen, zwischen dem sich bunte Eidechsen schlängelten. Zwischen die alten, hohen Bäume hindurch aber war überall eine weite, einsame Aussicht, eine Bergkuppe hinter der andern, so weit das Auge reichte.

Nachdem ich so ein Weilchen in der Morgendämmerung durch die Wildnis umherspaziert war, erblickte ich auf der Terrasse unter mir einen langen, schmalen, blassen Jüngling in einem langen braunen Kaputrock*, der mit verschränkten Armen und großen Schritten auf und ab ging. Er tat, als sähe er mich nicht, setzte sich bald darauf auf eine steinerne Bank hin, zog ein Buch aus der Tasche, las sehr laut, als wenn er predigte, sah dabei zuweilen zum Himmel und stützte dann den Kopf ganz melancholisch auf die rechte Hand. Ich sah ihm lange zu, endlich wurde ich doch neugierig, warum er denn eigentlich so absonderliche Grimassen machte, und ging schnell auf ihn zu. Er hatte eben einen tiefen Seufzer ausgestoßen und sprang erschrocken auf, als ich ankam. Er war voller Verlegenheit, ich auch, wir wußten beide nicht, was wir sprechen sollten, und machten immerfort Komplimente voreinander, bis er endlich mit langen Schritten in das Gebüsch Reißaus nahm. Unterdes war die Sonne über dem Walde aufgegangen, ich sprang auf die Bank hinauf und strich vor Lust meine Geige, daß es weit in die stillen Täler herunterschallte. Die Alte mit dem Schlüsselbunde, die mich schon ängstlich im ganzen Schlosse zum Frühstück aufgesucht hatte, erschien nun auf der Terrasse über mir und verwunderte sich, daß ich so artig auf der Geige spielen konnte. Der alte grämliche

* Kapuzenmantel

Mann vom Schlosse fand sich dazu und verwunderte sich ebenfalls, endlich kamen auch noch die Mägde, und alles blieb oben voller Verwunderung stehen, und ich fingerte und schwenkte meinen Fiedelbogen immer künstlicher und hurtiger und spielte Kadenzen und Variationen, bis ich endlich ganz müde wurde.

Das war nun aber doch ganz seltsam auf dem Schlosse! Kein Mensch dachte da ans Weiterreisen. Das Schloß war auch gar kein Wirtshaus, sondern gehörte, wie ich von der Magd erfuhr, einem reichen Grafen. Wenn ich mich dann manchmal bei der Alten erkundigte, wie der Graf heiße, wo er wohne, da schmunzelte sie immer bloß, wie den ersten Abend, da ich auf das Schloß kam, und kniff und winkte mir so pfiffig mit den Augen zu, als wenn sie nicht recht bei Sinne wäre. Trank ich einmal an einem heißen Tage eine ganze Flasche Wein aus, so kicherten die Mägde gewiß, wenn sie die andere brachten, und als mich dann gar einmal nach einer Pfeife Tabak verlangte, ich ihnen durch Zeichen beschrieb, was ich wollte, da brachen alle in ein großes unvernünftiges Gelächter aus. Am verwunderlichsten war mir eine Nachtmusik, die sich oft, und gerade immer in den finstersten Nächten, unter meinem Fenster hören ließ. Es griff auf einer Gitarre immer nur von Zeit zu Zeit einzelne, ganz leise Klänge. Das eine Mal aber kam es mir vor, als wenn es dabei von unten „Pst! Pst!" heraufrief.

Ich fuhr daher geschwind aus dem Bett und mit dem Kopf aus dem Fenster. „Holla! Heda! Wer ist da draußen?" rief ich hinunter. Aber es antwortete niemand, ich hörte nur etwas sehr schnell durch die Gesträuche fortlaufen. Der große Hund im Hofe schlug über meinen Lärm ein paarmal an, dann war auf einmal alles wieder still, und die Nachtmusik ließ sich seitdem nicht wieder vernehmen.

Sonst hatte ich hier ein Leben, wie sich's ein Mensch nur immer in der Welt wünschen kann. Der gute Portier! Er wußte wohl, was er sprach, wenn er immer zu sagen pflegte, daß in Italien einem die Rosinen von selbst in den Mund wüchsen. Ich lebte auf dem einsamen Schlosse wie ein verwunschener Prinz. Wo ich hintrat, hatten die Leute eine große Ehrerbietung vor mir, obgleich sie schon alle wußten, daß ich keinen Heller in der Tasche hatte. Ich durfte nur sagen: „Tischchen, deck dich!", so standen auch schon herrliche Speisen, Reis, Wein, Melonen und Parmesankäse da. Ich ließ mir's wohl schmecken, schlief in dem prächtigen Himmelbett, ging im Garten spazieren, musizierte und half wohl auch manchmal in der Gärtnerei nach. Oft lag ich auch stundenlang im Garten im hohen Grase, und der schmale Jüngling (es war ein Schüler und Verwandter der Alten, der eben jetzt hier zur Vakanz war) ging mit seinem langen Kaputrock in weiten Kreisen um mich herum und murmelte dabei, wie ein Zauberer, aus seinem Buche, worüber ich dann auch jedesmal einschlummerte. So verging ein Tag nach dem andern, bis ich am Ende anfing, von dem guten Essen und Trinken ganz melancholisch zu werden. Die Glieder gingen mir von dem ewigen Nichtstun ordentlich aus allen Gelenken, und es war mir, als würde ich vor Faulheit noch ganz auseinanderfallen.

In dieser Zeit saß ich einmal an einem schwülen Nachmittage im Wipfel eines hohen Baumes, der am Abhange stand, und wiegte mich auf den Ästen langsam über dem stillen, tiefen Tale. Die Bienen summten zwischen den Blättern um mich herum, sonst war alles wie ausgestorben, kein Mensch war zwischen den Bergen zu sehen, tief unter mir auf den stillen Waldwiesen ruhten die Kühe auf dem hohen Grase. Aber ganz von weitem kam der Klang eines Posthorns über die waldigen Gipfel herüber, bald kaum vernehmbar, bald wieder heller und deutlicher. Mir fiel dabei auf einmal ein altes Lied recht aufs Herz, das ich noch zu Hause auf meines Vaters Mühle von einem wandernden Handwerksburschen gelernt hatte, und ich sang:

„Wer in die Fremde will wandern,
Der muß mit der Liebsten gehn,
Es jubeln und lassen die andern
Den Fremden alleine stehn.

Was wisset ihr, dunkle Wipfel,
Von der alten, schönen Zeit?
Ach, die Heimat hinter den Gipfeln,
Wie liegt sie von hier so weit!

Am liebsten betracht' ich die Sterne,
Die schienen, wenn ich ging zu ihr,
Die Nachtigall hör' ich so gerne,
Sie sang vor der Liebsten Tür.

Der Morgen, das ist meine Freude!
Da steig' ich in stiller Stund'
Auf den höchsten Berg in die Weite,
Grüß' dich, Deutschland, aus Herzensgrund!"

Es war, als wenn mich das Posthorn bei meinem Liede aus der Ferne begleiten wollte. Es kam, während ich sang, zwischen den Bergen immer näher und näher, bis ich es endlich gar oben auf dem Schloßhofe schallen hörte. Ich sprang rasch vom Baume herunter. Da kam mir auch schon die Alte mit einem geöffneten Pakete aus dem Schlosse entgegen. „Da ist auch etwas für Sie mitgekommen", sagte sie und reichte mir aus dem Paket ein kleines, niedliches Briefchen. Es war ohne Aufschrift, ich brach es schnell auf. Aber da wurde ich auch auf einmal im ganzen Gesichte so rot wie eine Päonie*, und das Herz schlug mir so heftig, daß es die Alte merkte, denn das Briefchen war von – meiner schönen Frau, von der ich manches Zettelchen bei dem Herrn Amtmann gesehen hatte. Sie schrieb darin ganz kurz: „Es ist alles wieder gut, alle Hindernisse sind beseitigt. Ich benutzte heimlich diese Gelegenheit, um die erste zu sein, die Ihnen diese freudige Botschaft schreibt. Kommen, eilen Sie zurück. Es ist so öde hier, und ich kann kaum mehr leben, seit Sie von uns fort sind. Aurelie."

Die Augen gingen mir über, als ich das las, vor Entzücken und Schrecken und unsäglicher Freude. Ich schämte mich vor dem alten Weibe, die mich wieder abscheulich anschmunzelte, und flog wie ein Pfeil bis in den allereinsamsten Winkel des Gartens. Dort warf ich mich unter den Haselnußsträuchern ins Gras hin und las das Briefchen noch einmal, sagte die Worte auswendig für mich hin und las dann wieder und immer wieder, und die Sonnenstrahlen tanzten zwischen den Blättern hindurch über den Buchstaben, daß sie sich wie goldene und hellgrüne und rote Blüten vor meinen Augen ineinanderschlangen. Ist sie am Ende gar nicht verheiratet gewesen? dachte ich, war der fremde Offizier damals vielleicht ihr Herr Bruder, oder ist er nun tot, oder bin ich toll, oder – „Das ist alles einerlei!" rief ich endlich und sprang auf, „nun ist's ja klar, sie liebt mich ja, sie liebt mich!"

* Pfingstrose

Als ich aus dem Gesträuch wieder hervorkroch, neigte sich die Sonne zum Untergange. Der Himmel war rot, die Vögel sangen lustig in allen Wäldern, die Täler waren voller Schimmer, aber in meinem Herzen war es noch vieltausendmal schöner und fröhlicher!

Ich rief in das Schloß hinein, daß sie mir heut das Abendessen in den Garten herausbringen sollten. Die alte Frau, der alte grämliche Mann, die Mägde, sie mußten alle mit heraus und sich mit mir unter dem Baume an den gedeckten Tisch setzen. Ich zog meine Geige hervor und spielte und aß und trank dazwischen. Da wurden sie alle lustig, der alte Mann strich seine grämlichen Falten aus dem Gesicht und stieß ein Glas nach dem andern aus*, die Alte plauderte in einem fort, Gott weiß was; die Mägde fingen an auf dem Rasen miteinander zu tanzen. Zuletzt kam auch noch der blasse Student neugierig hervor, warf einige verächtliche Blicke auf das Spektakel und wollte ganz vornehm wieder weitergehen. Ich aber, nicht zu faul, sprang geschwind auf, erwischte ihn, eh er sich's versah, bei seinem langen Überrock und walzte tüchtig mit ihm herum. Er strengte sich nun an, recht zierlich und neumodisch zu tanzen, und füßelte so emsig und künstlich, daß ihm der Schweiß vom Gesicht herunterfloß und die langen Rockschöße wie ein Rad um uns herumflogen. Dabei sah er mich aber manchmal so kurios mit verdrehten Augen an, daß ich mich ordentlich vor ihm zu fürchten anfing und ihn plötzlich wieder losließ.

Die Alte hätte nun gar zu gerne erfahren, was in dem Briefe stand und warum ich denn eigentlich heut auf einmal so lustig war. Aber das war ja viel zu weitläufig, um es ihr auseinandersetzen zu können. Ich zeigte bloß auf ein paar Kraniche, die eben hoch über uns durch die Luft zogen, und sagte: „Ich müßte nun auch so fort und immer fort, weit in die Ferne!" Da riß sie die vertrockneten Augen weit auf und blickte, wie ein Basilisk**, bald auf mich, bald auf den alten Mann hinüber. Dann bemerkte ich, wie die beiden heimlich die Köpfe zusammensteckten, sooft ich mich wegwandte, und sehr eifrig miteinander sprachen und mich dabei zuweilen von der Seite ansahen.

---

* trank ein Glas nach dem andern aus
** nach der Sage ein Drache mit tödlichem Blick

Das fiel mir auf. Ich sann hin und her, was sie wohl mit mir vorhaben möchten. Darüber wurde ich stiller, die Sonne war auch schon lange untergegangen, und so wünschte ich allen gute Nacht und ging nachdenklich in meine Schlafstube hinauf.

Ich war innerlich so fröhlich und unruhig, daß ich noch lange im Zimmer auf und nieder ging. Draußen wälzte der Wind schwere, schwarze Wolken über den Schloßturm weg, man konnte kaum die nächsten Bergkuppen in der dicken Finsternis erkennen. Da kam es mir vor, als wenn ich im Garten unten Stimmen hörte. Ich löschte mein Licht aus und stellte mich ans Fenster. Die Stimmen schienen näher zu kommen, sprachen aber sehr leise miteinander. Auf einmal gab eine kleine Laterne, welche die eine Gestalt unterm Mantel trug, einen langen Schein. Ich erkannte nun den grämlichen Schloßverwalter und die alte Haushälterin. Das Licht blitzte über das Gesicht der Alten, das mir noch niemals so häßlich vorgekommen war, und über ein langes Messer, das sie in der Hand hielt. Dabei konnte ich sehen, daß sie beide eben nach meinem Fenster hinaufsahen. Dann schlug der Verwalter seinen Mantel wieder dichter um, und es war bald alles wieder finster und still.

Was wollen die, dachte ich, zu dieser Stunde noch draußen im Garten? Mich schauderte, denn es fielen mir alle Mordgeschichten ein, die ich in meinem Leben gehört hatte, von Hexen und Räubern, welche Menschen abschlachten, um ihre Herzen zu fressen. Indem ich noch so nachdenke, kommen Menschentritte, erst die Treppe herauf, dann auf dem langen Gange ganz leise, leise auf meine Tür zu, dabei war es, als wenn zuweilen Stimmen heimlich miteinander wisperten. Ich sprang schnell an das andere Ende der Stube hinter einen großen Tisch, den ich, sobald sich etwas rührte, vor mir aufheben und so mit aller Gewalt auf die Tür losrennen wollte. Aber in der Finsternis warf ich einen Stuhl um, daß es ein entsetzliches Gepolter gab. Da wurde es auf einmal ganz still draußen. Ich lauschte hinter dem Tisch und sah immerfort nach der Tür, als wenn ich sie mit den Augen durchstechen wollte, daß mir ordentlich die Augen zum Kopfe herausstanden. Als ich mich ein Weilchen wieder so ruhig verhalten hatte, daß man die Fliegen an der Wand hätte können gehen hören, vernahm ich, wie jemand von draußen ganz leise einen

Schlüssel ins Schlüsselloch steckte. Ich wollte nun eben mit meinem Tische losfahren, da drehte es den Schlüssel langsam dreimal in der Tür um, zog ihn vorsichtig wieder heraus und schnurrte dann sachte über den Gang und die Treppe hinunter.

Ich schöpfte nun tief Atem. Oho, dachte ich, da haben sie dich eingesperrt, damit sie's kommode* haben, wenn ich erst fest eingeschlafen bin. Ich untersuchte geschwind die Tür. Es war richtig, sie war fest verschlossen, ebenso die andere Tür, hinter der die hübsche, bleiche Magd schlief. Das war noch niemals geschehen, solange ich auf dem Schlosse wohnte.

Da saß ich nun in der Fremde gefangen! Die schöne Frau stand nun wohl an ihrem Fenster und sah über den stillen Garten nach der Landstraße hinaus, ob ich nicht schon am Zollhäuschen mit meiner Geige dahergestrichen komme, die Wolken flogen rasch über den Himmel, die Zeit verging – und ich konnte nicht fort von hier! Ach, mir war so weh im Herzen, ich wußte gar nicht mehr, was ich tun sollte. Dabei war mir's auch immer, wenn die Blätter draußen rauschten oder eine Ratte am Boden knosperte**, als wäre die Alte durch eine verborgene Tapetentür heimlich hereingetreten und lauere und schleiche leise mit dem langen Messer durchs Zimmer.

Als ich so voll Sorgen auf dem Bette saß, hörte ich auf einmal seit langer Zeit wieder die Nachtmusik unter meinen Fenstern. Bei dem ersten Klange der Gitarre war es mir nicht anders, als wenn mir ein Morgenstrahl plötzlich durch die Seele führe. Ich riß das Fenster auf und rief leise hinunter, daß ich wach sei. „Pst, pst!" antwortete es von unten. Ich besann mich nun nicht lange, steckte das Briefchen und meine Geige zu mir, schwang mich aus dem Fenster und kletterte an der alten, zersprungenen Mauer hinab, indem ich mich mit den Händen an den Sträuchern, die aus den Ritzen wuchsen, anhielt. Aber einige morsche Ziegel gaben nach, ich kam ins Rutschen, es ging immer rascher und rascher mit mir, bis ich endlich mit beiden Füßen aufplumpste, daß mir's im Gehirnkasten knisterte.

Kaum war ich auf diese Art unten im Garten angekommen, so

---

* bequem
** mundartlich für „knusperte"

umarmte mich jemand mit solcher Vehemenz, daß ich laut aufschrie. Der gute Freund aber hielt mir schnell die Finger auf den Mund, faßte mich bei der Hand und führte mich dann aus dem Gesträuch ins Freie hinaus. Da erkannte ich mit Verwunderung den guten, langen Studenten, der die Gitarre an einem breiten seidenen Bande um den Hals hängen hatte. Ich beschrieb ihm nun in größter Geschwindigkeit, daß ich aus dem Garten hinauswollte. Er schien aber das alles schon lange zu wissen und führte mich auf allerlei verdeckten Umwegen zu dem untern Tore in der hohen Gartenmauer. Aber da war nun auch das Tor wieder fest verschlossen! Doch der Student hatte auch das schon vorbedacht, er zog einen großen Schlüssel hervor und schloß behutsam auf.

Als wir nun in den Wald hinaustraten und ich ihn eben noch um den besten Weg zur nächsten Stadt fragen wollte, stürzte er plötzlich vor mir auf ein Knie nieder, hob die eine Hand hoch in die Höhe und fing an zu fluchen und zu schwören, daß es entsetzlich anzuhören war. Ich wußte gar nicht, was er wollte, ich hörte nur immerfort: *„Idio"* und *„cuore"* und *„amore"* und *„furore"** . Als er aber am Ende gar anfing, auf beiden Knien schnell und immer näher auf mich zuzurutschen, da wurde mir auf einmal ganz grauslich, ich merkte wohl, daß er verrückt war, und rannte, ohne mich umzusehen, in den dicksten Wald hinein.

Ich hörte nun den Studenten wie rasend hinter mir drein schreien. Bald darauf gab noch eine andere grobe Stimme vom Schlosse her Antwort. Ich dachte mir nun wohl, daß sie mich aufsuchen würden. Der Weg war mir unbekannt, die Nacht finster, ich konnte ihnen leicht wieder in die Hände fallen. Ich kletterte daher auf den Wipfel einer hohen Tanne hinauf, um bessere Gelegenheit abzuwarten.

Von dort konnte ich hören, wie auf dem Schlosse eine Stimme nach der andern wach wurde. Einige Windlichter zeigten sich oben und warfen ihre wilden roten Scheine über das alte Gemäuer des Schlosses und weit vom Berge in die schwarze Nacht hinein. Ich befahl meine Seele dem lieben Gott, denn das verworrene Getümmel wurde immer lauter und näherte sich immer mehr und mehr. Endlich stürzte der Student mit einer Fackel

---

* *Idio, cuore, amore, furore* – Gott, Herz, Liebe, Raserei

unter meinem Baume vorüber, daß ihm die Rockschöße weit im Winde nachflogen. Dann schienen sie sich alle nach und nach auf eine andere Seite des Berges hinzuwenden, die Stimmen schallten immer ferner und ferner, und der Wind rauschte wieder durch den stillen Wald. Da stieg ich schnell von dem Baume herab und lief atemlos weiter in das Tal und die Nacht hinaus.

## SIEBENTES KAPITEL

Ich war Tag und Nacht eilig fortgegangen, denn es sauste mir lange in den Ohren, als kämen die von dem Berge mit ihrem Rufen, mit Fackeln und langen Messern noch immer hinter mir drein. Unterwegs erfuhr ich, daß ich nur noch ein paar Meilen von Rom wäre. Da erschrak ich ordentlich vor Freude. Denn von dem prächtigen Rom hatte ich schon zu Hause als Kind viele wunderbare Geschichten gehört, und wenn ich dann an Sonntagsnachmittagen vor der Mühle im Grase lag und alles ringsum so stille war, da dachte ich mir Rom wie die ziehenden Wolken über mir, mit wundersamen Bergen und Abgründen am blauen Meer und goldnen Toren und hohen glänzenden Türmen, von denen Engel in goldenen Gewändern sangen. Die Nacht war schon wieder lange hereingebrochen, und der Mond schien prächtig, als ich endlich auf einem Hügel aus dem Walde heraustrat und auf einmal die Stadt in der Ferne vor mir sah. Das Meer leuchtete von weitem, der Himmel blitzte und funkelte unübersehbar mit unzähligen Sternen, darunter lag die heilige Stadt, von der man nur einen langen Nebelstreif erkennen konnte, wie ein eingeschlafener Löwe auf der stillen Erde, und Berge standen daneben, wie dunkle Riesen, die ihn bewachten.

Ich kam nun zuerst auf eine große, einsame Heide, auf der es so grau und still war wie im Grabe. Nur hin und her stand ein altes verfallenes Gemäuer oder ein trockener, wunderbar gewundener Strauch; manchmal schwirrten Nachtvögel durch die Luft, und mein eigener Schatten strich immerfort lang und dunkel in der Einsamkeit neben mir her. Sie sagen, daß hier eine uralte Stadt und die Frau Venus begraben liegt und die alten Heiden zuweilen noch aus ihren Gräbern heraufsteigen und bei stiller Nacht über die Heide gehn und die Wanderer verwirren. Aber ich ging immer gerade fort und ließ mich nicht anfechten. Denn die Stadt stieg immer deutlicher und prächtiger vor mir herauf, und die hohen Burgen und Tore und goldenen Kuppeln glänzten so herrlich im hellen Mondschein, als ständen wirklich die Engel in goldenen Gewändern auf den Zinnen und sängen durch die stille Nacht herüber.

So zog ich denn endlich erst an kleinen Häusern vorbei, dann durch ein prächtiges Tor in die berühmte Stadt Rom hinein. Der Mond schien zwischen den Palästen, als wäre es heller Tag, aber die Straßen waren schon alle leer, nur hin und wieder lag ein lumpiger Kerl, wie ein Toter, in der lauen Nacht auf den Marmorschwellen und schlief. Dabei rauschten die Brunnen auf den stillen Plätzen, und die Gärten an der Straße säuselten dazwischen und erfüllten die Luft mit erquickenden Düften.

Wie ich nun eben so weiter fortschlendere und vor Vergnügen, Mondschein und Wohlgeruch gar nicht weiß, wohin ich mich wenden soll, läßt sich tief aus dem einen Garten eine Gitarre hören. Mein Gott, denk ich, da ist mir wohl der tolle Student mit dem langen Überrock heimlich nachgesprungen! Darüber fing eine Dame in dem Garten an überaus lieblich zu singen. Ich stand ganz wie bezaubert, denn es war die Stimme der schönen gnädigen Frau und dasselbe welsche Liedchen, das sie gar oft zu Hause am offenen Fenster gesungen hatte.

Da fiel mir auf einmal die schöne alte Zeit mit solcher Gewalt aufs Herz, daß ich bitterlich hätte weinen mögen, der stille Garten vor dem Schloß in früher Morgenstunde, und wie ich da hinter dem Strauch so glückselig war, ehe mir die dumme Fliege in die Nase flog. Ich konnte mich nicht länger halten. Ich kletterte auf den vergoldeten Zieraten über das Gittertor und schwang mich in den Garten hinunter, woher der Gesang kam. Da bemerkte ich, daß eine schlanke, weiße Gestalt von fern hinter einer Pappel stand und mir erst verwundert zusah, als ich über das Gitterwerk kletterte, dann aber auf einmal so schnell durch den dunklen Garten nach dem Hause zuflog, daß man sie im

Mondschein kaum füßeln sehen konnte. „Das war sie selbst!" rief ich aus, und das Herz schlug mir vor Freude, denn ich erkannte sie gleich an den kleinen, geschwinden Füßchen wieder. Es war nur schlimm, daß ich mir beim Herunterspringen vom Gartentore den rechten Fuß etwas vertreten hatte, ich mußte daher erst ein paarmal mit dem Beine schlenkern, eh' ich zu dem Hause nachspringen konnte. Aber da hatten sie unterdes Tür und Fenster fest verschlossen. Ich klopfte ganz bescheiden an, horchte und klopfte wieder. Da war es nicht anders, als wenn es drinnen leise flüsterte und kicherte, ja einmal kam es mir vor, als wenn zwei helle Augen zwischen den Jalousien im Mondschein hervorfunkelten. Dann war auf einmal wieder alles still.

Sie weiß nur nicht, daß *ich* es bin, dachte ich, zog die Geige, die ich allzeit bei mir trage, hervor, spazierte damit auf dem Gange vor dem Hause auf und nieder und spielte und sang das Lied von der schönen Frau und spielte voll Vergnügen alle meine Lieder durch, die ich damals in den schönen Sommernächten im Schloßgarten oder auf der Bank vor dem Zollhause gespielt hatte, daß es weit bis in die Fenster des Schlosses hinüberklang. Aber es half alles nichts, es rührte und regte sich niemand im ganzen Hause. Da steckte ich endlich meine Geige traurig ein und legte mich auf die Schwelle vor der Haustür hin, denn ich war sehr müde von dem langen Marsch. Die Nacht war warm, die Blumenbeete vor dem Hause dufteten lieblich, eine Wasserkunst weiter unten im Garten plätscherte immerfort dazwischen. Mir träumte von himmelblauen Blumen, von schönen, dunkelgrünen, einsamen Gründen, wo Quellen rauschten und Bächlein gingen und bunte Vögel wunderbar sangen, bis ich endlich fest einschlief.

Als ich aufwachte, rieselte mir die Morgenluft durch alle Glieder. Die Vögel waren schon wach und zwitscherten auf den Bäumen um mich herum, als ob sie mich für 'n Narren haben wollten. Ich sprang rasch auf und sah mich nach allen Seiten um. Die Wasserkunst im Garten rauschte noch immer fort, aber in dem Hause war kein Laut zu vernehmen. Ich guckte durch die grünen Jalousien in das eine Zimmer hinein. Da war ein Sofa und ein großer runder Tisch mit grauer Leinwand verhangen, die Stühle standen alle in großer Ordnung und unverrückt an den Wänden herum; von außen aber waren die Jalousien an allen Fenstern heruntergelassen, als wäre das ganze Haus schon seit vielen Jahren unbewohnt. Da überfiel mich ein ordentliches Grausen vor dem einsamen Hause und Garten und vor der gestrigen weißen Gestalt. Ich lief, ohne mich weiter umzusehen, durch die stillen Lauben und Gänge und kletterte geschwind wieder an dem Gartentor hinauf. Aber da blieb ich wie verzaubert sitzen, als ich auf einmal von dem hohen Gitterwerk in die prächtige Stadt hinuntersah. Da blitzte und funkelte die Morgensonne weit über die Dächer und in die langen stillen Straßen hinein, daß ich laut aufjauchzen mußte und voller Freude auf die Straße hinuntersprang.

Aber wohin sollt' ich mich wenden in der großen fremden Stadt? Auch ging mir die konfuse Nacht und das welsche Lied der schönen gnädigen Frau von gestern noch immer im Kopfe hin und her. Ich setzte mich endlich auf den steinernen Springbrunnen, der mitten auf dem einsamen Platze stand, wusch mir in dem klaren Wasser die Augen hell und sang dazu:

„Wenn ich ein Vöglein wär',
Ich wüßt' wohl, wovon ich sänge,
Und auch zwei Flügel hätt',
Ich wüßt' wohl, wohin ich mich schwänge!"

„Ei, lustiger Gesell, du singst ja wie eine Lerche beim ersten Morgenstrahl!" sagte da auf einmal ein junger Mann zu mir, der während meines Liedes an den Brunnen herangetreten war. Mir aber, da ich so unverhofft deutsch sprechen hörte, war es nicht anders im Herzen, als wenn die Glocke aus meinem Dorfe am stillen Sonntagsmorgen plötzlich zu mir herüberklänge. „Gott willkommen, bester Herr Landsmann!" rief ich aus und sprang voller Vergnügen von dem steinernen Brunnen herab.

Der junge Mann lächelte und sah mich von oben bis unten an. „Aber was treibt Ihr denn eigentlich hier in Rom?" fragte er endlich.

Da wußte ich nun nicht gleich, was ich sagen sollte, denn daß ich soeben der schönen gnädigen Frau nachspränge, mocht' ich ihm nicht sagen. „Ich treibe", erwiderte ich, „mich selbst ein bißchen herum, um die Welt zu sehn."

„So, so!" versetzte der junge Mann und lachte laut auf, „da

haben wir ja *ein* Metier. Das tu ich eben auch, um die Welt zu sehn und hinterdrein abzumalen."

„Also ein Maler!" rief ich fröhlich aus, denn mir fiel dabei Herr Leonhard und Guido ein.

Aber der Herr ließ mich nicht zu Worte kommen. „Ich denke", sagte er, „du gehst mit und frühstückst bei mir, da will ich dich selbst abkonterfeien, daß es eine Freude sein soll!" Das ließ ich mir gern gefallen und wanderte nun mit dem Maler durch die leeren Straßen, wo nur hin und wieder erst einige Fensterladen aufgemacht wurden und bald ein paar weiße Arme, bald ein verschlafenes Gesichtchen in die frische Morgenluft hinausguckte.

Er führte mich lange hin und her durch eine Menge konfuser, enger und dunkler Gassen, bis wir endlich in ein altes verräuchertes Haus hineinwuschten. Dort stiegen wir eine finstre Treppe hinauf, dann wieder eine, als wenn wir in den Himmel hineinsteigen wollten. Wir standen nun unter dem Dache vor einer Tür still, und der Maler fing an in allen Taschen vorn und hinten mit großer Eilfertigkeit zu suchen. Aber er hatte heute früh vergessen zuzuschließen und den Schlüssel in der Stube gelassen. Denn er war, wie er mir unterwegs erzählte, noch vor Tagesanbruch vor die Stadt hinausgegangen, um die Gegend bei Sonnenaufgang zu betrachten. Er schüttelte nur mit dem Kopfe und stieß die Tür mit dem Fuße auf.

Das war eine lange, lange, große Stube, daß man darin hätte tanzen können. Aber da lagen Stiefel, Papier, Kleider, umgeworfene Farbtöpfe, alles durcheinander; in der Mitte der Stube standen große Gerüste, wie man zum Birnenabnehmen braucht, ringsum an der Wand waren große Bilder angelehnt. Auf einem langen hölzernen Tische war eine Schüssel, worauf neben einem Farbenklecks Brot und Butter lag. Eine Flasche Wein stand daneben.

„Nun eßt und trinkt erst, Landsmann!" rief mir der Maler zu. Ich wollte mir auch sogleich ein paar Butterschnitten schmieren, aber da war wieder kein Messer da. Wir mußten erst lange in den Papieren auf dem Tische herumrascheln, ehe wir es unter einem großen Paket endlich fanden. Darauf riß der Maler das Fenster auf, daß die frische Morgenluft fröhlich das ganze Zimmer durchdrang. Das war eine herrliche Aussicht weit über die Stadt weg in die Berge hinein, wo die Morgensonne lustig die weißen Landhäuser und Weingärten beschien.

„Vivat unser kühlgrünes Deutschland da hinter den Bergen!" rief der Maler aus und trank dazu aus der Weinflasche, die er mir dann hinreichte. Ich tat ihm höflich Bescheid und grüßte in meinem Herzen die schöne Heimat in der Ferne noch vieltausendmal.

Der Maler aber hatte unterdes das hölzerne Gerüst, worauf ein sehr großes Papier aufgespannt war, näher an das Fenster herangerückt. Auf dem Papier war bloß mit großen schwarzen Strichen eine alte Hütte gar künstlich abgezeichnet. Darin saß die heilige Jungfrau mit einem überaus schönen, freudigen und doch recht wehmütigen Gesichte. Zu ihren Füßen auf einem Nestlein von Stroh lag das Jesuskind, sehr freundlich, aber mit großen, ernsthaften Augen. Draußen auf der Schwelle der offnen Hütte aber knieten zwei Hirtenknaben mit Stab und Tasche. „Siehst du", sagte der Maler, „dem einen Hirtenknaben da will ich deinen Kopf aufsetzen, so kommt dein Gesicht doch auch etwas unter die Leute, und will's Gott, sollen sie sich daran noch erfreuen, wenn wir beide schon lange begraben sind und selbst so still und fröhlich vor der heiligen Mutter und ihrem Sohne knien wie die glücklichen Jungen hier." Darauf ergriff er einen alten Stuhl, von dem ihm aber, da er ihn aufheben wollte, die halbe Lehne in der Hand blieb. Er paßte ihn geschwind wieder zusammen, schob ihn vor das Gerüst hin, und ich mußte mich nun daraufsetzen und mein Gesicht etwas von der Seite, nach dem Maler zu, wenden. So saß ich ein paar Minuten ganz still, ohne mich zu rühren. Aber ich weiß nicht, zuletzt konnt' ich's gar nicht recht aushalten, bald juckte mich's da, bald juckte mich's dort. Auch hing mir gerade gegenüber ein zerbrochner halber Spiegel, da mußt' ich immerfort hineinsehen und machte, wenn er eben malte, aus Langeweile allerlei Gesichter und Grimassen. Der Maler, der es bemerkte, lachte endlich laut auf und winkte mir mit der Hand, daß ich wieder aufstehen sollte. Mein Gesicht auf dem Hirten war auch schon fertig und sah so klar aus, daß ich mir ordentlich selber gefiel.

Er zeichnete nun in der frischen Morgenkühle immer fleißig fort, während er ein Liedchen dazu sang und zuweilen durch das offne Fenster in die prächtige Gegend hinausblickte. Ich aber schnitt mir unterdes noch eine Butterstolle und ging damit im Zimmer auf und ab und besah mir die Bilder, die an der Wand aufgestellt waren. Zwei darunter gefielen mir ganz besonders gut. „Habt Ihr die auch gemalt?“ frug ich den Maler.

„Warum nicht gar!“ erwiderte er, „die sind von den berühmten Meistern Leonardo da Vinci und Guido Reni – aber da weißt du ja doch nichts davon!“

Mich ärgerte der Schluß der Rede. „Oh“, versetzte ich ganz gelassen, „die beiden Meister kenne ich wie meine eigne Tasche.“

Da machte er große Augen. „Wieso?“ frug er geschwind.

„Nun“, sagte ich, „bin ich nicht mit ihnen Tag und Nacht fortgereist, zu Pferde und zu Fuß und zu Wagen, daß mir der Wind am Hute pfiff, und hab sie alle beide in der Schenke verloren und bin dann allein in ihrem Wagen mit Extrapost immer weitergefahren, daß der Bombenwagen immerfort auf zwei Rädern über die entsetzlichen Steine flog und –“

„Oho! Oho!“ unterbrach mich der Maler und sah mich starr an, als wenn er mich für verrückt hielte. Dann aber brach er plötzlich in ein lautes Gelächter aus. „Ach“, rief er, „nun versteh ich erst, du bist mit zwei Malern gereist, die Guido und Leonhard hießen?“ Da ich das bejahte, sprang er rasch auf und sah mich nochmals von oben bis unten ganz genau an. „Ich glaube gar“, sagte er, „am Ende – spielst du die Violine?“ Ich schlug auf meine Rocktasche, daß die Geige darin einen Klang gab. „Nun, wahrhaftig“, versetzte der Maler, „da war eine Gräfin aus Deutschland hier, die hat sich in allen Winkeln von Rom nach den beiden Malern und nach einem jungen Musikanten mit der Geige erkundigen lassen.“

„Eine junge Gräfin aus Deutschland?“ rief ich voller Entzücken aus, „ist der Portier mit?“

„Ja, das weiß ich alles nicht“, erwiderte der Maler, „ich sah sie nur einige Male bei einer Freundin von ihr, die aber auch nicht in der Stadt wohnt. – Kennst du die?“ fuhr er fort, indem er in einem Winkel plötzlich eine Leinwanddecke von einem großen Bilde in die Höhe hob. Da war mir's doch nicht anders, als wenn man in einer finstern Stube die Laden aufmacht und einem die Morgensonne auf einmal über die Augen blitzt, es war – die schöne gnädige Frau! Sie stand in einem schwarzen Samtkleide im Garten und hob mit der einen Hand den Schleier vom Gesicht und sah still und freundlich in eine weite, prächtige Gegend hinaus. Je länger ich hinsah, je mehr kam es mir vor, als wäre es der Garten am Schlosse und die Blumen und Zweige wiegten sich leise im Winde und unten in der Tiefe sähe ich mein Zollhäuschen und die Landstraße weit durchs Grüne und die Donau und die fernen blauen Berge.

„Sie ist's, sie ist's!" rief ich endlich, erwischte meinen Hut und rannte rasch zur Tür hinaus, die vielen Treppen hinunter und hörte nur noch, daß mir der verwunderte Maler nachschrie, ich sollte gegen Abend wiederkommen, da könnten wir vielleicht mehr erfahren!

## ACHTES KAPITEL

Ich lief mit großer Eilfertigkeit durch die Stadt, um mich sogleich wieder in dem Gartenhause zu melden, wo die schöne Frau gestern abend gesungen hatte. Auf den Straßen war unterdes alles lebendig geworden, Herren und Damen zogen im Sonnenschein und neigten sich und grüßten bunt durcheinander, prächtige Karossen rasselten dazwischen, und von allen Türmen läutete es zur Messe, daß die Klänge über dem Gewühle wunderbar in der klaren Luft durcheinanderhallten. Ich war wie betrunken von Freude und von dem Rumor und rannte in meiner Fröhlichkeit immer gerade fort, bis ich zuletzt gar nicht mehr wußte, wo ich stand. Es war wie verzaubert, als wäre der stille Platz mit dem Brunnen und der Garten und das Haus bloß ein Traum gewesen und beim hellen Tageslicht alles wieder von der Erde verschwunden.

Fragen konnte ich nicht, denn ich wußte den Namen des Platzes nicht. Endlich fing es auch an sehr schwül zu werden, die Sonnenstrahlen schossen recht wie sengende Pfeile auf das Pflaster, die Leute verkrochen sich in die Häuser, die Jalousien wurden überall wieder zugemacht, und es war auf einmal wie ausgestorben auf den Straßen. Ich warf mich zuletzt ganz verzweifelt vor einem schönen großen Hause hin, vor dem ein Balkon mit Säulen breiten Schatten warf, und betrachtete bald die stille Stadt, die in der plötzlichen Einsamkeit bei heller Mittagstunde ordentlich schauerlich aussah, bald wieder den tiefblauen, ganz wolkenlosen Himmel, bis ich endlich vor großer Ermüdung gar einschlummerte. Da träumte mir, ich läge bei meinem Dorfe auf einer einsamen, grünen Wiese, ein warmer Sommerregen sprühte und glänzte in der Sonne, die soeben hinter den Bergen unterging, und wie die Regentropfen auf den Rasen fielen, waren es lauter schöne, bunte Blumen, so daß ich davon ganz überschüttet war.

Aber wie erstaunte ich, als ich erwachte und wirklich eine Menge schöner frischer Blumen auf und neben mir liegen sah! Ich sprang auf, konnte aber nichts Besonderes bemerken als bloß in dem Hause über mir ein Fenster ganz oben voll von duftenden Sträuchern und Blumen, hinter denen ein Papagei unablässig plauderte und kreischte. Ich las nun die zerstreuten Blumen auf, band sie zusammen und steckte mir den Strauß vorn ins Knopfloch. Dann aber fing ich an, mit dem Papagei ein wenig zu diskurrieren, denn es freute mich, wie er in seinem vergoldeten Gebauer mit allerlei Grimassen herauf- und herunterstieg und sich dabei immer ungeschickt über die große Zehe trat. Doch ehe ich mich's versah, schimpfte er mich *„furfante!"**. Wenn es gleich eine unvernünftige Bestie war, so ärgerte es mich doch. Ich schimpfte ihn wieder, wir gerieten endlich beide in Hitze, je mehr ich auf deutsch schimpfte, je mehr gurgelte er auf italienisch wieder auf mich los.

Auf einmal hörte ich jemand hinter mir lachen. Ich drehte mich rasch um. Es war der Maler von heute früh. „Was stellst du wieder für tolles Zeug an!" sagte er, „ich warte schon eine halbe Stunde auf dich. Die Luft ist wieder kühler, wir wollen in einen Garten vor der Stadt gehen, da wirst du mehrere Landsleute finden und vielleicht etwas Näheres von der deutschen Gräfin erfahren."

Darüber war ich außerordentlich erfreut, und wir traten un-

---

* Spitzbube, Strolch

sern Spaziergang sogleich an, während ich den Papagei noch lange hinter mir drein schimpfen hörte.

Nachdem wir draußen vor der Stadt auf schmalen, steinigen Fußsteigen lange zwischen Landhäusern und Weingärten hinaufgestiegen waren, kamen wir an einen kleinen hochgelegenen Garten, wo mehrere junge Männer und Mädchen im Grünen um einen runden Tisch saßen. Sobald wir hineintraten, winkten uns alle zu, uns still zu verhalten, und zeigten auf die andere Seite des Gartens hin. Dort saßen in einer großen, grünverwachsenen Laube zwei schöne Frauen an einem Tisch einander gegenüber. Die eine sang, die andere spielte Gitarre dazu. Zwischen beiden hinter dem Tische stand ein freundlicher Mann, der mit einem kleinen Stäbchen zuweilen den Takt schlug. Dabei funkelte die Abendsonne durch das Weinlaub, bald über die Weinflaschen und Früchte, womit der Tisch in der Laube besetzt war, bald über die vollen, runden, blendendweißen Achseln der Frau mit der Gitarre. Die andere war wie verzückt und sang auf italienisch ganz außerordentlich künstlich, daß ihr die Flechsen am Halse aufschwollen.

Wie sie nun soeben mit zum Himmel gerichteten Augen eine lange Kadenz anhielt und der Mann neben ihr mit aufgehobenem Stäbchen auf den Augenblick paßte, wo sie wieder in den Takt einfallen würde, und keiner im ganzen Garten zu atmen sich unterstand, da flog plötzlich die Gartentür weit auf, und ein ganz erhitztes Mädchen und hinter ihr ein junger Mensch mit einem feinen, bleichen Gesicht stürzten in großem Gezänke herein. Der erschrockene Musikdirektor blieb mit seinem aufgehobenen Stabe wie ein versteinerter Zauberer stehen, obgleich die Sängerin schon längst den langen Triller plötzlich abgeschnappt hatte und zornig aufgestanden war. Alle übrigen zischten den Neuangekommenen wütend an. „Barbar!" rief ihm einer von dem runden Tische zu, „du rennst da mitten in das sinnreiche Tableau* von der schönen Beschreibung hinein, welche der selige Hoffmann**, Seite 347 des ‚Frauentaschenbuchs für 1816', von dem

* lebendes Bild nach einem Gemälde

** E. T. A. Hoffmann (1776–1822) beginnt seine Erzählung „Die Fermate", zuerst erschienen im „Frauentaschenbuch für das Jahr 1816", mit einer Beschreibung des Bildes „Die Gesellschaft in einer italienischen Lokanda" des Malers Johann Erdmann Hummel (1769–1852)

schönsten Hummelschen Bilde gibt, das im Herbst 1814 auf der Berliner Kunstausstellung zu sehen war!"

Aber das half alles nichts. „Ach was!" entgegnete der junge Mann, „mit Euren Tableaus von Tableaus! Mein selbsterfundenes Bild für die andern und mein Mädchen für mich allein! So will ich es halten! O du Ungetreue, du Falsche!" fuhr er dann von neuem gegen das arme Mädchen fort, „du kritische Seele, die in der Malerkunst nur den Silberblick und in der Dichterkunst nur den goldenen Faden sucht und keinen Liebsten, sondern nur lauter Schätze hat! Ich wünsche dir hinfüro, anstatt eines ehrlichen malerischen Pinsels, einen alten Duca* mit einer ganzen Münzgrube von Diamanten auf der Nase und mit hellem Silberblick auf der kahlen Platte und mit Goldschnitt auf den paar noch übrigen Haaren! Ja, nur heraus mit dem verruchten Zettel, den du da vorhin vor mir versteckt hast! Was hast du wieder angezettelt? Von wem ist der Wisch, und an wen ist er?"

Aber das Mädchen sträubte sich standhaft, und je eifriger die andern den erbosten jungen Menschen umgaben und ihn mit großem Lärm zu trösten und zu beruhigen suchten, desto erhitzter und toller wurde er von dem Rumor, zumal da das Mädchen auch ihr Mäulchen nicht halten konnte, bis sie endlich weinend aus dem verworrenen Knäuel hervorflog und sich auf einmal ganz unverhofft an meine Brust stürzte, um bei mir Schutz zu suchen. Ich stellte mich auch sogleich in die gehörige Positur, aber da die andern in dem Getümmel soeben nicht auf uns achtgaben, kehrte sie plötzlich das Köpfchen nach mir herauf und flüsterte mir mit ganz ruhigem Gesicht sehr leise und schnell ins Ohr: „Du abscheulicher Einnehmer! Um dich muß ich das alles leiden. Da, steck den fatalen Zettel geschwind zu dir, du findest darauf bemerkt, wo wir wohnen. Also zur bestimmten Stunde, wenn du ins Tor kommst, immer die einsame Straße rechts fort!"

Ich konnte vor Verwunderung kein Wort hervorbringen, denn wie ich sie nun erst recht ansah, erkannte ich sie auf einmal: Es war wahrhaftig die schnippische Kammerjungfer vom Schloß, die mir damals an dem schönen Sonntagsabende die Flasche mit

* Herzog

Wein brachte. Sie war mir sonst niemals so schön vorgekommen, als da sie sich jetzt so erhitzt an mich lehnte, daß die schwarzen Locken über meinen Arm herabhingen. „Aber, verehrte Mamsell", sagte ich voller Erstaunen, „wie kommen Sie –"

„Um Gottes willen, still nur, jetzt still!" erwiderte sie und sprang geschwind von mir fort auf die andere Seite des Gartens, eh' ich mich noch auf alles recht besinnen konnte.

Unterdes hatten die andern ihr erstes Thema fast ganz vergessen, zankten aber untereinander recht vergnüglich weiter, indem sie dem jungen Menschen beweisen wollten, daß er eigentlich betrunken sei, was sich für einen ehrliebenden Maler gar nicht schicke. Der runde, fixe Mann aus der Laube, der – wie ich nachher erfuhr – ein großer Kenner und Freund von Künsten war und aus Liebe zu den Wissenschaften gern alles mitmachte, hatte auch sein Stäbchen weggeworfen und flanierte* mit seinem fetten Gesichte, das vor Freundlichkeit ordentlich glänzte, eifrig mitten in dem dicksten Getümmel herum, um alles zu vermitteln und zu beschwichtigen, während er dazwischen immer wieder die lange Kadenz und das schöne Tableau bedauerte, das er mit vieler Mühe zusammengebracht hatte.

Mir aber war es so sternklar im Herzen, wie damals an dem glückseligen Sonnabend, als ich am offenen Fenster vor der Weinflasche bis tief in die Nacht hinein auf der Geige spielte. Ich holte, da der Rumor gar kein Ende nehmen wollte, frisch meine Violine wieder hervor und spielte, ohne mich lange zu besinnen, einen welschen Tanz auf, den sie dort im Gebirge tanzen und den ich auf dem alten, einsamen Waldschlosse gelernt hatte.

Da reckten alle die Köpfe in die Höh'. „Bravo, bravissimo, ein deliziöser Einfall!" rief der lustige Kenner von den Künsten und lief sogleich von einem zum andern, um ein ländliches Divertissement**, wie er's nannte, einzurichten. Er selbst machte den Anfang, indem er der Dame die Hand reichte, die vorhin in der Laube gespielt hatte. Er begann darauf außerordentlich künstlich zu tanzen, schrieb mit den Fußspitzen allerlei Buchstaben auf den Rasen, schlug ordentliche Triller mit den Füßen und machte

* mundartlich „umherschlendern"
** Tanzeinlage

von Zeit zu Zeit ganz passable Luftsprünge. Aber er bekam es bald satt, denn er war etwas korpulent. Er machte immer kürzere und ungeschicktere Sprünge, bis er endlich ganz aus dem Kreise heraustrat und heftig hustete und sich mit seinem schneeweißen Schnupftuche unaufhörlich den Schweiß abwischte. Unterdes hatte auch der junge Mensch, der nun wieder ganz gescheut geworden war, aus dem Wirtshause Kastagnetten herbeigeholt, und ehe ich mich's versah, tanzten alle unter den Bäumen bunt durcheinander.

Die untergegangene Sonne warf noch einige rote Widerscheine zwischen die dunklen Schatten und über das alte Gemäuer und die von Efeu wild überwachsenen, halb versunkenen Säulen hinten im Garten, während man von der andern Seite tief unter den Weinbergen die Stadt Rom in den Abendgluten liegen sah. Da tanzten sie alle lieblich im Grünen in der klaren stillen Luft, und mir lachte das Herz recht im Leibe, wie die schlanken Mädchen und die Kammerjungfer mitten unter ihnen sich so mit aufgehobenen Armen wie heidnische Waldnymphen zwischen dem Laubwerk schwangen und dabei jedesmal in der Luft mit den Kastagnetten lustig dazu schnalzten. Ich konnte mich nicht länger halten, ich sprang mitten unter sie hinein und machte, während ich dabei immerfort geigte, recht artige Figuren.

Ich mochte eine ziemliche Weile so im Kreis herumgesprungen sein und merkte gar nicht, daß die andern unterdes anfingen müde zu werden und sich nach und nach von dem Rasenplatze verloren. Da zupfte mich jemand von hinten tüchtig an den Rockschößen. Es war die Kammerjungfer. „Sei kein Narr", sagte sie leise; „du springst ja wie ein Ziegenbock! Studiere deinen Zettel ordentlich und komm bald nach, die schöne junge Gräfin wartet." Und damit schlüpfte sie in die Dämmerung zur Gartenpforte hinaus und war bald zwischen den Weingärten verschwunden.

Mir klopfte das Herz, ich wäre am liebsten gleich nachgesprungen. Zum Glück zündete der Kellner, da es schon dunkel geworden war, in einer großen Laterne an der Gartentür Licht an. Ich trat heran und zog geschwind den Zettel heraus. Da war ziemlich kritzlig mit Bleifeder das Tor und die Straße beschrieben, wie mir die Kammerjungfer vorhin gesagt hatte. Dann stand: „Eilf Uhr an der kleinen Tür."

Da waren noch ein paar lange Stunden hin! Ich wollte mich dessenungeachtet sogleich auf den Weg machen, denn ich hatte keine Rast und Ruhe mehr; aber da kam der Maler, der mich hierher gebracht hatte, auf mich los. „Hast du das Mädchen gesprochen?" frug er, „ich seh sie nun nirgends mehr; das war das Kammermädchen von der deutschen Gräfin."

„Still, still!" erwiderte ich, „die Gräfin ist noch in Rom."

„Nun desto besser", sagte der Maler, „so komm und trink mit uns auf ihre Gesundheit!", und damit zog er mich, wie sehr ich mich auch sträubte, in den Garten zurück.

Da war es unterdes ganz öde und leer geworden. Die lustigen Gäste wanderten, jeder sein Liebchen am Arm, nach der Stadt zu, und man hörte sie noch durch den stillen Abend zwischen den Weingärten plaudern und lachen, immer ferner und ferner, bis sich endlich die Stimmen tief in dem Tale im Rauschen der Bäume und des Stromes verloren.

Ich war noch mit meinem Maler und dem Herrn Eckbrecht – so hieß der andere junge Maler, der sich vorhin so herumgezankt hatte – allein oben zurückgeblieben. Der Mond schien prächtig im Garten zwischen die hohen, dunklen Bäume herein, ein Licht flackerte im Winde auf dem Tische vor uns und schimmerte über den vielen vergoßnen Wein auf der Tafel. Ich mußte mich mit hinsetzen, und mein Maler plauderte mit mir über meine Herkunft, meine Reise und meinen Lebensplan. Herr Eckbrecht aber hatte das junge hübsche Mädchen aus dem Wirtshause, nachdem sie uns Flaschen auf den Tisch gestellt, vor sich auf den Schoß genommen, legte ihr die Gitarre in den Arm und lehrte sie ein Liedchen darauf klimpern. Sie fand sich auch bald mit den kleinen Händchen zurecht, und sie sangen dann zusammen ein italienisches Lied, einmal er, dann wieder das Mädchen eine Strophe, was sich in dem schönen stillen Abend prächtig ausnahm.

Als das Mädchen dann weggerufen wurde, lehnte sich Herr Eckbrecht mit der Gitarre auf der Bank zurück, legte seine Füße auf einen Stuhl, der vor ihm stand, und sang nun für sich allein viele herrliche deutsche und italienische Lieder, ohne sich weiter um uns zu bekümmern. Dabei schienen die Sterne prächtig am klaren Firmament, die ganze Gegend war wie versilbert vom Mondschein, ich dachte an die schöne Frau, an die ferne Heimat und vergaß darüber ganz meinen Maler neben mir. Zuweilen mußte Herr Eckbrecht stimmen, darüber wurde er immer ganz zornig. Er drehte und riß zuletzt an dem Instrument, daß plötzlich eine Saite sprang. Da warf er die Gitarre hin und sprang auf. Nun wurde er erst gewahr, daß mein Maler sich unterdes über seinen Arm auf den Tisch gelegt hatte und fest eingeschlafen war. Er warf schnell einen weißen Mantel um, der auf einem Aste neben dem Tische hing, besann sich aber plötzlich, sah erst meinen Maler, dann mich ein paarmal scharf an, setzte sich darauf, ohne sich lange zu bedenken, gerade vor mich auf den Tisch hin, räusperte sich, rückte an seiner Halsbinde und fing dann auf einmal an, eine Rede an mich zu halten.

„Geliebter Zuhörer und Landsmann!" sagte er, „da die Flaschen beinah leer sind und da die Moral unstreitig die erste Bürgerpflicht ist, wenn die Tugenden auf die Neige gehen, so fühle ich mich aus landsmännlicher Sympathie getrieben, dir einige Moralität zu Gemüte zu führen. Man könnte zwar meinen", fuhr er fort, „du seist ein bloßer Jüngling, während doch dein Frack über seine besten Jahre hinaus ist; man könnte vielleicht annehmen, du habest vorhin wunderliche Sprünge gemacht, wie ein Satyr*, ja, einige möchten wohl behaupten, du seiest wohl gar ein Landstreicher, weil du hier auf dem Lande bist und die Geige streichst, aber ich kehre mich an solche oberflächlichen Urteile nicht, ich halte mich an deine feingespitzte Nase, ich halte dich für ein vazierendes Genie."

Mich ärgerten die verfänglichen Redensarten, ich wollte ihm soeben recht antworten. Aber er ließ mich nicht zu Worte kommen.

„Siehst du", sagte er, „wie du dich schon aufblähst von dem bißchen Lobe. Gehe in dich und bedenke dieses gefährliche Metier! Wir Genies – denn ich bin auch eins – machen uns aus der Welt ebenso wenig als sie sich aus uns, wir schreiten vielmehr ohne besondere Umstände in unsern Siebenmeilenstiefeln, die

* mythologische Mischgestalt aus Mensch und Bock, Personifikation ungezügelter animalischer Fruchtbarkeit

wir bald mit auf die Welt bringen, gerade auf die Ewigkeit los. Oh, höchst klägliche, unbequeme, breitgespreizte Positionen, mit dem einen Beine in der Zukunft, wo nichts als Morgenrot und zukünftige Kindergesichter dazwischen, mit dem andern Beine noch mitten in Rom auf der Piazza del Popolo, wo das ganze Säkulum bei der guten Gelegenheit mitwill und sich an den Stiefel hängt, daß sie einem das Bein ausreißen möchten! Und all das Zucken, Weintrinken und Hungerleiden lediglich für die unsterbliche Ewigkeit! Und siehe meinen Herrn Kollegen dort auf der Bank, der gleichfalls ein Genie ist; ihm wird die Zeit schon zu lang, was wird er erst in der Ewigkeit anfangen? Ja, hochgeschätzter Herr Kollege, du und ich und die Sonne, wir sind heute früh zusammen aufgegangen und haben den ganzen Tag gebrütet und gemalt, und es war alles schön – und nun fährt die schläfrige Nacht mit ihrem Pelzärmel über die Welt und hat alle Farben verwischt." Er sprach noch immerfort und war dabei mit seinen verwirrten Haaren von dem Tanzen und Trinken im Mondschein ganz leichenblaß anzusehen.

Mir aber graute schon lange vor ihm und seinem wilden Gerede, und als er sich nun förmlich zu dem schlafenden Maler herumwandte, benutzte ich die Gelegenheit, schlich, ohne daß er es bemerkte, um den Tisch, aus dem Garten hinaus und stieg, allein und fröhlich im Herzen, an dem Rebengeländer in das weite, vom Mondschein beglänzte Tal hinunter.

Von der Stadt her schlugen die Uhren zehn. Hinter mir hörte ich durch die stille Nacht noch einzelne Gitarrenklänge und manchmal die Stimmen der beiden Maler, die nun auch nach Hause gingen, von fern herüberschallen. Ich lief daher so schnell, als ich nur konnte, damit sie mich nicht weiter ausfragen sollten.

Am Tore bog ich sogleich rechts in die Straße ein und ging mit klopfendem Herzen eilig zwischen den stillen Häusern und Gärten fort. Aber wie erstaunte ich, als ich da auf einmal auf dem Platze mit dem Springbrunnen herauskam, den ich heute am Tage gar nicht hatte finden können. Da stand das einsame Gartenhaus wieder, im prächtigsten Mondschein, und auch die schöne Frau sang im Garten wieder dasselbe italienische Lied wie gestern abend. Ich rannte voller Entzücken erst an die kleine Tür, dann an die Haustür und endlich mit aller Gewalt an das große Gartentor, aber es war alles verschlossen. Nun fiel mir erst ein, daß es noch nicht elf geschlagen hatte. Ich ärgerte mich über die langsame Zeit, aber über das Gartentor klettern, wie gestern, mochte ich wegen der guten Lebensart nicht. Ich ging daher ein Weilchen auf dem einsamen Platze auf und ab und setzte mich endlich wieder auf den steinernen Brunnen voller Gedanken und stiller Erwartung hin.

Die Sterne funkelten am Himmel, auf dem Platze war alles leer und still, ich hörte voll Vergnügen dem Gesange der schönen Frau zu, der zwischen dem Rauschen des Brunnens aus dem Garten herüberklang. Da erblickt' ich auf einmal eine weiße Gestalt, die von der andern Seite des Platzes herkam und gerade auf die kleine Gartentür zuging. Ich blickte durch den Mondflimmer recht scharf hin – es war der wilde Maler in seinem weißen Mantel. Er zog schnell einen Schlüssel hervor, schloß auf, und ehe ich mich's versah, war er im Garten drin.

Nun hatte ich gegen den Maler schon vom Anfang eine absonderliche Pike* wegen seiner unvernünftigen Reden. Jetzt aber geriet ich ganz außer mir vor Zorn. Das liederliche Genie ist gewiß wieder betrunken, dachte ich, den Schlüssel hat er von der Kammerjungfer und will nun die gnädige Frau beschleichen, verraten, überfallen. Und so stürzte ich durch das kleine, offengebliebene Pförtchen in den Garten hinein.

Als ich eintrat, war es ganz still und einsam darin. Die Flügeltür vom Gartenhause stand offen, ein milchigweißer Lichtschein drang daraus hervor und spielte auf dem Grase und den Blumen vor der Tür. Ich blickte von weitem herein. Da lag in einem prächtigen grünen Gemach, das von einer weißen Lampe nur wenig erhellt war, die schöne gnädige Frau, mit der Gitarre im Arm, auf einem seidenen Faulbettchen**, ohne in ihrer Unschuld an die Gefahren draußen zu denken.

Ich hatte aber nicht lange Zeit hinzusehen, denn ich bemerkte soeben, daß die weiße Gestalt von der andern Seite ganz behutsam hinter den Sträuchern nach dem Gartenhause zuschlich.

---

* Groll
** deutsches Wort für französisch „chaiselongue"

Dabei sang die gnädige Frau so kläglich aus dem Hause, daß es mir recht durch Mark und Bein ging. Ich besann mich daher nicht lange, brach einen tüchtigen Ast ab, rannte damit gerade auf den Weißmantel los und schrie aus vollem Halse „Mordjo!", daß der ganze Garten erzitterte.

Der Maler, wie er mich so unverhofft daherkommen sah, nahm schnell Reißaus und schrie entsetzlich. Ich schrie noch besser, er lief nach dem Hause zu, ich ihm nach – und ich hatt' ihn beinah schon erwischt, da verwickelte ich mich mit den Füßen in den fatalen Blumenstücken und stürzte auf einmal der Länge nach vor der Haustür hin.

„Also du bist es, Narr!" hört' ich da über mir ausrufen, „hast du mich doch fast zu Tode erschreckt."

Ich raffte mich geschwind wieder auf, und wie ich mir den Sand und die Erde aus den Augen wische, steht die Kammerjungfer vor mir, die soeben bei dem letzten Sprunge den weißen Mantel von der Schulter verloren hatte. „Aber", sagte ich ganz verblüfft, „war denn der Maler nicht hier?"

„Ja, freilich", entgegnete sie schnippisch, „sein Mantel wenigstens, den er mir, als ich ihm vorhin am Tor begegnete, umgehängt hat, weil mich fror." Über dem Geplauder war nun auch die gnädige Frau von ihrem Sofa aufgesprungen und kam zu uns an die Tür. Mir klopfte das Herz zum Zerspringen. Aber wie erschrak ich, als ich recht hinsah und, anstatt der schönen gnädigen Frau, auf einmal eine ganz fremde Person erblickte!

Es war eine etwas große, korpulente, mächtige Dame mit einer stolzen Adlernase und hochgewölbten schwarzen Augenbrauen, so recht zum Erschrecken schön. Sie sah mich mit ihren großen funkelnden Augen so majestätisch an, daß ich mich vor Ehrfurcht gar nicht zu lassen wußte. Ich war ganz verwirrt, ich machte in einem fort Komplimente und wollte ihr zuletzt gar die Hand küssen. Aber sie riß ihre Hand schnell weg und sprach dann auf italienisch zu der Kammerjungfer, wovon ich nichts verstand.

Unterdes aber war von dem vorherigen Geschrei die ganze Nachbarschaft lebendig geworden. Hunde bellten, Kinder schrien, zwischendurch hörte man einige Männerstimmen, die immer näher und näher auf den Garten zukamen. Da blickte mich die

Dame noch einmal an, als wenn sie mich mit feurigen Kugeln durchbohren wollte, wandte sich dann rasch nach dem Zimmer zurück, während sie dabei stolz und gezwungen auflachte, und schmiß mir die Tür vor der Nase zu. Die Kammerjungfer aber erwischte mich ohne weiteres beim Flügel und zerrte mich nach der Gartenpforte.

„Da hast du wieder einmal recht dummes Zeug gemacht", sagte sie unterwegs voller Bosheit zu mir.

Ich wurde auch schon giftig. „Nun, zum Teufel!" sagte ich, „habt Ihr mich denn nicht selbst hierher bestellt?"

„Das ist's ja eben", rief die Kammerjungfer, „meine Gräfin meinte es so gut mir dir, wirft dir erst Blumen aus dem Fenster zu, singt Arien – und *das* ist nun ihr Lohn! Aber mit dir ist nun einmal nichts anzufangen; du trittst dein Glück ordentlich mit Füßen."

„Aber", erwiderte ich, „ich meinte die Gräfin aus Deutschland, die schöne gnädige Frau –"

„Ach", unterbrach sie mich, „die ist ja lange schon wieder in Deutschland, mitsamt deiner tollen Amour. Und da lauf du nur auch wieder hin! Sie schmachtet ohnedies nach dir, da könnt ihr zusammen die Geige spielen und in den Mond gucken, aber daß du mir nicht wieder unter die Augen kommst!"

Nun aber entstand ein entsetzlicher Rumor und Spektakel hinter uns. Aus dem anderen Garten kletterten Leute mit Knüppeln hastig über den Zaun, andere fluchten und durchsuchten schon die Gänge, desperate Gesichter mit Schlafmützen guckten im Mondschein bald da, bald dort über die Hecken, es war, als wenn der Teufel auf einmal aus allen Hecken und Sträuchern Gesindel heckte.

Die Kammerjungfer fackelte nicht lange. „Dort, dort läuft der Dieb!" schrie sie den Leuten zu, indem sie dabei auf die andere Seite des Gartens zeigte. Dann schob sie mich schnell aus dem Garten und klappte das Pförtchen hinter mir zu.

Da stand ich nun unter Gottes freiem Himmel wieder auf dem stillen Platze mutterseelenallein, wie ich gestern angekommen war. Die Wasserkunst, die mir vorhin im Mondschein so lustig flimmerte, als wenn Engelein darin auf und nieder stiegen, rauschte noch fort, wie damals, mir aber war unterdes alle Lust und Freude in den Brunnen gefallen. Ich nahm mir nun fest vor, dem falschen Italien mit seinen verrückten Malern, Pomeranzen und Kammerjungfern auf ewig den Rücken zu kehren, und wanderte noch zur selbigen Stunde zum Tore hinaus.

## NEUNTES KAPITEL

Die treuen Berg' stehn auf der Wacht:
„Wer streicht bei stiller Morgenzeit
Da aus der Fremde durch die Heid'?"
Ich aber mir die Berg betracht'
Und lach' in mich vor großer Lust
Und rufe recht aus frischer Brust
Parol' und Feldgeschrei sogleich:
Vivat Östreich!

Da kennt mich erst die ganze Rund',
Nun grüßen Bach und Vöglein zart
Und Wälder rings nach Landesart,
Die Donau blitzt aus tiefem Grund,
Der Stephansturm auch ganz von fern
Guckt übern Berg und säh' mich gern,
Und ist er's nicht, so kommt er doch gleich,
Vivat Östreich!

Ich stand auf einem hohen Berge, wo man zum ersten Mal nach Österreich hineinsehen kann, und schwenkte voller Freude noch mit dem Hute und sang die letzte Strophe, da fiel auf einmal hinter mir im Walde eine prächtige Musik von Blasinstrumenten mit ein. Ich dreh mich schnell um und erblicke drei junge Gesellen in langen blauen Mänteln, davon bläst der eine Oboe, der andere die Klarinett und der dritte, der einen alten Dreistutzer* auf dem Kopfe hatte, das Waldhorn – die akkompagnierten** mich plötzlich, daß der ganze Wald

* Dreispitz

** begleiten

erschallte. Ich, nicht zu faul, ziehe meine Geige hervor und spiele und singe sogleich frisch mit. Da sah einer den andern bedenklich an, der Waldhornist ließ dann zuerst seine Pausbacken wieder einfallen und setzte sein Waldhorn ab, bis am Ende alle stille wurden und mich anschauten. Ich hielt verwundert ein und sah sie auch an. „Wir meinten", sagte endlich der Waldhornist, „weil der Herr so einen langen Frack hat, der Herr wäre ein reisender Engländer, der hier zu Fuß die schöne Natur bewundert; da wollten wir uns ein Viatikum* verdienen. Aber, mir scheint, der Herr ist selber ein Musikant."

„Eigentlich ein Einnehmer", versetzte ich, „und komme direkt von Rom her, da ich aber seit geraumer Zeit nichts mehr eingenommen, so habe ich mich unterweges mit der Violine durchgeschlagen."

„Bringt nicht viel heutzutage!" sagte der Waldhornist, der unterdes wieder an den Wald zurückgetreten war und mit seinem Dreistutzer ein kleines Feuer anfachte, das sie dort angezündet hatten. „Da gehn die blasenden Instrumente schon besser", fuhr er fort; „wenn so eine Herrschaft ganz ruhig zu Mittag speist und wir treten unverhofft in das gewölbte Vorhaus und fangen alle drei aus Leibeskräften zu blasen an – gleich kommt ein Bedienter herausgesprungen mit Geld oder Essen, damit sie nur den Lärm wieder loswerden. Aber will der Herr nicht eine Kollation** mit uns einnehmen?"

Das Feuer loderte nun recht lustig im Walde, der Morgen war frisch, wir setzten uns alle ringsumher auf den Rasen, und zwei von den Musikanten nahmen ein Töpfchen, worin Kaffee und auch schon Milch war, vom Feuer, holten Brot aus ihren Manteltaschen hervor und tunkten und tranken abwechselnd aus dem Topfe, und es schmeckte ihnen so gut, daß es ordentlich eine Lust war anzusehen.

Der Waldhornist aber sagte: „Ich kann das schwarze Gesöff nicht vertragen" und reichte mir dabei die eine Hälfte von einer großen, übereinandergelegten Butterschnitte, dann brachte er eine Flasche Wein zum Vorschein. „Will der Herr nicht auch

* Wegzehrung
** Stärkung, Imbiß

einen Schluck?" Ich tat einen tüchtigen Zug, mußte aber schnell wieder absetzen und das ganze Gesicht verziehn, denn es schmeckte wie Drei-Männer-Wein. „Hiesiges Gewächs", sagte der Waldhornist, „aber der Herr hat sich in Italien den deutschen Geschmack verdorben."

Darauf kramte er eifrig in seinem Schubsack und zog endlich unter allerlei Plunder eine alte zerfetzte Landkarte hervor, worauf noch der Kaiser in vollem Ornate zu sehen war, den Szepter in der rechten, den Reichsapfel in der linken Hand. Er breitete sie auf dem Boden behutsam auseinander, die andern rückten näher heran, und sie beratschlagten nun zusammen, was sie für eine Marschroute nehmen sollten.

„Die Vakanz geht bald zu Ende", sagte der eine, „wir müssen uns gleich von Linz links abwenden, so kommen wir noch bei guter Zeit nach Prag."

„Nun wahrhaftig!" rief der Waldhornist, „wcm willst du da was vorpfeifen? Nichts als Wälder und Kohlenbauern, kein geläuterter Kunstgeschmack, keine vernünftige freie Station!"

„O Narrenspossen!" erwiderte der andere, „die Bauern sind mir gerade die liebsten, die wissen am besten, wo einen der Schuh drückt, und nehmen's nicht so genau, wenn man manchmal eine falsche Note bläst."

„Das macht, du hast kein *point d'honneur**", versetzte der Waldhornist, „*odi profanum vulgus et arceo*** sagt der Lateiner."

„Nun, Kirchen aber muß es auf der Tour doch geben", meinte der dritte, „so kehren wir bei den Herren Pfarrern ein."

„Gehorsamster Diener", sagte der Waldhornist, „die geben kleines Geld und große Sermone, daß wir nicht so unnütz in der Welt herumschweifen, sondern uns besser auf die Wissenschaften applizieren sollen, besonders wenn sie in mir den künftigen Herrn Konfrater wittern. Nein, nein, *clericus clericum non decimat****. Aber was gibt es denn da überhaupt für große Not? Die Herren Professoren sitzen auch noch im Karlsbade und halten selbst den Tag nicht so genau ein."

---

* Ehrgefühl

** Ich hasse das gemeine Volk und halte es von mir fern (Horaz, „Oden" III 1, 1).

*** Ein Geistlicher nimmt von einem Geistlichen keinen Zehnten.

„Ja, *distinguendum est inter et inter**", erwiderte der andere, „*quod licet Jovi, non licet bovi***!"

Ich aber merkte nun, daß es Prager Studenten waren, und bekam einen ordentlichen Respekt vor ihnen, besonders da ihnen das Latein nur so wie Wasser vom Munde floß. „Ist der Herr auch ein Studierter?" fragte mich darauf der Waldhornist. Ich erwiderte bescheiden, daß ich immer besondere Lust zum Studieren, aber kein Geld gehabt hätte. „Das tut gar nichts", rief der Waldhornist, „wir haben auch weder Geld noch reiche Freundschaft. Aber ein gescheuter Kopf muß sich zu helfen wissen. *Aurora musis amica****, das heißt zu deutsch: Mit vielem Frühstücken sollst du dir nicht die Zeit verderben. Aber wenn dann die Mittagsglocken von Turm zu Turm und von Berg zu Berg über die Stadt gehen und nun die Schüler auf einmal mit großem Geschrei aus dem alten finstern Kollegium herausbrechen und im Sonnenscheine durch die Gassen schwärmen – da begeben wir uns bei den Kapuzinern zum Pater Küchenmeister und finden unsern gedeckten Tisch, und ist er auch nicht gedeckt, so steht doch für jeden ein voller Topf darauf, da fragen wir nicht viel danach und essen und perfektionieren uns dabei noch im Lateinischsprechen. Sieht der Herr, so studieren wir von einem Tage zum andern fort. Und wenn dann endlich die Vakanz kommt und die andern fahren und reiten zu ihren Eltern fort, da wandern wir mit unsern Instrumenten unterm Mantel durch die Gassen zum Tore hinaus, und die ganze Welt steht uns offen."

Ich weiß nicht – wie er so erzählte, ging es mir recht durchs Herz, daß so gelehrte Leute so ganz verlassen sein sollten auf der Welt. Ich dachte dabei an mich, wie es mir eigentlich selber nicht anders ginge, und die Tränen traten mir in die Augen. Der Waldhornist sah mich groß an. „Das tut gar nichts", fuhr er wieder weiter fort, „ich möchte gar nicht so reisen: Pferde und Kaffee und frischüberzogene Betten und Nachtmützen und Stiefelknecht vorausbestellt. Das ist just das Schönste, wenn wir so

* Man muß unterscheiden.

** Was Jupiter erlaubt ist, ist dem Ochsen nicht erlaubt.

*** Die Morgenröte ist der Musen Freundin.

frühmorgens heraustreten und die Zugvögel hoch über uns fortziehn, daß wir gar nicht wissen, welcher Schornstein heut für uns raucht, und gar nicht voraussehen, was uns bis zum Abend noch für ein besonderes Glück begegnen kann."

„Ja", sagte der andere, „und wo wir hinkommen und unsere Instrumente herausziehen, wird alles fröhlich, und wenn wir dann zur Mittagsstunde auf dem Lande in ein Herrschaftshaus treten und im Hausflur blasen, da tanzen die Mägde miteinander vor der Haustür, und die Herrschaft läßt die Saaltür etwas aufmachen, damit sie die Musik drin besser hören, und durch die Lücke kommt das Tellergeklapper und der Bratenduft in den freudenreichen Schall herausgezogen, und die Fräuleins an der Tafel verdrehen sich fast die Hälse, um die Musikanten draußen zu sehn."

„Wahrhaftig", rief der Waldhornist mit leuchtenden Augen aus, „laßt die andern nur ihre Kompendien repetieren, *wir* studieren unterdes in dem großen Bilderbuche, das der liebe Gott uns draußen aufgeschlagen hat! Ja, glaub' nur der Herr, aus uns werden gerade die rechten Kerls, die den Bauern dann was zu erzählen wissen und mit der Faust auf die Kanzel schlagen, daß den Knollfinken unten vor Erbauung und Zerknirschung das Herz im Leibe bersten möchte."

Wie sie so sprachen, wurde mir so lustig in meinem Sinn, daß ich gleich auch hätte mitstudieren mögen. Ich konnte mich gar nicht satt hören, denn ich unterhalte mich gern mit studierten Leuten, wo man etwas profitieren kann. Aber es konnte gar nicht zu einem recht vernünftigen Diskurse kommen. Denn dem einen Studenten war vorhin angst geworden, weil die Vakanz so bald zu Ende gehen sollte. Er hatte daher hurtig sein Klarinett zusammengesetzt, ein Notenblatt vor sich auf das aufgestemmte Knie hingelegt und exerzierte sich eine schwierige Passage aus einer Messe ein, die er mitblasen sollte, wenn sie nach Prag zurückkamen. Da saß er nun und fingerte und pfiff dazwischen manchmal so falsch, daß es einem durch Mark und Bein ging und man oft sein eigenes Wort nicht verstehen konnte.

Auf einmal schrie der Waldhornist mit seiner Baßstimme: „Topp, da hab ich es", er schlug dabei fröhlich auf die Landkarte neben ihm.

Der andere ließ auf einen Augenblick von seinem fleißigen Blasen ab und sah ihn verwundert an.

„Hört", sagte der Waldhornist, „nicht weit von Wien ist ein Schloß, auf dem Schlosse ist ein Portier, und der Portier ist mein Vetter! Teuerste Kondiszipels*, da müssen wir hin, machen dem Herrn Vetter unser Kompliment, und er wird dann schon dafür sorgen, wie er uns wieder weiter fortbringt!"

Als ich das hörte, fuhr ich geschwind auf. „Bläst er nicht auf dem Fagott?" rief ich, „und ist von langer, gerader Leibesbeschaffenheit und hat eine große vornehme Nase?"

Der Waldhornist nickte mit dem Kopfe.

Ich aber embrassierte ihn vor Freude, daß ihm der Dreistutzer vom Kopfe fiel, und wir beschlossen nun sogleich, alle miteinander im Postschiffe auf der Donau nach dem Schloß der schönen Gräfin hinunterzufahren.

Als wir an das Ufer kamen, war schon alles zur Abfahrt bereit. Der dicke Gastwirt, bei dem das Schiff über Nacht angelegt hatte, stand breit und behaglich in seiner Haustür, die er ganz ausfüllte, und ließ zum Abschied allerlei Witze und Redensarten erschallen, während in jedem Fenster ein Mädchenkopf herausfuhr und den Schiffern noch freundlich zunickte, die soeben die letzten Pakete nach dem Schiffe schafften. Ein ältlicher Herr mit einem grauen Überrock und schwarzem Halstuch, der auch mitfahren wollte, stand am Ufer und sprach sehr eifrig mit einem jungen, schlanken Bürschchen, das mit langen, ledernen Beinkleidern und knapper, scharlachroter Jacke vor ihm auf einem prächtigen Engländer saß. Es schien mir zu meiner großen Verwunderung, als wenn sie beide zuweilen nach mir hinblickten und von mir sprächen. Zuletzt lachte der alte Herr, das schlanke Bürschchen schnalzte mit der Reitgerte und sprengte, mit den Lerchen über ihm um die Wette, durch die Morgenluft in die blitzende Landschaft hinein.

Unterdes hatten die Studenten und ich unsere Kasse zusammengeschossen. Der Schiffer lachte und schüttelte den Kopf, als ihm der Waldhornist damit unser Fährgeld in lauter Kupferstücken aufzählte, die wir mit großer Not aus allen unsern

* Mitschüler

Taschen zusammengebracht hatten. Ich aber jauchzte laut auf, als ich auf einmal wieder die Donau so recht vor mir sah; wir sprangen geschwind auf das Schiff hinauf, der Schiffer gab das Zeichen, und so flogen wir nun im schönsten Morgenglanze zwischen den Bergen und Wiesen hinunter.

Da schlugen die Vögel im Walde, und von beiden Seiten klangen die Morgenglocken von fern aus den Dörfern, hoch in der Luft hörte man manchmal die Lerchen dazwischen. Von dem Schiffe aber jubilierte und schmetterte ein Kanarienvogel mit darein, daß es eine rechte Lust war.

Der gehörte einem hübschen jungen Mädchen, die auch mit auf dem Schiffe war. Sie hatte den Käfig dicht neben sich stehen, von der andern Seite hielt sie ein feines Bündel Wäsche unterm Arm, so saß sie ganz still für sich und sah recht zufrieden bald auf ihre neuen Reiseschuhe, die unter dem Röckchen hervorkamen, bald wieder in das Wasser vor sich hinunter, und die Morgensonne glänzte ihr dabei auf der weißen Stirn, über der sie die Haare sehr sauber gescheitelt hatte. Ich merkte wohl, daß die Studenten gern einen höflichen Diskurs mit ihr angesponnen hätten, denn sie gingen immer an ihr vorüber, und der Waldhornist räusperte sich dabei und rückte bald an seiner Halsbinde, bald an dem Dreistutzer. Aber sie hatten keine rechte Courage, und das Mädchen schlug auch jedesmal die Augen nieder, sobald sie ihr näher kamen.

Besonders aber genierten sie sich vor dem ältlichen Herrn mit dem grauen Überrocke, der nun auf der andern Seite des Schiffes saß und den sie gleich für einen Geistlichen hielten. Er hatte ein Brevier* vor sich, in welchem er las, dazwischen aber oft in die schöne Gegend von dem Buche aufsah, dessen Goldschnitt und die vielen dareingelegten bunten Heiligenbilder prächtig im Morgenschein blitzten. Dabei bemerkte er auch sehr gut, was auf dem Schiffe vorging, und erkannte bald die Vögel an ihren Federn; denn es dauerte nicht lange, so redete er einen von den Studenten lateinisch an, worauf alle drei herantraten, die Hüte vor ihm abnahmen und ihm wieder lateinisch antworteten.

* das tägliche Stundengebet (in der katholischen Kirche); das Buch, in dem die Stundengebete verzeichnet sind

Ich aber hatte mich unterdes ganz vorn auf die Spitze des Schiffes gesetzt, ließ vergnügt meine Beine über dem Wasser herunterbaumeln und blickte, während das Schiff so fortflog und die Wellen unter mir rauschten und schäumten, immerfort in die blaue Ferne, wie da ein Turm und ein Schloß nach dem andern aus dem Ufergrün hervorkam, wuchs und wuchs und endlich hinter uns wieder verschwand. Wenn ich nur *heute* Flügel hätte! dachte ich und zog endlich vor Ungeduld meine liebe Violine hervor und spielte alle meine ältesten Stücke durch, die ich noch zu Hause und auf dem Schloß der schönen Frau gelernt hatte.

Auf einmal klopfte mir jemand von hinten auf die Achsel. Es war der geistliche Herr, der unterdes sein Buch weggelegt und mir schon ein Weilchen zugehört hatte. „Ei", sagte er lachend zu mir, „ei, ei, Herr *ludi magister**, Essen und Trinken vergißt Er." Er hieß mich darauf meine Geige einstecken, um einen Imbiß mit ihm einzunehmen, und führte mich zu einer kleinen lustigen Laube, die von den Schiffern aus jungen Birken und Tannenbäumchen in der Mitte des Schiffes aufgerichtet worden war. Dort hatte er einen Tisch hinstellen lassen, und ich, die Studenten und selbst das junge Mädchen, wir mußten uns auf die Fässer und Pakete ringsherum setzen.

Der geistliche Herr packte nun einen großen Braten und Butterschnitten aus, die sorgfältig in Papier gewickelt waren, zog auch aus einem Futteral mehrere Weinflaschen und einen silbernen, innerlich vergoldeten Becher hervor, schenkte ein, kostete erst, roch daran und prüfte wieder und reichte dann einem jeden von uns. Die Studenten saßen ganz kerzengerade auf ihren Fässern und aßen und tranken nur sehr wenig vor großer Devotion**. Auch das Mädchen tauchte bloß das Schnäbelchen in den Becher und blickte dabei schüchtern bald auf mich, bald auf die Studenten, aber je öfter sie uns ansah, je dreister wurde sie nach und nach.

Sie erzählte endlich dem geistlichen Herrn, daß sie nun zum ersten Male von Hause in Kondition*** komme und soeben auf

* Meister des Spiels
** Ehrerbietung
*** Stellung, Dienst

das Schloß ihrer neuen Herrschaft reise. Ich wurde über und über rot, denn sie nannte dabei das Schloß der schönen gnädigen Frau. Also das soll meine zukünftige Kammerjungfer sein! dachte ich und sah sie groß an, und mir schwindelte fast dabei.

„Auf dem Schlosse wird es bald eine große Hochzeit geben", sagte darauf der geistliche Herr.

„Ja", erwiderte das Mädchen, die gern von der Geschichte mehr gewußt hätte; „man sagt, es wäre schon eine alte, heimliche Liebschaft gewesen, die Gräfin hätte es aber niemals zugeben wollen."

Der Geistliche antwortete nur mit „Hm, hm", während er seinen Jagdbecher vollschenkte und mit bedenklichen Mienen daraus nippte. Ich aber hatte mich mit beiden Armen weit über den Tisch vorgelegt, um die Unterredung recht genau anzuhören. Der geistliche Herr bemerkte es. „Ich kann's Euch wohl sagen", hub er wieder an, „die beiden Gräfinnen haben mich auf Kundschaft ausgeschickt, ob der Bräutigam schon vielleicht hier in der Gegend sei. Eine Dame aus Rom hat geschrieben, daß er schon lange von dort fort sei."

Wie er von der Dame aus Rom anfing, wurd' ich wieder rot. „Kennen denn Ew. Hochwürden den Bräutigam?" fragte ich ganz verwirrt.

„Nein", erwiderte der alte Herr, „aber er soll ein luftiger Vogel sein."

„O ja", sagte ich hastig, „ein Vogel, der aus jedem Käfig ausreißt, sobald er nur kann, und lustig singt, wenn er wieder in der Freiheit ist."

„Und sich in der Fremde herumtreibt", fuhr der Herr gelassen fort, „in der Nacht gassatim geht und am Tage vor den Haustüren schläft."

Mich verdroß das sehr. „Ehrwürdiger Herr", rief ich ganz hitzig aus, „da hat man Euch falsch berichtet. Der Bräutigam ist ein moralischer, schlanker, hoffnungsvoller Jüngling, der in Italien in einem alten Schlosse auf großem Fuß gelebt hat, der mit lauter Gräfinnen, berühmten Malern und Kammerjungfern umgegangen ist, der sein Geld sehr wohl zu Rate zu halten weiß, wenn er nur welches hätte, der –"

„Nun, nun, ich wußte nicht, daß Ihr ihn so gut kennt", unterbrach mich hier der Geistliche und lachte dabei so herzlich, daß er ganz blau im Gesichte wurde und ihm die Tränen aus den Augen rollten.

„Ich hab doch aber gehört", ließ sich nun das Mädchen wieder vernehmen, „der Bräutigam wäre ein großer, überaus reicher Herr."

„Ach Gott, ja doch, ja! Konfusion, nichts als Konfusion!" rief der Geistliche und konnte sich noch immer vor Lachen nicht zugute geben, bis er sich endlich ganz verhustete. Als er sich wieder ein wenig erholt hatte, hob er den Becher in die Höh' und rief: „Das Brautpaar soll leben!" Ich wußte gar nicht, was ich von dem Geistlichen und seinem Gerede denken sollte, ich schämte mich aber, wegen der römischen Geschichten, ihm hier vor allen Leuten zu sagen, daß ich selber der verlorene, glückselige Bräutigam sei.

Der Becher ging wieder fleißig in die Runde, der geistliche Herr sprach dabei freundlich mit allen, so daß ihm bald ein jeder gut wurde und am Ende alles fröhlich durcheinandersprach. Auch die Studenten wurden immer redseliger und erzählten von ihren Fahrten im Gebirge, bis sie endlich gar ihre Instrumente holten und lustig zu blasen anfingen. Die kühle Wasserluft strich dabei durch die Zweige der Laube, die Abendsonne vergoldete schon die Wälder und Täler, die schnell an uns vorüberflogen, während die Ufer von den Waldhornklängen widerhallten. Und als dann der Geistliche von der Musik immer vergnügter wurde und lustige Geschichten aus seiner Jugend erzählte: wie auch er zur Vakanz über Berge und Täler gezogen und oft hungrig und durstig, aber immer fröhlich gewesen und wie eigentlich das ganze Studentenleben eine große Vakanz sei zwischen der engen, düstern Schule und der ernsten Amtsarbeit – da tranken die Studenten noch einmal herum und stimmten dann frisch ein Lied an, daß es weit in die Berge hineinschallte.

„Nach Süden nun sich lenken
Die Vöglein allzumal,
Viel Wandrer lustig schwenken
Die Hüt' im Morgenstrahl.
Das sind die Herrn Studenten,
Zum Tor hinaus es geht,

Auf ihren Instrumenten
Sie blasen zum Valet:
Ade in die Läng' und Breite,
O Prag, wir ziehn in die Weite:
*Et habeat bonam pacem*
*Qui sedet post fornacem!**

Nachts wir durchs Städtlein schweifen,
Die Fenster schimmern weit,
Am Fenster drehn und schleifen
Viel schön geputzte Leut'.
Wir blasen vor den Türen
Und haben Durst genug,
Das kommt vom Musizieren,
Herr Wirt, einen frischen Trunk!
Und siehe, über ein kleines
Mit einer Kanne Weines
*Venit ex sua domo –*
*Beatus ille homo!***

Nun weht schon durch die Wälder
Der kalte Boreas,
Wir streichen durch die Felder,
Von Schnee und Regen naß,
Der Mantel fliegt im Winde,
Zerrissen sind die Schuh',
Da blasen wir geschwinde
Und singen noch dazu:
*Beatus ille homo*
*Qui sedet in sua domo*
*Et sedet post fornacem*
*Et habet bonam pacem***!*"

Ich, die Schiffer und das Mädchen, obgleich wir alle kein Latein verstanden, stimmten jedesmal jauchzend in den letzten Vers mit ein, ich aber jauchzte am allervergnügtesten, denn ich sah soeben von fern mein Zollhäuschen und bald darauf auch das Schloß in der Abendsonne über die Bäume hervorkommen.

---

* Der habe guten Frieden, der hinterm Ofen sitzt!
** Er kommt aus seinem Haus, der glückliche Mensch!
*** Glücklich ist der Mensch, der in seinem Haus hinter dem Ofen sitzt und seine Ruhe hat!

## ZEHNTES KAPITEL

Das Schiff stieß an das Ufer, wir sprangen schnell ans Land und verteilten uns nun nach allen Seiten im Grünen, wie Vögel, wenn das Gebauer* plötzlich aufgemacht wird. Der geistliche Herr nahm eiligen Abschied und ging mit großen Schritten nach dem Schlosse zu. Die Studenten dagegen wanderten eifrig nach einem abgelegenen Gebüsch, wo sie noch geschwind ihre Mäntel ausklopften, sich in dem vorüberfließenden Bache waschen und einer den andern rasieren wollten.

Die neue Kammerjungfer endlich ging mit ihrem Kanarienvogel und ihrem Bündel unterm Arm nach dem Wirtshause unter dem Schloßberge, um bei der Frau Wirtin, die ich ihr als eine gute Person rekommandiert hatte, ein besseres Kleid anzulegen, ehe sie sich oben im Schlosse vorstellte. Mir aber leuchtete der schöne Abend recht durchs Herz, und als sie sich nun alle verlaufen hatten, bedachte ich mich nicht lange und rannte sogleich nach dem herrschaftlichen Garten hin.

Mein Zollhaus, an dem ich vorbeimußte, stand noch auf der alten Stelle, die hohen Bäume aus dem herrschaftlichen Garten rauschten noch immer darüber hin, eine Goldammer, die damals auf dem Kastanienbaume vor dem Fenster jedesmal bei Sonnenuntergang ihr Abendlied gesungen hatte, sang auch wieder, als wäre seitdem gar nichts in der Welt vorgegangen.

Das Fenster im Zollhause stand offen, ich lief voller Freuden hin und steckte den Kopf in die Stube hinein. Es war niemand darin, aber die Wanduhr pickte noch immer ruhig fort, der Schreibtisch stand am Fenster und die lange Pfeife in einem Winkel, wie damals. Ich konnte nicht widerstehen, ich sprang durch das Fenster hinein und setzte mich an den Schreibtisch vor das

---

* Vogelkäfig

große Rechenbuch hin. Da fiel der Sonnenschein durch den Kastanienbaum vor dem Fenster wieder grüngolden auf die Ziffern in dem aufgeschlagenen Buche, die Bienen summten wieder an dem offnen Fenster hin und her, die Goldammer draußen auf dem Baume sang fröhlich immerzu.

Auf einmal aber ging die Tür aus der Stube auf, und ein alter, langer Einnehmer in meinem punktierten Schlafrock trat herein! Er blieb in der Tür stehen, wie er mich so unversehens erblickte, nahm schnell die Brille von der Nase und sah mich grimmig an.

Ich aber erschrak nicht wenig darüber, sprang, ohne ein Wort zu sagen, auf und lief aus der Haustür durch den kleinen Garten fort, wo ich mich noch bald mit den Füßen in dem fatalen Kartoffelkraut verwickelt hätte, das der alte Einnehmer nunmehr, wie ich sah, nach des Portiers Rat statt meiner Blumen angepflanzt hatte. Ich hörte noch, wie er vor die Tür herausfuhr und hinter mir dreinschimpfte, aber ich saß schon oben auf der hohen Gartenmauer und schaute mit klopfendem Herzen in den Schloßgarten hinein.

Da war ein Duften und Schimmern und Jubilieren von allen Vöglein; die Plätze und Gänge waren leer, aber die vergoldeten Wipfel neigten sich im Abendwinde vor mir, als wollten sie mich bewillkommnen, und seitwärts aus dem tiefen Grunde blitzte zuweilen die Donau zwischen den Bäumen nach mir herauf.

Auf einmal hörte ich in einiger Entfernung im Garten singen:

„Schweigt der Menschen laute Lust:
Rauscht die Erde wie in Träumen
Wunderbar mit allen Bäumen,
Was dem Herzen kaum bewußt,
Alte Zeiten, linde Trauer,
Und es schweifen leise Schauer
Wetterleuchtend durch die Brust."

Die Stimme und das Lied klang mir so wunderlich und doch wieder so altbekannt, als hätte ich's irgendeinmal im Traume gehört. Ich dachte lange, lange nach. „Das ist der Herr Guido!" rief ich endlich voller Freude und schwang mich schnell in den Garten hinunter – es war dasselbe Lied, das er an jenem

Sommerabend auf dem Balkon des italienischen Wirtshauses sang, wo ich ihn zum letzten Mal gesehn hatte.

Er sang noch immer fort, ich aber sprang über Beete und Hecken dem Liede nach. Als ich nun zwischen den letzten Rosensträuchern hervortrat, blieb ich plötzlich wie verzaubert stehen.

Denn auf dem grünen Platze am Schwanenteich, recht vom Abendrot beschienen, saß die schöne gnädige Frau, in einem prächtigen Kleide und einem Kranz von weißen und roten Rosen in dem schwarzen Haar, mit niedergeschlagenen Augen auf einer Steinbank und spielte während des Liedes mit ihrer Reitgerte vor sich auf dem Rasen, gerade so wie damals auf dem Kahne, da ich ihr das Lied von der schönen Frau vorsingen mußte. Ihr gegenüber saß eine andre junge Dame, die hatte den weißen runden Nacken voll brauner Locken gegen mich gewendet und sang zur Gitarre, während die Schwäne auf dem stillen Weiher langsam im Kreise herumschwammen. Da hob die schöne Frau auf einmal die Augen und schrie laut auf, da sie mich erblickte. Die andere Dame wandte sich rasch nach mir herum, daß ihr die Locken ins Gesicht flogen, und da sie mich recht ansah, brach sie in ein unmäßiges Lachen aus, sprang dann von der Bank und klatschte dreimal mit den Händchen. In demselben Augenblick kam eine große Menge kleiner Mädchen in blütenweißen, kurzen Kleidchen mit grünen und roten Schleifen zwischen den Rosensträuchern hervorgeschlüpft, so daß ich gar nicht begreifen konnte, wo sie alle gesteckt hatten. Sie hielten eine lange Blumengirlande in den Händen, schlossen schnell einen Kreis um mich, tanzten um mich herum und sangen dabei:

„Wir bringen dir den Jungfernkranz
Mit veilchenblauer Seide,
Wir führen dich zu Lust und Tanz,
Zu neuer Hochzeitsfreude.
Schöner, grüner Jungfernkranz,
Veilchenblaue Seide." *

* Chorlied aus der Oper „Der Freischütz" von Carl Maria von Weber (1786–1826), hier frei zitiert

Das war aus dem „Freischützen". Von den kleinen Sängerinnen erkannte ich nun auch einige wieder, es waren Mädchen aus dem Dorfe. Ich kneipte sie in die Wangen und wäre gern aus dem Kreise entwischt, aber die kleinen, schnippischen Dinger ließen mich nicht heraus. Ich wußte gar nicht, was die Geschichte eigentlich bedeuten sollte, und stand ganz verblüfft da.

Da trat plötzlich ein junger Mann in feiner Jägerkleidung aus dem Gebüsch hervor. Ich traute meinen Augen kaum – es war der fröhliche Herr Leonhard!

Die kleinen Mädchen öffneten nun den Kreis und standen auf einmal wie verzaubert, alle unbeweglich auf einem Beinchen, während sie das andere in die Luft streckten und dabei die Blumengirlanden mit beiden Armen hoch über den Köpfen in die Höh' hielten.

Der Herr Leonhard aber faßte die schöne gnädige Frau, die noch immer ganz still stand und nur manchmal auf mich herüberblickte, bei der Hand, führte sie bis zu mir und sagte: „Die Liebe – darüber sind nun alle Gelehrten einig – ist eine der kuragiösesten Eigenschaften des menschlichen Herzens, die Bastionen von Rang und Stand schmettert sie mit einem Feuerblicke darnieder, die Welt ist ihr zu eng und die Ewigkeit zu kurz. Ja, sie ist eigentlich ein Poetenmantel, den jeder Phantast einmal in der kalten Welt umnimmt, um nach Arkadien* auszuwandern. Und je entfernter zwei getrennte Verliebte voneinander wandern, in desto anständigern Bogen bläst der Reisewind den schillernden Mantel hinter ihnen auf, desto kühner und überraschender entwickelt sich der Faltenwurf, desto länger und länger wächst der Talar den Liebenden hinten nach, so daß ein Neutraler nicht über Land gehen kann, ohne unversehens auf ein paar solche Schleppen zu treten. O teuerster Herr Einnehmer und Bräutigam! Obgleich Ihr in diesem Mantel bis an den Gestaden der Tiber dahinrauschtet, das kleine Händchen Eurer gegenwärtigen Braut hielt Euch dennoch am äußersten Ende der Schleppe fest, und wie Ihr zucktet und geigtet und rumortet, Ihr

* seit Vergil Schauplatz der Hirtenidylle, Ort eines friedfertigen, sorgenfreien, ländlichen Lebens

mußtet zurück in den stillen Bann ihrer schönen Augen. Und nun dann, da es so gekommen ist, ihr zwei lieben, lieben närrischen Leute! schlagt den seligen Mantel um euch, daß die ganze andere Welt rings um euch untergeht – liebt euch wie die Kaninchen und seid glücklich!"

Der Herr Leonhard war mit seinem Sermon kaum erst fertig, so kam auch die andere junge Dame, die vorhin das Liedchen gesungen hatte, auf mich los, setzte mir schnell einen frischen Myrtenkranz auf den Kopf und sang dazu sehr neckisch, während sie mir den Kranz in den Haaren festrückte und ihr Gesichtchen dabei dicht vor mir war:

„Darum bin ich dir gewogen,
Darum wird dein Haupt geschmückt,
Weil der Strich von deinem Bogen
Öfters hat mein Herz entzückt."

Dann trat sie wieder ein paar Schritte zurück. „Kennst du die Räuber noch, die dich damals in der Nacht vom Baume schüttelten?" sagte sie, indem sie einen Knicks mir machte und mich so anmutig und fröhlich ansah, daß mir ordentlich das Herz im Leibe lachte.

Darauf ging sie, ohne meine Antwort abzuwarten, rings um mich herum. „Wahrhaftig noch ganz der alte, ohne allen welschen Beigeschmack! Aber nein, sieh doch nur einmal die dicken Taschen an!" rief sie plötzlich zu der schönen gnädigen Frau. „Violine, Wäsche, Barbiermesser, Reisekoffer, alles durcheinander!" Sie drehte mich nach allen Seiten und konnte sich vor Lachen gar nicht zugute geben*.

Die schöne gnädige Frau war unterdes noch immer still und mochte gar nicht die Augen aufschlagen vor Scham und Verwirrung. Oft kam es mir vor, als zürnte sie heimlich über das viele Gerede und Spaßen. Endlich stürzten ihr plötzlich Tränen aus den Augen, und sie verbarg ihr Gesicht an der Brust der andern Dame. Diese sah sie erst erstaunt an und drückte sie dann herzlich an sich.

Ich aber stand ganz verdutzt da. Denn je genauer ich die fremde

* konnte gar nicht mehr aufhören zu lachen

Dame betrachtete, desto deutlicher erkannte ich sie, es war wahrhaftig niemand anders als – der junge Herr Maler Guido!

Ich wußte gar nicht, was ich sagen sollte, und wollte soeben näher nachfragen, als Herr Leonhard zu ihr trat und heimlich mit ihr sprach. „Weiß er denn noch nicht?" hörte ich ihn fragen. Sie schüttelte mit dem Kopfe.

Er besann sich darauf einen Augenblick. „Nein, nein", sagte er endlich, „er muß schnell alles erfahren, sonst entsteht nur neues Geplauder und Gewirre. – Herr Einnehmer", wandte er sich nun zu mir, „wir haben jetzt nicht viel Zeit, aber tue mir den Gefallen und wundere dich hier in aller Geschwindigkeit aus, damit du nicht hinterher durch Fragen, Erstaunen und Kopfschütteln unter den Leuten alte Geschichten aufrührst und neue Erdichtungen und Vermutungen ausschüttelst." Er zog mich bei diesen Worten tiefer in das Gebüsch hinein, während das Fräulein mit der von der schönen gnädigen Frau weggelegten Reitgerte in der Luft focht und alle ihre Locken tief in das Gesichtchen schüttelte, durch die ich aber doch sehen konnte, daß sie bis an die Stirn rot wurde.

„Nun denn", sagte Herr Leonhard, „Fräulein Flora, die hier soeben tun will, als hörte und wüßte sie von der ganzen Geschichte nichts, hatte in aller Geschwindigkeit ihr Herzchen mit jemand vertauscht. Darüber kommt ein andrer und bringt ihr mit Prologen, Trompeten und Pauken wiederum *sein* Herz dar und will ihr Herz dagegen. Ihr Herz ist aber schon bei jemand und jemands Herz bei ihr, und der Jemand will sein Herz nicht wiederhaben und ihr Herz nicht wieder zurückgeben. Alle Welt schreit – aber du hast wohl noch keinen Roman gelesen?"

Ich verneinte es.

„Nun, so hast du doch einen mitgespielt. Kurz: Das war eine solche Konfusion mit den Herzen, daß der Jemand – das heißt ich – mich zuletzt selbst ins Mittel legen mußte. Ich schwang mich bei lauer Sommernacht auf mein Roß, hob das Fräulein als Maler Guido auf das andere, und so ging es fort nach Süden, um sie in einem meiner einsamen Schlösser in Italien zu verbergen, bis das Geschrei wegen der Herzen vorüber wäre. Unterwegs aber kam man uns auf die Spur, und von dem Balkon des welschen

Wirtshauses, vor dem du so vortrefflich Wache schliefst, erblickte Flora plötzlich unsere Verfolger."

„Also der bucklige Signor –?"

„War ein Spion. Wir zogen uns daher heimlich in die Wälder und ließen dich auf dem vorbestellten Postkurse allein fortfahren. Das täuschte unsere Verfolger und zum Überfluß auch noch meine Leute auf dem Bergschlosse, welche die verkleidete Flora stündlich erwarteten und mit mehr Diensteifer als Scharfsinn dich für das Fräulein hielten. Selbst hier auf dem Schlosse glaubte man, daß Flora auf dem Felsen wohne, man erkundigte sich, man schrieb an sie – hast du nicht ein Briefchen erhalten?"

Bei diesen Worten fuhr ich blitzschnell mit dem Zettel aus der Tasche. „Also dieser Brief –?"

„Ist an mich", sagte Fräulein Flora, die bisher auf unsere Rede gar nicht achtzugeben schien, riß mir den Zettel rasch aus der Hand, überlas ihn und steckte ihn dann in den Busen.

„Und nun", sagte Herr Leonhard, „müssen wir schnell in das Schloß, da wartet schon alles auf uns. Also zum Schluß, wie sich's von selbst versteht und einem wohlerzogenen Romane gebührt: Entdeckung, Reue, Versöhnung, wir sind alle wieder lustig beisammen, und übermorgen ist Hochzeit!"

Da er noch so sprach, erhob sich plötzlich in dem Gebüsch ein rasender Spektakel von Pauken und Trompeten, Hörnern und Posaunen; Böller wurden dazwischen gelöst und Vivat gerufen, die kleinen Mädchen tanzten von neuem, und aus allen Sträuchern kam ein Kopf über dem andern hervor, als wenn sie aus der Erde wüchsen.

Ich sprang in dem Geschwirre und Geschleife ellenhoch von einer Seite zur andern, da es aber schon dunkel wurde, erkannte ich erst nach und nach alle die alten Gesichter wieder. Der alte Gärtner schlug die Pauken, die Prager Studenten in ihren Mänteln musizierten mitten darunter, neben ihnen fingerte der Portier wie toll auf seinem Fagott. Wie ich den so unverhofft erblickte, lief ich sogleich auf ihn zu und embrassierte ihn heftig. Darüber kam er ganz aus dem Konzept. „Nun wahrhaftig, und wenn der bis ans Ende der Welt reist, er ist und bleibt ein Narr!" rief er den Studenten zu und blies ganz wütend weiter.

Unterdes war die schöne gnädige Frau vor dem Rumor heimlich entsprungen und flog wie ein aufgescheuchtes Reh über den Rasen tiefer in den Garten hinein. Ich sah es noch zur rechten Zeit und lief ihr eiligst nach. Die Musikanten merkten in ihrem Eifer nichts davon, die meinten nachher, wir wären schon nach dem Schlosse aufgebrochen, und die ganze Bande setzte sich nun mit Musik und großem Getümmel gleichfalls dorthin auf den Marsch.

Wir aber waren fast zur gleichen Zeit in einem Sommerhause angekommen, das am Abhange des Gartens stand, mit dem offenen Fenster nach dem weiten, tiefen Tale zu. Die Sonne war schon lange untergegangen hinter den Bergen, es schimmerte nur noch wie ein rötlicher Duft über dem warmen, verschallenden Abend, aus dem die Donau immer vernehmlicher heraufrauschte, je stiller es ringsum wurde. Ich sah unverwandt die schöne Gräfin an, die ganz erhitzt vom Laufen dicht vor mir stand, so daß ich ordentlich hören konnte, wie ihr das Herz schlug.

Ich wußte nun aber gar nicht, was ich sprechen sollte vor Respekt, da ich auf einmal so allein mit ihr war. Endlich faßte ich ein Herz, nahm ihr kleines, weißes Händchen – da zog sie mich schnell an sich und fiel mir um den Hals, und ich umschlang sie fest mit beiden Armen.

Sie machte sich aber geschwind wieder los und legte sich ganz verwirrt in das Fenster, um ihre glühenden Wangen in der Abendluft abzukühlen.

„Ach", rief ich, „mir ist mein Herz recht zum Zerspringen, aber ich kann mir noch alles nicht recht denken, es ist mir alles noch wie ein Traum!"

„Mir auch", sagte die schöne gnädige Frau. „Als ich vergangenen Sommer", setzte sie nach einer Weile hinzu, „mit der Gräfin aus Rom kam und wir das Fräulein Flora glücklich gefunden hatten und mit zurückbrachten, von dir aber dort und hier nichts hörte – da dacht' ich nicht, daß alles noch so kommen würde! Erst heut zu Mittag sprengte der Jockei, der gute, flinke Bursch, atemlos auf den Hof und brachte die Nachricht, daß du mit dem Postschiffe kämst." Dann lachte sie still in sich hinein. „Weißt du noch", sagte sie, „wie du mich damals auf dem Balkon zum letzten Mal sahst? Das war gerade wie heute, auch so ein stiller Abend, und Musik im Garten."

„Wer ist denn eigentlich gestorben?" frug ich hastig.

„Wer denn?" sagte die schöne Frau und sah mich erstaunt an.

„Der Herr Gemahl von Ew. Gnaden", erwiderte ich, „der damals mit auf dem Balkon stand."

Sie wurde ganz rot. „Was hast du auch für Seltsamkeiten im Kopfe!" rief sie aus, „das war ja der Sohn von der Gräfin, der eben von Reisen zurückkam, und es traf gerade auch mein Geburtstag, da führte er mich mit auf den Balkon hinaus, damit ich auch ein Vivat bekäme. – Aber deshalb bist du wohl damals von hier fortgelaufen?"

„Ach Gott, freilich!" rief ich aus und schlug mich mit der Hand vor die Stirn. Sie aber schüttelte mit dem Köpfchen und lachte recht herzlich.

Mir war so wohl, wie sie so fröhlich und vertraulich neben mir plauderte, ich hätte bis zum Morgen zuhören mögen. Ich war so recht seelenvergnügt und langte eine Handvoll Knackmandeln aus der Tasche, die ich noch aus Italien mitgebracht hatte. Sie nahm auch davon, und wir knackten nun und sahen zufrieden in die stille Gegend hinaus.

„Siehst du", sagte sie nach einem Weilchen wieder, „das weiße Schlößchen, das da drüben im Mondschein glänzt, das hat uns der Graf geschenkt, samt dem Garten und den Weinbergen, da werden wir wohnen. Er wußte es schon lange, daß wir einander gut sind, und ist dir sehr gewogen, denn hätt' er dich nicht mitgehabt, als er das Fräulein aus der Pensionsanstalt entführte, so wären sie beide erwischt worden, ehe sie sich vorher noch mit der Gräfin versöhnten, und alles wäre anders gekommen."

„Mein Gott, schönste, gnädigste Gräfin", rief ich aus, „ich weiß gar nicht mehr, wo mir der Kopf steht vor lauter unverhofften Neuigkeiten; also der Herr Leonhard –?"

„Ja, ja", fiel sie mir in die Rede, „so nannte er sich in Italien; dem gehören die Herrschaften da drüben, und er heiratet nun unserer Gräfin Tochter, die schöne Flora. – Aber was nennst du mich denn Gräfin?"

Ich sah sie groß an.

„Ich bin ja gar keine Gräfin", fuhr sie fort, „unsere gnädige Gräfin hat mich nur zu sich aufs Schloß genommen, da mich mein Onkel, der Portier, als kleines Kind und arme Waise mit hierher brachte."

Nun war's mir doch nicht anders, als wenn mir ein Stein vom Herzen fiele! „Gott segne den Portier", versetzte ich ganz entzückt, „daß er unser Onkel ist! Ich habe immer große Stücke auf ihn gehalten."

„Er meint es auch gut mit dir", erwiderte sie, „wenn du dich nur etwas vornehmer hieltest, sagt er immer. Du mußt dich jetzt auch eleganter kleiden."

„Oh", rief ich voller Freuden, „englischen Frack, Strohhut und Pumphosen und Sporen! Und gleich nach der Trauung reisen wir fort nach Italien, nach Rom, da gehn die schönen Wasserkünste, und nehmen die Prager Studenten mit und den Portier!" Sie lächelte still und sah mich recht vergnügt und freundlich an, und von fern schallte immerfort die Musik herüber, und Leuchtkugeln flogen vom Schloß durch die stille Nacht über die Gärten, und die Donau rauschte dazwischen herauf – und es war alles, alles gut!

# DAS SCHLOSS DÜRANDE

In der schönen Provence liegt ein Tal zwischen waldigen Bergen, die Trümmer des alten Schlosses Dürande sehen über die Wipfel in die Einsamkeit herein; von der anderen Seite erblickt man weit unten die Türme der Stadt Marseille; wenn die Luft von Mittag kommt, klingen bei klarem Wetter die Glocken herüber, sonst hört man nichts von der Welt. In diesem Tale stand ehemals ein kleines Jägerhaus, man sah's vor Blüten kaum, so überwaldet war's und weinumrankt bis an das Hirschgeweih über dem Eingang: In stillen Nächten, wenn der Mond hell schien, kam das Wild oft weidend bis auf die Waldeswiese vor der Tür. Dort wohnte dazumal der Jäger Renald, im Dienst des alten Grafen Dürande, mit seiner jungen Schwester Gabriele ganz allein, denn Vater und Mutter waren lange gestorben.

In jener Zeit nun geschah es, daß Renald einmal an einem schwülen Sommerabend, rasch von den Bergen kommend, sich nicht weit von dem Jägerhaus mit seiner Flinte an den Saum des Waldes stellte. Der Mond beglänzte die Wälder, es war so unermeßlich still, nur die Nachtigallen schlugen tiefer im Tal, manchmal hörte man einen Hund bellen aus den Dörfern oder den Schrei des Wildes im Walde. Aber er achtete nicht darauf, er hatte heute ein ganz anderes Wild auf dem Korn. Ein junger, fremder Mann, so hieß es, schleiche abends heimlich zu seiner Schwester, wenn er selber weit im Forst; ein alter Jäger hatte es ihm gestern vertraut, der wußte es vom Waldhüter, dem hatt' es ein Köhler gesagt. Es war ihm ganz unglaublich, wie sollte sie zu der Bekanntschaft gelangt sein? Sie kam nur sonntags in die Kirche, wo er sie niemals aus den Augen verlor. Und doch wurmte ihn das Gerede, er konnte sich's nicht aus dem Sinn schlagen, er wollte endlich Gewißheit haben. Denn der Vater hatte sterbend ihm das Mädchen auf die Seele gebunden, er hätte sein Herzblut gegeben für sie.

So drückte er sich lauernd an die Bäume im wechselnden Schatten, den die vorüberfliegenden Wolken über den stillen

Grund warfen. Auf einmal aber hielt er den Atem an, es regte sich am Hause, und zwischen den Weinranken schlüpfte eine schlanke Gestalt hervor; er erkannte sogleich seine Schwester an dem leichten Gang; o mein Gott, dachte er, wenn alles nicht wahr wäre! Aber in demselben Augenblick streckte sich ein langer dunkler Schatten neben ihr über den mondbeschienenen Rasen, ein hoher Mann trat rasch aus dem Hause, dicht in einen schlechten* grünen Mantel gewickelt, wie ein Jäger. Er konnte ihn nicht erkennen, auch sein Gang war ihm durchaus fremd; es flimmerte ihm vor den Augen, als könnte er sich in einem schweren Traume noch nicht recht besinnen.

Das Mädchen aber, ohne sich umzusehen, sang mit fröhlicher Stimme, daß es dem Renald wie ein Messer durchs Herz ging:

„Ein' Gems auf dem Stein,
Ein Vogel im Flug,
Ein Mädel, das klug,
Kein Bursch holt die ein!"

„Bist du toll!" rief der Fremde, rasch hinzuspringend.

„Es ist dir schon recht", entgegnete sie lachend, „so werd' ich dir's immer machen; wenn du nicht artig bist, sing' ich aus Herzensgrund." Sie wollte von neuem singen, er hielt ihr aber voll Angst mit der Hand den Mund zu. Da sie so nahe vor ihm stand, betrachtete sie ihn ernsthaft im Mondschein. „Du hast eigentlich recht falsche Augen", sagte sie; „nein, bitte mich nicht wieder so schön, sonst sehn wir uns niemals wieder, und das tut uns beiden leid. – Herr Jesus!" schrie sie auf einmal, denn sie sah plötzlich den Bruder hinterm Baum nach dem Fremden zielen. Da, ohne sich zu besinnen, warf sie sich hastig dazwischen, so daß sie, den Fremden umklammernd, ihn ganz mit ihrem Leibe bedeckte.

Renald zuckte, da er's sah, aber es war zu spät, der Schuß fiel, daß es tief durch die Nacht widerhallte. Der Unbekannte richtete sich in dieser Verwirrung hoch empor, als wär' er plötzlich größer geworden, und riß zornig ein Taschenpistol aus dem Mantel; da kam ihm auf einmal das Mädchen so bleich vor, er wußte nicht,

---

* „schlecht" in der älteren Bedeutung „einfach", „ohne Kunst oder Aufwand"

war es vom Mondlicht oder vom Schreck. „Um Gottes willen", sagte er, „bist du getroffen?"

„Nein, nein", erwiderte Gabriele, ihm unversehens und herzhaft das Pistol aus der Hand windend, und drängte ihn heftig fort. „Dorthin", flüsterte sie, „rechts über den Steg am Fels, nur fort, schnell fort!"

Der Fremde war schon zwischen den Bäumen verschwunden, als Renald zu ihr trat. „Was machst du da für dummes Zeug!" rief sie ihm entgegen und verbarg rasch Arm und Pistol unter der Schürze. Aber die Stimme versagte ihr, als er nun dicht vor ihr stand und sie sein bleiches Gesicht bemerkte.

Er zitterte am ganzen Leibe, und auf seiner Stirn zuckte es zuweilen, wie wenn es von fern blitzte. Da gewahrte er plötzlich einen blutigen Streif an ihrem Kleide. „Du bist verwundet", sagte er erschrocken, und doch war's, als würde ihm wohler beim Anblick des Blutes; er wurde sichtbar milder und führte sie schweigend in das Haus. Dort pinkte er schnell Licht an*, es fand sich, daß die Kugel ihr nur leicht den rechten Arm gestreift; er trocknete und verband die Wunde, sie sprachen beide kein Wort miteinander. Gabriele hielt den Arm fest hin und sah trotzig vor sich nieder, denn sie konnte gar nicht begreifen, warum er böse sei; sie fühlte sich so rein von aller Schuld, nur die Stille jetzt unter ihnen wollte ihr das Herz abdrücken, und sie atmete tief auf, als er endlich fragte: wer es gewesen? Sie beteuerte nun, daß sie das nicht wisse, und erzählte, wie er an einem schönen Sonntagabend, als sie eben allein vor der Tür gesessen, zum ersten Male von den Bergen gekommen und sich zu ihr gesetzt und dann am folgenden Abend wieder und immer wieder gekommen und, wenn sie ihn fragte, wer er sei, nur lachend gesagt: ihr Liebster.

Unterdes hatte Renald unruhig ein Tuch aufgehoben und das Pistol entdeckt, das sie darunter verborgen hatte. Er erschrak auf das heftigste und betrachtete es dann aufmerksam von allen Seiten. „Was hast du damit?" sagte sie erstaunt; „wem gehört es?"

Da hielt er's ihr plötzlich funkelnd am Licht vor die Augen: „Und du kennst ihn wahrhaftig nicht?"

Sie schüttelte mit dem Kopf.

* anpinken: Feuer schlagen

„Ich beschwöre dich bei allen Heiligen", hub er wieder an, „sag mir die Wahrheit."

Da wandte sie sich auf die andere Seite. „Du bist heute rasend", erwiderte sie, „ich will dir gar keine Antwort mehr geben."

Das schien ihm das Herz leichter zu machen, daß sie ihren Liebsten nicht kannte, er glaubte es ihr, denn sie hatte ihn noch niemals belogen. Er ging nun einige Male finster in der Stube auf und nieder. „Gut, gut", sagte er dann, „meine arme Gabriele, so mußt du gleich morgen zu unserer Muhme ins Kloster; mach dich zurecht, morgen, ehe der Tag graut, führ' ich dich hin." Gabriele erschrak innerlichst, aber sie schwieg und dachte: Kommt Tag, kommt Rat. Renald aber steckte das Pistol zu sich und sah noch einmal nach ihrer Wunde, dann küßte er sie noch herzlich zur guten Nacht.

Als sie endlich allein in ihrer Schlafkammer war, setzte sie sich angekleidet aufs Bett und versank in ein tiefes Nachsinnen. Der Mond schien durchs offne Fenster auf die Heiligenbilder an der Wand, im stillen Gärtchen draußen zitterten die Blätter in den Bäumen. Sie wand ihre Haarflechten auf, daß ihr die Locken über Gesicht und Achseln herabrollten, und dachte vergeblich nach, wen ihr Bruder eigentlich im Sinn habe und warum er vor dem Pistol so sehr erschrocken – es war ihr alles wie im Traume. Da kam es ihr ein paarmal vor, als ginge draußen jemand sachte ums Haus. Sie lauschte am Fenster, der Hund im Hofe schlug an, dann war alles wieder still. Jetzt bemerkte sie erst, daß auch ihr Bruder noch wach war; anfangs glaubte sie, er rede im Schlaf, dann aber hörte sie deutlich, wie er auf seinem Bett vor Weinen schluchzte. Das wandte ihr das Herz, sie hatte ihn noch niemals weinen gesehen, es war ihr nun selber, als hätte sie was verbrochen. In dieser Angst beschloß sie, ihm seinen Willen zu tun; sie wollte wirklich nach dem Kloster gehen, die Priorin war ihre Muhme, der wollte sie alles sagen und sie um ihren Rat bitten. Nur das war ihr unerträglich, daß ihr Liebster nicht wissen sollte, wohin sie gekommen. Sie wußte wohl, wie herzhaft er war und besorgt um sie; der Hund hatte vorhin gebellt, im Garten hatte es heimlich geraschelt wie Tritte, wer weiß, ob er nicht nachsehen wollte, wie es ihr ging nach dem Schrecken. Gott, dachte sie, wenn er noch draußen stünd'! Der Gedanke verhielt ihr fast den

Atem. Sie schnürte sogleich eilig ihr Bündel, dann schrieb sie für ihren Bruder mit Kreide auf den Tisch, daß sie noch heute allein ins Kloster fortgegangen. Die Türen waren nur angelehnt, da schlich sie vorsichtig und leise aus der Kammer über den Hausflur in den Hof, der Hund sprang freundlich an ihr herauf, sie hatte Not, ihn am Pförtchen zurückzuweisen; so trat sie endlich mit klopfendem Herzen ins Freie.

Draußen schaute sie sich tief aufatmend nach allen Seiten um, ja, sie wagte es sogar, noch einmal bis an den Gartenzaun zurückzugehen, aber ihr Liebster war nirgend zu sehen, nur die Schatten der Bäume schwankten ungewiß über den Rasen. Zögernd betrat sie nun den Wald und blieb immer wieder stehen und lauschte; es war alles so still, daß ihr graute in der großen Einsamkeit. So mußte sie nun endlich doch weitergehen und zürnte heimlich im Herzen auf ihren Schatz, daß er sie in ihrer Not so zaghaft verlassen. Seitwärts im Tal aber lagen die Dörfer in tiefer Ruh'. Sie kam am Schloß des Grafen Dürande vorbei, die Fenster leuchteten im Mondschein herüber, im herrschaftlichen Garten schlugen die Nachtigallen und rauschten die Wasserkünste; das kam ihr so traurig vor, sie sang für sich das alte Lied:

„Gut' Nacht, mein Vater und Mutter
Wie auch mein stolzer Bruder,
Ihr seht mich nimmermehr!
Die Sonne ist untergegangen
Im tiefen, tiefen Meer."

Der Tag dämmerte noch kaum, als sie endlich am Abhange der Waldberge bei dem Kloster anlangte, das mit verschlossenen Fenstern, noch wie träumend, zwischen kühlen, duftigen Gärten lag. In der Kirche aber sangen die Nonnen soeben ihre Metten durch die weite Morgenstille, nur einzelne, früh erwachte Lerchen draußen stimmten schon mit ein in Gottes Lob. Gabriele wollte abwarten, bis die Schwestern aus der Kirche zurückkämen, und setzte sich unterdes auf die breite Kirchhofsmauer. Da fuhr ein zahmer Storch, der dort übernachtet, mit seinem langen Schnabel unter den Flügeln hervor und sah sie mit den klugen Augen verwundert an; dann schüttelte er in der Kühle sich die Federn auf und wandelte mit stolzen Schritten wie eine Schildwacht den

Mauerkranz entlang. Sie aber war so müde und überwacht, die Bäume über ihr säuselten noch so schläfrig, sie legte den Kopf auf ihr Bündel und schlummerte fröhlich unter den Blüten ein, womit die alte Linde sie bestreute.

Als sie aufwachte, sah sie eine hohe Frau in faltigen Gewändern über sich gebeugt, der Morgenstern schimmerte durch ihren langen Schleier, es war ihr, als hätt' im Schlaf die Mutter Gottes ihren Sternenmantel um sie geschlagen. Da schüttelte sie erschrocken die Blütenflocken aus dem Haar und erkannte ihre geistliche Muhme, die zu ihrer Verwunderung, als sie aus der Kirche kam, die Schlafende auf der Mauer gefunden. Die Alte sah ihr freundlich in die schönen, frischen Augen. „Ich hab dich gleich daran erkannt", sagte sie, „als wenn mich deine selige Mutter ansähe!" Nun mußte sie ihr Bündel nehmen, und die Priorin schritt eilig ins Kloster voraus; sie gingen durch kühle dämmernde Kreuzgänge, wo soeben noch die weißen Gestalten einzelner Nonnen wie Geister vor der Morgenluft lautlos verschlüpften. Als sie in die Stube traten, wollte Gabriele sogleich ihre Geschichte erzählen, aber sie kam nicht dazu. Die Priorin, so lange wie auf eine selige Insel verschlagen, hatte so viel zu erzählen und zu fragen von dem jenseitigen Ufer ihrer Jugend und konnte sich nicht genug verwundern, denn alle ihre Freunde waren seitdem alt geworden oder tot, und eine andere Zeit hatte alles verwandelt, die sie nicht mehr verstand. Geschäftig in redseliger Freude strich sie ihrem lieben Gast die Locken aus der glänzenden Stirn wie einem kranken Kinde, holte aus einem altmodischen, künstlich geschnitzten Wandschrank Rosinen und allerlei Naschwerk und fragte und plauderte immer wieder. Frische Blumensträuße standen in bunten Krügen am Fenster, ein Kanarienvogel schmetterte gellend dazwischen, denn die Morgensonne funkelte draußen schon durch die Wipfel und vergoldete wunderbar die Zelle, das Betpult und die schwergewirkten Lehnstühle; Gabriele lächelte fast betroffen, wie in eine neue, ganz fremde Welt hinein.

Noch an demselben Tage kam auch Renald zum Besuch; sie freute sich außerordentlich, es war ihr, als hätte sie ihn ein Jahr lang nicht gesehn. Er lobte ihren raschen Entschluß von heute nacht und sprach dann viel und heimlich mit der Priorin; sie horchte ein paarmal hin, sie hätte so gern gewußt, wer ihr Geliebter sei, aber sie konnte nichts erfahren. Dann mußte sie auch wieder heimlich lachen, daß die Priorin so geheimnisvoll tat, denn sie merkt' es wohl, sie wußt' es selber nicht. Es war indes beschlossen worden, daß sie fürs erste noch im Kloster bleiben sollte. Renald war zerstreut und eilig, er nahm bald wieder Abschied und versprach, sie abzuholen, sobald die rechte Zeit gekommen.

Aber Woche auf Woche verging, und die rechte Zeit war noch immer nicht da. Auch Renald kam immer seltener und blieb endlich ganz aus, um dem ewigen Fragen seiner Schwester nach ihrem Schatze auszuweichen, denn er konnte oder mochte ihr nichts von ihm sagen. Die Priorin wollte die arme Gabriele trösten, aber sie hatt' es nicht nötig, so wunderbar war das Mädchen seit jener Nacht verwandelt. Sie fühlte sich, seit sie von ihrem Liebsten getrennt, als seine Braut vor Gott, der wolle sie bewahren. Ihr ganzes Dichten und Trachten ging nun darauf, ihn selber auszukundschaften, da ihr niemand beistand in ihrer Einsamkeit. Sie nahm sich daher eifrig der Klosterwirtschaft an, um mit den Leuten in der Gegend bekannt zu werden; sie ordnete alles in Küche, Keller und Garten, alles gelang ihr, und wie sie so sich selber half, kam eine stille Zuversicht über sie wie Morgenrot, es war ihr immer, als müßt' ihr Liebster plötzlich einmal aus dem Walde zu ihr kommen.

Damals saß sie eines Abends noch spät mit der jungen Schwester Renate am offenen Fenster der Zelle, aus dem man in den stillen Klostergarten und über die Gartenmauer weit ins Land sehen konnte. Die Heimchen zirpten unten auf den frisch gemähten Wiesen, überm Walde blitzte es manchmal aus weiter Ferne. Da läßt mein Liebster mich grüßen, dachte Gabriele bei sich. Aber Renate blickte verwundert hinaus; sie war lange nicht wach gewesen um diese Zeit. „Sieh nur", sagte sie, „wie draußen alles anders aussieht im Mondschein, der dunkle Berg drüben wirft seinen Schatten bis an unser Fenster, unten erlischt ein Lichtlein nach dem andern im Dorfe. Was schreit da für ein Vogel?"

„Das ist das Wild im Walde", meinte Gabriele.

„Wie du auch so allein im Dunkeln durch den Wald gehen kannst", sagte Renate wieder; „ich stürbe vor Furcht. Wenn ich so manchmal durch die Scheiben hinaussehe in die tiefe Nacht, dann ist mir immer so wohl und sicher in meiner Zelle wie unterm Mantel der Mutter Gottes."

„Nein", entgegnete Gabriele, „ich möcht mich gern einmal bei Nacht verirren recht im tiefsten Wald, die Nacht ist wie im Traum so weit und still, als könnt' man über die Berge reden mit allen, die man lieb hat in der Ferne. Hör nur, wie der Fluß unten rauscht und die Wälder, als wollten sie auch mit uns sprechen und könnten nur nicht recht! – Da fällt mir immer ein Märchen ein dabei, ich weiß nicht, hab ich's gehört, oder hat mir's geträumt."

„Erzähl's mir doch, ich bete unterdes meinen Rosenkranz fertig", sagte die Nonne.

Gabriele setzte sich fröhlich auf die Fußbank vor ihr, wickelte vor der kühlen Nachtluft die Arme in ihre Schürze und begann sogleich folgendermaßen: „Es war einmal eine Prinzessin in einem verzauberten Schlosse gefangen, das schmerzte sie sehr, denn sie hatte einen Bräutigam, der wußte gar nicht, wohin sie gekommen war, und sie konnte ihm auch kein Zeichen geben, denn die Burg hatte nur ein einziges, festverschlossenes Tor nach einem tiefen, tiefen Abhang hin, und das Tor bewachte ein entsetzlicher Riese, der schlief und trank und sprach nicht, sondern ging nur immer Tag und Nacht vor dem Tore auf und nieder wie der Perpendikel einer Turmuhr. Sonst lebte sie ganz herrlich in dem Schloß; da war Saal an Saal, einer immer prächtiger als der andere, aber niemand drin zu sehen und zu hören, kein Lüftchen ging, und kein Vogel sang in den verzauberten Bäumen im Hofe, die Figuren auf den Tapeten waren schon ganz krank und bleich geworden in der Einsamkeit, nur manchmal warf sich das trockne Holz an den Schränken vor Langeweile, daß es weit durch die öde Stille schallte, und auf der hohen Schloßmauer draußen stand ein Storch, wie eine Vedette*, den ganzen Tag auf einem Bein."

„Ach, ich glaube gar, du stichelst auf unser Kloster", sagte Renate.

Gabriele lachte und erzählte munter fort: „Einmal aber war die

* Reiterwache, vorgeschobener Reiterposten

Prinzessin mitten in der Nacht aufgewacht, da hörte sie ein seltsames Sausen durch das ganze Haus. Sie sprang erschrocken ans Fenster und bemerkte zu ihrem großen Erstaunen, daß es der Riese war, der eingeschlafen vor dem Tore lag und mit solcher grausamer Gewalt schnarchte, daß alle Türen, sooft er den Atem einzog und wieder ausstieß, von dem Zugwind klappend auf und zu flogen. Nun sah sie auch, sooft die Tür nach dem Saale aufging, mit Verwunderung, wie die Figuren auf den Tapeten, denen die Glieder schon ganz eingerostet waren von dem langen Stillstehen, sich langsam dehnten und reckten; der Mond schien hell über den Hof, da hörte sie zum ersten Mal die verzauberten Brunnen rauschen, der steinerne Neptun unten saß auf dem Rand der Wasserkunst und strählte sich sein Binsenhaar; alles wollte die Gelegenheit benutzen, weil der Riese schlief; und der steife Storch machte so wunderliche Kapriolen auf der Mauer, daß sie lachen mußte, und hoch auf dem Dache drehte sich der Wetterhahn und schlug mit den Flügeln und rief immerfort: ‚Kick, kick dich um, ich seh ihn gehn, ich sag nicht, wen!' Am Fenster aber sang lieblich der Wind: ‚Komm mit geschwind!', und die Bächlein schwatzten draußen untereinander im Mondglanz, wie wenn der Frühling anbrechen sollte, und sprangen glitzernd und wispernd über die Baumwurzeln: ‚Bist du bereit? Wir haben nicht Zeit, weit, weit, in die Waldeinsamkeit!' – ‚Nun, nun, nur Geduld, ich komm' ja schon', sagte die Prinzessin ganz erschrocken und vergnügt, nahm schnell ihr Bündel unter den Arm und trat vorsichtig aus dem Schlafzimmer; zwei Mäuschen kamen ihr atemlos nach und brachten ihr noch den Fingerhut, den sie in der Eile vergessen. Das Herz klopfte ihr, denn die Brunnen im Hofe rauschten schon wieder schwächer, der Flußgott streckte sich taumelnd wieder zum Schlafe zurecht, auch der Wetterhahn drehte sich nicht mehr; so schlich sie leise die stille Treppe hinab."

„Ach Gott! wenn der Riese jetzt aufwacht!" sagte Renate ängstlich.

„Die Prinzessin hatte auch Angst genug", fuhr Gabriele fort, „sie hob sich das Röckchen, daß sie nicht an seinen langen Sporen hängenblieb, stieg geschickt über den einen, dann über den andern Stiefel, und noch einen herzhaften Sprung – jetzt stand sie draußen am Abhang. Da aber war's einmal schön! Da flogen die

Wolken und rauschte der Strom und die prächtigen Wälder im Mondschein, und auf dem Strom fuhr ein Schifflein, saß ein Ritter darin."

„Das ist ja gerade wie jetzt hier draußen", unterbrach sie Renate, „da fährt auch noch einer im Kahn dicht unter unserm Garten; jetzt stößt er ans Land."

„Freilich", sagte Gabriele mutwillig und setzte sich ins Fenster und wehte mit ihrem weißen Schnupftuch hinaus. „‚Und grüß dich Gott', rief da die Prinzessin, ‚grüß dich Gott in die weite, weite Fern', es ist ja keine Nacht so still und tief als meine Lieb'!'"

Renate faßte sie lachend um den Leib, um sie zurückzuziehen. „Herr Jesus!" schrie sie da plötzlich auf, „ein fremder Mann, dort an der Mauer hin!" Gabriele ließ erschrocken ihr Tuch sinken, es flatterte in den Garten hinab. Ehe sie sich aber noch besinnen konnte, hatte Renate schon das Fenster geschlossen; sie war voll Furcht, sie mochte nichts mehr von dem Märchen hören und trieb Gabrielen hastig aus der Tür, über den stillen Gang in ihre Schlafkammer.

Gabriele aber, als sie allein war, riß noch rasch in ihrer Zelle das Fenster auf. Zu ihrem Schreck bemerkte sie nun, daß das Tuch unten von dem Strauche verschwunden war, auf den es vorhin geflogen. Ihr Herz klopfte heftig, sie legte sich hinaus, so weit sie nur konnte, da glaubte sie draußen den Fluß wieder aufrauschen zu hören, darauf schallte Ruderschlag unten im Grunde, immer ferner und schwächer, dann alles, alles wieder still – so blieb sie verwirrt und überrascht am Fenster, bis das erste Morgenlicht die Bergesgipfel rötete.

Bald darauf traf der Namenstag der Priorin, ein Fest, worauf sich alle Hausbewohner das ganze Jahr hindurch freuten; denn auf diesen Tag war zugleich die jährliche Weinlese auf einem nahe gelegenen Gut des Klosters festgesetzt, an welcher die Nonnen mit teilnahmen. Da verbreitete sich, als der Morgenstern noch durch die Lindenwipfel in die kleinen Fenster hineinfunkelte, schon eine ungewohnte, lebhafte Bewegung durch das ganze Haus, im Hofe wurden die Wagen von dem alten Staube gereinigt, in ihren besten, blütenweißen Gewändern sah man die Schwestern in allen Gängen geschäftig hin und her eilen; einige versahen noch ihre Kanarienvögel sorgsam mit Futter, andere packten Taschen und Schachteln, als gälte es eine wochenlange Reise. Endlich wurde von dem zahlreichen Hausgesinde ausführlich Abschied genommen, die Kutscher knallten, und die Karawane setzte sich langsam in Bewegung. Gabriele fuhr nebst einigen auserwählten Nonnen an der Seite der Priorin in einem mit vier alten dicken Rappen bespannten Staatswagen, der mit seinem altmodischen, vergoldeten Schnitzwerk einem chinesischen Lusthause gleichsah. Es war ein klarer, heiterer Herbstmorgen, das Glockengeläute vom Kloster zog weit durchs stille Land, der Altweibersommer flog schon über die Felder, überall grüßten die Bauern ehrerbietig den ihnen wohlbekannten geistlichen Zug.

Wer aber beschreibt nun die große Freude auf dem Gratialgute*, die fremden Berge, Täler und Schlösser umher, das stille Grün und den heiteren Himmel darüber, wie sie da in dem mit Astern ausgeschmückten Gartensaal um eine reichliche Kollation** vergnügt auf den altfränkischen Kanapees sitzen und die Morgensonne die alten Bilder römischer Kirchen und Paläste an den Wänden bescheint und vor den Fenstern die Sperlinge sich lustig tummeln und lärmen im Laub, während draußen weißgekleidete Dorfmädchen unter den schimmernden Bäumen vor der Tür ein Ständchen singen.

Die Priorin aber ließ die Kinder hereinkommen, die scheu und neugierig in dem Saal umherschauten, in den sie das ganze Jahr über nur manchmal heimlich durch die Ritzen der verschlossenen Fensterladen geguckt hatten. Sie streichelte und ermahnte sie freundlich, freute sich, daß sie in dem Jahre so gewachsen, und gab dann jedem aus ihrem Gebetbuch ein buntes Heiligenbild und ein großes Stück Kuchen dazu.

Jetzt aber ging die rechte Lust der Kleinen erst an, da nun wirklich zur Weinlese geschritten wurde, bei der sie mithelfen und naschen durften. Da belebte sich allmählich der Garten, fröhliche Stimmen da und dort, geputzte Kinder, die große Trauben trugen, flatternde Schleier und weiße schlanke Gestalten zwischen den Rebengeländern schimmernd und wieder verschwindend, als

* Nutzgut
** kleine Zwischenmahlzeit, Imbiß

wanderten Engel über den Berg. Die Priorin saß unterdes vor der Haustür und betete ihr Brevier und schaute oft über das Buch weg nach den vergnügten Schwestern; die Herbstsonne schien warm und kräftig über die stille Gegend, und die Nonnen sangen bei der Arbeit:

„Es ist nun der Herbst gekommen,
Hat das schöne Sommerkleid
Von den Feldern weggenommen
Und die Blätter ausgestreut,
Vor dem bösen Winterwinde
Deckt er warm und sachte zu
Mit dem bunten Laub die Gründe,
Die schon müde gehn zur Ruh."

Einzelne verspätete Wandervögel zogen noch über den Berg und schwatzten vom Glanz der Ferne, was die glücklichen Schwestern nicht verstanden. Gabriele aber wußte wohl, was sie sangen, und ehe die Priorin sich's versah, war sie auf die höchste Linde geklettert; da erschrak sie, wie so groß und weit die Welt war. Die Priorin schalt sie aus und nannte sie ihr wildes Waldvöglein. Ja, dachte Gabriele, wenn ich ein Vöglein wäre! Dann fragte die Priorin, ob sie von da oben das Schloß Dürande überm Walde sehen könne? „Alle die Wälder und Wiesen", sagte sie, „gehören dem Grafen Dürande; er grenzt hier an, das ist ein reicher Herr!" Gabriele aber dachte an *ihren* Herrn, und die Nonnen sangen wieder:

„Durch die Felder sieht man fahren
Eine wunderschöne Frau,
Und von ihren langen Haaren
Goldne Fäden auf der Au
Spinnet sie und singt im Gehen:
‚Eia, meine Blümelein,
Nicht nach andern immer sehen,
Eia, schlafet, schlafet ein.'"

„Ich höre Waldhörner!" rief hier plötzlich Gabriele; es verhielt ihr fast den Atem vor Erinnerung an die alte schöne Zeit.

„Komm schnell herunter, mein Kind!" rief ihr die Priorin zu.

Aber Gabriele hörte nicht darauf, zögernd und im Hinabsteigen noch immer zwischen den Zweigen hinausschauend, sagte sie wieder: „Es bewegt sich drüben am Saum des Waldes; jetzt seh ich Reiter; wie das glitzert im Sonnenschein! Sie kommen gerade auf uns her."

Und kaum hatte sie sich vom Baum geschwungen, als einer von den Reitern, über den grünen Plan dahergeflogen, unter den Linden anlangte und mit höflichem Gruß vor der Priorin stillhielt. Gabriele war schnell in das Haus gelaufen, dort wollte sie durchs Fenster nach dem Fremden sehn. Aber die Priorin rief ihr nach: Der Herr sei durstig, sie solle ihm Wein herausbringen. Sie schämte sich, daß er sie auf dem Baume gesehn, so kam sie furchtsam mit dem vollen Becher vor die Tür mit gesenkten Blicken, durch die langen Augenwimpern nur sah sie das kostbare Zaumzeug und die Stickerei auf seinem Jagdrock im Sonnenschein flimmern. Als sie aber an das Pferd trat, sagte er leise zu ihr: Er sehe *doch* ihre dunkeln Augen im Wein sich spiegeln wie in einem goldnen Brunnen. Bei dem Klang der Stimme blickte sie erschrocken auf – der Reiter war ihr Liebster – sie stand wie verblendet. Er trank jetzt auf der Priorin Gesundheit, sah aber dabei über den Becher weg Gabriele an und zeigte ihr verstohlen ihr Tuch, das sie in jener Nacht aus dem Fenster verloren. Dann drückte er die Sporen ein, und flüchtig dankend, flog er wieder fort zu dem bunten Schwarm am Walde, das weiße Tuch flatterte weit im Winde hinter ihm her.

„Sieh nur", sagte die Priorin lachend, „wie ein Falk, der eine Taube durch die Luft führt!"

„Wer war der Herr?" frug endlich Gabriele tief aufatmend.

„Der junge Graf Dürande", hieß es. Da tönte die Jagd schon wieder fern und immer ferner den funkelnden Wald entlang, die Nonnen aber hatten in ihrer Fröhlichkeit von allem nichts bemerkt und sangen von neuem:

„Und die Vöglein hoch in Lüften
Über blaue Berg' und Seen
Ziehn zur Ferne nach den Klüften,
Wo die hohen Zedern stehn,
Wo mit ihren goldnen Schwingen
Auf des Benedeiten Gruft
Engel Hosianna singen,
Nächtens durch die stille Luft."

Etwa vierzehn Tage darauf schritt Renald eines Morgens still und rasch durch den Wald nach dem Schloß Dürande, dessen Türme finster über die Tannen hersahen. Er war ernst und bleich, aber mit Hirschfänger* und leuchtendem Bandelier wie zu einem Feste geschmückt. In der Unruhe seiner Seele war er der Zeit ein gut Stück vorausgeschritten, denn als er ankam, war die Haustür noch verschlossen und alles still, nur die Dohlen erwachten schreiend auf den alten Dächern. Er setzte sich unterdes auf das Geländer der Brücke, die zum Schlosse führte. Der Wallgraben unten lag lange trocken, ein marmorner Apollo mit seltsamer Lockenperücke spielte dort zwischen gezirkelten Blumenbeeten die Geige, auf der ein Vogel sein Morgenlied pfiff; über den Helmen der steinernen Ritterbilder am Tore brüsteten sich breite Aloen; der Wald, der alte Schloßgesell, war wunderlich verschnitten und zerquält, aber der Herbst ließ sich sein Recht nicht nehmen und hatte alles phantastisch gelb und rot gefärbt, und die Waldvögel, die vor dem Winter in die Gärten flüchteten, zwitscherten lustig von Wipfel zu Wipfel. Renald fror, er hatte Zeit genug und überdachte noch einmal alles: wie der junge Graf Dürande wieder nach Paris gereist, um dort lustig durchzuwintern, wie er selbst darauf mit fröhlichem Herzen zum Kloster geeilt, um seine Schwester abzuholen. Aber da war Gabriele heimlich verschwunden, man hatte einmal des Nachts einen fremden Mann am Kloster gesehn; niemand wußte, wohin sie gekommen.

Jetzt knarrte das Schloßtor, Renald sprang schnell auf, er verlangte seinen Herrn, den alten Grafen Dürande, zu sprechen. Man sagte ihm, der Graf sei eben erst aufgewacht; er mußte noch lange in der Gesindestube warten zwischen Überresten vom gestrigen Souper, zwischen Schuhbürsten, Büchsen und Katzen, die sich verschlafen an seinen blanken Stiefeln dehnten, niemand fragte nach ihm. Endlich wurde er in des Grafen Garderobe geführt, der alte Herr ließ sich soeben frisieren und gähnte unaufhörlich. Renald bat nun ehrerbietig um kurzen Urlaub zu einer Reise nach Paris. Auf die Frage des Grafen, was

* seit dem 17. Jahrhundert gebräuchliches Seitengewehr zum Abfangen (Todesstoß) des Wildes

er dort wolle, entgegnete er verwirrt: Seine Schwester sei dort bei einem weitläufigen Verwandten – er schämte sich herauszusagen, was er dachte. Da lachte der Graf. „Nun, nun", sagte er, „mein Sohn hat wahrhaftig keinen üblen Geschmack. Geh' Er nur hin, ich will Ihm an seiner Fortune nicht hinderlich sein; die Dürandes sind in solchen Affären immer splendid*; so ein junger wilder Schwan muß gerupft werden, aber mach' Er's mir nicht zu arg." Dann nickte er mit dem Kopfe, ließ sich den Pudermantel umwerfen und schritt langsam zwischen zwei Reihen von Bedienten, die ihn im Vorüberwandeln mit großen Quasten einpuderten, durch die entgegengesetzte Flügeltür zum Frühstück. Die Bedienten kicherten heimlich – Renald schüttelte sich wie ein gefesselter Löwe.

Noch an demselben Tage trat er seine Reise an.

Es war ein schöner, blanker Herbstabend, als er in der Ferne Paris erblickte; die Ernte war längst vorüber, die Felder standen alle leer, nur von der Stadt her kam ein verworrenes Rauschen über die stille Gegend, daß ihn heimlich schauerte. Er ging nun an prächtigen Landhäusern vorüber durch die langen Vorstädte immer tiefer in das wachsende Getöse hinein, die Welt rückte immer enger und dunkler zusammen, der Lärm, das Rasseln der Wagen betäubte, das wechselnde Streiflicht aus den geputzten Läden blendete ihn; so war er ganz verwirrt, als er endlich im Wind den roten Löwen, das Zeichen seines Vetters, schwanken sah, der in der Vorstadt einen Weinschank hielt. Dieser saß eben vor der Tür seines kleinen Hauses und verwunderte sich nicht wenig, da er den verstaubten Wandersmann erkannte. Doch Renald stand wie auf Kohlen. „War Gabriele bei dir?" fragte er gleich nach der ersten Begrüßung gespannt. Der Vetter schüttelte erstaunt den Kopf, er wußte von nichts. „Also doch!" sagte Renald, mit dem Fuß auf die Erde stampfend; aber er konnte es nicht über die Lippen bringen, was er vermute und vorhabe.

Sie gingen nun in das Haus und kamen in ein langes, wüstes Gemach, das von einem Kaminfeuer im Hintergrunde ungewiß erleuchtet wurde. In den roten Widerscheinen lag dort ein

---

* großzügig, freigebig

wilder Haufe umher: abgedankte Soldaten, müßige Handwerksburschen und dergleichen Hornkäfer, wie sie in der Abendzeit um die großen Städte schwärmen. Alle Blicke aber hingen an einem hohen, hagern Manne mit bleichem, scharf geschnittenem Gesicht, der, den Hut auf dem Kopf und seinen langen Mantel stolz und vornehm über die linke Achsel zurückgeschlagen, mitten unter ihnen stand. „Ihr seid der Nährstand*", rief er soeben aus; „wer aber die andern nährt, der ist ihr Herr; hoch auf, ihr Herren!" Er hob ein Glas, alles jauchzte wild auf und griff nach den Flaschen, er aber tauchte kaum die feinen Lippen in den dunkelroten Wein, als schlürft' er Blut, seine spielenden Blicke gingen über dem Glase kalt und lauernd in die Runde.

Da funkelte das Kaminfeuer über Renalds blankes Bandelier, das stach plötzlich in ihre Augen. Ein starker Kerl mit rotem Gesicht und Haar wie ein brennender Dornbusch trat mit übermütiger Bettelhaftigkeit dicht vor Renald und fragte, ob er dem Großtürken diene? Ein anderer meinte, er habe ja da, wie ein Hund, ein adeliges Halsband umhängen. Renald griff rasch nach seinem Hirschfänger, aber der lange Redner trat dazwischen, sie wichen ihm scheu und ehrerbietig aus. Dieser führte den Jäger an einen abgelegenen Tisch und fragte, wohin er wolle. Da Renald den Grafen Dürande nannte, sagte er: „Das ist ein altes Haus, aber der Totenwurm pickt schon drin, ganz von Liebschaften zerfressen."

Renald erschrak, er glaubte, jeder müßte ihm seine Schande an der Stirn ansehn. „Warum kommt Ihr gerade auf die Liebschaften?" fragte er zögernd.

„Warum?" erwiderte jener, „sind sie nicht die Herrn im Forst, ist das Wild nicht ihres, hohes und niederes? Sind wir nicht verfluchte Hunde und lecken die Schuh', wenn sie uns stoßen?"

Das verdroß Renald; er entgegnete kurz und stolz: Der junge Graf Dürande sei ein großmütiger Herr, er wolle nur sein Recht von ihm und weiter nichts.

---

* Bezeichnung für den dritten Stand, dem vor 1789 alle Nichtadeligen und Nichtkleriker zugerechnet wurden

Bei diesen Worten hatte der Fremde ihn aufmerksam betrachtet und sagte ernst: „Ihr seht aus wie ein Scharfrichter, der, das Schwert unterm Mantel, zu Gerichte geht; es kommt die Zeit, gedenkt an mich, Ihr werdet der Rüstigsten einer sein bei der blutigen Arbeit." Dann zog er ein Blättchen hervor, schrieb etwas mit Bleistift darauf, versiegelte es am Licht und reichte es Renald hin. „Die Grafen hier kennen mich wohl", sagte er; er solle das nur abgeben an Dürande, wenn er einen Strauß mit ihm habe, es könnte ihm vielleicht von Nutzen sein.

„Wer ist der Herr?" fragte Renald seinen Vetter, da der Fremde sich rasch wieder wandte.

„Ein Feind der Tyrannen", entgegnete der Vetter leise und geheimnisvoll.

Dem Renald aber gefiel hier die ganze Wirtschaft nicht, er war müde von der Reise und streckte sich bald in einer Nebenkammer auf das Lager, das ihm der Vetter angewiesen. Da konnte er vernehmen, wie immer mehr und mehr Gäste nebenan allmählich die Stube füllten; er hörte die Stimme des Fremden wieder dazwischen, eine wilde Predigt, von der er nur einzelne Worte verstand, manchmal blitzte das Kaminfeuer blutrot durch die Ritzen der schlecht verwahrten Tür; so schlief er spät unter furchtbaren Träumen ein.

Der Ball war noch nicht beendigt, aber der junge Graf Dürande hatte dort so viel Wunderbares gehört von den feurigen Zeichen einer Revolution, vom heimlichen Aufblitzen kampffertiger Geschwader, Jakobiner*, Volksfreunde** und Royalisten, daß ihm das Herz schwoll wie im nahenden Gewitterwinde. Er konnte es nicht länger aushalten in der drückenden Schwüle. In seinen Mantel gehüllt, ohne den Wagen abzuwarten, stürzte er sich in die scharfe Winternacht hinaus. Da freute er sich, wie draußen fern und nah die Turmuhren verworren zusammenklangen im Wind und die Wolken über die Stadt flogen und der Sturm sein Reiselied pfiff, lustig die Schneeflocken durcheinanderwirbelnd. „Grüß mir mein Schloß Dürande!" rief

* die Mitglieder des bedeutendsten politischen Klubs der Französischen Revolution, benannt nach ihrem Versammlungsort, dem Kloster St. Jakob in Paris

** revolutionäre politische Gruppe um Jean Paul Marat (1744–93)

er dem Sturme zu; es war ihm so frisch zumut, als müßt' er, wie ein lediges Roß, mit jedem Tritt Funken aus den Steinen schlagen.

In seinem Hotel aber fand er alles wie ausgestorben, der Kammerdiener war vor Langeweile fast eingeschlafen, die jüngere Dienerschaft ihren Liebschaften nachgegangen, niemand hatte ihn so früh erwartet. Schauernd vor Frost stieg er die breite, dämmernde Treppe hinauf, zwei tief herabgebrannte Kerzen beleuchteten zweifelhaft das vergoldete Schnitzwerk des alten Saales, es war so still, daß er den Zeiger der Schloßuhr langsam fortrücken und die Wetterfahnen im Winde sich drehen hörte. Wüst und überwacht warf er sich auf eine Ottomane hin. „Ich bin so müde", sagte er, „so müde von Lust und immer Lust, langweilige Lust! Ich wollt', es wäre Krieg!" Da war's ihm, als hört' er draußen auf der Treppe gehn mit leisen, langen Schritten, immer näher und näher. „Wer ist da?" rief er. Keine Antwort. „Nur zu, mir eben recht", meinte er, Hut und Handschuh' wegwerfend, „rumor nur zu, spukhafte Zeit, mit deinem fernen Wetterleuchten über Stadt und Land, als wenn die Gedanken aufstünden überall und schlaftrunken nach den Schwertern tappten. Was gehst du in Waffen rasselnd um und pochst an die Türen unserer Schlösser bei stiller Nacht; mich gelüstet, mit dir zu fechten; herauf, du unsichtbares Kriegsgespenst!"

Da pocht' es wirklich an der Tür. Er lachte, daß der Geist die Herausforderung so schnell angenommen. In keckem Übermut rief er: „Herein!" Eine hohe Gestalt im Mantel trat in die Tür; er erschrak doch, als diese den Mantel abwarf und er Renald erkannte, denn er gedachte der Nacht im Walde, wo der Jäger auf ihn gezielt. Renald aber, da er den Grafen erblickte, ehrerbietig zurücktretend, sagte: Er habe den Kammerdiener hier zu finden geglaubt, um sich anmelden zu lassen. Er sei schon öfters zu allen Tageszeiten hier gewesen, jedesmal aber, unter dem Vorwand, daß die Herrschaft nicht zu Hause oder beschäftigt sei, von den Pariser Bedienten zurückgewiesen worden, die ihn noch nicht kannten; so habe er denn heute auf der Straße gewartet, bis der Graf zurückkäme.

„Und was willst du denn von mir?" fragte der Graf, ihn mit unverwandten Blicken prüfend.

„Gnädiger Herr", erwiderte der Jäger nach einer Pause, „Sie wissen wohl, ich hatte eine Schwester, sie war meine einzige Freude und mein Stolz – sie ist eine Landläuferin geworden, sie ist fort."

Der Graf machte eine heftige Bewegung, faßte sich aber gleich wieder und sagte halb abgewendet: „Nun, und was geht das mich an?"

Renalds Stirn zuckte wie fernes Wetterleuchten, er schien mit sich selber zu ringen. „Gnädiger Herr", rief er darauf im tiefsten Schmerz, „gnädiger Herr, gebt mir meine arme Gabriele zurück!"

„Ich?" fuhr der Graf auf, „zum Teufel, wo ist sie?"

„Hier –", entgegnete Renald ernst.

Der Graf lachte laut auf, und den Leuchter ergreifend, stieß er rasch eine Flügeltür auf, daß man eine weite Reihe glänzender Zimmer übersah. „Nun", sagte er mit erzwungener Lustigkeit, „so hilf mir suchen. Horch, da raschelt was hinter der Tapete, jetzt hier, dort, nun sage mir, wo steckt sie?"

Renald blickte finster vor sich nieder, sein Gesicht verdunkelte sich immer mehr. Da gewahrte er Gabrielens Schnupftuch auf einem Tischchen; der Graf, der seinen Augen gefolgt war, stand einen Augenblick betroffen. Renald hielt sich noch, es fiel ihm der Zettel des Fremden wieder ein, er wünschte immer noch, alles in Güte abzumachen, und reichte schweigend dem Grafen das Briefchen hin. Der Graf, ans Licht tretend, erbrach es schnell, da flog eine dunkle Röte über sein ganzes Gesicht. „Und weiter nichts?" murmelte er leise zwischen den Zähnen, sich in die Lippen beißend. „Wollen sie mir drohen, mich schrecken?" Und rasch zu Renald gewandt, rief er: „Und wenn ich deine ganze Sippschaft hätt', ich gäb' sie nicht heraus! Sag deinem Bettleradvokaten, ich lachte sein und wäre zehntausendmal noch stolzer als er, und wenn ihr beide euch im Hause zeigt, lass' ich mit Hunden euch vom Hofe hetzen, das sag ihm; fort, fort, fort!" Hiermit schleuderte er den Zettel dem Jäger ins Gesicht und schob ihn selber zum Saal hinaus, die eichene Tür hinter ihm zuwerfend, daß es durchs ganze Haus öde erschallte.

Renald stand, wild um sich blickend, auf der stillen Treppe. Da bemerkte er erst, daß er den Zettel noch krampfhaft in den Händen hielt; er entfaltete ihn hastig und las an dem flackernden

Licht einer halb verlöschten Laterne die Worte: „Hütet Euch. Ein Freund des Volkes.“

Unterdes hörte er oben den Grafen heftig klingeln; mehrere Stimmen wurden im Hause wach, er stieg langsam hinunter wie ins Grab. Im Hofe blickte er noch einmal zurück, die Fenster des Grafen waren noch erleuchtet, man sah ihn im Saale heftig auf und nieder gehen. Da hörte Renald auf einmal draußen durch den Wind singen:

„Am Himmelsgrund schießen
So lustig die Stern',
Dein Schatz läßt dich grüßen
Aus weiter, weiter Fern'!

Hat eine Zither gehangen
An der Tür unbeacht't,
Der Wind ist gegangen
Durch die Saiten bei Nacht.

Schwang sich auf dann vom Gitter
Über die Berge, übern Wald –
Mein Herz ist die Zither,
Gibt einen fröhlichen Schall.“

Die Weise ging ihm durch Mark und Bein; er kannte sie wohl. Der Mond streifte soeben durch die vorüberfliegenden Wolken den Seitenflügel des Schlosses, da glaubte er in dem einen Fenster flüchtig Gabrielen zu erkennen; als er sich aber wandte, wurde es schnell geschlossen. Ganz erschrocken und verwirrt warf er sich auf die nächste Tür, sie war fest zu. Da trat er unter das Fenster und rief leise aus tiefster Seele hinauf, ob sie drin wider ihren Willen festgehalten werde? so solle sie ihm ein Zeichen geben, es sei keine Mauer so stark als die Gerechtigkeit Gottes. Es rührte sich nichts als die Wetterfahne auf dem Dach. „Gabriele“, rief er nun lauter, „meine arme Gabriele, der Wind in der Nacht weint um dich an den Fenstern, ich liebte dich so sehr, ich lieb dich noch immer, um Gottes willen komm, komm herab zu mir, wir wollen miteinander fortziehen, weit, weit fort, wo uns niemand kennt, ich will für dich betteln von Haus zu Haus, es ist ja kein Lager so hart, kein Frost so scharf, keine Not so bitter als die Schande!“

Er schwieg erschöpft, es war alles wieder still, nur die Tanzmusik von dem Balle schallte noch von fern über den Hof herüber; der Wind trieb große Schneeflocken schräg über die harte Erde, er war ganz verschneit. „Nun, so gnade uns beiden Gott!" sagte er, sich abwendend, schüttelte den Schnee vom Mantel und schritt rasch fort.

Als er zu der Schenke seines Vetters zurückkam, fand er zu seinem Erstaunen das ganze Haus verschlossen. Auf sein heftiges Pochen trat der Nachbar, sich vorsichtig nach allen Seiten umsehend, aus seiner Tür, er schien auf des Jägers Rückkehr gewartet zu haben und erzählte ihm geheimnisvoll: Das Nest nebenan sei ausgenommen, Polizeisoldaten hätten heute abend den Vetter plötzlich abgeführt, niemand wisse wohin. Den Renald überraschte und verwunderte nichts mehr, und zerstreut mit flüchtigem Dank nahm er alles an, als der Nachbar nun auch das gerettete Reisebündel des Jägers unter dem Mantel hervorbrachte und ihm selbst eine Zuflucht in seinem Hause anbot.

Gleich am andern Morgen aber begann Renald seine Runde in der weitläufigen Stadt, er mochte nichts mehr von der Großmut des stolzen Grafen, er wollte jetzt nur sein *Recht*! So suchte er unverdrossen eine Menge Advokaten hinter ihren großen Tintenfässern auf, aber die sahen's gleich alle den goldbortenen Rauten* seines Rockes an, daß sie nicht aus seiner eigenen Tasche gewachsen waren; der eine verlangte unmögliche Zeugen, der andere Dokumente, die er nicht hatte, und alle forderten Vorschuß. Ein junger reicher Advokat wollte sich totlachen über die ganze Geschichte; er fragte, ob die Schwester jung, schön, und erbot sich, den ganzen Handel umsonst zu führen und die arme Waise dann zu sich ins Haus zu nehmen, während ein andrer gar das Mädchen selber heiraten wollte, wenn sie fernerhin beim Grafen bliebe. In tiefster Seele empört, wandte sich Renald nun an die Polizeibehörde; aber da wurde er aus einem Revier ins andere geschickt, von Pontius zu Pilatus, und jeder wusch seine Hände in Unschuld, niemand hatte Zeit, in dem Getreibe ein vernünftiges Wort zu hören, und als er endlich vor das rechte Bureau kam, zeigten sie ihm ein langes

* Hier ist ein auf einer Spitze stehendes, viereckiges Abzeichen gemeint.

Verzeichnis der Dienstleute und Hausgenossen des Grafen Dürande: Seine Schwester war durchaus nicht darunter. Er habe Geister gesehen, hieß es, er solle keine unnützen Flausen machen; man hielt ihn für einen Narren, und er mußte froh sein, nur ungestraft wieder unter Gottes freien Himmel zu kommen. Da saß er nun todmüde in seiner einsamen Dachkammer, den Kopf in die Hand gestützt; seine Barschaft war mit dem frühzeitigen Schnee auf den Straßen geschmolzen, jetzt wußt' er keine Hülfe mehr, es ekelte ihm recht vor dem Schmutz der Welt. In diesem Hinbrüten, wie wenn man beim Sonnenglanz die Augen schließt, spielten feurige Figuren wechselnd auf dem dunklen Grund seiner Seele: schlängelnde Zornesblicke und halb geborne Gedanken blutiger Rache. In dieser Not betete er still für sich; als er aber an die Worte kam: „Vergib uns unsere Schuld, als auch wir vergeben unseren Schuldnern", fuhr er zusammen; er konnte es dem Grafen nicht vergeben. Angstvoll und immer brünstiger betete er fort. Da sprang er plötzlich auf, ein neuer Gedanke erleuchtete auf einmal sein ganzes Herz. Noch war nicht alles versucht, nicht alles verloren, er beschloß, den König selber anzutreten – so hatte er sich nicht vergeblich zu Gott gewendet, dessen Hand auf Erden ja der König ist.

Ludwig XVI. und sein Hof waren damals in Versailles; Renald eilte sogleich hin und freute sich, als er bei seiner Ankunft hörte, daß der König, der unwohl gewesen, heute zum ersten Male wieder den Garten besuchen wolle. Er hatte zu Hause mit großem Fleiß eine Supplik* aufgesetzt, Punkt für Punkt, das himmelschreiende Unrecht und seine Forderung, alles, wie er es dereinst vor Gottes Thron zu verantworten gedachte. Das wollte er im Garten selbst übergeben, vielleicht fügte es sich, daß er dabei mit dem König sprechen durfte; so, hoffte er, könne noch alles wieder gut werden.

Vielerlei Volk, Neugierige, Müßiggänger und Fremde hatten sich unterdes schon unweit der Tür, aus welcher der König treten sollte, zusammengestellt. Renald drängte sich mit klopfendem Herzen in die vorderste Reihe. Es war einer jener halbver-

---

* Bittschrift

schleierten Wintertage, die lügenhaft den Sommer nachspiegeln, die Sonne schien lau, aber falsch über die stillen Paläste, weiterhin zogen Schwäne auf den Weihern, kein Vogel sang mehr, nur die weißen Marmorbilder standen noch verlassen in der prächtigen Einsamkeit. Endlich gaben die Schweizer* das Zeichen, die Saaltür öffnete sich, die Sonne tat einen kurzen Blitz über funkelnden Schmuck, Ordensbänder und blendende Achseln, die schnell, vor dem Winterhauch, unter schimmernden Tüchern wieder verschwanden. Da schallt' es auf einmal: „*Vive le roi!*"** durch die Lüfte, und im Garten, so weit das Auge reichte, begannen plötzlich alle Wasserkünste zu spielen, und mitten in dem Jubel, Rauschen und Funkeln schritt der König in einfachem Kleide langsam die breiten Marmorstufen hinab. Er sah traurig und bleich – eine leise Luft rührte die Wipfel der hohen Bäume und streute die letzten Blätter wie einen Goldregen über die fürstlichen Gestalten. Jetzt gewahrte Renald mit einiger Verwirrung auch den Grafen Dürande unter dem Gefolge, er sprach soeben halb flüsternd zu einer jungen schönen Dame. Schon rauschten die taftenen Gewänder immer näher und näher. Renald konnte deutlich vernehmen, wie die Dame, ihre Augen gegen Dürande aufschlagend, ihn neckend fragte, was er drin sehe, daß sie ihn so erschreckten.

„Wunderbare Sommernächte meiner Heimat", erwiderte der Graf zerstreut. Da wandte sich das Fräulein lachend, Renald erschrak, ihr dunkles Auge war wie Gabrielens in fröhlichen Tagen – es wollte ihm das Herz zerreißen.

Darüber hatte er alles andere vergessen, der König war fast vorüber; jetzt drängte er sich nach, ein Schweizer aber stieß ihn mit der Partisane*** zurück, er drang noch einmal verzweifelt vor. Da bemerkt ihn Dürande, er stutzt einen Augenblick, dann, schnell gesammelt, faßt er den Zudringlichen rasch an der Brust und übergibt ihn der herbeieilenden Wache. Der König über dem Getümmel wendet sich fragend. „Ein Wahnsinniger", entgegnet Dürande.

---

* Söldner in fremden Diensten; Schweizergarden; hier ist die Leibgarde Ludwigs XVI. gemeint.

** Es lebe der König!

*** spießartige Stoßwaffe

Unterdes hatten die Soldaten den Unglücklichen umringt, die neugierige Menge, die ihn für verrückt hielt, wich scheu zurück, so wurde er ungehindert abgeführt. Da hörte er hinter sich die Fontänen noch rauschen, dazwischen das Lachen und Plaudern der Hofleute in der lauen Luft; als er aber einmal zurückblickte, hatte sich alles schon wieder nach dem Garten hingekehrt, nur ein bleiches Gesicht aus der Menge war noch zurückgewandt und funkelte ihm mit scharfen Blicken nach. Er glaubte schaudernd den prophetischen Fremden aus des Vetters Schenke wiederzuerkennen.

Der Mond bescheint das alte Schloß Dürande und die tiefe Waldesstille am Jägerhaus, nur die Bäche rauschen so geheimnisvoll in den Gründen. Schon blüht's in manchem tiefen Tal, und nächtliche Züge heimkehrender Störche hoch in der Luft verkünden in einzelnen halb verlornen Lauten, daß der Frühling gekommen. Da fahren plötzlich Rehe, die auf der Wiese vor dem Jägerhaus gerastet, erschrocken ins Dickicht, der Hund an der Tür schlägt an, ein Mann steigt eilig von den Bergen, bleich, wüst, die Kleider abgerissen, mit wild verwachsenem Bart – es ist der Jäger Renald.

Mehrere Monate hindurch war er in Paris im Irrenhaus eingesperrt gewesen; je heftiger er beteuerte, verständig zu sein, für desto toller hielt ihn der Wärter; in der Stadt aber hatte man jetzt Wichtigeres zu tun, niemand bekümmerte sich um ihn. Da ersah er endlich selbst seinen Vorteil, die Hinterlist seiner verrückten Mitgesellen half ihm treulich aus Lust an der Heimlichkeit. So war es ihm gelungen, in einer dunklen Nacht mit Lebensgefahr sich an einem Seil herabzulassen und in der allgemeinen Verwirrung der Zeit unentdeckt aus der Stadt durch die Wälder, von Dorf zu Dorfe bettelnd, heimwärts zu gelangen. Jetzt bemerkte er erst, daß es von fern überm Walde blitzte, vom stillen Schloßgarten her schlug schon eine Nachtigall, es war ihm, als ob ihn Gabriele riefe. Als er aber mit klopfendem Herzen auf dem allbekannten Fußsteig immer weiterging, öffnete sich bei dem Hundegebell ein Fensterchen im Jägerhaus. Es gab ihm einen Stich ins Herz; es war Gabrielens Schlafkammer, wie oft hatte er dort ihr Gesicht im Mondschein gesehen. Heut aber guckte ein Mann hervor und fragte barsch, was es draußen gäbe. Es war der Waldwärter, der heimtückische Rotkopf war ihm immer zuwider gewesen. „Was macht Ihr hier in Renalds Haus?" sagte er. „Ich bin müde, ich will hinein."

Der Waldwärter sah ihn von Kopf bis zu den Füßen an, er erkannte ihn nicht mehr. „Mit dem Renald ist's lange vorbei", entgegnete er dann, „er ist nach Paris gelaufen und hat sich dort mit verdächtigem Gesindel und Rebellen eingelassen, wir wissen's recht gut, jetzt habe ich seine Stelle vom Grafen." Darauf wies er Renald am Waldesrand den Weg zum Wirtshause und schlug das Fenster wieder zu.

Oho, steht's so! dachte Renald. Da fielen seine Augen auf sein Gärtchen, die Kirschbäume, die er gepflanzt, standen schon in voller Blüte, es schmerzte ihn, daß sie in ihrer Unschuld nicht wußten, für wen sie blühten. Währenddes hatte sein alter Hofhund sich gewaltsam vom Stricke losgerissen, sprang liebkosend an ihm herauf und umkreiste ihn in weiten Freudensprüngen; er herzte sich mit ihm wie mit einem alten, treuen Freund. Dann aber wandte er sich rasch zum Hause; die Tür war verschlossen, er stieß sie mit einem derben Fußtritt auf. Drin hatte der Waldwärter unterdes Feuer gepinkt. „Herr Jesus!" rief er erschrocken, da er, entgegentretend, plötzlich beim Widerschein der Lampe den verwilderten Renald erkannte.

Renald aber achtete nicht darauf, sondern griff nach der Büchse, die überm Bett an der Wand hing. „Lump", sagte er, „das schöne Gewehr so verstauben zu lassen!" Der Waldwärter, die Lampe hinsetzend und auf dem Sprunge, durchs Fenster zu entfliehen, sah den furchtbaren Gast seitwärts mit ungewissen Blicken an. Renald bemerkte, daß er zitterte. „Fürchte dich nicht", sagte er, „dir tu ich nichts, was kannst du dafür; ich hol mir nur die Büchse, sie ist vom Vater, sie gehört mir und nicht dem Grafen, und so wahr der alte Gott noch lebt, so hol ich mir auch mein Recht, und wenn sie's im Turmknopf von Dürande versiegelt hätten, das sag dem Grafen und wer's sonst wissen will." Mit diesen Worten pfiff er dem Hunde und schritt wieder in den Wald hinaus, wo ihn der Waldwärter bei dem wirren Wetterleuchten bald aus den Augen verloren hatte.

Währenddes schnurrten im Schloß Dürande die Gewichte der Turmuhr ruhig fort, aber die Uhr schlug nicht, und der verrostete

Weiser rückte nicht mehr von der Stelle, als wäre die Zeit eingeschlafen auf dem alten Hofe beim einförmigen Rauschen der Brunnen. Draußen, nur manchmal vom fernen Wetterleuchten zweifelhaft erhellt, lag der Garten mit seinen wunderlichen Baumfiguren, Statuen und vertrockneten Bassins wie versteinert im jungen Grün, das in der warmen Nacht schon von allen Seiten lustig über die Gartenmauer kletterte und sich um die Säulen der halbverfallenen Lusthäuser schlang, als wollt' nun der Frühling alles erobern. Das Hausgesinde aber stand heimlich untereinander flüsternd auf der Terrasse, denn man sah es hie und da brennen in der Ferne; der Aufruhr schritt wachsend schon immer näher über die stillen Wälder von Schloß zu Schloß. Da hielt der kranke alte Graf um die gewohnte Stunde einsam Tafel im Ahnensaal, die hohen Fenster waren fest verschlossen, Spiegel, Schränke und Marmortische standen unverrückt umher wie in der alten Zeit, niemand durfte, bei seiner Ungnade, der neuen Ereignisse erwähnen, die er verächtlich ignorierte. So saß er, im Staatskleide, frisiert, wie eine geputzte Leiche, am reichbesetzten Tisch vor den silbernen Armleuchtern und blätterte in alten Historienbüchern, seiner kriegerischen Jugend gedenkend. Die Bedienten eilten stumm über den glatten Boden hin und her, nur durch die Ritzen der Fensterladen sah man zuweilen das Wetterleuchten, und alle Viertelstunde hakte im Nebengemach die Flötenuhr knarrend ein und spielte einen Satz aus einer alten Opernarie.

Da ließen sich auf einmal unten Stimmen vernehmen, drauf hörte man jemand eilig die Treppe heraufkommen, immer lauter und näher. „Ich muß herein!" rief es endlich an der Saaltür, sich durch die abwehrenden Diener drängend, und bleich, verstört und atemlos stürzte der Waldwärter in den Saal, in wilder Hast dem Grafen erzählend, was ihm soeben im Jägerhaus mit Renald begegnet.

Der Graf starrte ihn schweigend an. Dann, plötzlich einen Armleuchter ergreifend, richtete er sich zum Erstaunen der Diener ohne fremde Hülfe hoch auf. „Hüte sich, wer einen Dürande fangen will!" rief er, und gespenstisch wie ein Nachtwandler mit dem Leuchter quer durch den Saal schreitend, ging er auf eine kleine eichene Tür los, die zu dem Gewölbe des Eckturms führte.

Die Diener, als sie sich vom ersten Entsetzen über sein grauenhaftes Aussehen erholt, standen verwirrt und unentschlossen um die Tafel. „Um Gottes willen", rief da auf einmal ein Jäger herbeieilend, „laßt ihn nicht durch, dort in dem Eckturm habe ich auf sein Geheiß heimlich alles Pulver zusammentragen müssen; wir sind verloren, er sprengt uns alle mit sich in die Luft!" Der Kammerdiener, bei dieser schrecklichen Nachricht, faßte sich zuerst ein Herz und sprang rasch vor, um seinen Herrn zurückzuhalten, die andern folgten seinem Beispiel. Der Graf aber, da er sich so unerwartet verraten und überwältigt sah, schleuderte dem nächsten den Armleuchter an den Kopf, darauf, krank wie er war, brach er selbst auf dem Boden zusammen.

Ein verworrenes Durcheinanderlaufen ging nun durch das ganze Schloß; man hatte den Grafen auf sein seidenes Himmelbett gebracht. Dort versuchte er vergeblich, sich noch einmal emporzurichten, zurücksinkend rief er: „Wer sagte da, daß der Renald nicht wahnsinnig ist?" Da alles still blieb, fuhr er leiser fort: „Ihr kennt den Renald nicht, er kann entsetzlich sein, wie fressend Feuer – läßt man denn reißende Tiere frei aufs Feld? – Ein schöner Löwe, wie er die Mähnen schüttelt – wenn sie nur nicht so blutig wären!" Hier, sich plötzlich besinnend, riß er die müden Augen weit auf und starrte die umherstehenden Diener verwundert an.

Der bestürzte Kammerdiener, der seine Blicke allmählich verlöschen sah, redete von geistlichem Beistand, aber der Graf, schon im Schatten des nahenden Todes, verfiel gleich darauf von neuem in fieberhafte Phantasien. Er sprach von einem großen, prächtigen Garten und einer langen, langen Allee, in der ihm seine verstorbene Gemahlin entgegenkäme immer näher und heller und schöner. „Nein, nein", sagte er, „sie hat einen Sternenmantel um und eine funkelnde Krone auf dem Haupt. Wie rings die Zweige schimmern von dem Glanz! – Gegrüßt seist du, Maria, bitt für mich, du Königin der Ehren!" Mit diesen Worten starb der Graf.

Als der Tag anbrach, war der ganze Himmel gegen Morgen dunkelrot gefärbt; gegenüber aber stand das Gewitter bleifarben hinter den grauen Türmen des Schlosses Dürande, die Sterbeglocke ging in einzelnen, abgebrochenen Klängen über die stille

Gegend, die fremd und wie verwandelt in der seltsamen Beleuchtung heraufblickte. Da sahen einige Holzhauer im Walde den wilden Jäger Renald mit seiner Büchse und dem Hunde eilig in die Morgenglut hinabsteigen; niemand wußte, wohin er sich gewendet.

MEHRERE Tage waren seitdem vergangen, das Schloß stand wie verzaubert in öder Stille, die Kinder gingen abends scheu vorüber, als ob es drin spuke. Da sah man eines Tages plötzlich droben mehrere Fenster geöffnet, buntes Reisegepäck lag auf dem Hofe umher, muntere Stimmen schallten wieder auf den Treppen und Gängen, die Türen flogen hallend auf und zu, und vom Turme fing die Uhr trostreich wieder zu schlagen an. Der junge Graf Dürande war, auf die Nachricht vom Tode seines Vaters, rasch und unerwartet von Paris zurückgekehrt. Unterweges war er mehrmals verworrenen Zügen von Edelleuten begegnet, die schon damals flüchtend die Landstraßen bedeckten. Er aber hatte keinen Glauben an die Fremde und wollte ehrlich Freud und Leid mit seinem Vaterlande teilen. Wie hatte auch der erste Schreck aus der Ferne alles übertrieben! Er fand seine nächsten Dienstleute ergeben und voll Eifer und überließ sich gern der Hoffnung, noch alles zum Guten wenden zu können.

In solchen Gedanken stand er an einem der offenen Fenster, die Wälder rauschten so frisch herauf, das hatte er so lange nicht gehört, und im Tale schlugen die Vögel und jauchzten die Hirten von den Bergen, dazwischen hörte er unten im Schloßgarten singen:

„Wär's dunkel, ich läg' im Walde,
Im Walde rauscht's so sacht,
Mit ihrem Sternenmantel
Bedecket mich da die Nacht,
Da kommen die Bächlein gegangen:
Ob ich schon schlafen tu?
Ich schlaf' nicht, ich hör' noch lange
Den Nachtigallen zu,
Wenn die Wipfel über mir schwanken,
Es klinget die ganze Nacht,
Das sind im Herzen die Gedanken,
Die singen, wenn niemand wacht."

Jawohl, gar manche stille Nacht, dachte der Graf, sich mit der Hand über die Stirn fahrend. „Wer sang da?" wandte er sich dann zu den auspackenden Dienern; die Stimme schien ihm so bekannt. Ein Jäger meinte, es sei wohl der neue Gärtnerbursch aus Paris, der habe keine Ruhe gehabt in der Stadt; als sie fortgezogen, so sei er ihnen zu Pferde nachgekommen. „Der?" sagte der Graf – er konnte sich kaum auf den Burschen besinnen. Über den Zerstreuungen des Winters in Paris war er nicht oft in den Garten gekommen; er hatte den Knaben nur selten gesehn und wenig beachtet, um so mehr freute ihn seine Anhänglichkeit.

Indes war es beinahe Abend geworden, da hieß der Graf noch sein Pferd satteln, die Diener verwunderten sich, als sie ihn bald darauf so spät und ganz allein noch nach dem Walde hinreiten sahen. Der Graf aber schlug den Weg zu dem nahen Nonnenkloster ein und ritt in Gedanken rasch fort, als gält' es, ein lange versäumtes Geschäft nachzuholen; so hatte er in kurzer Zeit das stille Waldkloster erreicht. Ohne abzusteigen, zog er hastig die Glocke am Tor. Da stürzte ein Hund ihm entgegen, als wollt' er ihn zerreißen, ein langer, bärtiger Mann trat aus der Klosterpforte und stieß den Köter wütend mit den Füßen; der Hund heulte, der Mann fluchte, eine Frau zankte drin im Kloster, sie konnte lange nicht zu Worte kommen. Der Graf, befremdet von dem seltsamen Empfang, verlangte jetzt schleunig die Priorin zu sprechen. Der Mann sah ihn etwas verlegen an, als schämte er sich. Gleich aber wieder in alter Roheit gesammelt, sagte er, das Kloster sei aufgehoben und gehöre der Nation; er sei der Pächter hier. Weiter erfuhr nun der Graf noch, wie ein Pariser Kommissär* das alles so rasch und klug geordnet. Die Nonnen sollten nun in weltlichen Kleidern hinaus in die Städte, heiraten und nützlich sein; da zogen alle in einer schönen stillen Nacht aus dem Tal, für das sie so lange gebetet, nach Deutschland hinüber, wo ihnen in einem Schwesterkloster freundliche Aufnahme angeboten worden.

Der überraschte Graf blickte schweigend umher, jetzt bemerkte er erst, wie die zerbrochenen Fenster im Winde klappten; aus einer Zelle unten sah ein Pferd schläfrig ins Grün hinaus, die

* Beauftragter, Bevollmächtigter

Ziegen des Pächters weideten unter umgeworfenen Kreuzen auf dem Kirchhof, niemand wagte es, sie zu vertreiben; dazwischen weinte ein Kind im Kloster, als klagte es, daß es geboren in dieser Zeit. Im Dorfe aber war es wie ausgekehrt, die Bauern guckten scheu aus den Fenstern, sie hielten den Grafen für einen Herrn von der Nation. Als ihn aber nach und nach einige wiedererkannten, stürzte auf einmal alles heraus und umringte ihn, hungrig, zerlumpt und bettelnd. Mein Gott, mein Gott, dachte er, wie wird die Welt so öde! Er warf alles Geld, das er bei sich hatte, unter den Haufen, dann setzte er rasch die Sporen ein und wandte sich wieder nach Hause.

Es war schon völlig Nacht, als er in Dürande ankam. Da bemerkte er mit Erstaunen im Schloß einen unnatürlichen Aufruhr, Lichter liefen von Fenster zu Fenster, und einzelne Stimmen schweiften durch den dunklen Garten, als suchten sie jemand. Er schwang sich rasch vom Pferde und eilte ins Haus. Aber auf der Treppe stürzte ihm schon der Kammerdiener mit einem versiegelten Blatte atemlos entgegen: Es seien Männer unten, die es abgegeben und trotzig Antwort verlangten. Ein Jäger, aus dem Garten hinzutretend, fragte ängstlich den Grafen, ob er draußen dem Gärtnerburschen begegnet? Der Bursch habe ihn überall gesucht, der Graf möge sich aber hüten vor ihm, er sei in der Dämmerung verdächtig im Dorf gesehen worden, ein Bündel unterm Arm, mit allerlei Gesindel sprechend, nun sei er gar spurlos verschwunden.

Der Graf, unterdes oben im erleuchteten Zimmer angelangt, erbrach den Brief und las in schlechter, mit blasser Tinte mühsam gezeichneter Handschrift: „Im Namen Gottes verordne ich hiermit, daß der Graf Hippolyt von Dürande auf einem mit dem gräflichen Wappen besiegelten Pergament die einzige Tochter des verstorbenen Försters am Schloßberge, Gabriele Dubois, als seine rechtmäßige Braut und künftiges Gemahl bekennen und annehmen soll. Dieses Gelöbnis soll heute bis elf Uhr nachts in dem Jägerhause abgeliefert werden. Ein Schuß aus dem Schloßfenster aber bedeutet: Nein. *Renald.*"

„Was ist die Uhr?" fragte der Graf.

„Bald Mitternacht", erwiderten einige, sie hätten ihn so lange im Walde und Garten vergeblich gesucht.

„Wer von euch sah den Renald, wo kam er her?“ fragte er von neuem. Alles schwieg. Da warf er den Brief auf den Tisch. „Der Rasende!“ sagte er und befahl für jeden Fall die Zugbrücke aufzuziehen, dann öffnete er rasch das Fenster und schoß ein Pistol, als Antwort, in die Luft hinaus. Da gab es einen wilden Widerhall durch die stille Nacht, Geschrei und Rufen und einzelne Flintenschüsse bis in die fernsten Schlünde hinein, und als der Graf sich wieder wandte, sah er in dem Saal einen Kreis verstörter Gesichter lautlos um sich her.

Er schalt sie Hasenjäger, denen vor Wölfen graute. „Ihr habt lange genug Krieg gespielt im Walde“, sagte er, „nun wendet sich die Jagd, wir sind jetzt das Wild, wir müssen durch. Was wird es sein! Ein Tollhaus mehr ist wieder aufgeriegelt, der rasende Veitstanz* geht durchs Land, und der Renald geigt ihnen vor. Ich hab nichts mit dem Volk, ich tat ihnen nichts als Gutes, wollen sie noch Besseres, sie sollen's ehrlich fordern, ich gäb's ihnen gern, abschrecken aber lass' ich mir keine Handbreit meines alten Grund und Bodens; Trotz gegen Trotz!“

So trieb er sie in den Hof hinab, er selber half die Pforten, Luken und Fenster verrammen. Waffen wurden rasselnd von allen Seiten herbeigeschleppt, sein fröhlicher Mut belebte alle. Man zündete mitten im Hofe ein großes Feuer an, die Jäger lagerten sich herum und gossen Kugeln in den roten Widerscheinen, die lustig über die stillen Mauern liefen – sie merkten nicht, wie die Raben, von der plötzlichen Helle aufgeschreckt, ächzend über ihnen die alten Türme umkreisten. Jetzt brachte ein Jäger mit großem Geschrei den Hut und die Jacke des Gärtnerburschen, die er zu seiner Verwunderung beim Aufsuchen der Waffen im Winkel eines abgelegenen Gemaches gefunden. Einige meinten, das Bürschchen sei vor Angst aus der Haut gefahren, andere schworen, er sei ein Schleicher und Verräter, während der alte Schloßwart Nicolo, schlau lächelnd, seinem Nachbar heimlich etwas ins Ohr flüsterte. Der Graf bemerkte es. „Was lachst du?“ fuhr er den Alten an; eine entsetzliche Ahnung flog plötzlich durch seine Seele. Alle sahen verlegen zu Boden. Da faßte er den

---

* hysterische Tanzepidemie des Mittelalters, bei der man den heiligen Veit als Schutzpatron anrief

erschrockenen Schloßwart hastig am Arm und führte ihn mit fort in einen entlegenen Teil des Hofes, wohin nur einige schwankende Schimmer des Feuers langten. Dort hörte man beide lange Zeit lebhaft miteinander reden, der Graf ging manchmal heftig an dem dunklen Schloßflügel auf und ab und kehrte dann immer wieder fragend und zweifelnd zu dem Alten zurück. Dann sah man sie in den offenen Stall treten, der Graf half selbst eilig den schnellsten Läufer satteln, und gleich darauf sprengte Nicolo quer über den Schloßhof, daß die Funken stoben, durchs Tor in die Nacht hinaus. „Reit zu", rief ihm der Graf noch nach, „frag, suche bis ans Ende der Welt!"

Nun trat er rasch und verstört wieder zu den andern, zwei der zuverlässigsten Leute mußten sogleich bewaffnet nach dem Dorf hinab, um den Renald draußen aufzusuchen; wer ihn zuerst sähe, solle ihm sagen: Er, der Graf, wolle ihm Satisfaktion geben wie einem Kavalier und sich mit ihm schlagen, Mann gegen Mann – mehr könne der Stolze nicht verlangen.

Die Diener starrten ihn verwundert an, er aber hatte unterdes einen rüstigen Jäger auf die Zinne gestellt, wo man am weitsten ins Land hinaussehen konnte. „Was siehst du?" fragte er, unten seine Pistolen ladend. Der Jäger erwiderte: Die Nacht sei zu dunkel, er könne nichts unterscheiden, nur einzelne Stimmen höre er manchmal fern im Feld und schweren Tritt, als zögen viele Menschen lautlos durch die Nacht, dann alles wieder still. „Hier ist's lustig oben", sagte er, „wie eine Wetterfahne im Wind – was ist denn das?"

„Wer kommt?" fuhr der Graf hastig auf.

„Eine weiße Gestalt, wie ein Frauenzimmer", entgegnete der Jäger, „fliegt unten dicht an der Schloßmauer hin." Er legte rasch seine Büchse an. Aber der Graf, die Leiter hinauffliegend, war schon selber droben und riß dem Zielenden heftig das Gewehr aus der Hand. Der Jäger sah ihn erstaunt an. „Ich kann auch nichts mehr sehen", sagte er dann halb unwillig und warf sich nun auf die Mauer nieder, über den Rand hinausschauend: „Wahrhaftig, dort an der Gartenecke ist noch ein Fenster offen, der Wind klappt mit den Laden, dort ist's hereingehuscht."

Die Zunächststehenden im Hofe wollten eben nach der bezeichneten Stelle hineilen, als plötzlich mehrere Diener, wie

Herbstblätter im Sturm, über den Hof daherflogen! Die Rebellen, hieß es, hätten im Seitenflügel eine Pforte gesprengt, andere meinten, der rotköpfige Waldwärter habe sie mit Hülfe eines Nachschlüssels heimlich durch das Kellergeschoß hereingeführt. Schon hörte man Fußtritte hallend auf den Gängen und Treppen und fremde, rauhe Stimmen da und dort, manchmal blitzte eine Brandfackel vorüberschweifend durch die Fenster. „Hallo, nun gilt's, die Gäste kommen, spielt auf zum Hochzeitstanze!" rief der Graf, in nie gefühlter Mordlust aufschauernd. Noch war nur erst ein geringer Teil des Schlosses verloren; er ordnete rasch seine kleine Schar, fest entschlossen, sich lieber unter den Trümmern seines Schlosses zu begraben, als in diese rohen Hände zu fallen.

Mitten in dieser Verwirrung aber ging auf einmal ein Geflüster durch seine Leute: Der Graf zeige sich doppelt im Schloß, der eine hatte ihn zugleich im Hof und am Ende eines dunkeln Ganges gesehen, einem andern war er auf der Treppe begegnet, flüchtig und auf keinen Anruf Antwort gebend, das bedeute seit uralter Zeit dem Hause großes Unglück. Niemand hatte jedoch in diesem Augenblick das Herz und die Zeit, es dem Grafen zu sagen, denn soeben begann auch unten der Hof sich schon grauenhaft zu beleben; unbekannte Gesichter erschienen überall an den Kellerfenstern, die Kecksten arbeiteten sich gewaltsam hervor und sanken, ehe sie sich draußen noch aufrichten konnten, von den Kugeln der wachsamen Jäger wieder zu Boden, aber über ihre Leichen weg kroch und rang und hob es sich immer von neuem unaufhaltsam empor, braune verwilderte Gestalten, mit langen Vogelflinten, Stangen und Brecheisen, als wühlte die Hölle unter dem Schlosse sich auf. Es war die Bande des verräterischen Waldwärters, der ihnen heimtückisch die Keller geöffnet. Nur auf Plünderung bedacht, drangen sie sogleich nach dem Marstall* und hieben in der Eile die Stränge entzwei, um sich der Pferde zu bemächtigen. Aber die edlen schlanken Tiere, von dem Lärm und der gräßlichen Helle verstört, rissen sich los und stürzten in wilder Freiheit in den Hof; dort mit zornig funkelnden Augen und fliegender Mähne sah man sie bäumend

* fürstliche Stallung

aus der Menge steigen und Roß und Mann verzweifelt durcheinanderringen beim wirren Wetterleuchten der Fackeln, Jubel und Todesschrei und die dumpfen Klänge der Sturmglocken dazwischen. Die versprengten Jäger fochten nur noch einzeln gegen die wachsende Übermacht; schon umringte das Getümmel immer dichter den Grafen, er schien unrettbar verloren, als der blutige Knäuel mit dem Ausruf: „Dort, dort ist er!“ sich plötzlich wieder entwirrte und alles dem andern Schloßflügel zuflog.

Der Graf, in einem Augenblick fast allein stehend, wandte sich tief aufatmend und sah erstaunt das alte Banner des Hauses Dürande droben vom Balkon wehen. Es wallte ruhig durch die wilde Nacht, auf einmal aber schlug der Wind wie im Spiel die Fahne zurück – da erblickte er mit Schaudern sich selbst dahinter, in seinen weißen Reitermantel tief gehüllt, Stirn und Gesicht von seinem Federbusch umflattert. Alle Blicke und Röhre zielten auf die stille Gestalt, doch dem Grafen sträubte sich das Haar empor, denn die Blicke des furchtbaren Doppelgängers waren mitten durch den Kugelregen unverwandt auf ihn gerichtet. Jetzt bewegte es die Fahne, es schien ihm ein Zeichen geben zu wollen, immer deutlicher und dringender ihn zu sich hinaufwinkend.

Eine Weile starrt er hin, dann von Entsetzen überreizt, vergißt er alles andere, und unerkannt den Haufen teilend, der wütend nach dem Haupttor dringt, eilt er selbst dem gespenstischen Schloßflügel zu. Ein heimlicher Gang, nur wenigen bekannt, führt seitwärts näher zum Balkon, dort stürzt er sich hinein; schon schließt die Pforte sich schallend hinter ihm, er tappt am Pfeiler einsam durch die stille Halle, da hört er atmen neben sich, es faßt ihn plötzlich bei der Hand, schauernd sieht er das Banner und den Federbusch im Dunkeln wieder schimmern. Da, den weißen Mantel zurückschlagend, stößt es unten rasch eine Tür auf nach dem stillen Feld, ein heller Mondblick streift blendend die Gestalt, sie wendet sich. „Um Gottes willen, Gabriele!“ ruft der Graf und läßt verwirrt den Degen fallen.

Das Mädchen stand bleich, ohne Hut vor ihm, die schwarzen Locken aufgeringelt, rings von der Fahne wunderbar umgeben.

Sie schien noch atemlos. „Jetzt zaudere nicht", sagte sie, den ganz Erstaunten eilig nach der Tür drängend, „der alte Nicolo harrt deiner draußen mit dem Pferde. Ich war im Dorf, der Renald wollte mich nicht wiedersehn, so rannte ich ins Schloß zurück, zum Glück stand noch ein Fenster offen, da fand ich dich nicht gleich und warf mich rasch in deinen Mantel. Noch merken sie es nicht, sie halten mich für dich; bald ist's zu spät, laß mich und rette dich, nur schnell!" Dann setzte sie leiser hinzu: „Und grüße auch das schöne Fräulein in Paris, und bete für mich, wenn's euch wohl geht."

Der Graf aber, in tiefster Seele bewegt, hatte sie schon fest in beide Arme genommen und bedeckte den bleichen Mund mit glühenden Küssen. Da wand sie sich schnell los. „Mein Gott, liebst du mich denn noch, ich meinte, du freitest um das Fräulein?" sagte sie voll Erstaunen, die großen Augen fragend zu ihm aufgeschlagen.

Ihm war's auf einmal, wie in den Himmel hineinzusehen. „Die Zeit fliegt heut entsetzlich", rief er aus, „dich liebte ich immerdar, da nimm den Ring und meine Hand auf ewig, und so verlass' mich Gott, wenn ich je von dir lasse!"

Gabriele, von Überraschung und Freude verwirrt, wollte niederknien, aber sie taumelte und mußte sich an der Wand festhalten. Da bemerkte er erst mit Schrecken, daß sie verwundet war. Ganz außer sich riß er sein Tuch vom Halse, suchte eilig mit Fahne, Hemd und Kleidern das Blut zu stillen, das auf einmal unaufhaltsam aus vielen Wunden zu quellen schien. In steigender, unsäglicher Todesangst blickte er nach Hülfe ringsumher, schon näherten sich verworrene Stimmen, er wußte nicht, ob es Freund oder Feind. Sie hatte währenddes den Kopf müde an seine Schulter gelehnt. „Mir flimmert's so schön vor den Augen", sagte sie, „wie dazumal, als du durchs tiefe Abendrot noch zu mir kamst; nun ist ja alles, alles wieder gut."

Da pfiff plötzlich eine Kugel durch das Fenster herein. „Das war der Renald!" rief der Graf, sich nach der Brust greifend; er fühlte den Tod im Herzen.

Gabriele fuhr hastig auf. „Wie ist dir?" fragte sie erschrokken.

Aber der Graf, ohne zu antworten, faßte heftig nach seinem

Degen. Das Gesindel war leise durch den Gang herangeschlichen, auf einmal sah er sich in der Halle von bewaffneten Männern umringt. „Gute Nacht, mein liebes Weib!" rief er da; und mit letzter, übermenschlicher Gewalt das von der Fahne verhüllte Mädchen auf den linken Arm schwingend, bahnt' er sich eine Gasse durch die Plünderer, die ihn nicht kannten und verblüfft von beiden Seiten vor dem Wütenden zurückwichen. So hieb er sich durch die offene Tür glücklich ins Freie hinaus, keiner wagte ihm aufs Feld zu folgen, wo sie in den schwankenden Schatten der Bäume einen heimlichen Hinterhalt besorgten.

Draußen aber rauschten die Wälder so kühl. „Hörst du die Hochzeitsglocken gehn?" sagte der Graf; „ich spür schon Morgenluft." Gabriele konnte nicht mehr sprechen, aber sie sah ihn still und selig an. Immer ferner und leiser verhallten unterdes schon die Stimmen vom Schlosse her, der Graf wankte verblutend, sein steinernes Wappenschild lag zertrümmert im hohen Gras, dort stürzt' er tot neben Gabrielen zusammen. Sie atmeten nicht mehr, aber der Himmel funkelte von Sternen, und der Mond schien prächtig über das Jägerhaus und die einsamen Gründe; es war, als zögen Engel singend durch die schöne Nacht.

Dort wurden die Leichen von Nicolo gefunden, der vor Ungeduld schon mehrmals die Runde um das Haus gemacht hatte. Er lud beide mit dem Banner auf das Pferd, die Wege standen verlassen, alles war im Schloß, so brachte er sie unbemerkt in die alte Dorfkirche. Man hatte dort vor kurzem erst die Sturmglocke geläutet, die Kirchentür war noch offen. Er lauschte vorsichtig in die Nacht hinaus, es war alles still, nur die Linden säuselten im Wind, vom Schloßgarten hörte er die Nachtigallen schlagen, als ob sie im Traume schluchzten. Da senkte er betend das stille Brautpaar in die gräfliche Familiengruft und die Fahne darüber, unter der sie noch heut zusammen ausruhn. Dann aber ließ er mit traurigem Herzen sein Pferd frei in die Nacht hinauslaufen, segnete noch einmal die schöne Heimatsgegend und wandte sich rasch nach dem Schloß zurück, um seinen bedrängten Kameraden beizustehen; es war ihm, als könnte er nun selbst nicht länger mehr leben.

Auf den ersten Schuß des Grafen aus dem Schloßfenster war das raubgierige Gesindel, das durch umlaufende Gerüchte von Renalds Anschlag wußte, aus allen Schlupfwinkeln hervorgebrochen, er selbst hatte in der offenen Tür des Jägerhauses auf die Antwort gelauert und sprang bei dem Blitz im Fenster wie ein Tiger allen voraus, er war der erste im Schloß. Hier, ohne auf das Treiben der andern zu achten, suchte er mitten zwischen den pfeifenden Kugeln in allen Gemächern, Gängen und Winkeln unermüdlich den Grafen auf. Endlich erblickt' er ihn durchs Fenster in der Halle, er hört' ihn drin sprechen, ohne Gabrielen in der Dunkelheit zu bemerken. Der Graf kannte den Schützen wohl, er hatte gut gezielt. Als Renald ihn getroffen taumeln sah, wandte er sich tief aufatmend – sein Richteramt war vollbracht.

Wie nach einem schweren, löblichen Tagewerk durchschritt er nun die leeren Säle in der wüsten Einsamkeit zwischen zertrümmerten Tischen und Spiegeln, der Zugwind strich durch alle Zimmer und spielte traurig mit den Fetzen der zerrissenen Tapeten.

Als er durchs Fenster blickte, verwunderte er sich über das Gewimmel fremder Menschen im Hofe, die ihm geschäftig dienten wie das Feuer dem Sturm. Ein seltsam Gelüsten funkelte ihn da von den Wänden an aus dem glatten Getäfel, in dem der Fackelschein sich verwirrend spiegelte, als äugelte der Teufel mit ihm. So war er in den Gartensaal gekommen. Die Tür stand offen, er trat in den Garten hinaus. Da schauerte ihn in der plötzlichen Kühle. Der untergehende Mond weilte noch zweifelnd am dunkeln Rand der Wälder, nur manchmal leuchtete der Strom noch herauf, kein Lüftchen ging, und doch rührten sich die Wipfel, und die Alleen und geisterhaften Statuen warfen lange, ungewisse Schatten dazwischen, und die Wasserkünste spielten und rauschten so wunderbar durch die weite Stille der Nacht. Nun sah er seitwärts auch die Linde und die mondbeglänzte Wiese vor dem Jägerhaus; er dachte sich die verlorene Gabriele wieder in der alten unschuldigen Zeit als Kind mit den langen dunkeln Locken, es fiel ihm immer das Lied ein: „Gute Nacht, mein Vater und Mutter wie auch mein stolzer Bruder" – es wollte ihm das Herz zerreißen, er sang verwirrt vor sich hin, halb wie im Wahnsinn:

„Meine Schwester, die spielt' an der Linde.
Stille Zeit, wie so weit, so weit!
Da spielten so schöne Kinder
Mit ihr in der Einsamkeit.

Von ihren Locken verhangen,
Schlief sie und lachte im Traum,
Und die schönen Kinder sangen
Die ganze Nacht unterm Baum.

Die ganze Nacht hat gelogen,
Sie hat mich so falsch gegrüßt,
Die Engel sind fortgeflogen,
Und Haus und Garten stehn wüst.

Es zittert die alte Linde
Und klaget der Wind so schwer,
Das macht, das macht die Sünde –
Ich wollt', ich läg im Meer –

Die Sonne ist untergegangen
Und der Mond im tiefen Meer,
Es dunkelt schon über dem Lande;
Gute Nacht! seh' dich nimmermehr."

„Wer ist da?" rief er auf einmal in den Garten hinein. Eine dunkle Gestalt unterschied sich halb kenntlich zwischen den wirren Schatten der Bäume; erst hielt er es für eins der Marmorbilder, aber es bewegte sich, er ging rasch darauf los, ein Mann versuchte sich mühsam zu erheben, sank aber immer wieder ins Gras zurück. „Um Gott, Nicolo, du bist's!" rief Renald erstaunt; „was machst du hier?"

Der Schloßwart wandte sich mit großer Anstrengung auf die andere Seite, ohne zu antworten.

„Bist du verwundet?" sagte Renald, besorgt näher tretend, „wahrhaftig, an dich dacht' ich nicht in dieser Nacht. Du warst mir der liebste immer unter allen, treu, zuverlässig, ohne Falsch; ja, wär' die Welt wie du! Komm nur mit mir, du sollst herrschaftlich leben jetzt im Schloß auf deine alten Tage, ich will dich über alle stellen."

Nicolo aber stieß ihn zurück. „Rühre mich nicht an, deine Hand raucht noch von Blut."

„Nun", entgegnete Renald finster, „ich meine, ihr solltet mir's alle danken, die wilden Tiere sind verstoßen in den wüsten Wald, es bekümmert sich niemand um sie, sie müssen sich ihr Futter selber nehmen – bah, und was ist Brot gegen Recht?"

„Recht?" sagte Nicolo, ihn lange starr ansehend, „um Gottes willen, Renald, ich glaube gar, du wußtest nicht –"

„Was wußt' ich nicht?" fuhr Renald hastig auf.

„Deine Schwester Gabriele –"

„Wo ist sie?"

Nicolo wies schweigend nach dem Kirchhof; Renald schauderte heimlich zusammen. „Deine Schwester Gabriele", fuhr der Schloßwart fort, „hielt schon als Kind immer große Stücke auf mich, du weißt es ja; heut abend nun in der Verwirrung, eh's noch losging, hat sie in ihrer Herzensangst mir alles anvertraut."

Renald zuckte an allen Gliedern, als hinge in der Luft das Richtschwert über ihm. „Nicolo", sagte er drohend, „belüg mich nicht, denn dir, gerade dir glaube ich."

Der Schloßwart, seine klaffende Brustwunde zeigend, erwiderte: „Ich rede die Wahrheit, so wahr mir Gott helfe, vor dem ich noch in dieser Stunde stehen werde! Graf Hippolyt hat deine Schwester nicht entführt."

„Hoho", lachte Renald, plötzlich wie aus unsäglicher Todesangst erlöst, „ich sah sie selber in Paris am Fenster in des Grafen Haus."

„Ganz recht", sagte Nicolo, „aus Lieb' ist sie bei Nacht dem Grafen heimlich nachgezogen aus dem Kloster."

„Nun siehst du, siehst du wohl? Ich wußt's ja doch. Nur weiter, weiter", unterbrach ihn Renald; große Schweißtropfen hingen in seinem wild verworrenen Haar.

„Das arme Kind", erzählte Nicolo weiter, „sie konnte nicht vom Grafen lassen; um ihm nur immer nahe zu sein, hat sie verkleidet als Gärtnerbursche sich verdungen im Palast, wo sie keiner kannte."

Renald, aufs äußerste gespannt, hatte sich unterdes neben dem Sterbenden, der immer leiser sprach, auf die Knie hingeworfen, beide Hände vor sich auf die Erde gestützt. „Und der Graf", sagte er, „der Graf, aber der Graf, was tat der? Er lockte, er kirrte sie, nicht wahr?"

„Wie sollt' er's ahnen!" fuhr der Schloßwart fort; „er lebte wie ein loses Blatt im Sturm von Fest zu Fest. Wie oft stand sie des Abends spät in dem verschneiten Garten vor des Grafen Fenstern, bis er nach Hause kam, wüst, überwacht – er wußte nichts davon bis heute abend. Da schickt' er mich hinaus, sie aufzusuchen; sie aber hatte sich dem Tode schon geweiht, in seinen Kleidern euch täuschend wollte sie eure Kugeln von seinem Herzen auf ihr eigenes wenden – o jammervoller Anblick – so fand ich beide tot im Felde Arm in Arm – der Graf hat ehrlich sie geliebt bis in den Tod – sie beide sind schuldlos – rein – Gott sei uns allen gnädig!"

Renald war über diese Worte ganz still geworden, er horchte noch immer hin, aber Nicolo schwieg auf ewig, nur die Gründe rauschten dunkel auf, als schauderte der Wald.

Da stürzte auf einmal vom Schloß die Bande siegestrunken über Blumen und Beete daher, sie schrien Vivat und riefen den Renald im Namen der Nation zum Herrn von Dürande aus. Renald, plötzlich sich aufrichtend, blickte wie aus einem Traum in die Runde. Er befahl, sie sollten schleunig alle Gesellen aus dem Schlosse treiben und keiner, bei Lebensstrafe, es wieder betreten, bis er sie riefe. Er sah so schrecklich aus, sein Haar war grau geworden über Nacht, niemand wagte es, ihm jetzt zu widersprechen. Darauf sahen sie ihn allein rasch und schweigend in das leere Schloß hineingehen, und während sie noch überlegen, was er vorhat und ob sie ihm gehorchen oder dennoch folgen sollen, ruft einer erschrocken aus: „Herr Gott, der rote Hahn ist auf dem Dach!", und mit Erstaunen sehen sie plötzlich feurige Spitzen bald da, bald dort aus den zerbrochenen Fenstern schlagen und an dem trocknen Sparrwerk hurtig nach dem Dache klettern. Renald, seines Lebens müde, hatte eine brennende Fackel ergriffen und das Haus an allen vier Ecken angesteckt. Jetzt, mitten durch die Lohe*, die der Zugwind wirbelnd faßte, sahen sie den Schrecklichen eilig nach dem Eckturme schreiten, es war, als schlüge Feuer auf, wohin er trat.

„Dort in dem Turme liegt das Pulver", hieß es auf einmal, und voll Entsetzen stiebte alles über den Schloßberg auseinander. Da

* flammendes Feuer, Feuersglut

tat es gleich darauf einen furchtbaren Blitz, und donnernd stürzte das Schloß hinter ihnen zusammen. Dann wurde alles still! Wie eine Opferflamme, schlank, mild und prächtig, stieg das Feuer zum gestirnten Himmel auf, die Gründe und Wälder ringsumher erleuchtend – den Renald sah man nimmer wieder.

Das sind die Trümmer des alten Schlosses Dürande, die weinumrankt in schönen Frühlingstagen von den waldigen Bergen schauen. Du aber hüte dich, das wilde Tier zu wecken in der Brust, daß es nicht plötzlich ausbricht und dich selbst zerreißt.

# DIE GLÜCKSRITTER

## 1. SUPPIUS UND KLARINETT

Der Abend funkelte über die Felder, eine Reisekutsche fuhr rasch die glänzende Straße entlang, der Staub wirbelte, der Postillion blies, hinten auf dem Wagentritte aber stand vergnügt ein junger Bursch, der im Wandern heimlich aufgestiegen, bald auf den Zehen lang gestreckt, bald sich duckend, damit die im Wagen ihn nicht bemerkten. Und hinter ihm ging die Sonne unter und vor ihm der Mond auf, und manchmal, wenn der Wald sich teilte, sah er von ferne Fenster glitzern im Abendgold, dann einen Turm zwischen den Wipfeln und weiße Schornsteine und Dächer immer mehr und mehr, es mußte eine Stadt ganz in der Nähe sein. Da zog er geschwind die Ärmel seines Rocks tiefer über die Handgelenke, denn er hatte ihn ausgewachsen, auch war derselbe schon etwas dünn und spannte über dem Rücken. Im Walde neben ihm aber war ein großes Gefunkel und Zwitschern und Hämmern von den Spechten, bald da, bald dort, als wollten sie ihn necken, und die Eichkätzchen guckten um die Stämme nach ihm, und die Schwalben kreuzten jauchzend über den Weg: „Kiwitt, kiwitt, was hat dein Rock für einen schönen Schnitt!"

So ging's wie im Fluge fort, es wurde allmählich dunkel, jetzt klangen schon deutlich die Abendglocken über den Wald herüber. „Sind wir bald dort?" fragte eine wunderliebliche Stimme aus dem Wagen.

„Gleich, gleich", antwortete rasch der Bursch, der sich in der Freude vergessen; da bemerkten sie ihn erst alle.

„Wart, ich will dir herunterhelfen!" rief der Postillion und hieb mit der Peitsche zurück nach ihm, eine Hand haspelte eifrig von innen am Wagenfenster. Indem aber fuhren sie eben an einer

Gartenmauer hin, über die der Ast eines Apfelbaumes weit herauslangte, der Bursch hatte ihn schon gefaßt und schwang sich behend auf die Mauer und von der Mauer auf den Baum. Darüber öffnete sich das Glasfenster der Kutsche, ein junges Mädchengesichtchen guckte neugierig hervor.

„Gott, wie ist die schön!" rief der Bursch und schüttelte aus Leibeskräften den Baum vor Lust, daß der Wagen im Vorbeifliegen ganz von Blüten verschneit war. Über dem Schütteln aber flog ihm droben der Hut vom Kopf, er wollte ihn haschen, darüber verlor er sein Bündel, und eh er sich's versah, fuhren Hut und Bündel und Bursch prasselnd zwischen den Zweigen in den fremden Garten hinab.

Jetzt tat's plötzlich unten einen lauten Schrei, er aber erschrak am allermeisten, denn als er aufblickte, bemerkte er in der Dunkelheit eine Dame und einen Herren dicht vor sich, die dort zu lustwandeln schienen. Da ruft ihm aber zu seinem großen Erstaunen auch schon der Herr lachend entgegen: „Nun, endlich, endlich, willkommen!"

„Wir haben schon recht auf Sie gewartet", sagt die Dame.

Der Bursch, ohne sich in der Konfusion lange zu besinnen, macht ein Kompliment und erwidert, sein Kurier sei an allem schuld, der habe zur Unzeit mit der Peitsche geschnalzt, da habe sein Roß einen erstaunlichen Satz gemacht, daß er mit der Frisur am Aste hängengeblieben; so habe er in der Geschwindigkeit die Gartentür verfehlt –

„Und den rechten Ton getroffen", meinte die Dame, „Sie spielen zum Entzücken."

„Bloß das Klarinett ein wenig", sagte der Bursch verwundert.

„Aber wo bleibt denn dein Schatz?" fragte der Herr wieder.

„Schatz?" entgegnete der Bursch, „o die kommt mir mit Extrapost nachgefahren wie eine Ananas im Glaskasten."

Und wahrhaftig, als er unter den dunkeln Bäumen umherschaute, sah er seitwärts am Gartentor den Wagen, den er kaum verlassen, soeben im hellen Mondschein stillhalten. Aber die andern bemerkten es nicht mehr, sie waren schon lachend vorausgeeilt. „Er ist da, Herr Klarinett ist da!" riefen sie und sprangen nach dem Hause im Garten, daß der taftene Reifrock der Dame im Winde rauschte.

Indem aber hüpft auch das hübsche Frauenzimmer am Tor schon aus dem Wagen und gleich hinter ihr ein junger Mensch, schlank, gesellenhaft, ein Bündel auf dem Rücken; die streichen im Dunkel an dem Burschen, der nicht weiß, wie ihm geschieht, schnell vorüber gerade nach dem Hause hin, und wie sie ankommen, geht eben die Haustür auf, ein Glanz von Lichtern schlägt blendend heraus, drin sumst und wimmelt es ordentlich vor Gesellschaft. „Da, Herr Klarinett und sein Schatz –" und „süperb" und „tausendwillkommen" hört der Bursch von dem Hause, drauf noch ein großes Scharren und Komplimentieren auf der Schwelle, dann klappt auf einmal die Saaltür hinter dem ganzen Jubel zu, und der Bursch stand wieder ganz allein draußen in der Nacht.

Das ärgerte ihn sehr, denn wußt' er gleich in der Finsternis nicht recht, wo eigentlich Fortunas Haarzopf* hier flatterte, so hatte er ihn doch fast schon erwischt, und sah nun unschlüssig zwischen einem Holunderstrauch hervor. Da eilt plötzlich ein galonierter** Bedienter dicht an ihm vorüber, und in demselben Augenblick öffnete sich leise seitwärts ein Fensterchen und: „Pst, pst, bist du's?" reicht ein weißer Arm fix eine Flasche Wein heraus. Der Bursch, nicht zu faul, langt schnell nach der Flasche, der Bediente, der soeben der prächtigen Felsentorte, die er nach dem Hause trug, heimlich zugesprochen, hatte beide Backen voll und konnte weder gleich reden noch zugreifen. Und eh' er sich noch besinnt, hat der Bursch auch schon der Torte das Dach eingeschlagen und schiebt sie zur Flasche, in den Schubsack, das ging alles so still und rasch hintereinander, daß man's nicht so geschwind erzählen kann.

Nun aber bekam der Bediente endlich Luft und schrie: „Diebe, Spitzbuben!", das Frauenzimmer am Fensterchen kreischte, ein Hund schlug im Garten an, mehrere Türen im Hause flogen heftig auf.

Der Bursch indes war quer durchs Gesträuch schon am andern Ende des Gartens. Kaum aber hatte er beide Beine über den Zaun geschwungen, so schreit's schon wieder draußen: „Wer da!"

---

* Seit dem 15./16. Jahrhundert wird Fortuna (Göttin des Glücks) häufig mit fliegendem Haupthaar dargestellt.

** betreßt

neben ihm. Er, ohne Antwort zu geben, mit den dick geschwollenen Rocktaschen über ein frischgeackertes Feld immerfort, daß der Staub flog, zwei Kerls mit langen Stangen hinter ihm: „Hallo" und: „Fangt den Schnappsackspringer!"* und Gärten rechts und Gärten links, so stürzten endlich alle miteinander durch ein altes Tor unverhofft mitten in eine Stadt herein.

Hier wäre er ihnen um ein Haar entwischt, denn er hatte einen guten Vorsprung und flog eben in ein abgelegenes Seitengäßchen, aber das war zum Unglück eine Sackgasse, dort trieben sie ihn hinein und warfen ihm ihre Stangen nach den Füßen, worüber in der ganzen Gegend ein großes Verwundern und Tür- und Fensterklappen entstand. Da trat aber plötzlich ein langer Mann in einem zottigen Mantel um die Ecke, wie ein Tanzbär in Stiefeln, der faßte, ohne ein Wort zu sagen, den einen Häscher am Genick, den andern an der Halsbinde, warf den dahin, den dorthin, riß dem dritten seine Stange aus der Hand und versetzte damit dem vierten, der etwas dick war und nicht so geschwind entspringen konnte, einen Schlag über den breiten Rücken, und in einem Augenblick war alles auseinandergestoben und der Platz leer. Nun wetzte er die eroberte Stange, die unten mit Eisen beschlagen war, kreuzweis auf dem Pflaster, daß es Funken gab, und rief zu wiederholten Malen: „Hoho, sind noch mehre da, die Prügel haben wollen?"

Da sich aber niemand weiter meldete, so nahm er die Stange, die er einen Bleistift nannte, unter den einen Arm und den Burschen unter den andern und führte ihn über die Straße fort. Unterwegs, als dieser sich wieder etwas erholt und nach allen Seiten umgesehen hatte, fragte er endlich, was denn das für eine Stadt sei? „Das wird Halle geheißen", erwiderte jener.

So kamen sie an ein kleines Haus und über eine enge Treppe, wo der Graumantel mit seinen ungeheuren Reiterstiefeln mehrmals stolperte, in eine große, wüste Stube, in der eine Öllampe verwirrte Scheine über die kahlen Wände und in die staubigen Winkel umherwarf. Der alte Student (denn das war der im Mantel) warf, wie er eintrat, seinen Bleistift mitten in die Stube und zog mühsam das Docht der halbverloschenen Lampe zurecht; da

* Springer mit einem Proviantsack, Bettler

tauchte nach und nach allerlei Gerümpel ringsher aus der Dämmerung: ein ausgetrocknetes Tintenfaß, leere Bierflaschen, die als Leuchter gedient, Rapiere und ein alter Stiefel daneben, da hatt' er seine Wäsche drin. Er selbst aber nahm sich, so bei Licht besehen, ziemlich graulich aus: große, weit herausstehende Augen, eine lederne Kappe auf dem zerzausten Kopf, einen Strick um den Leib und lauter Bart, wie ein Eremit.

Als er mit der Lampe fertig war, reckte er sich zufrieden, daß ihm alle Glieder knackten. „Ach", sagte er, „solche Motion* tut not, wenn man so den ganzen Tag über den Büchern hockt."

Der Bursch sah sich überall um, aber es war kein Buch zu sehen.

Drauf wandte der Student sich zu ihm. „Aber Fuchs**, bist du denn des Teufels", sagte er, „gleich zwischen Spießen und Stangen hier mit der Tür ins Haus zu brechen!"

„Zerbrochen?" entgegnete der Bursch, erschrocken nach seinem Schubsack greifend, „nein, da ist die ganze Bescherung."

Mit diesen Worten brachte er Flasche und Torte aus den Taschen hervor. Als der Student das sah, fragte er nicht weiter nach dem Herkommen, sondern verbiß sich, obgleich es fast über Mitternacht war, sogleich mit so erstaunlichem Appetit in die Felsentorte, daß ihm die Trümmer über den Bart herabkollerten. „Wie heißt du denn?" fragte er dazwischen.

Der Bursch, ohne sich lange zu bedenken, erwiderte: „Klarinett."

„Hm, ein guter Klang", meinte der Student. Dann griff er nach dem Wein, und da kein Glas da war, trank er ihm aus der Flasche zu: „Daß dich der Donner erschlag', Klarinett, wenn du nicht ein ordentlicher Kerl wirst! Überhaupt", fuhr er, sich den Bart wischend, fort, „wenn du studieren willst, da mußt du die Bücher in die Nase – wollt' sagen die Nase in die Bücher stecken und Cajus***, Cujacius**** und allen den schweinsledernen Kerls auf den Leib gehen, und wenn sie noch so dick wären!"

---

* Bewegung
** Neuling in einer studentischen Verbindung
*** römischer Rechtsgelehrter des 2. Jahrhunderts
**** Jacques de Cujas (1522–90), französischer Rechtsgelehrter

„Aber", fiel ihm hier der Bursch ins Wort, „ich bin ja gar kein Student, sondern eigentlich ein wandernder Musikus."

„Was, ein Musikant?" rief der Student, „was spielst du?"

„Das Klarinett."

„Oho", sagte er, „du pfeifst also deinen eignen Namen wie der Kuckuck." Hier ging er, wie in reiflicher Überlegung, mit langen Schritten ein paarmal im Zimmer auf und nieder, dann blieb er plötzlich vor dem Burschen stehen und vertraute ihm, wie er eine große, heimliche Lieb' gefaßt hätte seit langer Zeit zu einer vornehmen Dame hier im Ort; er wüßte aber nicht, wie sie hieß', sondern ginge nur zuweilen an ihrem Hause vorüber, wo sie mit ihrem dicken Kopfzeug wie eine prächtige Hortensia am Fenster säße, aber sooft er unter die Fenster käme, hörte er bloß ein angenehmes Flüstern droben und sähe nichts als weiße Arme flimmern und Augen funkeln durch die Blumen.

Der Bursch versetzte darauf, er solle sich nur etwas besser herausputzen bei solchen Gelegenheiten. Der Student sah an sich herunter, schüttelte den Kopf und schien ganz zufrieden mit seinem Aufzuge. Dann sagte er, er habe schon lang die Intention gehabt, vor ihren Fenstern eine Serenade aufzuführen, aber seine Kommilitonen könnte er dazu nicht brauchen, die würden ihn auszustechen suchen bei ihr; nun aber wollte er ihr morgen abend das Ständchen bringen, da solle der Bursch mitblasen helfen.

Dieser war damit zufrieden, und nun sollte auch sogleich die Serenade eingeübt werden. Der Student nahm voller Eifer ein Waldhorn von der Wand, staubte es erst sorgfältig ab, setzte ein wackelichtes Notenpult unter Zorn und Fluchen, weil es nicht fest stehn wollte, mitten in der Stube zurecht, legte die Notenbücher drauf, und beide stellten sich nun einander gegenüber und fingen mit großer Anstrengung ein sehr künstliches Stück zu blasen an.

Darüber aber war bei der nächtlichen Stille nach und nach die ganze Nachbarschaft in Aufruhr geraten. Ein Hund fing im Hofe zu heulen an, drauf tat sich erst bescheiden ein Fenster gegenüber auf, dann wieder eins und endlich unaufhaltsam immer mehrere vom Keller bis zum Dach, und dicke und dünne Stimmen durcheinander, alles schimpfte und zankte auf die unverhoffte Nachtmusik. Zuletzt wurde es doch dem Studenten zu toll, er warf voller Wut das Horn weg, ergriff ein altes, verrostetes Pistol vom Tisch und drohte zum offenen Fenster hinaus, den Zipfel von jeder Schlafmütze herabzuschießen, die sich ferner am Fenster blicken ließe. Da duckten auf einmal alle Mausköpfe unter, und es wurde stille draußen, nur der Hund bellte noch ein Weilchen den Mond an, der prächtig über die alten Dächer schien.

Der Student aber, sich den Schweiß von der Stirn wischend, streckte sich nun ganz ermüdet der Länge nach auf das zerrissene Sofa hin, Klarinett sollte sich's auch kommode machen, aber es war nur ein einziger Stuhl in der Stube, und als er ihn angriff, ging die Lehne auseinander. Da wies der Student auf einen leeren Koffer neben dem Kanapee, dann verlangte er gähnend, Klarinett solle ihm seinen Lebenslauf erzählen, damit er ihm darnach gute Ratschläge für sein weiteres Fortkommen erteilen könne.

Der Bursch schoß einen seltsamen scharfen Blick herüber, als wollt' er erst prüfen, wieviel er hier vertrauen dürfte, dann rückte er sich auf seinem Koffer zurecht und begann nach kurzem Besinnen: „Ich weiß nicht, ob mein Vater ein Müller war, aber er wohnte in einer verfallenen Waldmühle, da rauschten die Wasser lustig genug, aber das Rad war zerbrochen und das Dach voller Lücken, in den klaren Winternächten sahen oft die Wölfe durch die Löcher ins Haus herein."

„Was lachst du denn?" unterbrach ihn hier der Student.

„Wahrhaftig", erwiderte der Bursch, „Ihr gemahnt mich heut ganz an meinen seligen Vater, wie ihn mir die Mutter einmal beschrieben hat."

„Was geht mich dein seliger Vater an", meinte der Student.

Aber der Bursch fuhr von neuem lachend fort: „Es war nämlich gerade den Abend nach einer Schlacht, man hatte den ganzen Tag in der Ferne schießen hören, da ging mein seliger Vater eilig ins Feld hinaus, denn die Mühle lag seitwärts im Grunde tief verschneit; so war der Krieg darüber weggegangen. Draußen aber hatte er mancherlei Plunder im Schnee verstreut, zerhauene Wämser, Fahnen, Pickelhauben und Waffen; mein Vater konnte alles brauchen, er fuhr sogleich in ein Paar ungeheure Reiterstiefel hinein, zog hastig Pappenheimsche Kürasse*, schwedische Koller** und Kroatenmäntel an, eins über das andre, dabei war er in der Geschwindigkeit mit beiden Armen in ein Paar spanische Pluderhosen geraten, der Wind blies den Kroatenmantel im Freien weit auf, je mehr er zuckte und reckte, je verwickelter wurde die Konfusion von Schlitzen, Falten, flatternden Zipfeln und Quasten, und als nun meine Mutter, die eben guter Hoffnung war, ihn so haspelnd und fluchend mit ausgespreizten Armen wie einen fliegenden Wegweiser daherstreichen sah, mußte sie so darüber lachen, daß sie plötzlich meiner genas. Und in demselben Augenblick, wo ich zur Welt kam, ging draußen klingendes Spiel durch die stille Luft, die Kaiserlichen bliesen noch im Fortziehn Victoria weit auf den Bergen, daß es lustig über den Schnee herüberklang, mein Vater meinte, das wäre ein gutes Zeichen, ich würde ein glücklicher Soldat werden. Ich selbst aber weiß mich von allem dem nur noch dunkel so viel zu erinnern, daß ich so recht still und warm in der wohlgeheizten Stube in meinen Kissen lag und verwundert die spielenden Ringe und Figuren betrachtete, welche die Nachtlampe an der Stubendecke abbildete. Das zahme Rotkehlchen war von dem ungewohnten Licht und Nachtrumor aufgewacht, schüttelte die Federn, wie wenn es auch sein Bettlein machen wollte, setzte sich dann neugierig auf die Bettlade vor mir und sang ganz leise, als wollt' es mir zum Geburtstag gratulieren. Meine Mutter aber neigte sich mit ihrem schönen bleichen Gesicht und den großen Augen freundlich über mich, daß ihre Locken mich ganz umgaben, zwischen denen ich draußen die Sterne und den stillen Schnee durchs kleine Fenster hereinfunkeln sah. Seitdem, sooft ich eine klare, weit gestirnte Winternacht sehe, bin ich immer wieder wie neugeboren."

Hier hielt er plötzlich inne, denn er hörte soeben Herrn Suppius (so hieß der Student) auf dem Kanapee schon tüchtig schnarchen. Der Mondschein lag wie Schnee auf den Dächern, da war's ihm in dieser Stille, wie der Lampenschein so flatternd an der Decke spielte, als hörte er draußen die Wasser und den Wind wieder gehen durch die Wipfel im Wald und das Rotkehlchen wieder dazwischensingen.

---

* Brustharnische
** Lederwams des Soldaten

## 2. DIE SERENADEN

Am folgenden Tage durchstrich Klarinett neugierig alle Gassen und Plätze, die der dreißigjährige Kriegssturm übel zugerichtet. Aber es gefiel ihm doch sehr, denn die ganze Stadt war jetzt wie ein lustiges Feldlager, die Studenten in schönen, unerhörten Trachten schwärmten plaudernd durch die Straßen, überall Lachen, Waffengeklirr und der fröhliche Klang der Jugend, als hätte sich mitten aus dem neuen Frieden, der nun allmählich draußen die müde Welt überzog, ein Haufen Holkischer Jäger* hierhergeworfen, um die Wissenschaften zu erstürmen.

Als er endlich, nach vielem Umherirren und Fragen, ziemlich spät die Sackgasse wiedergefunden, traf er Herrn Suppius schon unten an der Haustür voller Unruhe wegen der verabredeten Serenade. Er hätte ihn beinah nicht wiedererkannt, denn er hatte einen gestickten Modefrack mit steifen Schößen angezogen und eine große Wolkenperücke auf dem Kopf, wie ein Gesandter. Er quälte sich soeben voll Zorn und Eifer, einen alten Degen, der nicht passen wollte, galant anzustecken, darüber waren mehrere Locken der Perücke aufgegangen, da und dort kam sein eignes struppiges Haar darunter hervor, aber er fragte nichts darnach und stülpte einen dreieckigen Tressenhut drauf, daß es staubte, der saß ihm ganz hintenüber recht im Genick. Klarinett mußte nun auch geschwind seine besten Kleider anlegen, und als die balsamische Nacht über die verräucherten Dächer daherkam, wanderten schon beide vergnügt mit ihren Instrumenten durch die finstere Stadt. Ihre Tritte hallten in der abgelegenen Einsamkeit, nur ein Student sang noch am offnen Fenster zur Zither, mehrere Uhren schlugen verworren durch den Wind, der Nachtwächter rief eben die elfte Stunde, einige Stimmen ahmten ihn verhöhnend nach, man hörte

* Angehöriger des Regiments des kaiserlichen Feldmarschalls Heinrich Graf von Holk (1599–1633)

Lärm und Gezänk in der Ferne, dann plötzlich alles wieder still. Auf einmal winkte Suppius, sie schlüpften durch eine Lücke der Stadtmauer ins Freie und standen vor einem schönen, großen Hause. Klarinett betrachtete verwundert Dach, Erker und den mondbeschienenen Garten zur Seite, er glaubte nach und nach dieselbe Villa wiederzuerkennen, wo er gestern abends angekommen; da dacht' er sich's gleich, daß es wieder nicht gut ablaufen würde.

Aber alles erschien heute von einer anderen Seite, sie waren in einen kleinen, winkligen Hof geraten voll Gerümpel und alter Tonnen, die Fenster im Hause waren fest verschlossen, nur die Wetterfahne drehte sich manchmal knarrend auf dem Dach, eine Katze unten funkelte sie mit ihren grünfeurigen Augen an und wand sich mit gebogenem Buckel spinnend um ihre Stiefel. „Hier heraus muß sie schlafen, halt dich nur dicht hinter mir", sagte Suppius, sein Waldhorn leise zurechtsteckend.

Kaum aber hatten sie sich zwischen den Tonnen zum Blasen zurechtgestellt, so war's ihnen, als hörten sie von der einen Seite draußen ein Pferd schnauben. Sie setzten die Instrumente ab und horchten ein Weilchen, da ließ sich gleich darauf ein heimliches Knistern im Hause vernehmen, in demselben Augenblick tat sich ein Hinterpförtchen leise auf, ein Mann, vorsichtig nach allen Seiten umschauend, trat hervor und führte ein Frauenzimmer, die zögernd folgte, schnell bei der Hand an den blühenden Sträuchern fort. Der Mond schien bald hell, bald dunkel zwischen wechselnden Wolken, da sahen sie deutlich, wie der Mann jetzt unter den hohen Bäumen die Dame auf ein Pferd hob, sich selber hinter ihr hinaufschwang, einen weiten weißen Mantel um beide schlug und sacht und lautlos davonritt. Da warf Suppius plötzlich die leeren Tonnen auseinander, und mit einem Satz sich über den Zaun schwingend, rannte er unaufhaltsam mit entsetzlichem Geschrei übers Feld an den letzten Häusern vorüber, daß alle Hunde erwachten und die Leute erschrocken an die Fenster fuhren. Der Herr auf dem Pferde aber, da er ihn unverhofft mit seinen großen Stiefeln hinter sich so hohe, weite Sprünge machen sah, setzte die Sporen ein, und es dauerte nicht lange, so waren Roß und Reiter verschwunden.

Der Student nun, als er sie im Dunkel verloren, blieb atemlos mitten im Felde stehen und schimpfte auf die Nacht, die alles bemäntelte, und auf den Mond, der wie eine Spitzbubenlaterne dazu leuchtete, und auf den Wind, der ihm die Wolkenperücke zerzauste, und auf Klarinett, der darüber lachte. „Aber um Gottes willen, was gibt's denn eigentlich?" fragte dieser endlich ganz erstaunt.

„Was es gibt?" erwiderte Suppius zornig. „Mord, Totschlag, Entführung gibt's, hast du nicht den Reiter gesehen?"

„Ja, und eine Dame."

„Und das war just meine Liebste!" rief Suppius.

Klarinett aber, da er diese unerwartete Nachricht vernommen, lag schon der Länge nach im Grase und legte das Ohr an den Boden. „Die Luft kommt von dorther", sagte er eifrig, „ich höre noch den Klang der Huftritte von fern, jetzt schlagen die Hunde an drüben im Dorf, dort sind sie hin."

„Gut, so steh nur rasch wieder auf", sagte Suppius und beschloß sogleich, dem Entführer weiter nachzusetzen, Klarinett sollte auch mit, er selber habe alles von Wert bei sich und in der Stadt nichts zurückgelassen als ein paar lumpige Schulden, den Weg aber, den der Räuber eingeschlagen, kenne er wie seine Tasche und wisse recht gut, wohin er führe, sie brauchten nur schnell auf der Saale sich in einen Kahn zu werfen, so kämen sie ihnen noch vor Tagesanbruch ein gut Stück voraus.

Das war dem Klarinett eben recht, und so gingen sie rasch miteinander nach dem Ufer zu. Dort fanden sie bald unter dem Weidengebüsch einen angebundenen Nachen, ein Fischer lag drin voller Gedanken auf dem Rücken, der machte große Augen, als er Herrn Suppius, den hier in der Gegend alle kannten, so martialisch auf sich zukommen sah. Suppius sagte ihm, wo sie hinauswollten, der Fischer griff stumm und verschlafen nach den Rudern, und nach einigen Minuten fuhren sie alle schon lustig die Saale hinunter. Der Wind hatte unterdes die Wolken zerstreut, da legte Suppius, der sich in der Nachtkühle wieder ein wenig beruhigt, dem Fischer gelehrt den ganzen Himmelsplan aus mit lateinischen Skorpionen, Krebsen und Schlangen und geriet, da der ungläubige Fischer von dem allen nichts wissen wollte, immer tiefer und eifriger in den Disput. Klarinett aber saß in der Einsamkeit ganz vorn im Kahn; das war eine prächtige Nacht! Sternschnuppen am Himmel, und Berge, Wälder und Dörfer am Ufer flogen wie im Traum vorüber, manchmal rauscht' es leise im Wasser auf, als wollte eine Nixe auftauchen in der großen Stille, von beiden Seiten hörte man Nachtigallen fern in den Gärten. Da sang Klarinett:

„Möcht' wissen, was sie schlagen
So schön bei der Nacht,
's ist in der Welt ja doch niemand,
Der mit ihnen wacht.

Und die Wolken, die reisen,
Und das Land ist so blaß,
Und die Nacht wandert leise,
Man hört's kaum, durchs Gras.

Nacht, Wolken, wohin sie gehen,
Ich weiß es recht gut,
Liegt ein Grund hinter den Höhen,
Wo meine Liebste jetzt ruht.

Zieht der Einsiedel sein Glöcklein,
Sie höret es nicht,
Es fallen ihr die Löcklein
Übers ganze Gesicht.

Und daß sie niemand erschrecket,
Der liebe Gott hat sie schier
Ganz mit Mondschein bedecket,
Da träumt sie von mir."

Jetzt glitt der Nachen durch das säuselnde Schilf ans Ufer, ein erleuchtetes Fenster spiegelte sich im Fluß, Klarinett erkannte nach und nach alte Mauern und Türme und eine Stadt im Mondschein. Suppius aber hatte ihn schon am Arme gefaßt und sprang mitten aus seinem Diskurse ans Land. „Dort am Galgen geht der Feldweg vorbei, den sie kommen müssen", sagte er und bezahlte rasch den Schiffer, der gähnend wieder in die schöne Nacht hinausstieß. Die beiden aber schritten nun sogleich durch das alte Tor, da hatte der Krieg das Stadtwappen ausgebissen, bei der angenehmen Friedenszeit lag der Nachtwächter schnarchend auf der steinernen Bank daneben, der Mond beschien hell die stille Straße mit ihren spitzen, finstern Giebeln, draußen vom Felde hörte man fern eine Wachtel schlagen.

Als sie auf den Markt kamen, machte Suppius plötzlich halt.

„Die Stadt hat nur zwei Tore", sagte er, „von dem Brunnen hier kann man von einem Tor zum andern sehn, die Nacht ist klar, sie mögen nun erst ankommen oder schon drin sein, hier können sie uns nicht entwischen." Mit diesen Worten postierte er den Klarinett an die eine Seite des Brunnens und setzte sich selbst von der andern auf die steinerne Rampe, die Arme über der Brust verschlungen und unverwandt in die Straße hinausschauend. Indem bemerkte Klarinett noch Licht in einem schönen, großen Hause, ein tief heruntergebrannter Kronleuchter drehte sich, wie verschlafen, hinter den Scheiben, man schien soeben nach einem Tanze die Kerzen auszuputzen von einem Fenster zum andern, und bald war das ganze Haus ebenfalls dunkel bis auf ein einziges Zimmer. Da tat sich plötzlich unten eine Tür auf, und laut plaudernd, scherzend und lachend brach ein dunkles Häuflein in die kühle Stille heraus, es waren Schüler oder Musikanten mit überwachten Gesichtern, ihre Instrumente unter den Mänteln. Als sie noch das Licht oben sahn, traten sie schnell wieder zusammen, stellten sich unter das erleuchtete Fenster und fingen sogleich ein Ständchen zu blasen an, das zog wie ein goldener Traum über die schlafende Stadt. Auf einmal aber öffnete sich oben das Fenster, zwischen den rotseidenen Gardinen erschien eine schöne, schlanke Mädchengestalt und bog sich weit heraus in den Mondschein, als wollte sie zu ihnen sprechen.

„Da ist *sie*!" rief hier plötzlich Suppius, von dem Rande des steinernen Brunnens aufspringend. In demselben Augenblick aber faßte von hinten ein dunkler Arm das Mädchen schnell um den Leib, zog sie in das Zimmer zurück und warf hastig das Fenster zu, dann sah man noch drin an den Wänden lange Schatten wie Windmühlflügel verworren durcheinanderarbeiten, und gleich darauf war auch das Licht oben ausgelöscht und alles wieder still.

Die unverhoffte Erscheinung des Suppius brachte die erschrockenen Musikanten unten ganz aus dem Konzept, einer sah den andern verwundert an, nur hier und da fuhr noch ein verlegener Ton aus, wie bei einer Orgel, der der Wind ausgegangen. Zu beiden Seiten ehrerbietig ausweichend, antworteten alle eifrig durcheinander: „Wir sind's, wir sind's, wir wollten ihnen, da sie oben noch Licht hatten, einen Willkommen blasen."

„Wem denn?"

„Nun Ihr wißt's ja, die vorhin ankamen, als wir drin zum Tanze aufspielten, der fremde Herr mit der Dame."

„Zu Pferd, im langen Mantel?"

„Ja, die Euch so höflich grüßten, Ihr saht eben auch zum Fenster heraus."

„Ich?"

„Freilich, und: ‚Ha, das faule Hofgesind!' rief der fremde Kavalier im Hofe, ‚wo bleibt meine Leibkarosse?' Und als Ihr eben droben den Kehraus tanztet –"

„Da möcht' man ja gleich des Teufels werden!"

„– kam die Karosse wirklich nach, Ihr rieft noch dem Kutscher aus dem Fenster zu, er sollt' nach dem Hof fahren."

„Wer ist hier betrunken, ich oder Ihr?"

„Ich und Ihr und wir alle für unseren Herrn Burgemeister, vivat hoch!" schrien da auf einmal die berauschten Musikanten und wollten nun den Suppius, den sie in seinen höfischen Staatskleidern im Dunkeln für den Burgemeister hielten, durchaus mit Musik nach Hause bringen. Vergebens sträubte sich der entrüstete Student, sie ließen sich's nicht nehmen, und eh' er sich's versah, setzten sie sich paarweise in Ordnung und schritten, einen feierlichen Marsch spielend, quer über den Markt voran, als wollten sie die Sterne am Himmel ausblasen. In ihrem Eifer merkten sie's gar nicht, daß Suppius an einer Straßenecke hinter ihnen entwischt war; immerfort blasend, bogen sie in die finstre Gasse hinein, da wurden von allen Seiten über dem Lärm die Hunde wach, dann hörte man sie noch mit dem Nachtwächter um den verlorenen Burgemeister zanken, immer weiter und weiter, bis endlich alles zwischen den dunklen Häusern nach und nach vertoste.

Unterdes aber hatten Suppius und Klarinett, der eine schimpfend, der andre lachend, schon den offnen Hof des Wirtshauses erreicht, als ihnen eine ausgespannte Reisekutsche mit Glasfenstern und vergoldeten Schnörkeln im Mondschein prächtig entgegenglitzerte. Suppius, bei dem erfreulichen Anblick ohne ein Wort zu sprechen, öffnete sogleich die Tür der verlassenen Kutsche, schob den verwunderten Klarinett in den Wagen und schwang sich selber hurtig nach. „So", sagte er, nachdem er das

Glasfenster hinter ihnen behutsam wieder geschlossen hatte, „jetzt sitzen wir mitten in der Entführung drin, wie der fromme Äneas im hölzernen Pferde, um die geraubte Helena zu retten*; der Kavalier kann nicht fahren ohne Wagen, der Wagen nicht ohne mich und ich nicht, ohne den Kavalier und den Wagen und ganz Troja umzuwerfen."

„Amen, Gott weiß, wer dabei zuoberst oder zuunterst zu liegen kommt", erwiderte Klarinett, dem die Bündigkeit des trojanischen Anschlages noch nicht recht einleuchten wollte. Eigentlich aber freute er sich selber sehr auf die Konfusion, die nun jeden Augenblick ausbrechen konnte.

Suppius hatte sich indes in der Finsternis des Wagens unverhofft in die seidnen Fransen und Quasten, die überall herumbommelten, verhaspelt und kam nicht aus dem Ärger. Dabei unterließ er aber doch nicht, von Zeit zu Zeit die Gardinen am Wagenfenster zurückzuschlagen und aus seinem Kastell Beobachtungen anzustellen. Das ganze Haus lag in tiefem Schlaf, nur von der einen Seite stand die Stalltür halb offen, sie hörten drin zuweilen Pferde stampfen und schnauben und einzelne Fußtritte, der Kutscher schien schon wach zu sein. Auf einmal stieß er Klarinett an. „Sieh doch", sagte er, „was ist das für ein großer Pilz da auf der Hofmauer?"

„Das wackelt ja", entgegnete Klarinett scharf hinblickend, „ein breiter Klapphut ist's, den Wind und Wetter so zerknattert haben, seht Ihr nicht die Augen darunter hervorfunkeln?"

„Wahrhaftig", bemerkte Suppius wieder, „nun hampelt's und hebt sich's, Haare, Bart und Mantel verworren durcheinandergefilzt, jetzt kommt ein Bein über die Mauer."

„Und ein Ellbogen aus dem Ärmel", meinte Klarinett.

Nun schwang sich die ganze Figur plötzlich von der Mauer in den Hof hinab, eine zweite folgte, lange, bärtige, soldatische Gesellen.

Beide, erst nach allen Seiten umherspähend, schlichen an die

---

* Äneas ist einer der Verteidiger von Troja, das zur Befreiung der geraubten Helena von den Griechen belagert wird. Hier liegt eine Verwechslung mit Odysseus vor, der sich mit anderen griechischen Helden im hölzernen Pferd befand, das die Trojaner nach dem Scheinabzug der Griechen in ihre Stadt holten; diese List ermöglichte den Griechen die Öffnung der Tore und die Einnahme der Stadt.

Haustür und versuchten vorsichtig zu öffnen, fanden aber alles fest verschlossen. Suppius und Klarinett wandten kein Auge von ihnen. Jetzt bemerkten sie, wie die Fremden, an der Stalltür vorbei, quer über den Hof gingen und in der Gaunersprache miteinander redeten. „Schau“, sagte der eine, „haben schöne Klebis“ (Pferde), „werden Santzen“ (Edelleute) „sein, oder vornehme Kummerer“ (Kaufleute), „die nach Leipzig schwänzen“ (reisen).

„Eine gute Schwärze“ (Nacht), versetzte der andre, „es schlunt“ (schläft) „noch alles im Schöcherbeth“ (Wirtshaus), „kein Quin“ (Hund) „bellt und kein Strohbohrer“ (Gans) „raschelt.“ „Alch“ (troll dich) „wollen die Karosse zerlegen, hat vielleicht Messen“ (Gelder) „in den Eingeweiden.“

„Das sind verlaufne Lenninger“ (Soldaten), flüsterte Klarinett, „die kommen bracken“ (stehlen), „ich wollt', ich könnt' den Mausköpfen grandige Kuffen stecken!“ (schwere Schläge geben)

„Was, Teufel, verstehst du denn auch das Rotwelsch?“ fragte Suppius erstaunt.

Aber da war keine Zeit mehr zu Erklärungen, denn die Lenninger kamen jetzt gerade auf den Wagen los; der eine schnupperte ringsherum, ob er nicht einen Koffer oder Mantelsack fände, der andere aber griff geschwind, damit es sein Gesell nicht merken sollte, nach der Wagentür. Suppius und Klarinett hielten sie von innen fest, er konnte sie mühsam nur ein wenig öffnen, wunderte sich, daß es so schwer ging, und tappte sogleich mit der Hand hinein. „Aha, ein Paar Stiefeln!“ sagte er vergnügt in sich, des überraschten Suppius Füße fassend. Indessen schnappt' Klarinett die Tür, wie eine Auster, rasch wieder zu, der Dieb hatte kaum so viel Zeit, die gequetschte Hand zurückzuziehn, er meinte in der Finsternis nicht anders, sein Kamerad hätt' ihn geklemmt, weil er ihm den ersten Griff nicht gönnte. „Was ist das!“ rief er zornig und böse diesem zu, „bist ein Hautz“ (Bauer) „und kein ehrlicher Gleicher“ (Mitgesell), „möchtest alles allein schöchern“ (trinken) „und mir den leeren Glestrich“ (Glas) „lassen!“

Der andre, der gar nicht wußte, was es gab, erwiderte ebenso: „Was barlest“ (sprichst) „du so viel, wenn wir eben was auf dem Madium“ (Ort) „haben, komm nur her, sollst mir den Hautz wie gefunkelten Johann“ (Branntwein) „hinunterschlingen!“ Da trat plötzlich der Mond aus den Wolken und der Kutscher in die Stalltür, und die erschrockenen Schnapphähne flogen, wie Eidechsen, unter dem Schatten des Hauses zwischen Steinen und Ritzen durch den Hof und über die Mauer wieder in die alte Freiheit hinaus.

„Nun, die bleiben auch noch draußen am Galgen hängen", meinte Suppius aufatmend. Der schlaftrunkene Kutscher aber, der von allem nichts bemerkt hatte, siebte im Mondschein den Hafer für seine Pferde, gähnte laut und sang:

„Wann der Hahn kräht auf dem Dache,
Putzt der Mond die Lampe aus,
Und die Stern' ziehn von der Wache,
Gott behüte Land und Haus."

Darauf ging der Knecht an den Brunnen im Hofe, pumpte Wasser in den Eimer und kämmte und wusch sich, umständlich mit vielem Gegurgel und Geräusch, zu großem Ärger des Suppius, der gerne gesprochen hätte. Endlich kehrte er in den Stall zurück, auch die Schnapphähne* ließen sich nicht wieder blicken, und da nun alles still blieb, sagte Suppius ernst zu Klarinett gewendet: „Hör, junger Gesell, es ist ein löblicher Brauch, Verirrte auf den rechten Weg zu weisen. Du redetest vorhin ziemlich häufig eine gewisse Sprache – *Ex ungue leonem*** – also glaube ich –"

„Was denn?" unterbrach ihn Klarinett etwas betroffen; „unter den Römern gab's Schnapphähne genug, und Ihr redet doch auch lateinisch."

Aber Suppius, den der Tiefsinn der Nacht angeweht, ließ sich nicht aus seiner feierlichen Verfassung bringen. Er hatte sich in das Wagenfenster gelehnt, den Kopf in die rechte Hand gestützt, die Sterne funkelten durch den Lindenbaum vor dem Hause, von den Bergen rauschte der Wald über die Dächer herein. „Da nimm dir ein Exempel dran", fuhr er fort, „Wälder und Berge stehn nachts in Gedanken, da soll der Mensch sich auch bedenken. Alle weltliche Lust, Hoheit und Pracht, die Nacht hat alles umgeworfen, die wunderbare Königin der Einsamkeit, denn ihr Reich ist nicht von dieser Welt. Sie steigt auf alle Berge und stellt sich auf die Zinnen der

* Wegelagerer, Räuber
** An der Klaue (erkennt man) den Löwen.

Schlösser und schlägt mahnend die Glocken an, aber es hört es niemand als die armen Kranken, und niemand hört die Gewichte der Turmuhr schnurren und den Pendul der Zeit gehn in der stillen Stadt. Der Schlaf probiert heimlich den Tod und der Traum die Ewigkeit. Da hab ich immer meine schönsten –"

Hier überwältigte ihn unversehens der Schlaf, er nickte ein paarmal mit seinem dreieckigen Tressenhut; dann plötzlich ein Weilchen wieder hinausstarrend, in abgebrochenen Sätzen wie eine abgelaufene Spieluhr: „Meine schönsten Gedanken", hub er noch einmal an, „– in der Nacht, wo Laub und Fledermaus und Igel und Iltis verworren miteinander flüstern – und der Mensch im Traume – ihre Sprache versteht."

Jetzt aber hatte die Nacht ihn selber umgeworfen. Klarinett horchte noch immer hin, denn es war ihm wirklich bei den Worten, als hört' er des Einsiedels Glöcklein fern überm Wald. Er zog, da Suppius nun fest schlief, das Wagenfenster vorsichtig wieder auf; dann lehnt' er in Gedanken die Stirn an die Scheibe, da hörte er vom Stall her wieder das einförmige Schnurzen der Pferde beim Futter, und über ihm rauschte der Baum und seitwärts die Saale hinter dem Hause fort und immerfort, bis auch er endlich vor großer Ermüdung einschlummerte.

Ruck! stießen da auf einmal beide so hart mit den Köpfen aneinander, daß es dröhnte. Suppius blickte wild nach allen Seiten um sich und wußte durchaus nicht, wo er war. Als er sich aber endlich auf seine Liebste und die ganze Entführungsgeschichte wieder besonnen hatte, sagte er verwirrt: „Was ist das, Klarinett? Wir fahren ja, ich glaube gar, nun werden wir selbst entführt."

„Ja, und gerade in einen Wald hinein", erwiderte Klarinett nicht weniger verwundert, „seht nur, vier prächtige Rosse vor dem Wagen und der fromme Kutscher drauf."

„Mit einem goldbordierten Hut", sagte Suppius wieder, „und hinter uns aus der Stadt krähen uns die Hähne nach, als wollten sie uns foppen, mir scheint, ich wittre schon Morgenluft."

„Freilich, aber die Fledermäuse schwirren noch durch die Dämmerung", versetzte Klarinett, plötzlich aufmerksamer zur Seite blickend, „da schaut nur zwischen die Bäume, da noch einer, dort wieder einer: Bei Gott, das sind die Bärenhäuter von heute nacht, die halten Euch gewiß für den reisenden Kavalier."

Indessen fiel auch schon ein Schuß aus dem Walde und gleich drauf noch ein zweiter. Der Kutscher duckte sich, die Kugel pfiff über ihn weg, er peitschte heftig in die Pferde, Suppius schrie voll Wut aus dem Wagen: „Fehlgeschossen, ihr Narren! ich bin's ja nicht!" Der Kutscher, da er zu seinem großen Erstaunen auf einmal fremde Leute im Wagen bemerkte, die er gleichfalls für Strauchdiebe hielt, warf sich nun ohne weiteres aus dem Sattel, überkugelte sich ein paarmal im Graben und war dann schnell im Dickicht verschwunden. Über dem Lärm aber wurden die ledigen Pferde ganz wild, die Räuber fluchten, die Kugeln pfiffen, Suppius drohte, so sausten sie unaufhaltsam dahin, man hört' es noch lange durch die heitere Morgenstille rumpeln und schimpfen –

## 3. WALDESRAUSCHEN

In einer warmen Sommernacht schlief ein Mädchen im Wald. Sie hatte den Kopf über den rechten Arm auf ihr Tamburin gelegt und das Gesicht gegen den Tau mit der Schürze bedeckt, ein Pferd weidete daneben, weiterhin lag ein junger Bursch, der wendete sich manchmal und redete unverständlich im Schlaf. Zwischen den Bäumen aber flog das erste halbe Morgenlicht schon schräg über den luftigen Rasen, ein paar Rehe, die in der Nacht mit dem Pferde geweidet, schlüpften raschelnd durch die Dämmerung tiefer in den Wald zurück, sonst war noch alles still.

Auf einmal ertönte ein gellender Wachtelschlag, das Mädchen hob sich rasch, daß die Glöckchen am Tamburin klangen. Es war der Vater, der mit seinem Pfeifchen die Schlafenden weckte. Er stand schon in voller Reisetracht: knappe blaue Beinkleider mit rotem Paß* und eine grüne ungersche** Jacke mit gelben Schnüren und blinkenden Knöpfchen nachlässig über die Schulter geworfen, ein ehemaliger Soldat, der nun als Puppenspieler und starker Mann mit den Kindern durchs Land zog.

* Nahtstreifen
** ungarische

„Horch", sagte er, „da krähen Hähne in weiter Ferne nach jener Seite hin, die Luft kommt von drüben, da muß ein Dorf sein, der Wald liegt hoch, besteig einmal den Tannenbaum, Seppi, und sieh dich um."

Der Bub reckte und dehnte sich mit beiden Armen in die ungewisse Luft und schüttelte die Locken aus der Stirn, dann kletterte er schnell in den höchsten Wipfel hinauf. Nach einem Weilchen rief er herab: „Da unten ist noch alles nachtkühl und still, es liegt alles durcheinander im tiefen Grund, da haben sie wieder ein Dorf verbrannt."

„Ja, ja", versetzte der Vater, „der große Schnitter Krieg mäht uns tapfer voran, man hört seine Sense bei Tag und bei Nacht klirren durchs Land, wir geringen Leut' haben die Nachlese auf den Stoppeln. Siehst du sonst nichts?"

„In der Ferne ein schönes Schloß überm Wald, die Fenster glitzern herüber."

„Raucht der Schornstein?"

„Ja, kerzengerad aus den Wipfeln."

„Gut", versetzte der Vater, „so komm nur wieder herunter, da wollen wir hin."

Aber im Herabsteigen zögernd rief der Bursch noch einmal: „Ach aber da drüben, da liegt das ganze Tal schon im Sonnenschein, jetzt blitzen drunten Hellebarden aus den Kornfeldern, Landsknechte ziehn nach dem Walde zu, wie schön sie singen!"

„Da ist der Siglhupfer dabei!" sagte das Mädchen freudig.

Der Vater blickte rasch nach ihr herüber, man wußt' niemals recht, ob er lächelte oder heimlich schnappen und beißen wollte, so scharf blitzten manchmal seine Zähne unter dem langen, gewichsten Schnurrbart hervor. „Rauch und Wind!" sagte er, „wer weiß, wo der Siglhupfer schon zerhauen im Graben liegt."

Das Mädchen aber lachte. „Ihr sprecht immer so barsch, er denkt doch an mich, er ist ein Soldat von Fortüne und kommt wohl wieder, eh' wir's denken, als Offizier zu Pferde mit hohen Federn auf dem Hut."

Währenddes hatte sie ein Stück von einem zerschlagenen Spiegel vor sich an den Baum gelehnt, setzte sich davor ins Gras und flocht ihr langes, schwarzes Haar auf zigeunerisch in zierliche Zöpfchen, dabei biß sie von Zeit zu Zeit in eine Wecke und streute einzelne Krümchen über den Rasen für die Vögel, die ihr neugierig aus dem Laube zusahen. Der Vater und Seppi aber zäumten und packten schon das Saumroß, unverdrossen bald einen König-, bald einen Judenbart zurückschiebend, die, in schmählicher Gleichheit durcheinandergeworfen, aus dem löcherigen Puppensack herausdrängten. Dann hauchte der Vater ein paarmal auf ein großes, schwarzes Pflaster, das er über das linke Auge und Backe legte, damit er martialischer aussäh' und die Leute sich vor ihm fürchteten. Und als endlich alles reisefertig war, schwang er die Tochter in den Sattel, Seppi mußte vorausgehen, er aber führte das Pferd über die Wurzeln und Steine vorsichtig hinter sich am Zügel, und droben auf ihrem luftigen Sitze, das Tamburin neben sich gehängt, baumelte das Mädchen vergnügt mit den Füßchen und freute sich über ihre neuen roten Halbstiefeln; manchmal streifte ihr ein Zweig Stirn und Wange, daß sie wie eine Blume ganz voll Tauperlen hing. Da stimmte Seppi vorne lustig an:

„Der Wald, der Wald, daß Gott ihn grün erhalt',
Gibt gut Quartier und nimmt doch nichts dafür!"

Und das Mädchen antwortete sogleich:

„Zum grünen Wald wir Herberg halten,
Denn Hoffart ist nicht unser Ziel,
Im Wirtshaus, wo wir nicht bezahlten,
Es war der Ehre gar zu viel,
Der Wirt, er wollt' uns gar nicht lassen,
Sie ließen Kanne und Kartenspiel,
Die ganze Stadt war in den Gassen,
Und von den Bänken mit Gebraus
Stürzt' die Schule heraus,
Wuchs der Haufe von Haus zu Haus,
Schwenkt' die Mützen und jubelt' und wogt',
Der Hatschier, die Stadtwacht, der Bettelvogt,
Wie wenn ein Prinz zieht auf die Freit',
Gab alles, alles uns fürstlich Geleit.
Wir aber schlugen den Markt hinab
Uns durch die Leut' mit dem Wanderstab
Und hoch mit dem Tamburin, daß es schallt'–"

Und der Puppenspieler und Seppi fielen jubelnd ein:

„Zum Wald, zum Wald, zum schönen, grünen Wald!"

Das Mädchen sang wieder:

„Und da nun alle schlafen gingen,
Der Wald steckt seine Irrlicht' an,
Die Frösche tapfer Ständchen bringen,
Die Fledermaus schwirrt leis voran,
Und in dem Fluß auf feuchtem Steine
Gähnt laut der alte Wassermann,
Strählt sich den Bart im Mondenscheine
Und frägt ein Irrlicht, wer wir sind?
Das aber duckt sich geschwind,
Denn über ihn weg im Wind
Durch die Wipfel der wilde Jäger geht,
Und auf dem alten Turm sich dreht
Und kräht der Wetterhahn uns nach:
Ob wir nicht einkehrn unter sein Dach?
O Gockel, verfallen ist ja dein Haus,
Es sieht die Eule zum Fenster heraus,
Und aus allen Toren rauschet der Wald.
Der Wald, der Wald, der schöne grüne Wald!

Und wenn wir müd einst, sehn wir blinken
Eine goldne Stadt still überm Land,
Am Tor Sankt Peter schon tut winken:
‚Nur hier herein, Herr Musikant!'
Die Engel von den Zinnen fragen,
Und wie sie uns erst recht erkannt,
Sie gleich die silbernen Pauken schlagen,
Sankt Peter selbst die Becken schwenkt,
Und voll Geigen hängt
Der Himmel, Cäcilia an zu streichen fängt,
Dazwischen hoch vivat! daß es prasselt und pufft,
Werfen die andern vom Wall in die Luft
Sternschnuppen, Kometen,
Gar prächtige Raketen,
Versengen Sankt Peter den Bart, daß er lacht,
Und wir ziehn heim, schöner Wald, gute Nacht!"

Und zum Chor machte der Puppenspieler mit dem Munde prasselnd das Feuerwerk nach, und Seppi schmetterte mit einem Pfeifchen wie eine Nachtigall, und die Tochter schwang ihr Tamburin schwirrend dazwischen; so zogen sie wie eine Bauernhochzeit durch den Wald in den aufblitzenden Morgen hinunter, als zögen sie schon ins Himmelreich hinein.

Als sie aber am Rand des Waldes zu sein vermeinten, fing jenseits der Wiese schon wieder ein andrer an, die Heiden waren ohne Weg, die Bäche ohne Steg, manchmal ward ihnen, wie wenn sie Hunde bellen hörten aus der Ferne und Stimmen gehn im Grund, das Schloß aber, wohin sie zielten, stand bald drüben, bald dort, immer neue Schluchten dazwischen, als wollt' es sie foppen.

Und so war es fast schon wieder Abend geworden, als sie endlich, aus einem verworrenen Gebüsch tretend, auf einmal die Burg ganz nahe vor sich sahen.

Sie schauten sich erst nach allen Seiten um, eine Allee von wilden Kastanien führte nach dem Tor, man konnte bis in den gepflasterten Hof und im Hofe einen Brunnen und Galerien rings an dem alten Hause sehen, es rührte sich aber nichts darin. „Ich weiß nicht, Denkeli", sagte der Puppenspieler nach einem Weilchen zur Tochter, „das kommt mir doch kurios vor mit dem Schloß, da hängt ja alles so liederlich, die Sparren vom Dach und die Laden aus den Fenstern, als wär' auch schon der Kriegsbesen darübergefahren."

Indessen schlug die Uhr vom Turme langsam durch die große Einsamkeit. „Da muß aber doch jemand wohnen, der die Uhr aufzieht", sagte Denkeli.

„Das tun die Toten bei Nacht in solchen Schlössern", erwiderte der Vater verdrießlich.

Darüber waren sie an ein altes Gittertor gekommen und blickten durch die ehemals vergoldeten Stäbe in den Schloßgarten hinein.

Da lag alles einsam und schattig-kühl, Regen, Wind und Sonnenschein waren, wie es schien, schon lange die Gärtner gewesen, die hatten einen steinernen Neptun* aufs Trockne gesetzt und ihm eine hohe grüne Mütze von Ginster bis über die Augen gezogen, wilder Wein, Efeu und Brombeer kletterten von allen Seiten an ihn heran, eine Menge Sperlinge tummelten sich lärmend in seinem Bart, er konnt' sich mit seinem Dreizack vor dem Gesindel gar nicht mehr erwehren. Und wie er so sein Regiment verloren, reckten und dehnten sich auch die künstlich

* Statue, die den römischen Gott der Gewässer darstellt

verschnittenen Laubwände und Baumfiguren aus ihrer langen Verzauberung phantastisch mit seltsamen Fühlhörnern, Kamelhälsen und Drachenflügeln in die neue Freiheit hinaus, und mitten unter ihnen auf dem Dach eines halb verfallenen Lusthauses saß melancholisch ein Pfau noch aus der vorigen Pracht und rief der untergehenden Sonne nach, als hätte sie ihn hier in der Wildnis vergessen.

Auf einmal aber tat es einen leuchtenden Blitz durchs Grün, eine wunderschöne Dame erschien tiefer im Garten, durch die stillen Gänge nach dem Schlosse zu wandelnd, ganz allein in prächtigem Gewande, ihr langes Haar wallte ihr wie ein goldener Mantel über die Schultern, die Abendsonne blitzte noch einmal leuchtend über das kostbare Geschmeide auf Stirn und Gürtel.

Denkeli blickte sie scheu, doch unverwandt an, sie dachte an die vorigen Reden des Vaters, es war ihr, als ginge die Zauberin dieser Wildnis vorüber. Die Dame aber bemerkte die Wanderer nicht, sie sah ein paarmal zurück nach ihrer taftenen Schleppe, die schlängelnd hinter ihr herrauschte, und verlor sich dann wieder zwischen den Bäumen.

Jetzt hörten sie zu ihrem Erstaunen plötzlich auch Stimmen am Schloß, sie gingen eilig hin und bemerkten nach langem Umherirren endlich einen Balkon zwischen den Wipfeln, der nach dem Walde herausging. Dort sahen sie einige Herrn an dem steinernen Geländer stehen, die Dame aus dem Garten schien auch bei ihnen zu sein; aber sie konnten nichts deutlich erkennen, denn die Linde, die in voller Blüte stand, reichte bis an den Balkon, und die Abendsonne funkelte blendend dazwischen.

Der Puppenspieler war auf alle Glücksfälle vorbereitet, er zog schnell eine Orgelpfeife, die er vor den Mund band, und eine Geige hervor, Seppi einen Triangel und Denkeli ihr Tamburin, und so stellten sie sich unter die Bäume und brachten gleich den Herrschaften ein Ständchen. Denkeli sah dabei öfters scharf hinauf; auf einmal ließ sie, mitten in dem Geschwirre abbrechend, Arm und Tamburin sinken, sie hatte in größter Verwirrung in dem einen Kavalier droben den Siglhupfer erkannt, sie sah, wie er galant und scharmant sich neigte und beugte und mit der Dame parlierte, sie konnt' es gar nicht begreifen. Der Vater stieß sie ein paarmal mit dem Ellbogen an, sie sollte zu singen anfangen, aber sie warf das Köpfchen trotzig empor und wollte durchaus nicht, und dem Vater mochte sie die Ursach' nicht sagen, denn er lachte sie immer aus mit ihrer Liebschaft. Während dem Hinundherwinken aber kam auch schon eine Kammerjungfer schnell aus dem Schloß herunter und brachte ihnen einen Krug Wein und jedem einen Rosenobel* sauber in Papier gewickelt mit der Botschaft, ihre Herrschaft sei heute gar nicht wohl und zu müde, um die Musik anzuhören, auch sei im ganzen Hause kein Unterkommen für sie zur Nacht.

„Seht Ihr, sie mögen meinen Gesang ja nicht", sagte Denkeli zum Vater; sie dachte bei sich, Siglhupfer habe sie erkannt und wollte sie nur los sein, weil er sich ihrer schäme vor der vornehmen Dame.

Der Puppenspieler zuckte, ohne zu antworten, ein paarmal zornig mit den buschigen Augenbrauen, trank aber doch auf die Gesundheit der Dame und reichte drauf den Krug der Tochter, die ihn mit der Hand von sich stieß. So stritten sie heimlich untereinander, der Vater zankte noch immer über Denkelis Eigensinn, dann packte er heftig seine Instrumente zusammen, um weiterzuziehn, sie wußten nicht, wohin in der fremden Gegend.

Über ihnen aber summten die Bienen im Wipfel, und hinter den Blüten droben plauderten und lachten die Herrschaften in der schönen Abendkühle und machten sich lustig über die Bettelmusikanten, Denkeli erkannte Siglhupfers Stimme darunter recht gut, das schnitt ihr durch die Seele! Manchmal sah sie auch seinen Federhut und die Locken und den Schmuck der Dame durch die Zweige schimmern, es war ihr alles wie ein Traum.

Im Weggehn fragte sie die Jungfer noch: „Wer ist denn der junge Herr da droben?"

„Ei, Ihr kommt wohl von weit her?" erwiderte diese, „das ist ja der Herr Rittmeister von Klarinett, der Bräutigam des gnädigen Fräuleins."

---

* Goldmünze aus der Zeit Eduards IV. von England (1422–83)

## 4. DAS VERZAUBERTE SCHLOSS

Der Schall einer Trompete gab das Zeichen zur Tafel. Eine Flügeltür tat sich plötzlich auf, und Suppius, in goldbrokatenem Staatskleid leuchtend, einen Federhut in der einen Hand, führte an der andern eine prächtige Dame, von kostbaren Armbändern, Halsketten und Ohrgehängen umblitzt und umbommelt, daß man nicht hinsehn konnte, wenn die Sonne darauf schien. So stiegen beide feierlich eine steinerne Treppe in den großen, alten Gartensaal hinab, ein Hündchen mit silbernen Schellen um den Hals trat oft der Dame auf die schwere Schleppe, die von Stufe zu Stufe hinter ihnen her rauschte. Klarinett folgte in reicher Offizierkleidung: in dunkelgrünem Samt mit geschlitzten Ärmeln, einem Kragen von Brüßler Kanten* darüber und den Hut mit goldner Spange und nickenden Federn schief auf den Kopf gedrückt, es paßte ihm alles prächtig. Er spielte vornehm mit einer Reitgerte und nickte kaum, als ihm der Diener der Dame meldete, daß sein Reisegepäck gehörig untergebracht sei.

Im Saale aber war der Tisch schon gedeckt, sie nahmen mit großem Geräusch und unter vielen Komplimenten Platz auf den schweren rotsamtenen Sesseln mit hohen, künstlich geschnitzten Lehnen. Klarinett überblickte unterdes erstaunt die Tafel, da gab's so wunderliche Pracht, abenteuerlich gehenkelte Krüge, hohe, altmodisch geschliffene Stengelgläser von den verschiedensten Farben und Gestalten, seltsam getürmte Speisen und Schaugerichte und heidnische Götter von Silber dazwischen, die Pomeranzen** in den Händen hielten. Seitwärts aber stand die Tür auf, daß man weit in den Garten sehn konnte, die Sonne funkelte in den Gläsern, der Diener eilte mit Schüsseln und vergoldeten Aufsätzen flimmernd hin und her, und draußen sangen die

* Brüsseler Spitzen
** bittere Apfelsinenart

Vögel dazu, und vor der Tür saß ein Pfau auf der marmornen Rampe und schlug sein prächtiges Rad.

So saßen sie lange in freudenreichem Schalle, da hub Fräulein Euphrosine (so war die Dame genannt) mit freundlicher Gebärde an: Sie könne sich noch immer nicht dreinfinden, denn es käme selten ein Fremder in diese Einsamkeit, und keiner so seltsam als ihre beiden Gäste, die, wie sie versicherte, heut beim ersten Morgengrauen vom Walde quer übers Feld plötzlich mit vier schäumenden Rossen ohne Kutscher mitten in den Schloßhof und gewiß auch am andern Ende wieder hinausgeflogen wären, hätten sie nicht am Torpfeiler Achse und Deichsel gebrochen. Klarinett, mit zierlichen Reden den verursachten Schreck entschuldigend, erzählte nun, sie seien fremde Kavaliere, die, vom Westfälischen Frieden nach ihren Herrschaften reisend, in jenem Wald von Räubern überfallen worden, Haushofmeister, Kutscher, Leibhusar, alles sei erschossen; und da das Fräulein auf die Frage: ob sie in Tztschneß hinter Tzquali in Mingrelim bekannt? mit dem Kopf schüttelte, bedauerte er das sehr, denn gerade von dort seien sie her.

Suppius stürzte ein Glas Ungarwein so eilig aus, daß er sich den gestickten Zipfel seiner Halsbinde begoß; es war, als hätte Klarinett mit seinen Lügen ihn plötzlich in einen Strom gestoßen, nun mußte er mit durch oder schmählich vor den Augen der Dame untergehn. Dabei sah er oft das Fräulein bedenklich von der Seite an, sie kam ihm schon wieder auf ein Haar wie seine entführte Geliebte vor, aber er traute sich doch nicht recht, er hatte seine Liebste so selten und immer nur flüchtig am Fenster hinter den Blumen gesehen; so wurde er ganz konfus und wagte es nicht, von der Entführung zu reden. Und als er darauf dennoch mit großer Feinheit die Sommerkühle der vergangenen Nacht pries, gelegentlich einen Seitenblick über jenes mondbeschienene Städtchen warf und endlich leise über den Marktplatz am steinernen Brunnen vorbei zu dem Wirtshaus kam, auf das Fenster zielend, wo ihnen damals der lieblichste Stern erschienen, sah die Dame ihn befremdet an und wußte durchaus nicht, was er wollte. Aber Suppius war einmal im Zuge ausbündiger Galanterie. „Was frag' ich noch nach Sternen!" rief er aus, „flogen wir doch auf vergoldeten Rädern Fortunas aus Nacht zu Aurora, daß ich vor Blendung noch nicht aufzublicken vermag." Da schlug das Fräulein mit einem angenehmen Lächeln die schönen Augen nieder, Suppius, entzückt, griff hastig nach ihren Fingerspitzen, um sie zu küssen, warf aber dabei mit dem breiten Aufschlag seines Ärmels dem silbernen Cupido* die Pomeranze aus der Hand, und wie er sie haschen wollte, verwickelte er sich mit Sporen und Degenspitze unversehens ins Tischtuch, alle Gläser stießen auf einmal klirrend an, als wollten sie seine Gesundheit ausbringen, der Cupido stürzte und riß einen Weinkrug mit, das Hündchen bellte, der Pfau draußen schrie. Euphrosine aber mit flüchtigem Erröten stand rasch auf, die Tafel aufhebend, indem sie dem Klarinett ihren Arm reichte.

Sie traten vor die Saaltür auf die Terrasse, von der eine breite Marmortreppe nach dem Garten führte. Eine Eidechse, als sie herauskamen, fuhr erschrocken zwischen die Ritzen der Stufen, aus denen überall das Gras hervordrang, seitwärts stand ein alter Feldstuhl, eine Zither lehnte daran. Als Suppius, der noch immer den Aufruhr an der Tafel mit seinen weiten Alamodeärmeln** ausführlich zu entschuldigen beflissen war, das Instrument erblickte, stockt' er auf einmal und entfernte sich schnell wie einer, der plötzlich einen guten Einfall hat. Das Fräulein aber ließ sich in der Tür auf dem Feldstuhl nieder, Klarinett, die Zither auf den Knien prüfend und stimmend, setzte sich auf die Stufen zu ihren Füßen, daß der Pfau von dem steinernen Geländer ihm mit seinem schlanken Hals über die Schulter sah. Draußen aber war es unterdes kühl geworden, der ganze Garten stand tief in Abendrot, während die Täler schon dunkelten, auch der Pfau steckte jetzt den Kopf unter die Flügel zum Schlaf, die Luft kam über den Garten und brachte den Schall einer Abendglocke aus weiter Ferne. Da fiel dem Klarinett in dieser Abgeschiedenheit eine Sage ein, die er unten in den Dörfern gehört, und da das Fräulein sie wissen wollte, erzählte er von einem verzauberten Schlosse des Grafen Gerold, da wüchse auch das Gras aus den Steinen, da sänge kein Vogel ringsum, und kein Fenster würde jemals geöffnet, man höre nichts als den Wetterhahn sich drehn und den Zug-

* der altrömische Liebesgott

** Ärmel nach der französischen Mode (à la mode); deutsche Moderichtung des 17. Jahrhunderts, die französische Tracht und Lebensart nachahmte

wind flüstern und zuweilen bei großer Trockne das Getäfel krachen im Schloß, so stünd' es öde seit hundert Jahren, als redet' es mit geschlossenen Augen im Traum. Jetzt hatte er die Zither in Ordnung gebracht. „Es gibt auch eine Weise darauf", sagte er, und sang:

„Doch manchmal in Sommertagen
Durch die schwüle Einsamkeit
Hört man mittags die Turmuhr schlagen
Wie aus einer fremden Zeit.

Und ein Schiffer zu dieser Stunde
Sah einst eine schöne Frau
Vom Erker schaun zum Grunde –
Er ruderte schneller vor Graun.

Sie schüttelt' die dunklen Locken
Aus ihrem Angesicht:
‚Was ruderst du so erschrocken,
Behüt' dich Gott, dich mein' ich nicht.'

Sie zog ein Ringlein vom Finger,
Warf's tief in die Saale hinein:
‚Und der mir es wiederbringet,
Der soll mein Liebster sein!'"

Hier gewahrte Klarinett auf einmal, daß das Fräulein, wie in tiefes Nachsinnen versunken, aufmerksam den kostbaren Demantring betrachtete, den er mit dem andern Staat in der fremden Karosse gefunden und leichtsinnig angesteckt. Er stutzte einen Augenblick, das Fräulein aber, als hätte sie nichts bemerkt, fragte mit seltsamem Lächeln nach dem Ausgang der Sage. Klarinett, etwas verwirrt, erzählte weiter: „Und wenn nun der Rechte mit dem Ringe kommt, hört die Verzauberung auf, aus den Winkeln der stillen Gemächer erheben sich überall schlaftrunken Männer und Frauen in seltsamen Trachten, das öde Schloß wird nach und nach lebendig, Diener rennen, die Vögel singen wieder draußen in den Bäumen, und dem Liebsten gehört das Land, so weit man vom Turme sehn kann."

Bei diesen Worten fiel auf einmal draußen ein Waldhorn ein; der galante Suppius war es, er zog in seinem Goldbrokat wie ein ungeheurer Johanniswurm durch den finstern Garten, als wollt' er mit seinen Klängen die Nacht anbrechen, die nun von allen Seiten prächtig über die Wälder heraufstieg, Schloß, Büsche und Garten wurden immer wunderbarer im Mondschein, und wenn die Luft die Zweige teilte, blinkte aus der Tiefe unterm Schloß die Saale herauf, und das Geschmeide und die Augen des Fräuleins blitzten verwirrend dazwischen. Da hub plötzlich die Uhr vom Turme zu schlagen an. Klarinett fuhr unwillkürlich zusammen, in demselben Augenblick glaubte er einen flüchtigen Händedruck zu fühlen, und als er verwundert aufsah, traf ihn ein funkelnder Blick der Dame.

Indem aber trat der Diener mit einer Kerze hinter ihnen in den Saal, um die Fremden ins Schlafgemach zu geleiten, die Dame erhob sich zierlich und gemessen wie sonst und war nach einer freundlichen Verbeugung schnell durch eine innere Tür des Saals verschwunden. Doch als Klarinett sich betroffen wandte, ging eben der Mond aus einer Wolke und beschien hell das steinerne Bildwerk über der Tür: Es war wirklich das ihm wohlbekannte Wappen des Grafen Gerold. Was ist denn das? dachte er erschrocken, am Ende hab ich da selber den Ring.

Am folgenden Tage hielt er's fast für einen Traum, so ganz anders sah die Welt aus, der Morgen hatte alles wieder mit Glanz und Vogelschall verdeckt, nur das unheimliche Wappen über der Tür blieb aus jener Nacht und der Zauberblick der Dame. Er hatte sich in dem Wetterleuchten ihrer Augen nicht geirrt, sie spielten munter fort, ihre Liebe zu Klarinett brach rasch aus wie der Frühling nach einem warmen Gewitterregen. Und so ließ er denn auch alles gut sein und wollte mit Grübeln das Glück nicht versuchen, das ihm so unversehens über den Kopf gewachsen.

Dem Suppius aber ging es über den seinigen weg, ohne daß er's merkte. Jeden Morgen putzte er sich, mit Rat und Beistand des mutwilligen Klarinett, auf das sorgfältigste heraus und probierte vor dem Wandspiegel insgeheim artige Stellungen. Aber bis zu Mittag war doch alles wieder schief und verschoben, das vornehme Kleid der guten Lebensart saß ihm, als wär' er in der Eile mit einem Arm in den falschen Ärmel gefahren. Manchmal fielen ihm auch plötzlich die Wissenschaften wieder ein, da erschrak er sehr und verwünschte alle Abenteuer, die er doch immer selber wieder anzettelte. Dann ergriff er hastig das dicke

Buch, das in der Tasche seines Serenadenrockes mitgekommen, damit setzte er sich in die abgelegensten Winkel des Gartens ins Gras und schlug das Kapitel auf, wo er in Halle stehngeblieben. Aber der alte Ungarwein aus dem Schloßkeller war stärker als er, der ließ die Buchstaben auf magyarisch vor ihm tanzen und drückte ihm jedesmal die Augen zu und die Nase ins Buch. Und wenn er aufwachte, steckte zu seinem Erstaunen das Zeichen im Buch immer beim unrechten Paragraphen, auch glaubte er auf dem Rasen Spuren von Damenschuhen zu bemerken, als hätten ihn Elfen im Schlafe besucht, ja das eine Mal lag, statt des Zeichens, ein ganzer Strauß brennender Liebe zwischen den Blättern. Da steckt' er ihn triumphierend vorn an die Brust und sprach den ganzen Tag durch die Blume zu Euphrosine von heimlicher Liebe und Hochzeit. Er zweifelte und verwunderte sich nicht, daß sie in ihn verliebt, und ließ oft gegen Klarinett fallen, wie er darauf bedacht sein werde, ihn hier als seinen Kapellmeister oder Fasanengärtner anzustellen.

Klarinett aber wußt' es wohl besser, es kam alles bald zum Ausgang. Denn als er eines Morgens bei einem Spaziergang mit Euphrosine und ihrem Diener auf eine Anhöhe gestiegen, von der man weit ins Land hinaussehn konnte, wies ihm der Diener rings in die Runde die Schlösser, Wälder, Teiche, weidende Herden und Untertanen, die alle seinem Fräulein gehörten. Der Morgen funkelte drüber, die Teiche blickten wie Augen aus dem Grün, alle Wälder grüßten ehrerbietig rauschend herauf, Klarinett war wie geblendet. Da sagte Euphrosine rasch: „Und alles ist dein – wenn du diese Hand nicht verschmähst", setzte sie mit gesenkten Augen kaum hörbar hinzu. Klarinett aber, ganz verblüfft, stürzte auf ein Knie nieder und schwor, so wahr er Kavalier und Rittmeister sei, wolle er sie nimmer verlassen, und ein Kuß auf ihre Hand versiegelte den schönen Bund, und in dem Auge des grauen Dieners zitterte eine Freudenträne.

Nun aber lebten sie alle vergnügt von einem Tage zum andern, da war nichts als Schmausen und Musizieren und Umherliegen über Rasenbänken und Kanapees. Täglich zur selben Zeit lustwandelten sie rauschend in vollem Staate vor dem Schloß, gleichsam leuchtende Zirkel und Namenszüge durch den Garten beschreibend, der mit seinen Schnörkeln von bunten Scherben wie ein Hochzeitskuchen im Sonnenschein lag, im Hofe hatte der blühende Holunderbusch ihre Staatskarosse schon beinah ganz überwachsen, auf der Marmortreppe schlug der Pfau täglich dasselbe Rad, die Vögel sangen immer dieselben Lieder in denselben Bäumen. Und an einem prächtigen Morgen, den er halb verschlafen, dehnte sich Klarinett, daß ihm die Glieder vor Nichtstun knackten; „nein", sagte er, „nichts ist langweiliger als Glück!"

## 5. FORTUNAS SCHILDKNAPPEN

Zur selben Zeit lag das Dorf, das einst zu dem Schlosse gehört, fern unterm Berg in Trümmern. Es war seit dem letzten Durchzug der Schweden zerstört und verlassen, nun rückte der Wald, den die Bauern so lange tapfer zurückgedrängt, über die verrasten Beete unter Vogelschall mit Stacheln, Disteln und Dornen wieder ein und hatte sich das verbrannte Gebälk schon mit Efeu und wilden Blumen prächtig ausgeschmückt und auf dem höchsten Aschenhaufen einen blühenden Strauch als Siegesfahne ausgesteckt, nur einzelne Schornsteine streckten noch, wie Geister, verwundert die langen weißen Hälse aus der verwilderten Einsamkeit. Heute aber fing auf einmal der eine Schornstein wieder zu rauchen an, ein helles Feuer knisterte unter demselben, und sooft der Wind den Rauch teilte, sah man in der Glut des Widerscheins wilde dunkle Gestalten, wie Arbeiter in einem Eisenhammer, mit aufgestreiften Ärmeln vor dem Feuer hantieren, kochen und Bratspieße drehn; einer saß im Grase und flickte sein Wams, ein andrer lag daneben und sah ihm verächtlich zu, den Arm stolz in die Seite gestemmt, daß ihm im Mondschein der Ellbogen aus dem Loch im Ärmel glänzte, während weiterhin zwei Holkische Jäger soeben durch das Dickicht brachen und ein frisch geschossenes Reh herbeischleppten. Es waren versprengte Landsknechte, die das Ende des Dreißigjährigen Krieges plötzlich vom Pferd auf den Friedens- und Bettelfuß gesetzt. In solchem Schimpf hatten sie beschlossen, den Krieg auf ihre eigne Faust fortzusetzen und sich mitten durch ihren gemeinschaftlichen Feind, den Frieden, nach Ungarn durchzuschlagen, wo sie gegen den Türken neue Ehre und Beute zu gewinnen hofften.

„Hartes Bett, gemeines Bett!" sagte der Stolze mit dem Loch im Ärmel, „heute ist's gerade ein Jahr, es war auch so eine blanke Nacht, da hing's nur von mir ab, ich konnte auf kostbaren Teppichen liegen mit eingewirkten Wappen, in jedem Zipfel mein Namenszug in Gold."

Da kniff ein grauer Kerl seitwärts den neben ihm liegenden Dudelsack, der plötzlich schnarrend einfiel. „Ruhe da!" rief ein breiter Landsknecht hinüber, und mehrere Schalke* rückten zum Feuer, um den Schreckenberger (so hieß der Stolze) besser zu hören. Dieser warf dem Dudelsack einen martialischen Blick zu und fuhr fort: „Denkt ihr noch dran, nach der Schlacht bei Hanau**, wie wir da querfeld mit der Regimentskasse retirierten***, nichts als Rauchwirbel in der Ferne und Rabenzüge über uns, in den Dörfern guckten die Wölfe aus den Fenstern, und die Bauern grasten im Wald."

„Freilich", versetzte der schlaue Landsknecht, „und eine Dame auf kostbarem Zelter****, einen Pagen hinter sich, immer neben uns her, und als wir am Abend an einem verbrannten Dorfe haltmachten, kehrte sie auch über Nacht ein in dem wüsten Gartenschloß daneben."

„Ja, und die Augen", sagte Schreckenberger, „spielten ihr wie zwei Spiegel im Sonnenschein, dich und die andern hat's geblendet, ihr wart alle vernarrt in sie. Nun denk ich an nichts und gehe abends am Schloß vorüber, da schreibt sie euch aus dem Fenster ordentlich: vivat Schreckenberger! mit den feurigen Blicken in die Luft, und wie ich mich wende, ruft sie: ‚Ach!' und fällt in Ohnmacht vor großer Lieb' zu mir. So was war mir schon oft passiert, ich fragt' wenig darnach, da ich aber tiefer im Garten bin, kommt plötzlich der Page im Dunkel daher mit einem Brief an mich auf rosenfarbnem Papier."

---

* in der älteren Bedeutung „Knechte"
** die Belagerung von Hanau 1630 und 1636 durch die kaiserlichen Truppen
*** zurückziehen
**** ein Pferd, das besonders geübt ist, im Paßgang zu gehen

Hier zog Schreckenberger ein Brieflein aus dem Wams und reichte es mit vornehm zugekniffenen Augen über die Achsel den andern hin. Der Landsknecht nahm es hastig und las: „Im Garten bei Nacht – Das Lusthaus ohne Wacht – Sturmleitern daran – Cupido führt an – Um Mitternacht Runde – Parol: Adelgunde."

„Das klappt ja wie ein Trommelwirbel", sagte der Landsknecht, indem er, den Brief zurückgebend, neugierig noch näher rückte, „ja, Cupido hat schon manchen angeführt, nur weiter, weiter."

„Kurz: Um Mitternacht bin ich auf meinem Posten", hub Schreckenberger wieder an, „im Garten nichts als Mondschein, große Stille, das Lusthaus, wie's im Briefe steht, droben ein offnes Fenster auf dem Dach, drunten eine Leiter, ich weiß nicht mehr, ob von Sandelholz oder Seide oder Frauenhaaren. Ich fackle nicht lange, die Büchse auf dem Rücken, in jeder Hand ein Pistol, den blanken Säbel zwischen den Zähnen, so klettr' ich hinauf –"

„Also du warst es doch!" fiel hier der Landsknecht verwundert ein.

„Nun, wer denn sonst?" erwiderte Schreckenberger, „und Jasmin, wie ich hinaufsteige, Rose von Jericho, Holunder, Jelängerjelieber, alles umhalst und umschlingt mich vor Freuden, das riß sich ordentlich um mich, daß ich die Sporen nicht nachbringen konnte, und vom Fenster droben hoben mich plötzlich zwei alabasterne Schwanenarme aus dem Brunnen der Nacht, und über mir ein prächtiges Gewitter von schwarzen Locken, da blitzen Augen und Juwelen draus, und in dem Brunnen gehn immerfort goldne Eimer auf und nieder mit Muskateller und Konfekt, und die Gräfin Adelgunde sitzt neben mir auf einem mit Diamanten gesprenkelten Kanapee, und: ‚Langen Sie zu', sagte sie, und: ‚O ich bitte sehr', sag' ich. Da hör ich auf einmal unter uns in dem Lustpalaste inwendig ein Gesumse wie in einem Bienenstock. ‚Was war das?' ruf ich –"

Jetzt brach plötzlich ein Lachen aus. „*Wir* waren's", sagte einer der Zuhörer, „denn wir steckten ja alle drin, der Page hatte uns alle nacheinander auch ins Lusthaus geladen und drauf die Tür hinter uns verriegelt."

Aber Schreckenberger, einmal im Strom der Erzählung, ließ sich nicht irremachen; „ich springe auf", fuhr er fort, „‚ha, Verrat!' schrei ich –"

Nun sprachen alle rasch durcheinander: „Ja, du machtest einen Teufelslärm auf dem Dache, denn sie hatten hinter dir die Leiter weggenommen, und das Fenster oben war verschlossen."

„Und die Gräfin in dem einen Arm, den Säbel im andern, und unter mir kocht's und zischt's und rumpelt's –"

„Freilich, im dunklen Lusthaus stießen wir einer auf den andern, und einer fragte den andern trotzig, was er hier suchte, und jeder hatte seine Parole Adelgunde, bis wir zuletzt alle aneinandergerieten und aus der Parole ein großes Feldgeschrei und Geraufe wurde."

„Und ich steche links, steche rechts, die Gräfin, ohnmächtig, ruft: ‚Genug des Gemetzels!' Aber ich lass' mich nicht halten und feure prasselnd alle meine Pistolen ab nach allen Seiten wie ein Feuerwerk –"

„Das hörten wir wohl", fiel nun der Landsknecht wieder ein, „und hielten's für einen feindlichen Überfall, da arbeiteten wir und stemmten uns an die verriegelte Tür und die Wände, bis das ganze morsche Lusthaus über uns in Stücken auseinanderging. So kamst du auch kopfüber mit herunter – du machtest einmal Sprünge quer übers Feld fort, ohne dich umzusehn! Wir erkannten dich nicht in der Verwirrung und wußten dann gar nicht, wo du auf einmal hingekommen; später hieß es, du wärst zu den Kaiserlichen desertiert in dieser Nacht."

„Nacht?" fuhr der unverwüstliche Schreckenberger noch immer fort, „ja, recht mitten durch die Nacht auf einem schneeweißen Zelter, sich die Tränen wischend mit dem goldbordierten Schleier und mir zuwinkend, flog die dankbar gerettete Gräfin –"

„Mit eurer verlaßnen Regimentskasse in die weite Welt", versetzte einer der Holkischen Jäger, „denn es war unsere Marketenderin, die schöne Sinka, die hatt's euch allen angetan, das merkte sie wohl und vexierte* euch von der Feldwache fort."

Schreckenberger schwieg und warf wieder einen martialischen Blick rings in die Runde. Aber der Jäger fuhr fort: „Und gleich am andern Morgen, da wir bei unserem Regiment sie alle kannten, wurden wir kommandiert, ihr nachzusetzen. Das war eine

* irreführen.

lustige Jagd, wir strichen wie die Füchse auf allen Diebswegen und schüttelten jeden Baum, ob das saubre Früchtchen nicht herabfiel. So kamen wir am folgenden Abend – es war gerade ein Sonntag – in ein kleines Städtchen; da war großes Gewirr auf dem Platz, ein Stoßen und Drängen und Lärm von Trommeln und Pfeifen, in allen Fenstern lagen Damen wie ein Blumengeländer bis an die Dächer herauf, wo die Schornsteinfeger aus den Rauchfängen guckten und vor Lust ihre Besen schwangen. An des Burgemeisters Hause aber war vom Balkon ein Seil gespannt über die Stadt und die Gärten weg bis zum Waldberg jenseits überm Fluß. Ein schlanker Bursch stand auf dem Geländer des Balkons in flimmernder spanischer Tracht mit wallenden Locken. Der alte Burgemeister schien wie vernarrt in das blanke Püppchen, plauderte und nickte ihm freundlich zu, daß die Sonne in den Edelsteinen seines kostbaren Hutes spielte, der Bursch reckte ihm lachend den Fuß hin, er mußte ihm mit einem großen Stück Kreide die Sohlen einreiben. Auf einmal wendet er sich herum – ‚das ist Sinka!' ruf ich erstaunt meinen Kameraden zu. Aber sie hatte uns auch schon bemerkt, und eh' wir uns durchdrängen können, nimmt sie rasch dem Burgemeister den kostbaren Hut von der Glatze, drückt sich ihn auf die Locken, und zierlich mit zwei bunten Fähnchen schwenkend und grüßend, schreitet sie unter großem Jubelgeschrei über Köpfe, Dächer und Gärten fort. Der Abend dunkelte schon, das Seil wurde unkenntlich aus der Ferne, es war, als ginge sie durch die leere Luft, die untergehende Sonne blitzte noch einmal in den Steinen am Hut, so verschwand sie wie eine Sternschnuppe jenseits überm Walde; niemand hat sie wiedergesehn."

„Meinetwegen, Stern oder Schnuppe!" fiel hier Schreckenberger ein, tat einen Zug aus seiner Feldflasche und sang:

„Aufs Wohlsein meiner Dame,
Eine Windfahn' ist ihr Panier,
Fortuna ist ihr Name,
Das Lager ihr Quartier.

Und wendet sie sich weiter,
Ich kümmre mich nicht drum,
Da draußen ohne Reiter,
Da geht die Welt so dumm.

Statt Pulverblitz und Knattern:
Aus jedem wüsten Haus
Gevattern sehn und schnattern
Alle Lust zum Land hinaus.

Fortuna weint vor Ärger,
Es rinnet Perl' auf Perl'.
,Wo ist der Schreckenberger?
Das war ein andrer Kerl!'

Sie tut den Arm mir reichen,
Fama bläst das Geleit,
So zu dem Tempel steigen
Wir der Unsterblichkeit."

Nun schwenkten die andern die Hüte, und: „Vivat das hohe Brautpaar", schrien sie jubelnd, „hoch lebe unser Tempelherr der Unsterblichkeit!", und der Dudelsack schnurrte wieder einen Tusch dazu.

Da schlugen plötzlich die großen Hunde an, die jede Nacht um ihr Lager die Runde machten, die Gesellen horchten auf, es war auf einmal alles totenstill. Man hörte in der Ferne Äste knacken, wie wenn jemand durchs Dickicht bräche, es kam immer näher, jetzt vernahmen sie deutlich Fußtritte und Stimmen, die Wipfel der Sträucher bewegten sich schon, Schreckenberger nahm schnell seine Muskete und zielte nach der Gegend hin.

Plötzlich aber ließ er Arm und Flinte wieder sinken. „I Pamphil, wo kommst denn du hergezigeunert!" rief er ganz verwundert aus.

Der Puppenspieler trat aus dem Gebüsch, Seppi und Denkeli hinter ihm, die großen Hunde, denen sie Brocken zuwarf, gaben ihnen frei Geleit. Der Puppenspieler visierte erst die ganze Gesellschaft rings im Kreise scharf mit dem einen Auge, dann, da er lauter bekannte Gesichter bemerkte, nahm er das schwarze Pflaster vom andern.

„Hast du wieder Mondfinsternis gemacht, um besser zu mausen?" fragte lachend der Landsknecht.

„Wir sind alle im abnehmenden Mond bei dem wachsenden Frieden", erwiderte Pamphil, „wir haben den faulen Bauern die Felder mit Blut gedüngt, nun schießt alles in Kraut und Rüben, die Welt wird noch ersticken vor Langerweile. Aber was treibt ihr hier, ihr alten Kriegsgurgeln, man hört euch ja eine halbe Meile weit durch die stille Nacht, ich konnt' nicht fehlen."

Nun raschelte es in allen Winkeln, immer mehr wilde Gestalten richteten sich aus dem Dunkel empor, da war des Begrüßens, Händeschüttelns und Fragens kein Ende. Wie sie aber hörten, daß Pamphil soeben von dem Schlosse kam, das sie unterwegs von fern überm Walde gesehn, trat alles um ihn herum, und da er von zwei Kavalieren droben erzählte und von einem schönen Reisewagen im Hofe, mußt' er ihnen alles ausführlich beschreiben; sie zweifelten nicht, daß es die beiden Edelleute mit der Karosse seien, die sie vor einiger Zeit bei Nacht in dem Städtchen gesehen und die ihnen dann im Walde mitten durchs Kreuzfeuer ihrer Pistolen so schnöde entwischt.

Unterdes saß Denkeli seitwärts auf einem Baumsturz, den Kopf in die Hand gestützt und ohne sich um die andern zu bekümmern, man wußte nicht, ob sie müde oder traurig. Das stach den Gesellen in die Augen, einige wollten sich galant zeigen und scharrten und gollerten wie aufgeblasene Truthähne um sie herum. Der Holkische Jäger, kecker als die andern, schlich sich leis von hinten heran, um das Mädchen zu küssen, da wandt' sie sich und gab ihm unversehens eine Ohrfeige, daß es laut klatschte. Der Überraschte griff wütend nach seinem Hirschfänger, aber der Puppenspieler, der alles bemerkt, hatte ihn schon von unten an dem einen Bein gefaßt und hob ihn so, zu allgemeinem Gelächter, mit ausgestrecktem Arm hoch über sich in die Luft. „Bleibt meiner Denkeli vom Leib", rief er mit martialischen Mienen, „oder ich mach meine schönsten Kunststücke an eueren eignen Knochen durch."

„Laßt sie nur", sagte Denkeli, „ich werde schon allein mit ihnen fertig, heute kommen sie mir gerade recht." Der Jäger, da er wieder auf dem Boden war, sah den Puppenspieler halb verwundert, halb trotzig vom Kopf bis zu den Füßen an, wie ein Mops, der unverhofft auf einen Bullenbeißer gestoßen.

Denkeli aber blickte scharf zur Seite zwischen die dunklen Bäume, dort waren die andern unterdes wieder zusammengetreten und redeten heimlich untereinander in der Spitzbubensprache. Eine entsetzliche Ahnung stieg plötzlich in ihrer Seele auf, denn sie hörte von Zeit zu Zeit des reichen Fräuleins auf dem Schloß und der beiden Kavaliere erwähnen. Ihr Herz klopfte; scheinbar gleichgültig am Feuer kauernd und die Flamme schürend, horchte sie mit wachsender Angst hinüber, da erfuhr und erriet sie nach und nach alles: wie sie noch heute den Berg hinaufschleichen, das schlecht verwahrte Schloß im ersten Schlafe überfallen und die Beraubten auf ewig stillmachen wollten. Auch der Vater trat nun hinzu und schien mancherlei guten Rat zu erteilen.

Denkeli dachte mit Schrecken an Siglhupfer, den sie oben gesehen. Sonst achtete sie wenig auf die Anschläge der Männer, sie war von Jugend dran gewöhnt; jetzt kam ihr auf einmal alles ganz anders und unleidlich vor. Aber zu verhindern war's nicht mehr, das wußt' sie wohl, eher hätte sie den Sturmwind im Fluge wenden können. So suchte sie nach kurzem Bedenken unbemerkt die Pistolen des Vaters hervor, lud sie und legte drauf hastig ihren schönsten Putz an, ihre Augen funkelten, und wie sie auf einmal, von den schwarzen Locken umringelt, sich in ihrem Schmuck am Feuer aufrichtete, erschrak alles, so prächtig war sie. Der Vater lobte sie, daß sie etwas auf sich hielt' vor den Leuten. Sie erwiderte rasch: Sie wisse schon alles, sie habe sich die Gegend wohl gemerkt und wolle nach dem Schloß vorausgehn, um auszukundschaften, ob der Wald sicher, eh' die andern nachkämen. Es fiel dem Vater nicht auf, er kannte sie, wie beherzt sie war. Da stand sie noch einen Augenblick zögernd. „Lebt wohl", sagte sie dann aus tiefstem Herzensgrund. Der Vater stutzte bei dem ungewöhnlich bewegten Klang der Stimme und sah ihr in Gedanken nach, aber ihr Tamburin schwingend, war sie schon im Walde verschwunden.

## 6. VIEL LÄRMEN UM NICHTS

Währenddes ruhte schon alles im Schloß, nur Klarinett konnte vor den vielen schlagenden Nachtigallen im Garten nicht einschlafen. Der Mond schien hell durchs ganze Zimmer, manchmal bewegte die Zugluft die alten Tapeten, und wo sie zerrissen, waren auf den kahlen Wänden, dem Stammbuch müßiger Soldaten, überall Gesichter und Figuren ungeschickt mit Kohle gemalt. Seitwärts in einen weiten damastenen Schlafrock gehüllt, saß er auf dem schweren Himmelbett, an dem Himmel und Betten fehlten, und dachte über seine immer näher heraufrückende Vermählung nach. Jetzt öffnete er ungeduldig ein Fenster, der frische Waldhauch wehte ihn plötzlich über die Dächer an, da war's, als wollten die rauschenden Wipfel ihn an ein Lied erinnern, das er früher gar oft in solcher nächtlichen Einsamkeit gesungen. Er besann sich lange, dann stimmte er, halb singend, halb sprechend, leise vor sich an:

„Es ist ein Klang gekommen
Herüber durch die Luft."

Die Weise wollte ihm durchaus nicht einfallen –

„Der Wind hat's gebracht und genommen –"

Er ärgerte sich, daß er hier alles verlernt, was ihm sonst lieb gewesen, es wurde ihm so heiß und angst, er schob's auf den ungewohnten Ungarwein und eilte endlich aus dem schwülen Gemach, die stille Treppe hinab, durch ein verborgenes Pförtchen ins Freie. Er ging so eilig durch den Garten, daß er sich alle Augenblick' in die weiten Falten des Schlafrockes verwickelte, die Mücken stachen ihn, die Gedanken jagten sich ihm durch die Seele wie die Wolken am Himmel, er wußt' sich gar nicht zu retten. Sei kein Narr, sei kein Narr, sagte er hastig zu sich selbst, ein Schloß, drei Weiler, vier Teiche und fette Karpfen und Untertanen und Himmelbett – und was macht die Frau Liebste? Danke für höfliche Nachfrag', sie wiegt – Ach, und die lieben Kleinen? Sie schrein und die Wiegen rumpeln – und derweil rauscht der Wald draußen und schilt mich, und die Rehe gucken durch den Gartenzaun und lachen mich aus – ja Wald und Rehe, als wenn das alles nur so zum Einheizen und Essen wär!

So war er in seinem Eifer mit dem langen Schlafrock mitten ins Dickicht zwischen Dornen und Nesseln geraten, und als er sich umsah, erblickte er wahrhaftig die wunderbare Fei* in einem

---

* ältere Form zu „Fee"

Fensterbogen über sich. Er starrte betroffen hin, denn dieser Teil des Schlosses war völlig wüst und unbewohnt, auch kam die Gestalt ihm jetzt schlanker und ganz anders vor als Euphrosine, sie bog sich weit herüber, als säh' sie nach jemand aus, ihn schauerte. Da schien sie ihn zu bemerken und verschwand schnell wieder am Fenster.

Jetzt aber hörte er zu seinem Erstaunen eine wunderschöne Stimme singen, bald näher, bald ferner, wie in goldnen Kreisen um das ganze stille Haus. Er stutzte und hielt den Atem an, das Herz wurde ihm so leicht und fröhlich bei dem Klange, die Luft kam vom Schloß, er meinte die Weise zu kennen aus alter Zeit. Da schlug er sich plötzlich vor die Stirn, jetzt wußt' er auf einmal das Lied, auf das er sich niemals besinnen konnte, und sang jauchzend aus frischer Brust:

„Es ist ein Klang gekommen
Herüber durch die Luft,
Der Wind hat's gebracht und genommen,
Ich weiß nicht, wer mich ruft.
Es schallt der Grund von Hufen,
In der Ferne fiel ein Schuß –
Das sind die Jäger, die rufen,
Daß ich hinunter muß!"

Und auf einmal ganz nahe unter dem Garten antwortete die Stimme:

„Das sind nicht die Jäger – im Grunde
Gehn Stimmen hin und her,
Hüt dich zu dieser Stunde!
Mein Herz ist mir so schwer,
Wer dich lieb hat, macht die Runde,
Steig nieder und frag nicht, wer?
Ich führ' dich aus diesem Grunde –
Dann siehst du mich nimmermehr."

Aber Klarinett hatte schon den Schlafrock abgeworfen, er fühlt' sich auf einmal so leicht in dem alten Wanderkleid und schaute in das stille Meer der Nacht, als hört' er die Glocken gehn von den versunkenen Städten darunter, und aus dem Waldgrund tönte der Gesang immerfort dazwischen:

„Ich weiß einen großen Garten,
Wo die wilden Blumen stehn,
Die Engel frühmorgens sein' warten,
Wenn alles noch still auf den Höhn,
Manch zackiges Schloß steht darinne,
Die Rehe grasen ums Haus,
Da sieht man weit von der Zinne,
Weit über die Länder hinaus –"

Klarinett erkannte die Stimme recht gut, und ganz verwirrt, zwischen den wankenden Schatten der Bäume, stieg er durch den Garten in die mondbeglänzte Einsamkeit hinab, immer tiefer, tiefer, das Schloß war hinter ihm schon versunken.

Nun wurde oben alles wieder totenstill, nur der Wetterhahn auf dem Turm drehte sich unruhig im Winde hin und her, als traute er der falschen Nacht nicht und wollte die Schlafenden warnen. Da raschelt' plötzlich etwas in der Ferne, lockeres Steingeröll, wie hinter Fußtritten, rollt' schallend in den Abgrund, drauf wieder die alte unermeßliche Stille. Allmählich aber schien das heimliche Geknister ringsum sich zu nähern, manchmal fuhr ein verstörter Waldvogel aus dem Gebüsch, sich erschrocken in wildem Zickzack in die Nachtluft stürzend, da und dort blinkte es wie Stahl auf und funkelten wilde Augen durchs Gesträuch. Jetzt trat eine fremde Gestalt vorsichtig aus den Hecken hervor, ein zweiter und mehrere folgten von allen Seiten, die ganze Bande mit Blendlaternen, Brecheisen, Stricken und Leitern schritt sacht und lautlos dem Schlosse zu. „Nur immer mir nach hier die Marmorstufen hinauf", flüsterte der Puppenspieler zurück. Sie arbeiteten nun, daß ihnen die Schweißtropfen aus dem struppigen Haar rannen, an der verschlossenen Tür, um sie unbemerkt zu öffnen. Andere hoben ungeduldig indes die Scheiben aus den Fenstern und legten die Leitern an, eifrig hinansteigend. Indessen tut auch die Tür sich schon mit Krachen auf, und das ganze Gesindel durch Fenster und Tür stürzt auf einmal mitten in den Gartensaal. „Das Fräulein!" schreit plötzlich der Puppenspieler.

Euphrosine, von ihrem Diener begleitet, erschrocken, mit fliegendem Haar im Widerschein eines Windlichts tritt ihnen rasch entgegen. „Was Teufel, die tolle Sinka", ruft da der Holkische Jäger, und alle stehn wie verzaubert.

Pamphil war der erste, der sich von seinem Erstaunen wieder erholte. „Was ist das, wie kommt ihr hierher?" fragte er den Diener, „ich traf dich doch erst vor kurzem in Halle, es war gerade Geburtstag, glaub' ich, und Maskerade in des Grafen Gerold Haus an der Stadtmauer; da sagtest du, du hättest einen Schatz drin."

„Und den hab ich auch in der folgenden Nacht gehoben aus der Jungfernkammer auf mein Roß", entgegnete der Diener, „denn Sinka war Kammerjungfer im Haus, und ich entführte sie die Nacht nach dem Feste." Wie die andern so viel von Schätzen hörten, schrien alle durcheinander: Da stecke was dahinter, sie wüßten's wohl, Sinka hätte hier auf dem Schloß wie eine Prinzessin gelebt und aus dem gräflichen Hause mehr als ihren Abschied genommen, auch sei sie ihnen noch ihre Regimentskasse schuldig, sie sollte ihnen zur Goldtruhe vorleuchten, oder sie würden ihr das Schloß überm Kopf anzünden.

Sinka blickte ratlos umher, wie nach einem guten Einfall, denn sie gedachte des in Halle gestohlenen Schmuckkästchens droben unter ihrem Bett und verwünschte im Herzen die beiden Kavaliers und ihr Heiratsprojekt, das sie so lange hier im Schlosse aufgehalten. Doch die Gesellen ließen keine Bedenkzeit, überwacht und in der übelsten Laune stürmten die einen schon die innere Saaltür, die andern wollten das Schlafzimmer der beiden Edelleute aufsuchen, wieder andre verrannten diesen wie jenen den Weg, um die ersten zu sein beim Fange, und jeder zankte auf den Puppenspieler, daß er sie mit seinem falschen Schloßfräulein vexiert. So gerieten endlich alle, lärmend, stoßend und über die Marmorstufen sich wieder hinabdrängend, auf dem Gartenplatz vor dem Schlosse wütend aneinander. Vergebens warf sich Sinka dazwischen und schimpfte sie wilde Gänse, die ihr ins Netz fielen und alle Maschen zerrissen, da sie eben einen jungen Goldfasan fangen wollte, morgen sei die Hochzeit mit dem Rittmeister, sie wolle ehrlich mit ihnen teilen. Keiner hörte mehr, alles stach, hieb und raufte in der stockfinstern Nacht, daß die Fetzen flogen und die Funken von den Klingen sprühten.

Da schrie plötzlich Sinka durchdringend auf, mit Entsetzen bemerkten sie auf einmal mitten unter sich ein fremdes Gesicht, jetzt wieder eins, bald da, bald dort beim Streiflicht des Mondes immer mehr unbekannte Gestalten, die schweigend mitkämpfen, die eine von furchtbarem Aussehn ingrimmig durch den dicksten Haufen mähend, als föchte der Teufel mit ihnen. Da faßt alle ein unwiderstehliches Grauen, und Sinka voran, stiebt plötzlich der ganze verbissene Knäul, wie ein Nachtspuk, in die Waldschluchten auseinander.

Nur der grimme Fechter, mit zerhauenem Hute blutend auf ein Knie gesunken, verteidigte sich noch immer gegen die geisterhafte Runde der Unbekannten, die nun allein auf dem Platz zurückgeblieben. Der eine leuchtete ihm mit seiner Fackel unter die herabhängende Hutkrempe. „Ei, Herr Suppius, was machen Sie denn hier!" rief er erschrocken zurückprallend.

Suppius – der bei dem ersten Lärm sich sogleich aus seinem Schlafgemach in das Getümmel gestürzt hatte – blickte im Kreise herum und erkannte nun mit großem Erstaunen einige reichgekleidete Jäger des Grafen Gerold aus Halle, die er damals öfters gesehn, wenn er unter den Fenstern seiner eingebildeten Geliebten vorbeistrich. Sie halfen ihm sogleich wieder auf die Beine, und da sie seine umherschweifenden fragenden Blicke bemerkten, erzählten sie ihm in aller Geschwindigkeit, wie ihrem Herrn vor kurzem, da er mit seiner Tochter im nächsten Städtchen übernachtet, eine Karosse nebst Effekten*, die er auf der Reise vorausgeschickt, verwegen weggeschnappt worden, da seien sie endlich der Diebsbande auf die Spur gekommen und ihr immer dicht auf den Fersen bis hier zu des Grafen wüstem Jagdschloß gefolgt.

„Des Grafen Schloß?" fragte Suppius ganz verwirrt. Aber er hatte nicht Zeit, sich lange zu verwundern.

„Wo ist der Samson, der die Philister geschlagen?" rief ein stattlicher Herr im Garten. Es war Graf Gerold selbst, der, sich rasch vom Pferde schwingend, herzutrat und den abenteuerlichen Studenten mit heimlichem Lächeln betrachtete. Hinter ihm hielt seine Tochter, im ersten Morgenlicht mit den wallenden Federn vom Zelter nickend. Das ist sie wirklich und leibhaftig! dachte Suppius überrascht.

Nun war unter den Schalken ringsum viel Rühmens von dem wütenden Studenten, der wie ein Sturmwind das Gesindel aus-

* Wertpapiere

einandergeblasen. Indessen hatten die Jäger im Schloßhofe auch die verschwundene Karosse entdeckt, andre brachten soeben den verlorenen Reisekoffer mit den Staatskleidern und das gestohlene Schmuckkästchen herbei. Der lustige Graf, ohne lange zu kramen, zog sogleich eine schwere, goldne Kette hervor, aus lauter St. Jürgen* und Lindwürmern künstlich zusammengefügt, und reichte sie seiner Tochter, die mußte sie feierlich dem tapfern Retter des Schlosses um den Hals hängen. Dann gab er seinen Leuten einen Wink. Da setzten sie rasch die Trompeten an und bliesen dem Suppius zu Ehren einen schmetternden Tusch, während die andern, eh' er sich's versah, ihn auf ihre Schultern schwangen und so im Triumph ins Schloß zum Frühstück trugen.

Unterdes war der Tag schon angebrochen, Suppius konnte von seinem luftigen Sitz weit über die Hecken weg ins Tal schauen. Da sah er, zu neuem Erstaunen, unter seinen Gefährten Klarinett zu Roß, seine Denkeli vor sich im Sattel, wie einen Morgenblitz am Saum des Waldes dahinfliegen. Siglhupfer (denn niemand anders war Klarinett) hatte sich nicht getäuscht: Denkeli, entschlossen, mit Gefahr ihres eigenen Lebens ihn zu warnen und zu retten, war die singende Fei im Fenster gewesen – nun verstand er erst die Sage; so weit man vom Turm des Schlosses sehen konnte, es war ja alles, alles wieder sein!

Oben aber schmetterten jetzt von frischem die Trompeten, Vivat und Jubelgeschrei, und hinter sich sah Suppius die Hüte schwenken und Weinflaschen blinken und die schönen Augen der jungen Gräfin dazwischen funkeln. So hatte er, wie man die Hand umdreht, sein Glück gemacht – Siglhupfer aber blieb fortan in den Wäldern selig verschollen.

---

* St. Jürgen = St. Georg, frühchristlicher Märtyrer, hat nach der Legende einen Drachen getötet, daher als Drachentöter dargestellt.

# EINE MEERFAHRT

Es war im Jahre 1540, als das valencische Schiff „Fortuna" die Linie* passierte und nun in den Atlantischen Ozean hinausstach, der damals noch einem fabelhaften Wunderreiche glich, hinter dem Kolumbus kaum erst die blauen Bergesspitzen einer neuen Welt gezogen hatte. Das Schiff hatte eben nicht das beste Aussehen, der Wind pfiff wie zum Spott durch die Löcher in den Segeln, aber die Mannschaft, lumpig, tapfer und allezeit vergnügt, fragte wenig darnach, sie fuhren immerzu und wollten mit Gewalt neue Länder entdecken. Nur der Schiffshauptmann Alvarez stand heute nachdenklich an den Mast gelehnt, denn eine rasche Strömung trieb sie unaufhaltsam ins Ungewisse von Amerika ab, wohin er wollte. Von der Spitze des Verdecks aber schaute der fröhliche Don Antonio tief aufatmend in das fremde Meer hinaus, ein armer Student aus Salamanca, der von der Schule neugierig mitgefahren war, um die Welt zu sehen. Dabei hatte er heimlich noch die Absicht und Hoffnung, von seinem Oheim Don Diego Kunde zu erhalten, der vor vielen Jahren auf einer Seereise verschollen war und von dessen Schönheit und Tapferkeit er als Kind so viel erzählen gehört, daß es noch immer wie ein Märchen in seiner Seele nachhallte. Ein frischer Wind griff unterdes rüstig in die geflickten Segel, die künstlich** geschnitzte Glücksgöttin am Vorderteil des Schiffes glitt heiter über die Wogen, den wandelbaren Tanzboden „Fortunas". Und so segelten die kühnen Gesellen wohlgemut in die unbekannte Ferne hinaus, aus der ihnen seltsame Abenteuer, zackiges Gebirge und stille blühende Inseln wie im Traume allmählich entgegendämmerten.

Schon zwei Tage waren sie in derselben Richtung fortgesegelt, ohne ein Land zu erblicken, als sie unerwartet in den Zauberbann einer Windstille gerieten, die das Schiff fast eine Woche lang mit unsichtbarem Anker festhielt. Das war eine entsetzliche Zeit.

---

* Gemeint ist der Äquator oder die „Linie von Tordesillas".
** in der älteren Bedeutung „kunstreich"

Der hagere gelbe Alvarez saß unbeweglich auf seinem ledernen Armstuhle und warf kurze scharfe Blicke in alle Winkel, ob ihm nicht jemand guten Grund zu ordentlichem Zorne geben wollte, die Schiffsleute zankten um nichts vor Langeweile, dann wurde oft alles auf einmal wieder so still, daß man die Ratten im unteren Raum schaben hörte. Antonio hielt es endlich nicht länger aus und eilte auf das Verdeck, um nur frische Luft zu schöpfen. Dort hingen die Segel und Taue schlaff an den Masten, ein Matrose mit offener brauner Brust lag auf dem Rücken und sang ein valencianisches Lied, bis auch er einschlief. Antonio aber blickte in das Meer, es war so klar, daß man bis auf den Grund sehen konnte, das Schiff hing in der Öde wie ein dunkler Raubvogel über den unbekannten Abgründen, ihm schwindelte zum ersten Mal vor dem Unternehmen, in das er sich so leicht gestürzt. Da gedachte er der fernen schattigen Heimat, wie er dort als Kind an solchen schönen Sommertagen mit seinen Verwandten oft vor dem hohen Schloß im Garten gesessen, wo sie nach den Segeln fern am Horizonte aussahen, ob nicht Diegos Schiff unter ihnen. Aber die Segel zogen wie stumme Schwäne vorüber, die Wartenden droben wurden alt und starben, und Diego kam nicht wieder, kein Schiffer brachte jemals Kunde von ihm. Das Angedenken an diese stille Zeit wollte ihm das Herz abdrücken, er lehnte sich an den Bord und sang für sich:

„Ich seh von des Schiffes Rande
Tief in die Flut hinein:
Gebirge und grüne Lande,
Der alte Garten mein,
Die Heimat im Meeresgrunde,
Wie ich's oft im Traum mir gedacht,
Das dämmert alles da drunten
Als wie eine prächtige Nacht.

Die zackigen Türme ragen,
Der Türmer, er grüßt mich nicht,
Die Glocken nur hör' ich schlagen
Vom Schloß durch das Mondenlicht
Und den Strom und die Wälder rauschen
Verworren vom Grunde her,
Die Wellen vernehmen's und lauschen
So still übers ganze Meer.

Don Diego auf seiner Warte
Sitzet da unten tief,
Als ob er mit langem Barte
Über seiner Harfe schlief.
Da kommen und gehn die Schiffe
Darüber, er merkt es kaum,
Von seinem Korallenriffe
Grüßt er sie wie im Traum."

Und wie er noch so sann, kräuselte auf einmal ein leiser Hauch das Meer immer weiter und tiefer, die Segel schwellten allmählich, das Schiff knarrte und reckte sich wie aus dem Schlaf, und aus allen Luken stiegen plötzlich wilde gebräunte Gestalten empor, da sie die neue Bewegung spürten, sie wollten sich lieber mit dem ärgsten Sturme herumzausen als länger so lebendig begraben liegen. Auf einmal schrie es „Land!" vom Mastkorbe, „Land, Land!" Antonio kletterte in seinem buntseidenen Wams wie ein Papagei auf der schwankenden Strickleiter den Hauptmast hinan, er wollte das Land zuerst begrüßen.

Alvarez eilte nach seiner Karte, da war aber alles leer auf der Stelle, wo sie soeben sich befinden mußten. „Bakkalaureus*, Herzensjunge!" schrie er herauf, „schaff mir einen schwarzen Punkt auf die Karte hier, ich mach dich zum Doktor drin, was siehst du?"

„Ein blauer Berg taucht auf", rief Antonio hinab, „jetzt wieder einer – ich glaub, es sind Wolken, es dehnt sich und steigt im Nebel wie Turmspitzen. Nein, jetzt unterscheide ich Gipfel, o wie das schön ist! und helle Streifen dazwischen in der Abendsonne, unten dunkelt's schon grün, die Gipfel brennen wie Gold."

„Gold?" rief der Hauptmann und hatte sein altes Perspektiv** genommen, er zielte und zog es immer länger und länger, er schwor, es sei das reiche Indien, das unbekannte große Südland, das damals alle Abenteurer suchten.

In diesem Augenblicke aber waren plötzlich alle Gesichter erbleichend in die Höh' gerichtet: Ein dunkler Geier von riesenhafter Größe hing mit weit ausgespreizten Flügeln gerade über dem Schiff, als könnt' er die Beute von Galgenvögeln nicht erwarten. Bei dem Anblick ging ein Gemurmel, erst leise, dann immer

* Inhaber des Bakkalaureats, des untersten akademischen Grades seit dem Mittelalter
** kleines Fernrohr

lauter, durch das ganze Schiff, alle hielten es für ein Unglückszeichen. Endlich brach das Schiffsvolk los, sie wollten nicht weiter und drangen ungestüm in den Hauptmann, von dem verhängnisvollen Eiland wieder abzulenken. Da zog Alvarez heftig seinen funkelnden Ring vom Finger, lud ihn schweigend in seine Muskete und schoß nach dem Vogel. Dieser, tödlich getroffen, wie es schien, fuhr pfeilschnell durch die Lüfte, dann sah man ihn taumelnd immer tiefer nach dem Lande hin in der Abendglut verschwinden. „Meld dem Land, daß sein Herr kommt", sagte Alvarez nachschauend, auf seine Muskete gestützt, „und wer mir den Ring wiederbringt, soll Statthalter des Reichs sein!"

„Hat sich was wiederzubringen", brummte einer, „der Ring war nur von böhmischen Steinen*!"

Indes aber fing die Luft schon zu dunkeln an, man beschloß daher, den folgenden Tag abzuwarten, bevor man sich der unbekannten Küste näherte. Die Segel wurden eiligst eingezogen, die Anker geworfen und auf Bord und Masten Wachen ausgestellt. Aber keiner konnte schlafen vor Erwartung und Freude, die Matrosen lagen in der warmen Sommernacht plaudernd auf dem Verdecke umher, Alvarez, Antonio und die Offiziere saßen zusammen vorn auf „Fortunas" Schopfe, unter ihnen schlugen die Wellen leise ans Schiff, während fern am Horizont die Nacht sich mit Wetterleuchten kühlte. Der vielgereiste Alvarez erzählte vergnügt von seinen frühern Fahrten, von ganz smaragdenen Felsenküsten, an denen er einmal gescheitert, von prächtigen Vögeln, die wie Menschen sängen und die Seeleute tief in die Wälder verlockten, von wilden Prinzessinnen auf goldenen Wagen, die von Pfauen gezogen würden.

„Wer da!" rief da auf einmal eine Wache an, alles sprang rasch hinzu. „Wer da, oder ich schieße!" schrie der Posten von neuem. Da aber alles stille blieb, ließ er langsam seine Muskete wieder sinken und sagte nun aus, es sei ihm schon lange gewesen, als hörte er in der See flüstern, immer näher, bald da, bald dort, dann habe plötzlich die Flut ganz in der Nähe aufgerauscht.

Alle lauschten neugierig hinaus, sie konnten aber nichts entdecken, nur einmal war's ihnen selber, als hörten sie Ruderschlag

---

* Die böhmische Glasindustrie fertigte Kunstedelsteine.

von ferne. Unterdes aber war der Mond aufgegangen, und sie bemerkten nun, daß sie dem Lande näher waren, als sie geglaubt hatten. Dunkle Wolken flogen wechselnd darüber, der Mond beleuchtete verstohlen ein Stück wunderbares Gebirge mit Zacken und jähen Klüften, immer höher stieg eine Reihe Gipfel hinter der andern empor, der Wind kam vom Lande, sie hörten drüben einen Vogel melancholisch singen und ein tiefes Rauschen dazwischen, sie wußten nicht, ob es die Wälder waren oder die Brandung. So starrten sie lange schweigend in die dunkle Nacht, als auf einmal einer den andern flüsternd anstieß. „Sirenen!" hieß es da plötzlich von Mund zu Munde, „seht da, ein ganzes Nest von Sirenen*!", und in der Ferne glaubten sie wirklich schlanke weibliche Gestalten in der schimmernden Flut spielend auftauchen und wieder verschwinden zu sehen.

„Die erwisch ich!" rief Alvarez, der sich indes rasch mit Degen, Muskete und Pistolen schon bis an die Zähne bewaffnet hatte und eiligst auf der Schiffsleiter in das kleine Boot hinabstieg. Antonio folgte fast unwillkürlich.

„Gott schütz', der Hauptmann wird verliebt, bindet ihn!" riefen da mehrere Stimmen verworren durcheinander. Alle wollten nun die tolle Abfahrt hindern, da sie aber das Boot festhielten, zerhieb Alvarez zornig mit seinem Schwerte das Tau, und die beiden Abenteurer ruderten allein in den Mondglanz hinaus. Die zurückkehrende Flut trieb sie unmerklich immer weiter dem Lande zu, ein erquickender Duft von unbekannten Kräutern und Blüten wehte ihnen von der Küste entgegen, so fuhren sie dahin. Auf einmal aber bedeckte eine schwere Wolke den Mond, und als er endlich wieder hervortrat, war See und Ufer still und leer, als hätte der fliegende Wolkenschatten alles abgefegt. Betroffen blickten sie umher, da hatten sie zu ihrem Schrecken hinter einer Landzunge nun auch ihr Schiff aus dem Gesicht verloren. Die wachsende Flut riß sie unaufhaltsam nach dem Strande, das Ufer, wie sie so pfeilschnell dahinflogen, wechselte grauenhaft im verwirrenden Mondlicht, auf einsamem Vorsprunge aber saß es wie ein Riese in weiten grauen

---

* in der griechischen Mythologie Göttinnen, die durch betörenden Gesang Seefahrer anlockten und töteten

Gewändern, der über dem Rauschen des Meeres und der Wälder eingeschlafen.

„Diego!" sagte Antonio halb für sich. Alvarez aber, in Zorn und Angst, feuerte wütend sein Pistol nach der grauen Gestalt ab. In demselben Augenblick stieß das Boot so hart auf den Grund, daß der weiße Gischt der Brandung hoch über ihnen zusammenschlug. Alvarez schwang sich kühn auf einen Uferfels, den erschrockenen Antonio gewaltsam mit sich emporreißend, hinter ihnen zerschellte das Boot in tausend Trümmer. Aber so zerschlagen und ganz durchnäßt, wie er war, kletterte der Hauptmann eilig weiter hinan, und auf dem ersten Gipfel zog er sogleich seinen Degen, stieß ihn in den Boden und nahm feierlich Besitz von diesem Lande mit allen seinen Buchten, Vorgebirgen und etwa dazugehörigen Inseln. „Amen!" sagte Antonio, sich das Wasser von den Kleidern schüttelnd, „nun aber wollt' ich, wir wären mit Ehren wieder von dieser fürstlichen Höhe hinunter, ich gebe Euch keinen Pfeffersack für Euer ganzes zukünftiges Königreich!"

„Zukünftiges?" erwiderte Alvarez, „das ist mir just das Liebste dran! Mit Kron' und Szepter auf dem Throne sitzen, Audienz geben, mit den Gesandten parlieren: ‚Was macht unser Herr Vetter von England' usw.? Langweiliges Zeug! Da lob ich mir einen Regenbogen, zweifelhafte Türme von Städten, die ich noch nicht sehe, blaues Gebirge im Morgenschein, es ist, als rittst du in den Himmel hinein; kommst du erst hin, ist's langweilig. Um ein Liebchen werben ist scharmant; heiraten: wiederum langweilig! Hoffnung ist meine Lust, was ich liebe, muß fern liegen wie das Himmelreich.

Soll Fortuna mir behagen,
Will ich über Strom und Feld
Wie ein schlankes Reh sie jagen
Lustig, bis ans End' der Welt!"

Eigentlich aber sang er mit seiner heisern Stimme nur, um sich selber die Grillen* zu versingen, denn ihre Lage war übel genug. Zu den Ihrigen wieder zurückzufinden, konnten sie nicht hoffen,

* wunderliche Idee

ohne sich ihnen durch Signale kundzugeben; Feuer anzünden aber, schießen oder sonstigen Lärm machen wollten sie nicht, um das wilde Gesindel nicht gegen sich aufzustören, das vielleicht in den umherliegenden Klüften nistete. Da beschlossen sie endlich, einen der höheren Berggipfel zu besteigen, dort wollten sie sich erst umsehen und im schlimmsten Falle den Morgen abwarten. Als sie nun aber in solchen Gedanken immer tiefer in das Gebirge hineingingen, kam ihnen nach und nach alles gar seltsam vor. Der Mondschein beleuchtete wunderlich Wälder, Berge und Klüfte, zuweilen hörten sie Quellen aufrauschen, dann wieder tiefe weite Täler, wo hohe Blumen und Palmen wie in Träumen standen. Fremde Rehe grasten auf einem einsamen Bergeshange, die reckten scheu die langen schlanken Hälse empor, dann flogen sie pfeilschnell durch die Nacht, daß es noch weit zwischen den stillen Felswänden donnerte.

Jetzt glaubte Antonio in der Ferne ein Feuer zu bemerken. Alvarez sagte: Wo in diesen Ländern eine reiche Goldader durchs Gebirge ginge, da gebe es oft solchen Schein in stillen Nächten. Sie verdoppelten daher ihre Schritte, leis und vorsichtig ging es über mondbeglänzte Heiden, das Licht wurde immer breiter und breiter, schon sahen sie den Widerschein jenseits an den Klippen des gegenüberstehenden Berges spielen. Auf einmal standen sie vor einem jähen Abhange und blickten erstaunt in ein tiefes, rings von Felsen eingeschlossenes Tal hinab; kein Pfad schien zwischen den starren Zacken hinabzuführen, die Felswände waren an manchen Stellen wunderbar zerklüftet, aus einer dieser Klüfte drang der trübe Schein hervor, den sie von weitem bemerkt hatten. Zu ihrem Entsetzen sahen sie dort einen wilden Haufen dunkler Männer, Windlichter in den Händen, abgemessen und lautlos im Kreise herumtanzen, während sie manchmal dazwischen bald mit ihren Schilden, bald mit den Fackeln zusammenschlugen, daß die sprühenden Funken sie wie ein Feuerregen umgaben. Inmitten dieses Kreises aber, auf einem Moosbette, lag eine junge schlanke Frauengestalt, den schönen Leib ganz bedeckt von ihren langen Locken und Arme, Haupt und Brust mit funkelnden Spangen und wilden Blumen geschmückt, als ob sie schliefe, und sooft die Männer ihre Fackeln schüttelten, konnten sie deutlich das schöne Gesicht der Schlummernden erkennen.

„Es ist Walpurgis* heut“, flüsterte Alvarez nach einer kleinen Pause, „da sind die geheimen Fenster der Erde beleuchtet, daß man bis ins Zentrum schauen kann.“ Aber Antonio hörte nicht, er starrte ganz versunken und unverwandt nach dem schönen Weibe hinab. „Vermaledeiter Hexensabbat ist's“, sagte der Hauptmann wieder, „Frau Venus ist's! In dieser Nacht alljährlich opfern sie ihr heimlich, *ein* Blick von ihr, wenn sie erwacht, macht wahnsinnig.“

Antonio, so verwirrt er von dem Anblick war, ärgerte doch die Unwissenheit des Hauptmanns. „Was wollt Ihr?“ entgegnete er leise, „die Frau Venus hat ja niemals auf Erden wirklich gelebt, sie war immer nur so ein Symbolum der heidnischen Liebe, gleichsam ein Luftgebild', eine Schimäre. Horatius sagt von ihr: *Mater saeva cupidinum***.“ – „Sprecht nicht lateinisch hier, das ist just ihre Muttersprache!“ unterbrach ihn Alvarez heftig und riß den Studenten vom Abgrunde durch Hecken und Dornen mit sich fort. „Der Teufel“, sagte er, als sie schon eine Strecke fortgelaufen waren, „der Teufel – wollt' sagen: der – nun, Ihr wißt schon, man darf ihn heut nicht beim Namen nennen – der hat für jeden seine besondern Finten, unsereins faßt er geradezu beim Schopf, eh' man sich's versieht, euch Gelehrte nimmt er säuberlich zwischen zwei Finger wie eine Prise Tabak.“

Unter diesem Diskurs stolperten sie, von Schweiß triefend, im Dunkeln über Stock und Stein, einmal kam's ihnen vor, als flöge eine Mädchengestalt über die Heide, aber der Hauptmann drückte fest die Ohren an. So waren sie in größter Eile, ohne es selbst zu bemerken, nach und nach schon wieder tief ins Tal hinabgekommen, als ihnen plötzlich ein: „Halt, wer da!“ entgegenschallte. Da war es ihnen doch nicht anders, als ob sie eine Engelsposaune vom Himmel anbliese!

„He Landsmann, Kameraden, Hollaho!“ schrie Alvarez aus vollem Halse; sie traten aus dem Wald und sahen nun die Schiffsmannschaft auf einer Wiese am Meere um Feldfeuer gelagert, die warfen so lustige Scheine über die Gestalten mit den wilden Bärten, breit aufgekrempten Hüten und langen Flinten, daß Antonio recht das Herz im Leibe lachte.

* Nacht vor dem 1. Mai, in der nach altem Aberglauben die Hexen auf dem Blocksberg zusammenkommen

** die wilde Mutter der Begierden (Horaz, „Oden“ I 19)

Alvarez aber, noch ganz verstört von der verworrenen Nacht, trat sogleich mitten unter die Überraschten und erzählte, wie sie eben aus dem Venusberge kämen und die Frau Venus auf diamantenem Throne gesehen hätten, was sie da erlebt, wollt' er keinem wünschen, denn er müßte gleich toll werden darüber. „Kerl, warum senkst du die Hellebarde nicht, wenn dein Hauptmann vor dir steht?" fuhr er dazwischen die Schildwache an, die sich neugierig ebenfalls genähert hatte. Der Soldat aber schüttelte den Kopf, als kennte er ihn nicht mehr.

Da trat der Schiffslieutenant Sanchez keck aus dem Gedränge hervor, er trug das Hauptmannszeichen an seinem Hut. Es sei hier alles in guter Ordnung, sagte er zu Alvarez, er habe sie verlassen in der Not und Fremde, auch hätten sie sein Boot zertrümmert gefunden, da habe die Mannschaft nach Seegebrauch einen neuen Anführer gewählt, *er* sei jetzt der Hauptmann!

„Was", schrie Alvarez, „Hauptmann geworden, wie man einen Handschuh umdreht, wie ein Pilz über Nacht?"

Der schlaue Sanchez aber lächelte sonderbar. „Über Nacht?" sagte er, „könnt Ihr etwa im Venusberg wissen, was es an der Zeit ist? Oho, wie lange denkt Ihr denn, daß Ihr fort gewesen, nun?" Alvarez war ganz betreten, die furchtbare Sage vom Venusberg fiel ihm jetzt erst recht aufs Herz, er traute sich selber nicht mehr. „Wißt Ihr denn nicht", sagte Sanchez, ihm immer dreister unter das Gesicht tretend, „wißt Ihr nicht, daß mancher als schlanker Jüngling in den Venusberg gegangen und als alter Greis mit grauem Barte zurückgekommen und meint doch, er sei nur ein Stündlein oder viere zu Biere gewesen, und keiner im Dorfe kannte ihn mehr, und –" Wie er aber dem Alvarez so nahe trat, gab ihm dieser auf einmal eine so derbe Ohrfeige, daß der Hauptmannshut vom Kopfe fiel, denn er hatte sich unterdes rund umgesehen und wohl bemerkt, daß die andern kaum um ein paar Stunden älter geworden, seitdem er sie verlassen.

Sanchez griff wütend nach seinem Degen, Alvarez auch, die andern drängten sich wild heran, einige wollten dem alten Hauptmann, andere dem neuen helfen. Da sprang Antonio mitten in den dichtesten Haufen, die Streitenden teilend. „Seid ihr Christen?" rief er, „blickt um euch her, auf was habt ihr eure Sach' gestellt, daß ihr so übermütig seid? Diese alten starren Felsen, die nur mit den

Wolken verkehren, fragen nichts nach euch und werden sich eurer nimmermehr erbarmen. Oder baut ihr auf die Nußschale, die da draußen auf den Wellen schwankt? Der Herr allein tut's! Er hat uns mit seinen himmlischen Sternen durch die Einsamkeit der Nächte nach einer fremden Welt herübergeleuchtet und geht nun im stillen Morgengrauen über die Felsen und Wogen, daß es wie Morgenglocken fern durch die Lüfte klingt, wer weiß, welchen von uns sie abrufen – und anstatt niederzusinken im Gebet, laßt ihr eure blutdürstigen Leidenschaften wie Hunde gegeneinander los, daß wir alle davon zerrissen werden."

„Er hat recht!" sagte Alvarez, seinen Degen in die Scheide stoßend.

Sanchez traute dem Alvarez nicht, doch hätte er auffahren mögen vor Ärger und wußte nicht, an wem er ihn auslassen sollte. „Ihr seid ein tapferer Ritter Rhetorio*", sagte er, „habt Ihr noch mehr so schöne Sermone im Halse?"

„Ja, um jeden frechen Narren damit zu Grabe zu sprechen", entgegnete Antonio.

„Oho", rief Sanchez, „so müßt Ihr Feldpater werden, ich will Euch die Tonsur scheren, mein Degen ist just heute haarscharf."

Da fuhr Alvarez auf: Wer dem Antonio ans Leder wolle, müsse erst durch seinen eignen Koller** hindurch. Aber Antonio hatte schon seinen Degen gezogen, trat mit zierlichem Anstande vor und sagte zum Lieutenant, daß sie die Sache als Edelleute abmachen wollten. Alvarez und mehrere andere begleiteten nun die beiden weiterhin bis zum Saume des Waldes, die Schwerter wurden geprüft und der Kampfplatz mit feierlichem Ernst umschritten. Die Palmen streckten ihre langen Blätter und Fächer verwundert über die fremden Gesellen hinaus. Gar bald aber blitzte der Mond in den blanken Waffen, denn Sanchez griff sogleich an und verschwor sich im Fechten, Antonio solle seinen Degen hinunterschlucken bis an den Griff. Der Student aber wußte schöne gute Hiebe und Finten von der Schule zu Salamanca her, parierte künstlich, maß und stach und versetzte dem Prahlhans, ehe er sich's versah, einen Streich über den rechten Arm, daß ihm der

* Ritter der Redekunst
** Lederwams des Soldaten

Degen auf die Erde klirrte. Nun faßte Sanchez das Schwert mit der Linken und stürzte in blinder Wut von neuem auf seinen Gegner; er hätte sich selbst Antonios Degenspitze in den Leib gerannt, aber die anderen unterliefen ihn schnell und warfen ihn rücklings zu Boden, denn jetzt erst bemerkten sie, daß er schwer betrunken war. In der Hitze des Kampfes hatte er völlig die Besinnung verloren, sie mußten ihn an die Lagerfeuer zurücktragen, wo sie nun seine Wunde verbanden. Da hielt er sich für tot und fing sich selber ein Grablied zu singen an, aber es wollte nicht stimmen, er sah ganz unkenntlich aus, bis er endlich umsank und fest einschlief.

„Das ist gut, er hat die Rebellion mit seinem Blut wieder abgewaschen", sagte Alvarez vergnügt, denn alle waren dem Lieutenant gewogen, weil er Not und Lust brüderlich mit seinen Kameraden teilte und in der Gefahr allezeit der erste war.

Unterdes aber hatte die Schiffsmannschaft eilig bunte Zelte aufgeschlagen und plauderte und schmauste vergnügt. Antonio mußte auf viele Gesundheiten fleißig Bescheid tun*, sie erklärten ihn alle für einen tüchtigen Kerl. Dazwischen schwirrte eine Zither vom letzten Zelte, der Schiffskoch spielte den Fandango**, während einige Soldaten auf dem Rasen dazu tanzten. Von Zeit zu Zeit aber rief Alvarez den Schildwachen zu, auf ihrer Hut zu sein, denn weit in der Nacht hörte man zuweilen ein seltsames Rufen im fernen Gebirge. Nach einer Stunde etwa erwachte der Lieutenant plötzlich und sah verwirrt bald seinen Arm an, bald in der fremden Runde umher, aber er verwunderte sich nicht lange, denn dergleichen war ihm oft begegnet. Vom Meere wehte nun schon die Morgenluft erfrischend herüber, ihn schauerte innerlich, da faßte er einen Becher mit Wein und tat einen guten Zug; dann sang er, noch halb im Taumel, und die anderen stimmten fröhlich mit ein:

„Ade, mein Schatz, du mochtst mich nicht,
Ich war dir zu geringe,
Und wenn mein Schiff in Stücken bricht,
Hörst du ein süßes Klingen,

* die Erwiderung des Zutrinkens
** Volkstanz aus Kastilien und Andalusien

Ein Meerweib singt, die Nacht ist lau,
Die stillen Wolken wandern,
Da denk an mich, 's ist meine Frau,
Nun such dir einen andern.

Ade, ihr Landsknecht', Musketier'!
Wir ziehn auf wildem Rosse,
Das bäumt und überschlägt sich schier
Vor manchem Felsenschlosse,
Lindwürmer links bei Blitzesschein,
Der Wassermann zur Rechten,
Der Haifisch schnappt, die Möwen schrein –
Das ist ein lustig Fechten!

Streckt nur auf eurer Bärenhaut
Daheim die faulen Glieder,
Gott Vater aus dem Fenster schaut,
Schickt seine Sündflut wieder.
Feldwebel, Reiter, Musketier,
Sie müssen all ersaufen,
Derweil auf der ‚Fortuna' wir
Im Paradies einlaufen."

Hier wurden sie auf einmal alle still, denn zwischen den Morgenlichtern über der schönen Einsamkeit erschien plötzlich auf einem Felsen ein hoher Mann, seltsam in weite bunte Gewande gehüllt. Als er in der Ferne das Schiff erblickte, tat er einen durchdringenden Schrei, dann, beide Arme hoch in die Lüfte geschwungen, stürzte er durch das Dickicht herab und warf sich unten auf seine Knie auf den Boden, die Erde inbrünstig küssend. Nach einigen Minuten aber erhob er sich langsam und überschaute verwirrt den Kreis der Reisenden, die sich neugierig um ihn versammelt hatten, es war ein Greis von fast grauenhaftem verwilderten Ansehn. Wie erschraken sie aber, als er sie auf einmal spanisch anredete, wie einer, der die Sprache lange nicht geredet und fast vergessen hatte. „Ihr habt euch", sagte er, „alle sehr verändert in der einen langen Nacht, daß wir uns nicht gesehen." Darauf nannte er mehrere unter ihnen mit fremden Namen und erkundigte sich nach Personen, die ihnen gänzlich unbekannt waren.

Die Umstehenden bemerkten jetzt mit Erstaunen, daß sein Gewand aus europäischen Zeugen bunt zusammengeflickt war, um die Schultern hatte er phantastisch einen köstlichen, halb verblichenen Teppich wie einen Mantel geworfen. Sie fragten ihn, wer er sei und wie er hierher gekommen? Darüber schien der Unbekannte in ein tiefes Nachsinnen zu versinken. „In Valencia", sagte er endlich halb für sich leise und immer leiser sprechend, „in Valencia zwischen den Gärten, die nach dem Meere sich senken, da wohnt ein armes schönes Mädchen, und wenn es Abend wird, öffnet sie das kleine Fenster und begießt ihre Blumen, da sang ich manche Nacht vor ihrer Tür. Wenn ihr sie wiederseht, sagt ihr – daß ich – sagt ihr –" Hier stockte er, starr vor sich hinsehend, und stand wie im Traume. Alvarez entgegnete: Das Mädchen, wenn sie etwa seine Liebste gewesen, müsse nun schon hübsch alt oder längst gestorben sein. Da sah ihn der Fremde plötzlich mit funkelnden Augen an. „Das lügt Ihr", rief er, „sie ist nicht tot, sie ist nicht alt!"

„Wer lügt?" entgegnete Alvarez ganz hitzig.

„Elender", erwiderte der Alte, „sie schläft nur jetzt, bei stiller Nacht erwacht sie oft und spricht mit mir. Ich dürfte nur ein einz'ges Wort ins Ohr ihr sagen, und ihr seid verloren, alle verloren."

„Was will der Prahlhans?" fuhr Alvarez von neuem auf.

Sie wären gewiß hart aneinandergeraten, aber der Unbekannte hatte sich schon in die Klüfte zurückgewandt. Vergeblich setzten ihm die Kühnsten nach, er kletterte wie ein Tiger, sie mußten vor den entsetzlichen Abgründen stillstehen; nur einmal noch sahen sie seine Gewänder durch die Wildnis fliegen, dann verschlang ihn die Öde.

„Wunderbar", sagte Antonio, ihm in Gedanken nachsehend, „es ist, als wäre er in dieser Einsamkeit in seiner Jugend eingeschlummert, den Wechsel der Jahre verschlafend, und spräch' nun irre aus der alten Zeit." Hier wurden sie von einigen Schiffssoldaten unterbrochen, die währenddes einen Berggipfel erstiegen hatten und nun ihren Kameraden unten unablässig zuriefen und winkten. Alles kletterte eilfertig hinauf, auch Alvarez und Antonio folgten, und bald hörte man droben ein großes Freudengeschrei und sah Hüte, Degenkoppeln und leere Flaschen durcheinander in die Luft fliegen. Denn von dem vorspringenden Berge sahen sie auf einmal in ein weites gesegnetes Tal wie in einen unermeßlichen Frühling hinein. Blühende Wälder rauschten herauf, unter Kokospalmen standen Hütten auf luftigen Auen, von glitzernden Bächen durchschlängelt, fremde bunte Vögel zogen darüber wie abgewehte Blütenflocken.

„Vivat der Herr Vizekönig Don Alvarez!" rief die Schiffsmannschaft jubelnd und hob den Hauptmann auf ihren Armen hoch empor. Dieser, auf ihren breiten Schultern sich zurechtsetzend, nahm das lange Perspektiv und musterte zufrieden sein Land.

Der Student Antonio aber saß doch noch höher zwischen den Blättern einer Palme, wo er mit den jungen Augen weit über Land und Meer sehen konnte. Es war ihm fast wehmütig zumute, als er in der stillen Morgenzeit unten Hähne krähen hörte und einzelne Rauchsäulen aufsteigen sah. Aber die Hähne krähten nicht in den Dörfern, sondern wild im Walde, und der Rauch stieg aus fernen Kratern, zur Warnung, daß sie auf unheimlichem vulkanischen Boden standen.

Plötzlich kam ein Matrose atemlos dahergerannt und erzählte, wie er tiefer im Gebirge auf Eingeborene gestoßen, die wären anfangs scheu und trotzig gewesen, auf seine wiederholten Fragen aber hätten sie ihn endlich an ihren König verwiesen und ihm das Schloß desselben in der Ferne gezeigt. Er führte die andern sogleich höher zwischen den Klippen hinauf, und sie erblickten nun wirklich gegen Osten hin wunderbare Felsen am Strande, seltsam zerrissen und gezackt gleich Türmen und Zinnen. Unten schien ein Garten wie ein bunter Teppich sich auszubreiten, von dem Felsen aber blitzte es in der Morgensonne, sie wußten nicht, waren es Waffen oder Bäche; der Wind kam von dort her, da hörten sie es zuweilen wie ferne Kriegsmusik durch die Morgenluft herüberklingen.

Einige meinten, man müsse den wilden Landsmann wieder aufsuchen, als Wegweiser und Dolmetsch, aber wer konnte ihn aus dem Labyrinth des Gebirges herausfinden, auch schien es töricht, sich einem Wahnsinnigen zu vertrauen, denn für einen solchen hielten sie alle den wunderlichen Alten. Alvarez beschloß daher, die Verwegensten zu einer bewaffneten feierlichen Gesandtschaft auszuwählen, er selbst wollte sie gleich am folgenden Morgen zu der Residenz des Königs führen, dort hofften sie nähere Auskunft von der Natur und Beschaffenheit des Landes und vielleicht auch über den rätselhaften Spanier zu erhalten.

Das war den abenteuerlichen Gesellen eben recht, sie schwärmten nun in aller Eile wieder den Berg hinab, und bald sah man ihr Boot zwischen dem Schiffe und dem Ufer hin und her schweben, um alles Nötige zu der Fahrt herbeizuholen. Auf dem Lande aber wurde das kleine Lager schleunig mit Wällen umgeben, einige fällten Holz zu den Palisaden, andere putzten ihre Flinten, Alvarez stellte die Wachen aus, alles war in freudigem Alarm und Erwartung der Dinge, die da kommen sollten. Mitten in diesen Vorbereitungen saß Antonio in seinem Zelt und arbeitete mit allem Fleiß eine feierliche Rede aus, die der Hauptmann morgen an dem wilden Hofe halten wollte. Der Abend dunkelte schon wieder, draußen hörte er nur noch die Stimmen und den Klang der Äxte im Wald, seine Rede war ihm zu seiner großen Zufriedenheit geraten, er war lange nicht so vergnügt gewesen.

DIE SONNE ging eben auf, das ganze Land schimmerte wie ein stiller Sonntagmorgen, da hörte man ein Kriegslied von ferne herüberklingen, eine weiße Fahne mit dem kastilianischen Wappen flatterte durch die grüne Landschaft. Don Alvarez war's, der zog schon so früh mit dem Häuflein, das er zu der Ambassade* ausgewählt, nach der Richtung ins Blaue hinein, wo sie gestern die Residenz des Königs erblickt hatten. Die Schalksnarren hatten sich zu dem Zuge auf das allervortrefflichste ausgeputzt. Voran mit der Fahne schritt ein Trupp Soldaten, die Morgensonne vergoldete ihnen lustig die Bärte und flimmerte in ihren Hellebarden, als hätten sich einige Sterne im Morgenrot verspätet. Ihnen folgten mehrere Matrosen, welche auf einer Bahre die für den König bestimmten Geschenke trugen: Pfannen, zerschlagene Kessel und was sonst die Armut an altem Gerümpel zusammengefegt. Darauf kam Alvarez selbst. Er hatte, um sich bei den Wilden ein vornehmes Ansehen zu geben, den Schiffsesel bestiegen, eine große Allongeperücke** aufgesetzt und einen alten

* Gesandtschaft
** Perücke mit sehr langen Locken, im 17. Jahrhundert in Mode gekommen

weiten Scharlachmantel umgehängt, der ihn und den Esel ganz bedeckte, so daß es aussah, als ritt' der lange hagre Mann auf einem Steckenpferde über die grüne Au. Der dicke Schiffskoch aber war als Page ausgeschmückt, der hatte die größte Not, denn der frische Seewind wollte ihm alle Augenblick das knappe Federbarett vom Kopfe reißen, während der Esel von Zeit zu Zeit gelassen einen Mund voll frischer Kräuter nahm. Antonio ging als Dolmetsch neben Alvarez her, denn er hatte schon zu Hause die indischen* Sprachen mit großem Fleiße studiert. Alvarez aber zankte in einem fort mit ihm; er wollte in die Rede, die er soeben memorierte, noch mehr Figuren und Metaphern haben, gleichsam einen gemalten Schnörkel vor jeder Zeile. Dem Antonio aber fiel durchaus nichts mehr ein, denn der steigende Morgen vergoldete rings um sie her die Anfangsbuchstaben einer wunderbaren unbekannten Schrift, daß er innerlich still wurde vor der Pracht.

Ihre Fahrt ging längs der Küste fort, bald sahen sie das Meer über die Landschaft leuchten, bald waren sie wieder in tiefer Waldeinsamkeit. Der rüstige Sanchez streifte unterdes jägerhaft umher.

Kaum hatte der Zug die Gebirgsschluchten erreicht, als ein Wilder, im Dickicht versteckt, in eine große Seemuschel stieß. Ein zweiter gab Antwort und wieder einer, so lief der Schall plötzlich von Gipfel zu Gipfel über die ganze Insel, daß es tief in den Bergen widerhallte. Bald darauf sahen sie's hier und da im Walde aufblitzen, bewaffnete Haufen mit hellen Speeren und Schilden brachen in der Ferne aus dem Gebirge wie Waldbäche und schienen alle auf einen Punkt der Küste zuzueilen. Antonio klopfte das Herz bei dem unerwarteten Anblick. Sanchez aber schwenkte seinen Hut in der Morgenluft vor Lust. So rückte die Gesandtschaft unerschrocken fort; die Hütten, die sie seitwärts in der Ferne sahen, schienen verlassen, die Gegend wurde immer höher und wilder. Endlich, um eine Bergesecke biegend, erblickten sie plötzlich das Ziel ihrer Wanderschaft: den senkrechten Fels mit seinen wunderlichen Bogen, Zacken und Spitzen, von Bächen zerrissen, die sich durch die Einsamkeit herabstürzten, dazwischen saßen braune Gestalten, so still, als wären sie selber von

* „indianisch" bzw. „westindisch"

Stein, man hörte nichts als das Rauschen der Wasser und jenseits die Brandung im Meere. In demselben Augenblick aber tat es einen durchdringenden Metallklang wie auf einen großen Schild, alle die Gestalten auf den Klippen sprangen plötzlich rasselnd mit ihren Speeren auf, und rasch zwischen dem Waldesrauschen, den Bächen und Zacken stieg ein junger, hoher, schlanker Mann herab mit goldenen Spangen, den königlichen Federmantel um die Schultern und einen bunten Reiherbusch auf dem Haupt, wie ein Goldfasan. Er sprach noch im Herabkommen mit den andern und rief den Spaniern gebieterisch zu. Da aber niemand Antwort gab, blieb er auf seine Lanze gestützt vor ihnen stehen. Alvarez' Perücke schien ihm besonders erstaunlich, er betrachtete sie lange unverwandt, man sah fast nur das Weiße in seinen Augen.

Antonio war ganz konfus, denn zu seinem Schrecken hatte er schon bemerkt, daß er trotz seiner Gelehrsamkeit kein Wort von des Königs Sprache verstand. Der unverzagte Alvarez aber fragte nach nichts, er ließ die Tragbahre mit dem alten Gerümpel dem Könige vor die Füße setzen, rückte sich auf seinem Esel zurecht und hielt sogleich mit großem Anstande seine wohlverfaßte Anrede, während einige andere hinten feierlich die Zipfel seines Scharlachmantels hielten. Da konnte sich der König endlich nicht länger überwinden, er rührte neugierig mit seinem Speer an Alvarez' Perücke, sie ließ zu seiner Verwunderung und Freude wirklich vom Kopfe des Redners los, und mit leuchtenden Augen zurückgewandt, wies er sie hoch auf der Lanze seinem Volke. Ein wildes Jauchzen erfüllte die Luft, denn ein großer Haufen brauner Gestalten hatte sich unterdes nachgedrängt, Speer an Speer, daß der ganze Berg wie ein ungeheurer Igel anzusehen war.

Der König hatte unterdes gewinkt, einige Wilde traten mit großen Körben heran, der König griff mit beiden Händen hinein und schüttete auf einmal Platten, Körner und ganze Klumpen Goldes auf seine erstaunten Gäste aus, daß es lustig durcheinanderrollte. Da sah man in dem unverhofften Goldregen plötzlich ein Streiten und Jagen unter den Spaniern, jeder wollte alles haben, und je mehr sie lärmten und zankten, je mehr warf der König aus, ein spöttisches Lächeln zuckte um seinen Mund, daß seine weißen Zähne manchmal hervorblitzten, wie bei einem Tiger. Währenddes aber schwärmten die Eingeborenen von beiden Seiten aus den Schluchten hervor, mit ihren Schilden und Speeren die Raufenden wild umtanzend.

Da war Alvarez der erste, der sich schnell besann. „Ehre über Gold und Gott über alles!" rief er, seinen Degen ziehend, und stürzte in den dicken Knäuel der Seinigen, um sie mit Gewalt auseinanderzuwirren. „Christen", schrie er, „wollt ihr euch vom Teufel mit Gold mästen lassen, damit er euch nachher die Hälse umdreht, wie Gänsen? Seht ihr nicht, wie er mit seiner Leibgarde den Ring um euch zieht?" Aber der Teufel hatte sie schon verblendet; um nichts von ihrem Golde zurückzugeben, entflohen sie einzeln vor dem Hauptmann, sich im Walde verlaufend mit den lächerlich vollgepfropften Taschen. Nur einige alte Soldaten sammelten sich um Alvarez und den Lieutenant. Die Eingeborenen stutzten, da sie die bewegliche Burg und die Musketen plötzlich zielend auf sich gerichtet sahen, sie schienen den Blitz zu ahnen, der an den dunkeln Röhren hing, sie blieben zaudernd stehen. So entkam der Hauptmann mit seinen Getreuen dem furchtbaren Kreise der Wilden, ehe er sich noch völlig hinter ihnen geschlossen hatte.

In der Eile aber hatte auch dieses Häuflein den ersten besten Pfad eingeschlagen und war, ohne es zu bemerken, immer tiefer in den Wald geraten. Der nahm kein Ende, die Sonne brannte auf die nackten Felsen, und als sie sich endlich senkte, hatten sie sich gänzlich verirrt. Jetzt brach die Nacht herein, ein schweres Gewitter, das lange in der Ferne über dem Meere gespielt, zog über das Gebirge; den armen Antonio hatten sie gleich beim Anbruch der Dunkelheit verloren. So stoben sie wie zerstreute Blätter im Sturme durch die schreckliche Nacht, nur die angeschwollenen Bäche rauschten zornig in der Wildnis, dazwischen das blendende Leuchten der Blitze, das Schreien der Wilden und die Signalschüsse der Verirrten aus der Ferne.

„Horcht", sagte Sanchez, „das klingt so hohl unter den Tritten, als ging' ich über mein Grab und die Wetter breiten sich darüber wie schwarze Bahrtücher mit feurigen Blumen durchwirkt, das wär' ein schönes Soldatengrab!"

„Schweig", fuhr ihn Alvarez an, „wie kommst du jetzt darauf?"

„Das kommt von dem verdammten Trinken", entgegnete Sanchez, „da werd ich zuzeiten so melancholisch darnach." Er sang:

„Und wenn es einst dunkelt,
Der Erd' bin ich satt,
Durchs Abendrot funkelt
Eine prächtige Stadt;
Von den goldenen Türmen
Singet der Chor,
Wir aber stürmen
Das himmlische Tor!"

„Was ist das!" rief plötzlich ein Soldat. Sie sahen einen Fremden mit bloßem Schwerte durch die Nacht auf sich zustürzen, sein Mantel flatterte weit im Winde. Beim Glanz der Blitze erkannten sie ihren wahnsinnigen Landsmann wieder.

„Hallo!" rief ihm Sanchez freudig entgegen, „hat dich der Lärm und das Schießen aus deinen Felsenritzen herausgelockt, kannst du das Handwerk nicht lassen?"

Der Alte aber, scheu zurückblickend, ergriff hastig die Hand des Lieutenants und drängte alle geheimnisvoll und wie in wilder Flucht mit sich fort. „Noch ist es Zeit", sagte er halb leise, „ich rette euch noch, nur rasch, rasch fort, es brennt, seht, wie die blauen Flämmchen hinter mir aus dem Boden schlagen, wo ich trete!"

„Führ uns ordentlich, und red nicht so toll in der verrückten Nacht!" entgegnete Alvarez ärgerlich.

Da leuchtete ein Blitz durch des Alten fliegendes Haar. Er blieb stehen und zog die Locken über das Gesicht durch seine weit ausgespreizten Finger. „Grau, alles grau geworden in einer Nacht", sagte er mit schmerzlichem Erstaunen, „aber es könnte noch alles gut werden", setzte er nach einem Augenblick hinzu, „wenn sie mich nur nicht immer verfolgte."

„Wo? Wer?" fragte Sanchez.

„Die grausilberne Schlange", erwiderte der Alte heimlich und riß die Erstaunten wieder mit sich durch das Gestein. Plötzlich schrie er laut auf: „Da ist sie wieder!" Alles wandte sich erschrokken um. Er meinte den Strom, der, soeben tief unter dem Felsen vorüberschießend, im Wetterleuchten aufblickte. Ehe sie sich aber noch besannen, flog der Unglückliche schon durch das Dickicht fort, die Haare stiegen ihm vor Entsetzen zu Berge, so war er ihnen bald in der Dunkelheit zwischen den Klüften verschwunden.

WÄHRENDDES irrte Antonio verlassen im Gebirge umher. In der Finsternis war er unversehens von den Seinigen abgekommen. Als er's endlich bemerkte, waren sie schon weit; da hörte er plötzlich wieder Tritte unter sich und eilte darauf zu, bis er mit Schrecken gewahr wurde, daß es Eingeborene waren, die hastig und leise, als hätten sie einen heimlichen Anschlag, vorüberstreiften, ohne ihn zu sehen. Ihn schauerte, und doch war's ihm eigentlich recht lieb so. Er dachte übers Meer nach Hause, wie nun alle dort ruhig schliefen und nur die Turmuhr über dem mondbeschienenen Hof schlüge und die Bäume dunkel rauschten im Garten. Wie grauenhaft waren ihm da vom Balkon oft die Wolken vorgekommen, die über das stille Schloß gingen, wie Gebirge im Traum. Und jetzt stand er wirklich mitten in dem Wolkengebirge, so rätselhaft sah hier alles aus in dieser wilden Nacht! „Nur zu, blas nur immer zu, blinder Sturm, glühet, ihr Blitze!" rief er aus und schaute recht zufrieden und tapfer umher, denn alles Große ging durch seine Seele, das er auf der Schule aus den Büchern gelernt, Julius Cäsar, Brutus, Hannibal und der alte Cid. Da brannte ihn plötzlich sein Gold in der Tasche, auch er hatte sich nicht enthalten können, in dem Goldregen mit seinem Hütlein einige Körner aufzufangen. „Frei vom Mammon will ich schreiten auf dem Felde der Wissenschaft", sagte er und warf voll Verachtung den Goldstaub in den Sturm, es gab kaum einen Dukaten, aber er fühlte sich noch einmal so leicht.

Unterdes war das Gewitter rasch vorübergezogen, der Wind zerstreute die Wolken wie weiße Nachtfalter in wildem Fluge über den ganzen Himmel, nur tief am Horizont noch schweiften die Blitze, die Nacht ruhte ringsher auf den Höhen aus. Da fühlte Antonio erst die tiefe Einsamkeit, verwirrt eilte er auf den verschlungenen Pfaden durch das Labyrinth der Klippen lange fort. Wie erschrak er aber, als er auf einmal in derselben Gegend herauskam, aus der sie am Morgen entflohen. Der Fels des Königs mit seinen seltsamen Schluften und Spitzen stand wieder vor ihm, nur an einem anderen Abhange desselben schien er sich zu befinden. Jetzt aber war alles so stumm dort, die Wellen plätscherten einförmig, riesenhaftes Unkraut bedeckte überall wild zerworfenes Gemäuer. Antonio sah sich zögernd nach allen Seiten um. Schon gestern hatten ihn die Mauertrümmer, die fast wie

Leichensteine aus dem Grün hervorragten, rätselhaft verlockt. Jetzt konnte er nicht länger widerstehen, er zog heimlich seine Schreibtafel hervor, um den kostbaren Schatz von Inschriften und Bilderzeichen, die er dort vermutete, wie im Fluge zu erheben.

Da aber wurde er zu seinem Erstaunen erst gewahr, daß er eigentlich mitten in einem Garten stand. Gänge und Beete, mit Buchsbaum eingefaßt, lagen umher, eine Allee führte nach dem Meere hin, die Kirschbäume standen in voller Blüte. Aber die Beete waren verwildert, Rehe weideten auf den einsamen Gängen, an den Bäumen schlangen sich üppige Ranken wild bis über die Wipfel hinaus, von wunderbaren hohen Blumen durchglüht. Seitwärts standen die Überreste einer verfallenen Mauer, die Sterne schienen durch das leere Fenster, in dem Fensterbogen schlief ein Pfau, den Kopf unter die schimmernden Flügel versteckt.

Antonio wandelte wie im Traum durch die verwilderte Pracht, kein Laut rührte sich in der ganzen Gegend, da war es ihm plötzlich, als sähe er fern am andern Ende der Allee jemand zwischen den Bäumen gehen, er hielt den Atem an und blickte noch einmal lauschend hin, aber es war alles wieder still, es schien nur ein Spiel der wankenden Schatten. Da kam er endlich in eine dunkle Laube, die der Wald sich selber lustig gewoben, das schien ihm so heimlich und sicher, er wollt' nur einen Augenblick rasten und streckte sich ins hohe Gras. Ein würziger Duft wehte nach dem Regen vom Walde herüber, die Blätter flüsterten so schläfrig in der leisen Luft, müde sanken ihm die Augen zu.

Die wunderbare Nacht aber sah immerfort in seinen Schlaf hinein und ließ ihn nicht lange ruhen, und als er erwachte, hörte er mit Schrecken neben sich atmen. Er wollte rasch aufspringen, aber zwei Hände hielten ihn am Boden fest. Beim zitternden Mondesflimmer durchs Laub glaubte er eine schlanke Frauengestalt zu erkennen. „Ich wußte es wohl, daß du kommen würdest", redete sie ihn in spanischer Sprache an.

„So bist du eine Christin?" fragte er ganz verwirrt. Sie schwieg. „Hast du mich denn schon jemals gesehen?"

„Gestern nachts bei unserem Fest", erwiderte sie, „du warst allein mit euerm Seekönig."

Eine entsetzliche Ahnung flog durch Antonios Seele, er mühte sich in der Finsternis vergeblich, ihre Züge zu erkennen, draußen gingen Wolken wechselnd vorüber, zahllose Johanniswürmchen umkreisten leuchtend den Platz. Da hörte er fern von den Höhen einen schönen männlichen Gesang. „Wer singt da?" fragte er erstaunt.

„Still, still", erwiderte die Unbekannte, „laß den nur in Ruh. Hier bist du sicher, niemand besucht diesen stillen Garten mehr, sonst war es anders –" Dann sang sie selber wie in Gedanken:

„Er aber ist gefahren
Weit übers Meer hinaus,
Verwildert ist der Garten,
Verfallen liegt sein Haus.

Doch nachts im Mondenglanze
Sie manchmal noch erwacht,
Löst von dem Perlenkranze
Ihr Haar, das wallt wie Nacht.

So sitzt sie auf den Zinnen,
Und über ihr Angesicht
Die Perlen und Tränen rinnen,
Man unterscheid't sie nicht."

Da teilte ein frischer Wind die Zweige, im hellen Mondlicht erkannte Antonio plötzlich die „Frau Venus" wieder, die sie gestern nachts schlummernd in der Höhle gesehen, ihre eigenen Locken wallten wie die Nacht. Ein Grauen überfiel ihn, er merkte erst jetzt, daß er unter glühenden Mohnblumen wie begraben lag. Schauernd sprang er empor und schüttelte sie ab, sie wollte ihn halten, aber er riß sich von ihr los. Da tat sie einen durchdringenden Schrei, daß es ihm durch Mark und Bein ging, dann hörte er sie in herzzerreißender Angst rufen, schelten und rührend flehen.

Aber er war schon weit fort, der Gesang auf den Höhen war verhallt, die Wälder rauschten ihm wieder erfrischend entgegen, hinter ihm versank allmählich das schöne Weib, das Meer und der Garten, nur zuweilen noch hörte er ihre Klagen wie das Schluchzen einer Nachtigall von ferne durch den Wind herüberklingen.

„Du sollst mich doch nicht fangen,
Duftschwüle Zaubernacht!
Es stehn mit goldnem Prangen
Die Stern' auf stiller Wacht
Und machen überm Grunde,
Wo du verirret bist,
Getreu die alte Runde,
Gelobt sei Jesus Christ!

Wie bald in allen Bäumen
Geht nun die Morgenluft,
Sie schütteln sich in Träumen,
Und durch den roten Duft
Eine fromme Lerche steiget,
Wenn alles still noch ist,
Den rechten Weg dir zeiget –
Gelobt sei Jesus Christ!"

So sang es im Gebirge, unten aber standen zwei spanische Soldaten fast betroffen unter den Bäumen, denn es war ihnen, als ginge ein Engel singend über die Berge, um den Morgen anzubrechen. Da stieg ein Wanderer rasch zwischen den Klippen herab, sie erkannten zu ihrer großen Freude den Studenten Antonio, er schien bleich und zerstört. „Gott sei Dank, daß Ihr wieder bei uns seid!" rief ihm der eine Soldat entgegen.

„Ihr hättet uns beinah konfus gemacht mit Eurem Gloria", meinte der andere. „Ihr habt eine gute geistliche Kehle. Wo kommt Ihr her?"

„Aus einem tiefen Bergwerke", sagte Antonio, „wo mich der falsche Flimmer verlockt – wie so unschuldig ist hier draußen die Nacht!"

„Bergwerk? Wo habt Ihr's gefunden?" fragten die Soldaten mit hastiger Neugier.

„Wie, sprach ich von einem Bergwerk?" erwiderte Antonio zerstreut, „wo sind wir denn?"

Die Soldaten zeigten über den Wald, dort läge ihr Landungsplatz. Sie erzählten ihm nun, wie die zersprengte Gesandtschaft unter großen Mühseligkeiten endlich wieder das Lager am Strand erreicht. Da habe der brave Alvarez, da er den Antonio dort nicht gefunden, sie beide zurückgeschickt, um ihn aufzusuchen, und wenn sie jeden Stein umkehren und jede Palme schütteln sollten.

Antonio schien wenig darauf zu hören. Die Soldaten aber meinten, es sei diese Nacht nicht geheuer im Gebirge, sie nahmen daher den verträumten Studenten ohne weiteres in ihre Mitte und schritten rasch mit ihm fort.

So waren sie in kurzer Zeit bei ihren Zelten angelangt. Dort stand Alvarez wie ein Wetterhahn auf dem frisch aufgeworfenen Erdwall, vor Ungeduld sich nach allen Winden drehend. Er schimpfte schon von weitem, da er endlich den Verirrten ankommen sah. „Ein Weltentdecker", sagte er, „muß den Kompaß in den Füßen haben, in der Wildnis bläst der Sturm die Studierlampe aus, da schlägt ein kluger Kopf sich Funken aus den eignen Augen. Was da Logik und Rhetorik! Sie hätten deinen Kopf aufgefressen mit allen Wissenschaften drin, aber ich hatt's ihnen zugeschworen, sie mußten zum Nachtisch alle unsere bleiernen Pillen schlucken oder meine eignen alten Knochen nachwürgen. Du bist wohl recht verängstigt und müde, armer Junge, Gott, wie du aussiehst!" Nun ergriff er den Studenten vor Freuden beim Kopf, strich ihm die vollen braunen Locken aus der Stirn und führte ihn eilig ins Lager in sein eignes Zelt, wo er sich sogleich auf eine Matte hinstrecken mußte. Im Lager aber war schon ein tiefes Schweigen, die müden Gesellen lagen schlafend wie Tote umher. Nur der Lieutenant Sanchez wollte diese Nacht nicht mehr schlafen noch ruhen, er saß auf den zusammengelegten Waffen der Mannschaft; eine Flasche in der Hand, trank er auf eine fröhliche Auferstehung, der Nachtwind spielte mit der roten Hahnfeder auf seinem Hut, der ihm verwegen auf einem Ohr saß; er war wahrhaftig schon wieder berauscht. Antonio mußte nun seine Abenteuer erzählen. Er berichtete verworren und zerstreut, in seinem Haar hing noch eine Traumblume aus dem Garten. Alvarez blieb dabei, das Frauenzimmer sei die Frau Venus gewesen und jene Höhle, die sie in der Walpurgisnacht entdeckt, der Eingang zum Venusberge. Sanchez aber rückte immer näher, während er hastig ein Glas nach dem andern hinunterstürzte; er fragte wunderlich nach der Lage der Höhle, nach dem Wege dahin, sie mußten ihm alles ausführlich beschreiben. Auf einmal war er heimlich verschwunden.

Der Abenteurer schlich sich sacht und vorsichtig durch die schläfrigen Posten, über dem Gespräch hatte ihn plötzlich das

Gelüsten angewandelt, den dunklen Vorhang der phantastischen Nacht zu lüften – er wollte die Frau Venus besuchen. Er hatte sich Felsen, Schlünde und Stege aus Alvarez' Rede wohl gemerkt, es traf alles wunderbar zu. So kam er in kurzer Zeit an das stille Tal. Ein schmaler Felsenpfad führte fast unkenntlich zwischen dem Gestrüpp hinab, die Sterne schienen hell über den Klippen, er stieg im trunkenen Übermut in den Abgrund. Da brach plötzlich ein Reh neben ihm durch das Dickicht, er zog schnell seinen Degen. „Hoho, Ziegenbock!" rief er, „hast du die Hexe abgeworfen, die zu meiner Hochzeit ritt! Das ist eine bleiche schläfrige Zeit zwischen Morgen und Nacht, da schauern die Toten und schlüpfen in ihre Gräber, daß man die Leichentücher durchs Laub streichen hört. Wo sich eine verspätet beim Tanz, ich greif sie, sie soll meine Brautjungfer sein. Zum Teufel, red vernehmlicher, Waldeinsamkeit! Ich kenn ja dein Lied aus alter Zeit, wenn wir auf wilder Freite* in Flandern nachts an den Wällen lagen vor mancher schönen Stadt, die von den schlanken Türmen mit ihrem Glockenspiele durch die Luft musizierte. Die Sterne löschen schon aus, wer weiß, wer sie wiedersieht! – Nur leise, sacht zwischen den Werken, in den Laufgräben fort! Die Wolken wandern, die Wächter schlafen auf den Wällen, in ihre grauen Mäntel gehüllt, sie tun, als wären sie von Stein. Verfluchtes Grauen, ich seh dich nicht, was hauchst du mich so kalt an, ich ringe mit dir auf der Felsenwand, du bringst mich nicht hinunter!"

Jetzt stand er auf einmal vor der Kluft, die Alvarez und Antonio in jener Nacht gesehen. Es war die erste geheimnisvolle Morgenzeit, in dem ungewissen Zwielicht erblickte er die junge schlanke Frauengestalt, ganz wie sie ihm beschrieben worden, auf dem Moosbett in ihrem Schmucke schlummernd, den schönen Leib von ihren Locken verdeckt. Alte halbverwitterte Fahnen, wie es schien, hingen an der Wand umher, der Wind spielte mit den Lappen, hinten in der Dämmerung, den Kopf vornübergebeugt, saß es wie eine eingeschlafene Gestalt.

„Es ist die höchste Zeit", flüsterte Sanchez ganz verblendet, „sonst versinkt alles wieder, schon hör ich Stimmen gehn. Wie

---

* Die eigentliche Bedeutung „Brautwerbung" ist hier übertragen auf einen Kriegszug.

oft schon sah ich im Wein ihr Bild, das war so schön und wild in des Bechers Grund. Einen Kuß auf ihren Mund, so sind wir getraut, eh der Morgen graut." So taumelte der Trunkene nach der Schlummernden hin, er fuhr schauernd zusammen, als er sie anfaßte, ihre Hand war eiskalt. Im Gehen aber hatte er sich mit den Sporen in die Trümmer am Boden verwickelt, eine Rüstung an der Wand stürzte rasselnd zusammen, die alten Fahnen flatterten im Wind, bei dem Dämmerschein war's ihm, als rührte sich alles und dunkle Arme wänden sich aus der Felswand. Da sah er plötzlich im Hintergrunde den schlafenden Wächter sich aufrichten, daß ihn innerlich grauste. An dem irren funkelnden Blick glaubte er den alten wahnsinnigen Spanier wiederzuerkennen, der warf, ohne ein Wort zu sagen, seinen weiten Mantel über die Schultern zurück, ergriff das neben ihm stehende Schwert und drang mit solcher entsetzlichen Gewalt auf ihn ein, daß Sanchez kaum Zeit hatte, seine wütenden Streiche aufzufangen. Bei dem Klange ihrer Schwerter aber fuhren große scheußliche Fledermäuse aus den Felsenritzen und durchkreisten mit leisem Fluge die Luft, graue Nebelstreifen dehnten und reckten sich wie Drachenleiber verschlafen an den Wipfeln, dazwischen wurden Stimmen im Walde wach, bald hier, bald dort, eine weckte die andre, aus allen Löchern, Hecken und Klüften stieg und kroch es auf einmal, wilde dunkle Gestalten im Waffenschmuck, und alles stürzte auf Sanchez zusammen. „Nun, nun, steht's so!" rief der verzweifelte Lieutenant, „laß mich los, alter Narr mit deinem verwitterten Bart! Das ist keine Kunst, so viele über einen. Schickt mir euern Meister selber her, es gelüstet mich recht, mit ihm zu fechten! Aber der Teufel hat keine Ehre im Leibe. Ihr höllisches Ungeziefer, nur immer heraus vor meine christliche Klinge! nur immerzu, ich hau' mich durch!" So, den Degen in der Faust, wich er, wie ein gehetztes Wild, kämpfend von Stein zu Stein, das einsame Felsental hallte von den Tritten und Waffen, im Osten hatte der Morgen schon wie ein lustiger Kriegsknecht die Blutfahne ausgehangen.

Im Lager flackerten unterdes nur noch wenige Wachtfeuer halb erlöschend, eine Gestalt nach der andern streckte sich in der Morgenkühle, einige saßen schon wach auf ihrem Mammon und besprachen das künftige Regiment der Insel. Plötzlich riefen draußen die Schildwachen an, sie hatten Lärm im Gebirge gehört. Jetzt vermißte man erst den Lieutenant. Alles sprang bestürzt zu den Waffen, keiner wußte, was das bedeuten könnte. Der Lärm aber, als sie so voller Erwartung standen, ging über die Berge wie ein Sturm wachsend immer näher, man konnte schon deutlich dazwischen das Klirren der Waffen unterscheiden. Da, im falben Zwielicht, sahen sie auf einmal den Sanchez droben aus dem Walde dahersteigen, bleich und verstört, mit den Geistern fechtend. Hinter ihm drein aber toste eine wilde Meute, es war, als ob aller Spuk der Nacht seiner blutigen Fährte folgte. Sein Frevel, wie es schien, hatte das dunkle Wetter, das schon seit gestern grollend über den Fremden hing, plötzlich gewendet, von allen Höhen stürzten bewaffnete Scharen wie reißende Ströme herab, der Klang der Schilde, das Schreien und der Widerhall zwischen den Felsen verwirrte die Stille, und bald sahen sich die Spanier von allen Seiten umzingelt. „Macht dem Lieutenant Luft!" rief Alvarez und warf sich mit einigen Soldaten mitten in den dicksten Haufen. Schon hatten sie den Sanchez gefaßt und führten den Wankenden auf einen freien Platz am Meer, aber zu spät, von vielen Pfeilen durchbohrt, brach er neben seinen Kameraden auf dem Rasen zusammen – sein Wort war gelöst, er hatte sich wacker durchgeschlagen.

Bei diesem Anblick ergriff alle eine unsägliche Wut, keiner dachte mehr an sich im Schmerz, sie mähten sich wie die Todesengel in die dunkeln Scharen hinein, Alvarez und Antonio immer tapfer voran. Da erblickten sie auf einmal ihren wahnsinnigen Landsmann, mitten durch das Getümmel mit dem Schwert auf sie eindringend. Vergebens riefen sie ihm warnend zu – er stürzte sich selbst in ihre Speere, ein freudiges Leuchten ging über sein verstörtes Gesicht, daß sie ihn fast nicht wiedererkannten, dann sahen sie ihn taumeln und mit durchbohrtem Herzen tot zu Boden sinken. Ein entsetzliches Rachegeschrei erhob sich über dem Toten, die Wilden erneuerten mit verdoppeltem Grimm ihren Angriff, es war, als ständen die Erschlagenen hinter ihnen wieder auf, immer neue scheußliche Gestalten wuchsen aus dem Blut, schon rannten sie jauchzend nach dem Strand, um die Spanier von ihrem Schiffe abzuschneiden. Jetzt war die Not am höchsten, ein jeder befahl sich Gott, die Spanier fochten nicht mehr für ihr Leben, nur um einen ehrlichen Soldatentod. Da ging es auf einmal wie ein Schauder durch die unabsehliche feindliche Schar, alle Augen waren starr nach dem Gebirge zurückgewandt. Auch Antonio und Alvarez standen ganz verwirrt mitten in der blutigen Arbeit. Denn zwischen den Palmenwipfeln in ihrem leuchtenden Totenschmucke kam die Frau Venus, die wilden Horden teilend, von den Felsen herab. Da stürzten plötzlich die Eingebornen wie in Anbetung auf ihr Angesicht zur Erde, die Spanier atmeten tief auf, es war auf einmal so still, daß man die Wälder von den Höhen rauschen hörte.

Indem sie aber noch so staunend stehn, tritt die Wunderbare mitten unter sie, ergreift Sanchez' Mantel, den sie seltsam um ihren Leib schlägt, und befiehlt ihnen, sich rasch in das Boot zu werfen, ehe der Zauber gelöst. Darauf umschlingt sie Antonio, halb drängt, halb trägt sie ihn ins Boot hinein, die andern, ganz verdutzt, bringen eiligst Sanchez' Leichnam nach, alles stürzt in die Barke. So gleiten sie schweigend dahin, schon erheben sich einzelne Gestalten wieder am Ufer, ein leises Murmeln geht wachsend durch die ganze furchtbare Menge, da haben sie glücklich ihr Schiff erreicht. Dort aber faßt die Unbekannte sogleich das Steuer, die stille See spiegelt ihr wunderschönes Bild, ein frischer Wind vom Lande schwellt die Segel, und als die Sonne aufgeht, lenkt sie getrost zwischen den Klippen in den Glanz hinaus.

Die Spanier wußten nicht, wie ihnen geschehen. Als sie sich vom ersten Schreck erholt, gedachten sie erst ihrer Goldklumpen wieder, die sie auf der Insel zurückgelassen. Da fuhren sie dann wieder so arm und lumpig von dannen, wie sie gekommen. „Der Teufel hat's gegeben, der Teufel hat's genommen", sagte der spruchreiche Alvarez verdrießlich. Darüber aber hatten sie den armen Sanchez fast vergessen, der auf dem Verdeck unter einer Fahne ruhte. Alvarez beschloß nun, vor allem andern ihm die letzte Ehre anzutun, wie es einem tapfern Seemann gebührte. Er berief sogleich die ganze Schiffsmannschaft, die einen stillen Kreis um den Toten bildete, dann trat er in die Mitte, um die Leichenrede zu halten. „Seht da den gewesenen Lieutenant", sagte er, „nehmt euch ein Exempel dran, die ihr immer meint, Unkraut verdürb' nicht. Ja, da seht ihn liegen, er war tapfer, oftmals betrunken, aber tapfer –"

Weiter bracht' er's nicht, denn die Stimme brach ihm plötzlich, und Tränen stürzten ihm aus den Augen, als er den treuen Kumpan so bleich und still im lustigen Morgenrot daliegen sah. Einige Matrosen hatten ihn unterdes in ein Segeltuch gewickelt, andere schwenkten die Flaggen über ihm auf eine gute Fahrt auf dem großen Meere der Ewigkeit – dann ließen sie ihn an Seilen über Bord ins feuchte Grab hinunter.

„So ist denn", sagte Alvarez, „sein Leiblied wahr geworden: ‚Ein Meerweib singt, die Nacht ist lau, da denkt an mich, 's ist meine Frau.' Man soll den Teufel nicht an die Wand malen."

Kaum aber hatte der Tote unten die kalte See berührt, als er auf einmal in seinem Segeltuch mit großer Vehemenz zu arbeiten anfing. „Ihr Narren, ihr", schimpfte er, „was, Wein soll das sein? Elendes Wasser ist's!" Die Matrosen hätten vor Schreck beinah Strick und Mann fallen lassen, aber Alvarez und Antonio sprangen rasch hinzu und zogen voller Freuden den Ungestümen wieder über Bord hinauf. Hier drängten sich nun die Überraschten von allen Seiten um ihn herum, und während die einen seine Wunden untersuchten und verbanden, andere jauchzend ihre Hüte in die Luft warfen, glotzte der unsterbliche Lieutenant alle mit seinen hervorstehenden Augen stumm und verwogen an, bis sein Blick endlich die wunderbare Führerin des Schiffes traf. Da schrie er plötzlich auf: „Die ist's! Ich selber sah sie in den Klüften auf dem Moosbett schlafen!"

Aller Augen wandten sich nun von neuem auf die schöne Fremde, die, auf das Steuer gelehnt, gedankenvoll nach der fernen Küste hinübersah. Keiner traute ihr, Antonio aber erkannte bei dem hellen Tageslicht das Mädchen aus dem wüsten Garten wieder. Da faßte Alvarez sich ein Herz, trat vor und fragte sie, wer sie eigentlich wäre? „Alma", war ihre Antwort. Warum sie zu ihnen gekommen? „Weil sie euch erschlagen wollten", erwiderte sie in ihrem gebrochenen Spanisch. Ob sie mit ihnen fahren und ihm als Page dienen wolle? Nein, sie wolle dem Antonio dienen. Woher sie denn aber Spanisch gelernt? Vom Alonzo, den sie erstochen hätten.

„Den tollen Alten", fiel hier Sanchez hastig ein. „Wer war er, und wie kam er zu dir?"

„Ich weiß nicht", entgegnete Alma.

„Kurz und gut", hob Alvarez wieder an, „war die Frau Venus auf Walpurgisnacht auf eurer Insel? Oder bist du gar selber die Frau Venus? Habt ihr beide – wollt' sagen: du oder die Frau Venus – dazumal in der Felsenkammer geschlafen?" Sie schüttelte verneinend den Kopf. „Nun, so mag der Teufel daraus klug werden! Ich will mich heute gar nicht mehr wundern, Frau Venus, Urgande*, Megära**, das kommt und geht so!" rief der Hauptmann ungeduldig aus und benannte das Eiland, dessen blaue Gipfel soeben im Morgenduft versanken, ohne weiteres die Venusinsel, von der Frau Venus, die nicht da war.

DIE DARAUFFOLGENDE Nacht war schön und sternklar, die „Fortuna" mit ihren weißen Segeln glitt wie ein Schwan durch die mondlichte Stille. Da trat Antonio leise auf das Verdeck hinaus, er hatte keine Rast und Ruh', es war ihm, als müßte er die schöne Fremde bewachen, die sorglos unten ruhte. Wie erstaunte er aber, als er das Mädchen droben schon wach und ganz allein erblickte, es war alles so einsam in der Runde, nur manchmal schnalzte ein Fisch im Meer, sie aber saß auf dem Boden mitten zwischen wunderlichem Kram, ein Spiegel, Kämme, ein Tamburin und Kleidungsstücke lagen verworren um sie her. Sie kam ihm wie eine Meerfee vor, die bei Nacht aus der Flut gestiegen, sich heimlich putzt, wenn alle schlafen. Er blieb scheu zwischen dem Tauwerk stehen, wo sie ihn nicht bemerken konnte. Da sah er, wie sie nun einzelne Kleidungsstücke flimmernd gegen den Mond hielt, er erkannte seinen eignen Sonntagsstaat, den er ihr gestern gezeigt: die gestickte Feldbinde, das rotsamtne weißgestickte Wämschen. Sie zog es eilig an; Antonio war schlank und fein gebaut, es paßte ihr alles wie angegossen. Darauf legte sie den blendend weißen Spitzenkragen um Hals und Brust und drückte das Barett mit den nickenden Federn auf das Lockenköpfchen. Als sie fertig war, sprang sie auf, sie schien sich über sich selbst zu verwundern, so schön sah sie aus. Da stieß sie unversehens mit den Sporen an das Tamburin am Boden. Sie ergriff es rasch, und den tönenden Reif hoch über sich schwingend, fing sie

---

* Dämonin
** eine der drei Erinnyen (Rachegöttinnen) der griechischen Mythologie

mit leuchtenden Augen zu tanzen an, fremd und doch zierlich, und sang dazu:

„Bin ein Feuer hell, das lodert
Von dem grünen Felsenkranz,
Seewind ist mein Buhl und fordert
Mich zum lust'gen Wirbeltanz,
Kommt und wechselt unbeständig.
Steigend wild,
Neigend mild,
Meine schlanken Lohen wend ich,
Komm nicht nah mir, ich verbrenn dich!

Wo die wilden Bäche rauschen
Und die hohen Palmen stehn,
Wenn die Jäger heimlich lauschen,
Viele Rehe einsam gehn.
Bin ein Reh, flieg durch die Trümmer
Über die Höh',
Wo im Schnee
Still die letzten Gipfel schimmern,
Folg mir nicht, erjagst mich nimmer!

Bin ein Vöglein in den Lüften,
Schwing mich übers blaue Meer,
Durch die Wolken von den Klüften
Fliegt kein Pfeil mehr bis hierher,
Und die Aun und Felsenbogen,
Waldeseinsamkeit
Weit, wie weit,
Sind versunken in die Wogen –
Ach ich habe mich verflogen!"

Bei diesen Worten warf sie sich auf den Boden nieder, daß das Tamburin erklang, und weinte. Da trat Antonio rasch hinzu, sie fuhr empor und wollte entfliehen. Als sie aber seine Stimme über sich hörte, lauschte sie hoch auf, strich mit beiden Händen die aufgelösten Locken von den verweinten Augen und sah ihn lächelnd an.

Antonio, wie geblendet, setzte sich zu ihr an den Bord* und pries ihren wunderbaren Tanz. Sie antwortete kein Wort darauf,

* Rand

sie war erschrocken und in Verwirrung. Endlich sagte sie schüchtern und leise: Sie könne nicht schlafen vor Freude, es sei ihr so licht im Herzen. Geradeso geht mir's auch, dachte er und schaute sie noch immer ganz versunken an. Da fiel ihm eine goldne Kette auf, die aus ihrem Wämschen blinkte. Sie bemerkte es und verbarg sie eilig.

Antonio stutzte. „Von wem hast du das kostbare Angedenken?" fragte er.

„Von Alonzo", erwiderte sie zögernd.

„Wunderbar", fuhr er fort, „gesteh es nur, du weißt es ja doch, wer der Alte war und wie er übers Meer gekommen. Und du selbst – wir sahn dich schlummern in der Kluft beim Fackeltanz, und dann an jenem blutigroten Morgen warf sich das Volk erschrocken vor dir hin – wer bist du?"

Sie schwieg mit tief gesenkten Augen, und wie er so fortredend in sie drang, brach endlich ein Strom von Tränen unter den langen schwarzen Wimpern hervor. „Ach, ich kann ja nicht dafür!" rief sie aus und bat ihn ängstlich und flehentlich, er sollt' es nicht verlangen, sie könnt' es ihm nicht sagen, sonst würde er böse sein und sie verjagen. Antonio sah sie verwundert an, sie war so schön, er reichte ihr die Hand. Als sie ihn so freundlich sah, rückte sie näher und plauderte so vertraulich, als wären sie jahrelang schon beisammen. Sie erzählte von der Nacht auf dem Gebirge, wo sie ihn im flüchtigen Fackelschein zum ersten Mal gesehn, wie sie dann traurig gewesen, als er damals im Garten sie so schnell verließ, sie meinte, die Wilden würden ihn erschlagen.

Antonio aber war's bei dem Ton ihrer Stimme, als hörte er zur Frühlingszeit die erste Nachtigall in seines Vaters Garten. Die Sterne schienen so glänzend, die Wellen zitterten unter ihnen im Mondenschein, nur von ferne kühlte sich die Luft mit Blitzen, bis endlich Alma vor Schlaf nicht mehr weiter konnte und müde ihr Köpfchen senkte.

Auch Antonio war zuletzt eingeschlummert. Da träumte ihm von dem schönen verwilderten Garten, es war, als wollt' ihm der Vogel in dem ausgebrochenen Fensterbogen im Schlaf von Diego erzählen, der unter den glühenden Blumen sich verirrt. Und als er so, noch halb im Traume, die Augen aufschlug, flog schon ein kühler Morgenwind kräuselnd über die See, er blickte erschrocken umher, da hörte er wieder die Frau Venus neben sich atmen wie damals, und von fern stiegen die Zacken und Felsen der Insel allmählich im Morgengrauen wieder empor, dazwischen glaubte er wirklich den Vogel im Gebirge singen zu hören. Jetzt ruft es auch plötzlich: „Land!" aus dem Mastkorb; verschlafene Matrosen erheben sich, im Innern des Schiffs beginnt ein seltsames Murmeln und Regen.

Nun fährt Alma verwirrt aus dem Schlafe empor. Da sie die Wälder, Felsen und Palmen sieht, springt sie voller Entsetzen auf und wirft einen dunkeln tödlichen Blick auf Antonio. „Du hast mich verraten, ihr wollt mich bei den Meinigen heimlich wieder aussetzen!" ruft sie aus und schwingt sich behende auf den Bord des Schiffes, um sich ins Meer zu stürzen. Aber Antonio faßte sie schnell um den Leib, sie stutzte und sah ihn erstaunt mit ungewissen Blicken an.

Unterdes war auch Alvarez auf dem Verdeck erschienen: „Still, still", rief er den Leuten zu, „nur sacht, eh' sie uns drüben merken!" Er ließ die Anker werfen, das Boot wurde leise und geräuschlos heruntergelassen, die Berge und Klüfte breiteten sich immer mächtiger in der Dämmerung aus. Da zweifelte Antonio selbst nicht länger, daß er es auf Alma abgesehn. Ganz außer sich schwang er die arme Verratne auf seinen linken Arm, zog mit der Rechten seinen Degen und rief vortretend mit lauter Stimme: Es sei schändlich, treulos und undankbar, das Mädchen wider ihren Willen wieder auf die Insel zu setzen, von der sie alle eben erst mit Gefahr ihres Lebens gerettet. Aber er wolle sie bis zu seinem letzten Atemzuge verteidigen und mit ihr stehn oder fallen, wie ein Baum mit seiner Blüte!

Zu seiner Verwunderung erfolgte auf diese tapfere Anrede ein schallendes Gelächter. „Was Teufel machst du denn für ein Geschrei, verliebter Bakkalaureus!" sagte Alvarez, „wir wollen hier geschwind, eh' etwa noch die Wilden erwachen, frisches Wasser holen von den unverhofften Bergen, du siehst ja doch, 's ist ein ganz andres Land!" Nun sah es Antonio freilich auch, freudig und beschämt, denn die Morgenlichter spielten schon über den unbekannten Gipfeln. Alma aber hatte ihn fest umschlungen und bedeckte ihn mit glühenden Küssen. Die Sonne vergoldete soeben Himmel, Meer und Berge, und in dem Glanze trug Antonio sein Liebchen hurtig in das Boot, das nun durch die Morgenstille nach dem fremden Lande hinüberglitt.

ALMA war die erste, die ans Land sprang, wie ein Kind lief sie erstaunt und neugierig umher. Es blitzte noch alles vom Tau, Menschen waren nirgends zu sehen, nur einzelne Vögel sangen hie und da in der Frische des Morgens. Die praktischen Seeleute hatten indes gar bald eine Quelle, Kokos- und Brotbäume in Menge entdeckt, es ärgerte sie nur, daß die liebe Gottesgabe nicht auch schon gebacken war.

Alvarez aber, da heute eben ein Sonntag traf, beschloß, auf dem gesegneten Eilande einige Tage zu rasten, um das Schiff und die Verwundeten und Kranken wieder völlig instand zu setzen. Währenddes waren mehrere auf den nächsten Gipfel gestiegen und erblickten überrascht jenseits des Gebirges eine weite lachende Landschaft. Auf ihr Geschrei kam auch der Hauptmann mit Antonio und Alma herbei. „Das ist ja wie in Spanien", sagte Alvarez erfreut, „hier möcht' ich ausruhn, wenn's einmal Abend wird und die alten Segel dem Sturme nicht mehr halten." Sie konnten der Versuchung nicht widerstehen, die Gegend näher zu betrachten, sie wanderten weiter den Berg hinunter und kamen bald in ein schönes grünes Tal. Auf dem letzten Abhange aber hielten sie plötzlich erschrocken still: Ein einfaches Kreuz stand dort unter zwei schattigen Linden. Da knieten sie alle schweigend nieder, Alma sah sie verwundert an, dann sank auch sie auf ihre Knie in der tiefen Sonntagsstille, es war, als zöge ein Engel über sie dahin.

Als sie sich vom Gebet wieder erhoben, bemerkten sie erst einen zierlichen Garten unter dem Kreuz, den die Bäume von oben verdeckt hatten. Voll Erstaunen sahen sie sehr sorgfältig gehaltene Blumenbeete, Gänge und Spaliere, die Bienen summten in den Wipfeln, die in voller Blüte standen, aber der Gärtner war nirgends zu finden. Da schrie Alma auf einmal erschrocken auf, als hätte sie auf eine Schlange getreten, sie hatte menschliche Fußstapfen auf dem tauigen Rasen entdeckt. „Den wollen wir wohl erwischen", rief Alvarez, und die Wanderer folgten sogleich begierig der frischen Spur. Sie ging jenseits auf die Berge, sie glaubten den Abdruck von Schuhen zu erkennen. Unverdrossen stiegen sie nun zwischen den Felsen das Gebirge hinan, aber bald war die Fährte unter Steinen und Unkraut verschwunden, bald erschien sie wieder deutlich im Gras, so führte sie immer höher und höher hinauf und verlor sich zuletzt auf den obersten Zacken, wie in den Himmel. „Es ist heut Sonntag, der Gärtner ist wohl der liebe Gott selber", sagte Alvarez, betroffen in der Wildnis umherschauend.

In dieser Zeit aber war die Sonne schon hoch gestiegen und brannte sengend auf die Klippen, sie mußten die weitere Nachforschung für jetzt aufgeben und kehrten endlich mit vieler Mühe wieder zu den Ihrigen am Strande zurück. Als sie dort ihr Abenteuer erzählten, wollte alles sogleich in das neu entdeckte Tal stürzen. Aber Alvarez schlug klirrend an seinen Degengriff und verbot feierlich allen und jedem, das stille Revier nicht anders als unter seinem eignen Kommando zu betreten. Denn, sagte er, das sei keine Soldatenspelunke, um dort Karten zu spielen, da stecke was Absonderliches dahinter. Vergebens zerbrachen sie sich nun die Köpfe, was es mit dem Garten für ein Bewenden habe, denn ein Haus war nirgends zu sehen, und so viel hatten sie schon von den Bergen bemerkt, daß das Land eine, wie es schien, unbewohnte Insel von sehr geringem Umfange war. Man beschloß endlich, sich hier an der Küste ein wenig einzurichten und am folgenden Tage gleich in der frühesten Morgenkühle die Untersuchung gemeinschaftlich fortzusetzen.

Unterdes hatten die Zimmerleute schon ihre Werkstatt am Meere aufgeschlagen, rings hämmerte und klapperte es lustig, einige schweiften mit ihren Gewehren umher, andere flickten die Segel im Schatten der überhängenden Felsen, während fremde Vögel über ihnen bei dem ungewohnten Lärm ihre bunten Hälse neugierig aus dem Dickicht streckten.

Mit dem herannahenden Abend versammelte sich nach und nach alles wieder unter den Felsen, die Jäger kehrten von den Bergen zurück und warfen ihre Beute auf den Rasen, da lag viel fremdes Getier umher, die Schützen an ihren Gewehren müde daneben. Indem kam ein Soldat, der sich auf der Jagd verspätet, ganz erschrocken aus dem Walde und sagte aus, er sei hinter einem schönen scheuen Vogel weit von hier zwischen die höchsten

Felsen geraten, und als er eben auf den Vogel angelegt, habe er plötzlich in der Wildnis ein riesengroßes Heiligenbild auf einer Klippe erblickt, daß ihm die Büchse aus der Hand gesunken. Die ersten Abendsterne am Firmament hätten das Haupt des Bildes wie ein Heiligenschein umgeben, darauf habe es auf einmal sich bewegt und sei langsam wie ein Nebelstreif mitten durch den Fels gegangen, er habe es aber nicht wieder gesehen und vor Grauen kaum den Rückweg gefunden. „Das ist der Gärtner, den wir heut früh schon suchten!" rief Alvarez, hastig aufspringend. Dabei traute er nun doch dem unschuldigen Aussehn der Insel nicht und beschloß, noch in dieser Stunde selber auf Kundschaft auszugehen, damit sie nicht etwa mitten in der Nacht unversehens überfallen würden. Das war dem abenteuerlichen Sanchez eben recht, auch Antonio und Alma erboten sich tapfer, den Hauptmann zu begleiten.

Alvarez stellte nun eilig einzelne Posten auf die nächsten Höhen aus, wer von ihnen den ersten Schuß im Gebirge hörte, sollte antworten und auf dieses Signal die ganze Mannschaft nachkommen. Darauf bewaffnete er sorgfältig sich und seine Begleiter, auch Alma mußte einen Hirschfänger umschnallen, jeder steckte aus Vorsicht noch ein Windlicht zu sich, der Soldat aber, der die seltsame Nachricht gebracht, mußte voran auf demselben Wege, den er gekommen; so zog das kleine Häuflein munter in das wachsende Dunkel hinein.

Schon waren die Stimmen unter ihnen nach und nach verhallt, nur manchmal leuchtete das Wachtfeuer noch durch die Wipfel, die Gegend wurde immer kühler und öder. Alma war recht zu Hause hier, sie sprang wie ein Reh von Klippe zu Klippe und half lachend dem steifen Alvarez, wenn ihm vor einem Sprunge graute. Der Soldat vorn aber schwor, daß sie nun schon bald in der Gegend sein müßten, wo er das Bild gesehen. Darüber wurde Sanchez ganz ungeduldig. „Heraus, Nachteule, aus deinem Felsennest!" rief er aus und feuerte schnell sein Gewehr in die Luft ab.

Die nahe hohe Felsenwand brach den Schall und warf ihn nach der See zurück, es blieb alles totenstill im Gebirge. Da glaubten sie plötzlich eine Glocke in der Ferne zu hören, die Luft kam von den Bergen, sie unterschieden immer deutlicher den Klang. Ganz verwirrt blieben nun alle lauschend stehen, über ihnen aber brach der Mond durch die Wolken und beleuchtete die unbekannten Täler und Klüfte, als sie auf einmal eine schöne tiefe Stimme in ihrer Landessprache singen hörten:

„Komm, Trost der Welt, du stille Nacht!
Wie steigst du von den Bergen sacht,
Die Lüfte alle schlafen,
Ein Schiffer nur noch, wandermüd,
Singt übers Meer sein Abendlied
Zu Gottes Lob im Hafen.

Die Jahre wie die Wolken gehn
Und lassen mich hier einsam stehn,
Die Welt hat mich vergessen,
Da tratst du wunderbar zu mir,
Wenn ich beim Waldesrauschen hier
In stiller Nacht gesessen.

O Trost der Welt, du stille Nacht,
Der Tag hat mich so müd gemacht,
Das weite Meer schon dunkelt,
Laß ausruhn mich von Lust und Not,
Bis daß das ew'ge Morgenrot
Den stillen Wald durchfunkelt."

Die Wandrer horchten noch immer voll Erstaunen, als der Gesang schon lange wieder in dem Gewölk verhallt war, das soeben vor ihnen mit leisem Fluge die Wipfel streifte. Alvarez erholte sich zuerst. „Still, still", sagte er, „nur sachte mir nach, vielleicht überraschen wir ihn." Sie schlichen nun durch das Dickicht leise und vorsichtig immer tiefer in den feuchten Nebel hinein, niemand wagte zu atmen – als plötzlich der vorderste mit großem Geschrei auf einen Fremden stieß, jetzt schrie wieder einer und noch einer auf, manchmal klang es wie Waffengerassel von ferne. Überwacht und aufgeregt, wie sie waren, zog jeder sogleich seinen Degen. Indem sahen sie auch schon mehrere halb kenntlich zwischen den Klippen herandringen, die unerchrockenen Abenteurer stürzten blind auf sie ein, da klirrte Schwert an Schwert im Dunkeln, immer neue Gestalten füllten den Platz, als wüchse das Gezücht aus dem Boden nach. In diesem Getümmel bemerkte niemand, wie ein fernes Licht, immer näher und näher, das Laub streifte, auf einmal brach der Widerschein durch die Zweige, den Kampfplatz scharf beleuchtend, und die Fechtenden standen plötzlich ganz verblüfft vor altbekannten Gesichtern – denn die vermeintlichen Wilden waren niemand anders als ihre Kameraden von unten, die verabredetermaßen auf Sanchez' Schuß zu Hülfe gekommen.

„Da ist er!" schrie hier plötzlich der Soldat, der vorhin den Alvarez heraufgeführt.

Alle wandten sich erschrocken um: Ein schöner riesenhafter Greis mit langem weißen Bart, in rauhe Felle gekleidet, eine brennende Fackel in der Hand, stand vor ihnen und warf dem Sanchez die Fackel an den Kopf, daß ihn die Funken knisternd umsprühten. „Ruhe da!" rief er; „was treibt euch, hier die Nacht mit wüstem Lärm zu brechen, das wilde Meer murrt nur von fern am Fuß der Felsen, und alle blinden Elemente hielten Frieden hier seit dreißig Jahren in schöner Eintracht der Natur, und die ersten Christen, die ich wiedersehe, bringen Krieg, Empörung, Mord."

Hier erblickte er Alma, deren Gesicht von der Fackel hell beleuchtet war, da wurde er auf einmal still. Die erstaunten Gesellen standen scheu im Kreise, sie hielten ihn insgeheim für einen wundertätigen Magier. Diese Pause benutzte Alvarez und trat, seinen Degen einsteckend, einige Schritte vor. „Ihr sollt nicht glauben", sagte er, „daß wir loses Gesindel seien, das da ermangelt, einem frommen Waldbruder die gebührende Reverenz zu erweisen; mit dem Lärm vorhin, das war nur so eine kleine Konfusion." Der Einsiedler aber schien nicht darauf zu hören, er sah noch immer Alma an, dann, wie in Gedanken in dem Kreise umherschauend, fragte er, woher sie kämen? Das wußte nun Alvarez selber nicht recht und berichtete kurz und verworren von der Frau Venus, von Händeln mit den Wilden, von einem prächtigen Reich, das sie entdeckt, aber wieder verloren. Der Alte betrachtete unterdes noch einmal alle in die Runde. Nach kurzem Schweigen sagte er darauf: Es sei schon dunkle Nacht und seine Klause liege weit von hier, auch habe er oben nicht Raum für so viele unerwartete Gäste, am folgenden Tage aber wollte er sie mit allem, dessen sie zur Reise bedürften, aus dem Überfluß versehen, womit ihn Gott gesegnet. Der Hauptmann solle jetzt die Seinen zum Ankerplatz zurückführen und morgen, wenn sie die Frühglocke hörten, mit wenigen Begleitern wiederkommen.

Die Wandrer sahen einander zögernd an, sie hätten lieber noch heut den Waldbruder beim Wort genommen. Aber in seinem strengen Wesen war etwas Unüberwindliches, das zugleich Gehorsam und Vertrauen erweckte. Er selbst ergriff rasch die Fackel, an der die andern ihre Windlichter anzünden mußten, und zeigte ihnen, voranschreitend, einen von Zweigen verdeckten Felsenweg, der unmittelbar zum Strande führte. Als sie nach kurzem Gange zwischen den Bäumen heraustraten, sahen sie schon das Meer wieder heraufleuchten, tief unter ihnen riefen die zurückgebliebenen Wachen einander von ferne an. „Mein Gott", sagte der Einsiedler fast betroffen, „das habe ich lange nicht gehört, es ist doch ein herrlich Ding um die Jugend." Dann grüßt' er alle noch einmal und wandte sich schnell in die Finsternis zurück. Unten aber erschraken die Wachen, da sie ein Licht nach dem andern aus den Klüften steigen und durch die Nacht schweifen sahen, als kämen die verstörten Gebirgsgeister den stillen Wald herab.

Der folgende Tag graute noch kaum, da fuhr Alma schon von ihrem bunten Teppich auf, sie hatte vor Freude auf die bevorstehende Fahrt die ganze Nacht nur leise geschlummert und immerfort von dem Gebirge und dem Einsiedler geträumt. Erstaunt sah sie sich nach allen Seiten um, Antonio lag zu ihren Füßen im Gras. Es war noch alles still, die Wachtfeuer flackerten erlöschend im Zwielicht. Da überfiel Alma ein seltsames Grauen in der einsamen Fremde, sie konnt' es nicht lassen, sie stieß Antonio leis und zögernd an. Der verträumte Student richtete sich schnell auf und sah ihr in die klaren Augen. Sie aber wies aufhorchend nach dem Gebirge. Da hörte er hoch über ihnen auch schon die Morgenglocke des Einsiedlers durch die Luft herüberklingen, und bei dem Klange fuhren die Langschläfer an den Feuern, einer nach dem andern, empor. Jetzt trat auch Alvarez schon völlig bewaffnet aus dem Zelte und teilte mit lauter Stimme seine Befehle für den kommenden Tag aus. Sanchez sollte heute das Kommando am Strande führen, er mochte ihn nicht wieder auf die Berge mitnehmen, da er ihm überall unverhofften Lärm und Verwirrung anrichtete. Bald wimmelte es nun wieder bunt über den ganzen Platz, und ehe noch die Sonne sich über dem Meere erhob, brach der Hauptmann schon, nur von Alma und Antonio begleitet, zu dem Waldbruder auf.

Alma hatte sich alle Stege von gestern wohl gemerkt und kletterte munter voraus. Antonio trug mühsam ein großes dickes Buch unter dem Arme, in welchem er mit jugendlicher Wißbegierde und Selbstzufriedenheit merkwürdige Pflanzen aufzutrocknen und zu beschreiben pflegte. Alma meinte, er mache Heu für den Schiffsesel, und brachte ihm Disteln und anderes nichtswürdiges Unkraut in Menge. Das verdroß ihn sehr, er suchte ihr in aller Geschwindigkeit einen kurzen Begriff von dem Nutzen der Wissenschaft beizubringen. Aber sie lachte ihn aus und steckte sich die schönsten frischen Blumen auf den Hut, daß sie selbst wie die Gebirgsflora anzusehen war. Auf einmal starrten alle überrascht in die Höh'. Denn fern auf einem Felsen, der die andern Gipfel überschaute, trat plötzlich der Einsiedler mitten ins Morgenrot, als wär' er ganz von Feuer; er schien die Wandrer kaum zu bemerken, so versunken war er in den Anblick des Schiffs, das unten ungeduldig wie ein mutiges Roß auf den Wellen tanzte. Jetzt fiel es dem Alvarez erst aufs Herz, daß er ein verkleidetes Mädchen zu dem frommen Manne mit heraufbringen wolle. Er bestand daher ungeachtet Antonios Fürbitte darauf, daß Alma zurückkehren und ihre Wiederkehr unten erwarten sollte. Sie war betroffen und traurig darüber; als sie aber endlich die Skrupel des Hauptmanns begriff, schien sie schnell einen heimlichen Anschlag zu fassen, sah sich noch einmal genau die Gegend an und sprang dann, ohne ein Wort zu sagen, wieder nach dem Lagerplatze hinab.

Unterdes hatte der Einsiedler oben die Ankommenden gewahrt und wies ihnen durch Zeichen den nächsten Pfad zu dem Gipfel, wo er sie mit großer Freude willkommen hieß. „Laßt uns die Morgenkühle noch benutzen", sagte er dann nach kurzer Rast und führte seine Gäste sogleich wieder weiter zwischen die Berggipfel hinein. Sie gingen lange an Klüften und rauschenden Bächen vorüber, sie erstaunten, wie rüstig ihr Führer voranschritt. So waren sie auf einem hochgelegenen freien Platze angekommen, der nach der Gegend, wo das Schiff vor Anker lag, von höhern Felsen und Wipfeln ganz verschattet war; von der andern Seite aber sah man weit in die fruchtbaren Täler hinaus, während zu ihren Füßen der Garten heraufduftete, den sie schon gestern zufällig entdeckt hatten. „Das ist mein Haus", sagte der Einsiedler und zeigte auf eine Felsenhalle im Hintergrund. Die Morgensonne schien heiter durch die offene Tür und beleuchtete einfaches Hausgerät und ein Kreuz an der gegenüberstehenden Wand, unter dem ein schönes Schwert hing. Die Ermüdeten mußten sich nun auf die Rasenbank vor der Klause lagern, der Einsiedler aber brachte zu ihrer Verwunderung Weinflaschen und köstliches Obst, schenkte die Gläser voll und trank auf den Ruhm Altspaniens. Unterdes hatte der Morgen ringsum alles vergoldet und funkelte lustig in den Gläsern und Waffen, ein Reh weidete neben ihnen, und schöne bunte Vögel flatterten von den Zweigen und naschten vertraulich mit von dem Frühstück der Fremden.

Hier saßen sie lange zusammen in der erfrischenden Kühle. Der Einsiedler erkundigte sich nach ihrem gemeinschaftlichen Vaterlande, aber er sprach von so alten Zeiten und Begebenheiten, daß ihm fast nur Antonio aus seinen Schulbüchern noch Bescheid zu geben wußte. Da sie ihn aber so heiter sahen, drangen sie endlich in ihn, ihnen seinen eigenen Lebenslauf, und wie er auf diese Insel gekommen, ausführlich zu erzählen. Da besann er sich einen Augenblick. „Es ist mir alles nur noch wie ein Traum", sagte er darauf, „die fröhlichen Gesellen meiner Jugend, die sich daran ergötzen könnten, sind lange tot, andere Geschlechter gehen unbekümmert über ihre Gräber, und ich stehe zwischen den Leichensteinen allein wie in tiefem Abendrote. Doch sei es drum, ich schwieg so lange Zeit, daß mir das Herz recht aufgeht bei den heimatlichen Lauten; ich will euch von allem treulich Kunde geben, vielleicht erinnert sich doch noch jemand meiner, wenn ihr's zu Hause wiedererzählt." So rückten sie denn im Grünen näher zusammen, und der Alte hub folgendermaßen an:

### *Geschichte des Einsiedlers*

„Die letzte Macht der Mohren war zertrümmert, die Zeit war alt und die Waffen verklungen, unsere Burgen standen einsam über wallenden Kornfeldern, das Gras wuchs auf den Zinnen, da blickte mancher vom Walle übers Meer und sehnte sich nach einer neuen Welt. Ich war damals noch jung, vor meiner Seele dämmerte bei Tag und Nacht ein wunderbares Reich mit blühenden Inseln und goldenen Türmen aus den Fluten herauf – so rüstete ich freudig ein Schiff aus, um es zu erobern.

Was soll ich euch von den ersten Wochen der Fahrt erzählen, von den vorüberfliegenden Küsten, von der Meereseinsamkeit und den weit gestirnten prächtigen Nächten, ihr kennt's ja so gut wie ich. Es sind jetzt gerade dreißig Jahre, es war des Königs Namenstag, wir fuhren auf offner unbekannter See. Ich hatte zur Gedächtnisfeier des Tages ein Fest auf dem Verdeck bereitet, die Tische waren gedeckt, wir saßen unter bunten Fahnen in der milden Luft, einige sangen spanische Lieder zur Zither, glänzende Fische spielten neben dem Schiff, ein frischer Wind schwellte die Segel.

Da, indem wir so der fernen Heimat gedachten, sahen wir auf einmal verflogene Paradiesvögel über uns durch die klaren Lüfte schweifen, alle hielten's für die Verheißung eines nahen Landes. ‚Und was für ein Land muß das sein', rief ich aufspringend, ‚wo der Wind solche Blüten herüberweht!' Wir hofften alle das wunderbare Eldorado* zu entdecken. Aber mein Lieutenant, ein junger, stiller und finsterer Mann, entgegnete in seiner melancholischen Weise: Das Eldorado liege auf dem großen Meere der Ewigkeit, es sei töricht, es unter den Wolken zu suchen. Das verdroß mich. Ich schenkte rasch mein Glas voll. ‚Wer's hier nicht sucht, der findet's nimmer', rief ich, ‚durch! und wenn's am Monde hinge.'

Aber wie ich anstieß, sprang mein Glas mitten entzwei, mir graute – da rief's auf einmal vom Mastkorbe: ‚Land!'

Alles fuhr nun freudig erschrocken auf, wir waren fern von allen bekannten Küsten, es mußte ein ganz fremdes Land sein. Wir sahen erst nur einen Nebelstreif, dann allmählich wuchs und dehnte sich's wie ein Wolkengebirge. Unterdes aber kam der Abend, die Luft dunkelte schläfrig und verdeckte alles wieder. Wir gingen nun so nah am Strande als möglich vor Anker, um mit Tagesanbruch zu landen. O der schönen erwartungsvollen Nacht! Es war so still, daß wir die Wälder von der Küste rauschen hörten, ein köstlicher Duft von Kräutern wehte herüber, im

---

* sagenhaftes Goldland in Südamerika; übertragen für „Wunderland", „Traumland"

Walde sang ein Vogel mit fremdem Schalle, manchmal trat der Mond plötzlich hervor und beleuchtete flüchtig wunderbare Gipfel und Klüfte.

Als endlich der Morgen anbrach, standen wir schon alle wanderfertig auf dem Verdecke vor dem blitzenden Eilande. Ich werde den Anblick niemals vergessen – mir war's, als schlüge die strenge Schöne, die ich oft im Traume gesehen, ihre Schleier zurück und ich säh' ihr auf einmal in die wilden dunkeln Augen. Wir landeten nun und richteten uns fröhlich am Fuß des Gebirges ein, ich aber machte sogleich mit mehreren Begleitern einen Streifzug ins Land. Wir fanden alles wild und schön, fremde Tiere flogen scheu vor uns in das Dickicht, weiterhin stießen wir auf ein Dorf in einem fruchtbaren Felsentale, die Schmetterlinge flatterten friedlich in den blühenden Bäumen, aber die Hütten waren leer und alles so still in der Einsamkeit zwischen den Klüften und Wasserfällen, als wäre der Morgen der Engel des Herrn, der die Menschen aus dem Paradiese gejagt und nun zürnend mit dem Flammenschwerte auf den Bergen stände.

Als ich zurückkehrte, ließ ich der Vorsicht wegen einige Feldschlangen* vom Schiffe bringen und unsern Lagerplatz verschanzen, da ich beschlossen hatte, das Land genau zu durchforschen. So war die Nacht herangekommen. Ich hatte wenig Ruh' vor schweren seltsamen Träumen, und als ich das eine Mal aufwachte, war unser Wachtfeuer fast schon ausgebrannt, es konnte nicht mehr weit vom Tage sein. Ich begab mich daher zu den äußersten Posten, die ich am Abend ausgestellt, die waren sehr erfreut, mich zu sehen, denn sie hatten die ganze Nacht über eine wunderliche Unruhe im Gebirge bemerkt, ohne erraten zu können, was es gebe. Ich legte mich mit dem Ohr an den Boden, da war's zu meinem Erstaunen, als vernähm' ich den schweren Marsch bewaffneter Scharen in der Ferne. Manchmal erschallte es weit in den Bäumen wie Nachtgeflügel, das aufgeschreckt durch die Zweige bricht, dann war alles wieder still. Indem ich aber noch so lauschte, hör' ich auf einmal ein Flüstern dicht neben mir im Dunkeln. Ich trat einige Schritte zurück, meine Jagdtasche war mit Feuerwerk wohlversehen, ich warf schnell

* Feldgeschütze

eine Leuchtkugel nach dem Gebirge hinaus. Da bot sich uns plötzlich der wunderbarste Anblick dar: Bei dem hellen Widerschein sahen wir einen furchtbaren Kreis bewaffneter dunkler Gestalten, lauernd an die Palmen gelehnt, hinter Steinen im Dickicht, Kopf an Kopf bis tief in den finstern Wald hinein. Alle Augen folgten dem feurigen Streif der Leuchtkugel, und als sie prasselnd in der Luft zerplatzte, richteten sich mehrere auf und betrachteten erstaunt die funkelnden Sterne, die im Niedersinken die Wipfel vergoldeten. Unterdes waren auf das Feuerzeichen die Unsrigen, die auf meinen Befehl bekleidet und mit Waffen geruht hatten, erschreckt und noch halb verschlafen herbeigeeilt. Als nun die Wilden das Wirren und ängstliche Hin- und Herlaufen bemerkten, sprangen sie plötzlich aus ihrem Hinterhalt, ein Hagel von Speeren und Steinen flog hinter ihnen drein, ich hatte kaum Zeit, die Meinigen zu ordnen. Ich ließ fürs erste nur blind feuern, die Eingebornen stutzten, da sie sich aber alle unversehrt fühlten, lachten sie wild und griffen nun um so wütender an. Eine zweite scharfe Ladung empfing die Verwegenen, wir sahen einige von ihnen getroffen sinken, die Hintersten aber gewahrten es nicht und drängten immer unaufhaltsamer über die Gefallenen vor. Mehrere von den Unsrigen wollten unterdes mitten in dem Getümmel ein Weib mit fliegendem Haar gesehen haben, die wie ein Würgengel unter ihren eigenen Leuten die Zurückweichenden mit ihrem Speer durchbohrte, es entstand ein dumpfes scheues Gemurmel von einer schönen wilden Zauberin, die Meinigen fingen an zu wanken. Jetzt zauderte ich nicht länger, ich befahl unsere Feldschlange loszubrennen, der Schuß weckte einen anhaltenden furchtbaren Widerhall zwischen den Bergen und riß eine breite Lücke in den dichtesten Haufen der Wilden. Das entschied den Kampf; wie vor einer unbegreiflichen übermenschlichen Gewalt standen sie eine Zeitlang regungslos, dann wandte sich auf einmal die ganze Schar mit durchdringendem Geheul, durch den Pulverdampf sahen wir sie ihre Toten und Verwundeten auf den Rücken eilig fortschleppen, und in wenigen Minuten war alles zwischen dem Unkraut und den Felsenritzen wie ein Nachtspuk in der Morgendämmerung verschlüpft, die nun allmählich wachsend das Gebirge erhellte.

Wir standen noch ganz verwirrt, wie nach einem unerhörten

Traume. Ich ließ darauf die Verwundeten zurückbringen und sammelte die Frischesten und Kühnsten, um den Saum des Waldes von dem Gesindel völlig zu säubern. So schritten wir eben vorsichtig in die Berge hinein, als plötzlich auf einem Felsen über uns zwischen den Wipfeln eine hohe schlanke Mädchengestalt von so ausnehmender Schönheit erschien, daß alle, die auf sie zielten, ihre Arme sinken ließen. Sie war in ein buntgeflecktes Pantherfell gekleidet, das von einem funkelnden Gürtel über den Hüften zusammengehalten wurde, mit Bogen und Köcher, wie die heidnische Göttin Diana. Sie redete uns furchtlos und, wie es schien, zürnend an, aber keiner verstand die Sprache, und der Klang ihrer Stimme verhallte in den Lüften, bis sie endlich selbst zwischen den Bäumen wieder verschwand.

Mein Lieutenant insbesondere war von der wunderbaren Erscheinung ganz verwirrt. Er pflegte sonst nicht viel Worte zu machen, jetzt aber funkelten seine Augen, ich hatte ihn noch nie so heftig gesehn. Er nannte das Mädchen eine teuflische Hexe, man müsse sie tot oder lebendig fangen und verbrennen, er selbst erbot sich, sogleich Jagd auf sie zu machen. Ich verwies ihm seine unsinnige Rede. Wir brauchten, sagte ich, vor allem einige Tage Ruh' und frische Lebensmittel, dazu müßten wir jetzt Frieden halten mit den Eingebornen. Der Lieutenant aber war bei seinem stillen Wesen leicht zum Zorne zu reizen, er hieß mich selber des Teufels Zuhalter und verschwor sich, wenn ihm keiner beistehn wollte, das christliche Werk allein zu vollbringen. Und mit diesen Worten stieg er eilig das Gebirge hinan, ehe wir ihn zurückhalten konnten. Vergebens riefen wir ihm warnend, bittend und drohend nach, ich selbst durchschweifte mit vielen andern fruchtlos die nächsten Berge, es sah ihn niemand wieder.

Dieses ganz unerwartete Ereignis machte mir große Sorgen, denn entweder wandte der Unglückliche durch sein Unternehmen das kaum vorübergezogene Ungewitter von neuem auf uns zurück, oder ich verlor, was wahrscheinlicher war, einen redlichen und tapferen Offizier. Das letzte schien leider zutreffen zu wollen, denn alle unsere Nachforschungen blieben ohne Erfolg, mehrere Tage waren seitdem vergangen, meine Leute gaben ihn schon auf. Da beschloß ich endlich, mir um jeden Preis Gewißheit über sein Schicksal zu verschaffen. Ich ließ unser Lager abbrechen, lichtete die Anker und segelte, mich immer möglichst dicht zum Lande haltend, weiter an der Küste herab.

Wir fuhren nun abwechselnd an wilden und lachenden Gestaden vorüber, aber wo wir auch ans Land stiegen, sahen wir's verlassen, die Eingebornen flohen scheu vor uns in die Wälder, von dem Lieutenant war keine Spur zu entdecken. So hatten wir uns einmal beim ersten Morgengrauen in einem von Bergen umgebenen Tale gelagert, das mir besonders anmutig und reich bevölkert schien, wie ich aus den vielen Stimmen abnahm, die wir nachts von der Küste gehört hatten. Ich ließ unsern Lagerplatz sogleich mit Zweigen eines Baumes bestecken, von dem ich wußte, daß er in diesen Weltgegenden als Zeichen des Friedens und der Freundschaft angesehen wird, flatternde Bänder und bunte Teppiche wurden ringsum an Stangen ausgehängt, unsere Spielleute mußten dazu musizieren, das klang gar lustig in der Einsamkeit, die nun schon von der schönsten Morgenröte nach und nach erhellt wurde. Ich hatte mich in meiner Erwartung auch nicht getäuscht, denn es währte nicht lange, so erschienen einzelne Wilde neugierig hie und da wie Raben an den Klippen, jetzt erkannten wir auch im steigenden Morgen die Gegend ringsumher, fruchtbare Gründe, Wasserfälle und wunderbar gezackte Felsen, die wie Burgen über den Wäldern hingen.

Bald darauf aber sahen wir es fern am Saum des Waldes in der Morgensonne schimmern. Ein unübersehbarer Zug von Wilden bewegte sich jetzt unter den Bäumen die nachtkühlen Schlüfte herab, voran schwärmten hohe schlanke Bursche über den beglänzten Wiesengrund, die gewandt ihre blinkenden Speere in die Luft warfen und wieder auffingen. So im künstlichen Kampfspiel bald sich verschlingend, bald wieder auseinanderfliegend, nahten sie sich langsam unserem Lager, dazwischen sang der Zug dahinter ein rauhes, aber gewaltiges Lied, und sooft sie schwiegen, gaben andere von den Bergen Antwort.

Ich wußte nicht, was ich von dem seltsamen Beginnen halten sollte. Mir war aber alles daran gelegen, mit ihnen in ein friedliches Verständnis zu kommen. Ich hieß daher meine Leute die Feldschlange laden und sich kampffertig halten, während ich selber allein den Ankommenden entgegenging, das grüne Reis hoch über meinem Hute schwenkend. Da gewahrte ich an der Spitze des Zuges mehrere schöne junge Männer in kriegerischem Schmuck, die über ihren Köpfen breite Schilde wie ein glänzendes Dach emporhielten. Auf diesen aber erblickte ich zu meinem Erstaunen das Wundermädchen wieder, die wir damals auf dem Felsen gesehen. Mit dem schlanken Pantherleib, zu beiden Seiten von den langen dunklen Locken umwallt, ruhte sie in ihrer strengen Schönheit wie eine furchtbare Sphinx auf den Schilden.

Kaum aber hatte sie mich erblickt, als sie sich rasch von ihrem Sitze schwang und auf mich zueilte, die turnierenden Bursche stoben zu beiden Seiten auseinander und senkten ehrerbietig die Lanzen vor ihr – es war die Königin des Landes.

Sie trat, während die andern in einem weiten Halbkreise zurückblieben, mitten unter uns mit einem Anstande, der uns alle erstaunen machte, und betrachtete mich, als den vermeintlichen König der Fremden, lange Zeit mit ernsten Blicken. Ich ließ ihr einen bunten Teppich zum Sitze über den Rasen breiten und überreichte ihr dann ein Geschenk von Glaskorallen, Tüchern und Bändern. Sie nahm alles wie einen schuldigen Tribut an, ohne sich jedoch, nach einem flüchtigen Blick darauf, weiter darum zu bekümmern, ihre Seele schien von ganz andern Gedanken erfüllt. Unterdes war auch ihr Gefolge nach und nach vertraulicher geworden. Einzelne näherten sich den Unsrigen, einer von ihnen benutzte die Verwirrung, rollte schnell einen Teppich auf und entfloh damit nach dem Walde. Die Königin bemerkte es, rasch aufspringend zog sie einen Pfeil aus ihrem Köcher und durchbohrte den Fliehenden, daß er tot ins Gras stürzte; da hing die ganze Schar wie eine dunkle Wolke wieder unbeweglich am Saume des Waldes.

Mir graute, sie aber wandte sich von neuem zu uns, ihre Blicke spielten umher, sie schien etwas mit den Augen zu suchen. Endlich erblickt' sie's: Es war unsere Feldschlange. Sie betrachtete sie mit großer Aufmerksamkeit, auf ihr Begehren mußte ich sie wenden und losbrennen lassen. Bei dem Knall stürzten die Eingebornen zu Boden, das Mädchen schauerte kaum und stand wie eine Zauberin in dem ringelnden Dampf. Dann aber flog sie pfeilschnell nach der Gegend, wohin der Schuß gefallen. Ich folgte ihr, denn es schien mir ratsam, ihr die unwiderstehliche Gewalt unseres Geschützes begreiflich zu machen. Es war ein abgelegener

Ort tief im Walde, wo die Kugel einen Baum zerschmettert hatte; Stamm, Krone und Äste lagen zerrissen umher, wie vom Blitz gespaltet. Als sich die Königin von der furchtbaren Wirkung des Schusses überzeugt hatte, wurde sie ganz nachdenklich und traurig; wie vernichtet setzte sie sich auf den Rasen hin. So saß sie lange stumm, ich hatte sie noch nicht so nah gesehn, nun fesselte mich ihre Schönheit, und ganz verwirrt und geblendet drückte ich flüchtig ihre Hand. Da wandte sie fast betroffen ihr Gesicht nach mir herum und sprang dann plötzlich wild auf, daß ich zusammenschrak. Sie eilte nach unserm Lagerplatz zurück, dort hatte sie, eh' ich's noch hindern konnte, unsere Schiffsfahne ergriffen und schwenkte sie hoch in der Luft, uns alle auf ihre Berge einladend. Ich hatte kaum noch Zeit genug, die nötigen Wachen am Strande anzuordnen, denn sie flog schon mit dem weißen flatternden Banner voran. Von Zeit zu Zeit, während wir vorsichtig folgten, erschien sie über den Wipfeln auf überhängenden Felsen, daß uns grauste, und sooft sie oben sichtbar wurde, jauchzten die Eingebornen ihr zu, und ihre Hörner schmetterten dazwischen, daß es weit im Gebirg widerhallte.

Ich übergehe hier unsern Empfang und ersten Aufenthalt auf diesen Felsen, die scheue Gastfreundschaft der Wilden, unser Lagern über den Klüften, die herrlichen Morgen und die wunderbaren Nächte – es ist mir von allem nur noch das Bild der Königin in der Seele zurückgeblieben. Denn sie selber war wie das Gebirge, in launenhaftem Wechsel bald scharf gezackt, bald sammetgrün, jetzt hell und blühend bis in den fernsten tiefsten Grund, dann alles wieder grauenhaft verdunkelt. Wie oft stand ich damals auf den Bergen und schaute in das blaue Meer! Den Lieutenant hatte ich lange aufgegeben, der Wind wehte günstig, alles war zur Abfahrt bereit – und doch mußte ich mich immer wieder zurückwenden in jene wildschöne Einsamkeit.

In dieser Zeit schweifte ich oft mit der Königin auf der Jagd umher. Auf einem solchen Streifzug war ich eines Tages weit von ihr abgekommen. Vergebens rief ich ihren Namen, die Täler unten ruhten schwül, nur der Widerhall gab Antwort zwischen den Felsen. Auf einmal erblickte ich sie fern im Walde, es war, als ginge jemand unter den Bäumen eilig von ihr fort. Als ich aber hinaufkam, war alles wieder still; dann aber hörte ich sie singen über mir, eine so wunderbare Melodie, daß es mir die Seele wandte. So verlockte sie mich immer weiter in die Wildnis, ihr Lied war auch verklungen, kein Vogel sang mehr in dieser unwirtbaren Höhe – da, wie ich mich einmal plötzlich wende, steht sie auf einer Klippe in der Waldesstille, den Bogen lauernd auf mich angelegt. Ich starrte sie erschrocken an, sie aber lachte und ließ den Bogen sinken, zwischen den Wasserfällen im Widerschein der Abendlichter zu mir herabsteigend. Es war eine öde Gebirgsebene hoch über allen Wäldern, der Abend dunkelte schon. Sie setzte sich zu mir ins Gras, mir graute, denn um ihren Hals bemerkte ich eine Perlenschnur von Zähnen erschlagener Feinde. Und dennoch wandte ich keinen Blick von ihr, gleich wie man gern in ein Gewitter schaut. So lag ich, den Kopf in meine Hand gestützt, ganz in den Anblick ihrer wunderbaren Erscheinung versunken. Da sie's aber gewahrte, wandte sie sich plötzlich von mir, schwenkte aufspringend ihren Jagdspeer über sich und sang ein seltsames Lied, es waren in unserer Sprache etwa folgende Worte:

‚Bin ein Feuer hell, das lodert
Von dem grünen Felsenkranz,
Seewind ist mein Buhl und fordert
Mich zum lust'gen Wirbeltanz,
Kommt und wechselt unbeständig.
Steigend wild,
Neigend mild,
Meine schlanken Lohen wend' ich,
Komm nicht nah mir, ich verbrenn' dich!'"

Bei diesen Worten versank Antonio in Nachsinnen, es war offenbar dasselbe Lied, das damals Alma tanzend auf dem Schiffe gesungen. Er mochte aber jetzt den Einsiedler nicht unterbrechen, der in seiner Erzählung folgendermaßen fortfuhr:

„Dieser Abend gab den Ausschlag. Damals tat ich einen heimlichen Schwur, mich selber für die Königin zu opfern. Ich gelobte, Europa zu entsagen für immer, um sie und ihr Volk zum Christentum zu bekehren und dann mit ihr das Eiland zu regieren zu Gottes Ehre. Ich Tor, ich bildete mir ein, den Himmel zu erobern, und meinte doch nur das schöne Weib! Mein Plan war bald gemacht. Erst mußt' ich sichern Boden haben unter mir. Unter meinen Leuten befanden sich geschickte Werkmeister aller Art; Holz, Steine, und was zum Bauen nötig, lag verworren umher, ich ließ rasch zugreifen und auf dem Vorgebirg, welches das ganze Land beherrschte, eine feste Burg errichten zu Schutz und Trutz und pflanzte einen Garten daneben nach unserer Weise.

Nur wenigen von den Meinen hatte ich das eigentliche Vorhaben angedeutet, die andern blendete das Gold, das überall verlockend durch den grünen Teppich der Insel schimmerte. Die Königin wußte nicht, wie ihr geschah, erst wollte sie's hindern, dann stutzte sie und staunte, und während sie noch so zögernd sann und schwankte, wuchsen die Hallen und Bogen und Lauben ihr schon über dem Haupt zusammen, und alles schoß üppig auf und rauschte und blühte, als sollt' es ein ewiger Frühling sein.

Dazumal an einem Sonntage besichtigte ich das neue Werk, meine Leute waren lustig im Grünen zerstreut, ich hatte Wein unter sie verteilen lassen, denn morgen sollten die Kanonen vom Schiff auf die Mauern gebracht und die Burg feierlich eingeweiht werden. Ich ging durch den einsamen Hof und freute mich, wie die jungen Weinranken überall an den Pfeilern und Wänden hinaufkletterten. Es war ein schwüler Nachmittag, die Bäume flüsterten so seltsam über die Mauer, die Arbeit ruhte weit und breit, nur manchmal schlüpfte eine bunte Schlange durch das Gras, während einzelne Wolken träg und müßig über die Gegend hinzogen. Draußen aber schillerte der junge Garten im Sonnenglanze, wie mit offnen Augen schlafend, als wollt' er mir im Traum etwas sagen. Ich trat hinaus und streckte mich endlich ermattet vor dem Tor unter die blühenden Bäume, wo mich die Bienen gar bald in Schlummer summten. So mochte ich lange geschlafen haben, als ich plötzlich Stimmen zu hören glaubte.

Ich bog die Zweige auseinander und erblickte wirklich mehrere Eingeborne im Burghof, sie strichen, heimlich und scheu umherschauend, an den Mauern hin, ich erkannte die Häuptlinge der Insel an ihrem Schmuck. Im ersten Augenblick glaubte ich, es gelte mir, aber sie konnten mich nicht bemerken. Zu meinem Entsetzen aber gewahre ich nun auch unsern Lieutenant mitten unter ihnen mit verworrenem Bart, bleich und verwildert wie ein Gespenst, er redet geläufig ihre Mundart, sie sprechen leise und lebhaft untereinander. Darauf alles auf einmal wieder totenstill –

da erblickte ich die Königin am jenseitigen Tor, in ihrem Pantherkleid mit dem Bogen, ganz wie ich sie zum ersten Mal gesehen. Sie macht mit ihrem Pfeile wunderliche Zeichen in die Luft, und plötzlich, schnell und lautlos, ist alles wieder zerstoben. Ich rieb mir die Augen, die ganze Erscheinung war mir wie ein Spuk.

Als ich mich ein wenig besonnen, sprang ich hastig auf, da ich aber an den Bergrand trat, stand schon der Abend dunkelrot über der Insel, aus dem Waldgrunde unter mir hörte ich die Meinigen singen. Ich eilte sogleich nach der Gegend des Gebirges hin, wo die Königin mit den Häuptlingen verschwunden war. Da sah ich jemand fern unter den Bäumen sich ungewiß bewegen, bald rasch vortretend, bald wieder zögernd und unschlüssig zurückkehrend. Auf einmal kam er wie rasend auf mich herabgestürzt – es war der Lieutenant. ‚Fort, fort!' schrie er, ‚die Nacht bricht schon herein, laßt alles stehn, werft euch auf euer Schiff und flieht, nur fort!'

‚Wo, wo brennt's?' entgegnete er erschrocken, sich wild nach allen Seiten umsehend.

‚Aus deinen Augen lodert es versengend', sagte ich.

Mir flog eine schreckliche Ahnung durch die Seele. ‚Überläufer!' rief ich, meinen Degen ziehend, ‚du hast uns verraten, das Kainszeichen brennt dir blutrot an der Stirn!'

‚Das ist nicht wahr', erwiderte er, ‚im Walde brennt's unter meinen Füßen, in meinem Haar, in meinen Eingeweiden brennt's!', und mit diesen Worten ergriff er sein Schwert und drang verzweifelt auf mich ein.

‚Hier, Aug' in Aug', sieh nicht so scheu hinweg!' rief ich ihm zu. Ich weiß nicht, täuschte mich die Dämmerung, aber mir war's, als böt' er recht mit Herzenslust die entblößte Brust oft wehrlos meiner Degenspitze – mir graute, ihn zu morden.

Da, während wir so fechten, tritt auf einmal die Königin aus dem Walde und mitten zwischen uns. Der Lieutenant, da er sie erblickt, taumelt wie geblendet einige Schritte zurück. Dann seinen Degen plötzlich zu ihren Füßen niederwerfend, ruft er aus: ‚Da nimm's, ich *kann* nicht!' Und in demselben Augenblick bricht er zusammen, auf den Boden schlagend. Die Königin aber neigte sich über ihn und nannte ihn beim Namen so lieblich mit dem wunderbaren Klang ihrer Stimme, daß er verwirrt den Kopf erhob und lauschte. Da setzte sie mutwillig ihren Fuß auf seinen Nacken. ‚Geh nur, geh', sagte sie, und ein spöttisches Lächeln flog um ihren Mund. Und zu meinem Erstaunen raffte nun der Lieutenant, seinen Degen fassend, sich rasch wieder empor, seine Augen funkelten irr über die hohe Gestalt, die er, ich sah's wohl, tödlich haßte und rasend liebte, er konnte meinen Blick nicht ertragen, seine Kleider waren mit Blut bespritzt von einer leichten Wunde am Arm, aber er bemerkte es nicht. So stürzte er von neuem fort in den Wald, und ein blutiger Streif bezeichnete seine Spur im Grase.

Nun wandte sich die Königin wieder zu mir, ich fragte sie, wo der Lieutenant so lange gewesen? Sie schien zerstreut und gab verworren Antwort. Drauf fragte ich, wohin sie ging? ‚Auf den Anstand', entgegnete sie lachend, ‚der Wind weht vom Gebirge, da wechselt das Wild, es gibt heut ein lustiges Jagen!' Jetzt traten wir droben aus dem Gestrüppe, da sah ich tief unter uns meine gesamte Mannschaft, in buntem Gemisch mit vielen Eingebornen um Becher und Würfelspiel gelagert. Von der einen Seite ragte meine halbfertige Burg über die Wipfel, die Luft dunkelte schon, Vögel schwärmten kreischend um die Mauern. Ich hatte keine Ruh', es trieb mich zu den Meinen, die Königin führte mich auf dem nächsten Wege hinab. Sie lauschte oft in die Ferne, da hörte ich Stimmen, bald da, bald dort ein Laut, dann sah ich Rauchsäulen im Walde aufsteigen, ich hielt es für Höhenrauch nach dem schwülen Tage. Unterdes aber kam die Nacht und der Mond, die Bäche rauschten im Dunkeln neben uns, die Königin wurde immer schöner und wilder, sie riß am Wege leuchtende Blumen ab und kränzte sich und mich damit; so stieg sie mit mir von Klippe zu Klippe, selber wie die Nacht. Nun standen wir am letzten Abhange, schon konnte ich die Stimmen der Meinigen im Waldgrunde unterscheiden, da trat sie plötzlich vor mir auf den Fels hinaus und schleuderte ihren Jagdspeer übers Tal. Kaum aber sahen die unten zerstreuten Wilden ihn funkelnd blitzen über sich, so sprangen alle jauchzend auf und warfen sich wie Tigerkatzen über meine Leute, die sich der Tücke nicht versahen. Jetzt wurde mir auf einmal alles schrecklich klar. Ich zog und hieb voll Zorn erst nach der Königin, sie aber flog schon ferne durch den

Wald, so stürzt' ich nun den Meinigen zu Hülfe. Diese waren hart bedrängt, nur wenige hatten so schnell zu ihren Waffen gelangen können, ich sammelte, so gut es ging, die Verwirrten, meine unerwartete Gegenwart belebte alle, und in kurzer Zeit war das verräterische Gesindel wieder verjagt.

Aber rings am Saume des Waldes schwoll und wuchs nun die Schar unermeßlich, zahllose dunkle Gestalten mit Feuerbränden wirrten sich kreuzend durch die Nacht und steckten in grauenvoller Geschäftigkeit ringsum die Wälder an. Die Sonne hatte wochenlang gesengt über dem Lande, da griff das Feuer, an den Felswänden auf und nieder steigend, lustig in die alten Wipfel, der Sturm faßte und rollte die Flammen auf, wie blutige Fahnen, in der entsetzlichen Beleuchtung sah ich die Königin auf ihren Knien, als wollte sie die Lohen auf uns wenden mit ihrem schrecklichen Gebet. Kaum noch vermochten wir zu atmen in dem Rauch, der von Pfeilen schwirrte, von allen Seiten rückt' es rasch heran, das Schrein, das sprühende Knistern und Prasseln, nur manchmal von dem Donner stürzender Bäume unterbrochen; schon lief das Feuer in dem verdorrten Heidekraut über den Waldgrund, uns immer enger umzingelnd mit seinem furchtbaren Ringe. Da in der höchsten Not teilte der Wind auf einen Augenblick den Qualm, und wir gewahrten plötzlich eine dunkle Furt in den Flammenwogen. Ein reißender Waldstrom rang dort mit dem wilden Feuermanne, der zornig Wurzeln, Stämme und Kronen darübergeworfen hatte. Das rettete uns, wir eilten über die lodernden Brücken und erreichten in der allgemeinen Verwirrung glücklich das Meer, eh' uns der große Haufen bemerkte.

Als wir aber an den Strand kamen, sahen wir zu unserm Schrecken unser Boot schon von Eingebornen besetzt. Die Königin war's mit vielen bewaffneten Häuptlingen, sie schienen von unserm Schiffe herzukommen und sprangen soeben leis und heimlich ans Land. Da sie uns erblickten, nicht weniger überrascht als wir, umringten sie eiligst ihre Königin und suchten uns in die Flammen zurückzutreiben. Auf diesem einsamen Platze aber waren wir die Mehrzahl, es entstand ein verzweifelter Kampf, denn unser aller Leben hing an einer Viertelstunde. Vergebens streckte die Königin mit ihrem tödlichen Geschoß meine kühnsten Gesellen zu Boden, die Häuptlinge fochten sterbend noch auf den Knien, und als der letzte sank, schwang ich die Schreckliche gewaltsam auf meinen Arm und stürzte mich mit ihr und den wenigen, die mir geblieben, in das Boot. Es war die höchste Zeit, denn schon drangen die Eingebornen aus allen Felsenspalten und brennenden Waldtrümmern wie ein Schwarm Salamander auf mich ein, und kaum hatten wir den Bord des Schiffes erklommen, so wimmelte die See von unzähligen bewaffneten Nachen. Ich ließ schnell die Anker lichten, ein frischer Wind schwellte die Segel, die Wilden folgten und bedeckten das Schiff mit einem Pfeilregen.

Nun aber brach auf dem Schiffe selbst der rohe Grimm der verwilderten Soldaten aus. Sie hatten, eh' ich sie zügeln konnte, die Königin gebunden und verhöhnten sie mit gemeinen Spottreden; sie aber saß stolz und schweigend unter ihnen, als wäre sie noch die Herrin hier und wir ihre Gefangenen. Auf einmal erkannte sie einen Häuptling, der sich auf einem Kahne tollkühn genähert. Sich gewaltsam auf dem Verdeck hoch aufrichtend, fragte sie: ob alle Weißen von der Insel vertilgt seien?, und da er's bejahte, winkte sie ihnen zu, unser Schiff zu verlassen. Die Wilden zögerten erschrocken und verwirrt, ein dunkles Gemurmel ging durch den ganzen Schwarm. Da befahl sie ihnen noch einmal mit lauter Stimme, eiligst an den Strand zurückzukehren, und zu unserm Erstaunen wandten sich alle, Boot auf Boot, aber ein wehklagender Abschiedsgesang erfüllte die Luft wie ein Grabeslied.

Mir war das Betragen der Königin unbegreiflich. Noch einmal leuchtete mir die Hoffnung auf, sie wolle alles verlassen und mit uns ziehn, als plötzlich der Schreckensruf: ‚Feuer!' aus dem untern Schiffsraum erscholl. Todbleiche Gesichter, auf das Verdeck stürzend, bestätigten das furchtbare Unheil. Das Feuer hatte die Planken der Pulverkammer gefaßt, an Löschen war nicht mehr zu denken, wir waren alle unrettbar verloren. Mich überflog eine gräßliche Ahnung. Ich sah die Königin durchdringend an; sie flüsterte mir heimlich zu: Sie selber habe das Schiff angesteckt, als sie vorhin am Bord gewesen. Jetzt züngelten die Flammen schon aus allen Luken aufs Verdeck hinauf, da, mitten in der entsetzlichen Verwirrung, zerriß sie plötzlich ihre Banden, und freudig und unverwandt nach den brennenden Wäldern schauend, streckte sie beide Arme frei in die sternklare Nacht wie ein

Engel des Todes. In demselben Augenblick aber fühlte ich einen dumpfen Schlag, die Bretter wichen unter mir, meine Sinne vergingen, ich sah nur noch einen unermeßlichen Feuerblick*, wie tief in die Ewigkeit hinein.

Als ich wieder zu mir selbst kam, war alles still überm Meer, nur dunkle Trümmer des Schiffs und zerrissene Leichname meiner Landsleute trieben einzeln umher. Ich hatte im Todeskampf einen Mastbaum fest umklammert. Jetzt bemerkte ich einen Nachen der Eingebornen, der verlassen sich neben mir auf den Wellen schaukelte. Verwundet und zerschlagen wie ich war, bot ich meine letzten Kräfte auf und warf mich todmüde hinein. Der Wind trieb mich dicht an dem umbuschten Gestade hin, der Mond schien blaß durch die Rauchwolken, auf der Insel aber hatte unterdes das Feuer auch meine Burg ergriffen, die Flammen schlugen aus allen Fenstern, langsam neigte sich der Turm, und Bogen auf Bogen stürzte alles donnernd in die Glut zusammen. Da sah ich im hellen Widerschein der Flammen fern die Leiche der Königin schwimmen in bleicher Todesschönheit, als schliefe sie auf dem Meere. Auf einem vorspringenden Felsen aber stand der Lieutenant, auf sein blutiges Schwert gestützt, ganz allein, vom Feuer verbrannt; er bemerkte mich nicht, mein Schifflein flog um die Klippe – ich sah ihn niemals wieder."

Hier schwieg der Einsiedler, seine Seele schien tief bewegt. Da ihn aber seine Gäste noch immer fragend ansahen, hub er nach einem Weilchen von neuem an: „Was wäre nach jener Nacht noch weiter zu berichten! Ich rang mit Hunger, Sturm und Wogen, ich wünschte mir tausendmal den Tod und haschte doch begierig die zerstreuten Lebensmittel, Werkzeuge und Gerätschaften auf, die der Wind von dem zertrümmerten Schiff an meinen Nachen spülte. So warf die See mich endlich am dritten Tage an dies Eiland. Hier zwischen diesen Wäldern stieg ich in die Felseneinsamkeit hinauf: Meine Jugend, mein Ruhm und meine Liebe waren hinter mir im Meer versunken, und kampfesmüd hing ich mein Schwert an diesen Baum; da seht, da hängt's noch heut, von Blüten ganz verhüllt."

---

* „Blick" in der ursprünglichen Bedeutung des Ausstrahlens von Licht; hier „Feuerschein"

„So seid Ihr Don Diego von Leon!“ fuhr hier Antonio plötzlich auf, das Wappen seines Oheims auf dem Degengriff erkennend.

„Der war ich ehemals in der Welt“, erwiderte der Einsiedler, „wie kennt Ihr mich?“

Aber der überraschte Antonio lag schon zu seinen Füßen und umklammerte seine Knie, daß ihn des Alten langer weißer Bart wie Höhenrauch umwallte.

NOCH bevor dies an der Klause vorging, war Alvarez unruhig aufgestanden und weiterhin unter die Bäume getreten, denn er glaubte einen seltsamen Gesang im Walde zu hören. Nun vernahm es auch der Einsiedler. Auf einmal richtete dieser sich gewaltsam aus Antonios Armen auf. „Im Namen Gottes“, rief er nach dem Walde hin, „wende dich ab und gehe ein zur ewigen Ruh!“ Antonio und Alvarez schauten erschrocken nach dem Fleck, wohin er starrte, und sahen mit Grauen die Frau Venus von der andern Insel zwischen den wechselnden Schatten über den Bergrücken schweifen. Der Hauptmann zog seinen Degen, man hörte die Flüchtige immer deutlicher und näher durch das Dickicht brechen. Jetzt trat sie unter den Bäumen hervor – es war Alma in der Tracht und dem Schmuck ihrer Heimat, so stand sie scheu und atemlos, sie hatte es unten nicht länger ausgehalten und schon lange Antonio zwischen den Felsen wieder aufgesucht.

Der Einsiedler verwendete keinen Blick von ihr. „Wer bist du?“ sagte er endlich. „Du schaust wie sie und bist es doch nicht!“

Alma aber war ganz verwirrt und sah ängstlich einen nach dem andern an. „Ich kann ja nichts dafür“, erwiderte sie dann zögernd, „sie sagten's immer, daß ich aussäh' wie meine Muhme, die tote Königin.“

„Mein Gott“, fiel hier Alvarez ein, „Ihr macht mich ganz konfus; so war das also die Insel der wilden Königin, von der wir hergekommen?“

Alma nickte mit dem Köpfchen. „Auch die Meinigen“, sagte sie, „hielten mich damals, als wir fortfuhren, für die verstorbene Königin, sonst hätten sie euch sicherlich erschlagen.“ Da das Mädchen sah, daß ihr niemand zürnte, wurde sie wieder heiterer und gesprächiger. Sie erzählte nun, daß sie gar oft in ihrer Heimat von alten Leuten gehört, wie die tapfere Königin mit einem spanischen Schiff, das sie selber angezündet, in die Luft geflogen, in jener Schreckensnacht hätten sie dann ihren Leichnam aus dem Meere gefischt und mit den eroberten Fahnen und Waffen der Fremden in die Königsgruft gelegt, wo die besonders eisige Luft die Toten unversehrt erhalte. Nur Alonzo allein sei von den Spaniern zurückgeblieben.

„Wie!" rief Alvarez, „so war der wahnsinnige Alte in seinem tollen Ornat derselbe gewesene Schiffslieutenant!"

Alma aber fuhr fort: „Der arme Alonzo bewachte seitdem die tote Königin bei Tag und Nacht und meint', sie schliefe nur, bis er bei unsrer Abfahrt selbst den Tod gefunden."

Der Einsiedler war während dieser Erzählung in tiefes Nachdenken versunken. „Entsetzlich!" sagte er dann halb für sich, „nun ist er abgelöst von seiner schauerlichen Wacht – Gott sei ihm gnädig!"

Unterdes war Alma in die Felsenhalle gegangen und untersuchte dort alles mit furchtsamer Neugier. Alvarez aber rief sie wieder heraus, sie mußte sich zu ihnen vor die Klause setzen, und nun ging es an ein Fragen und Erzählen aus der alten Zeit, daß keiner merkte, wie die Nacht allmählich schon Berg und Tal verschattete.

Tiefer unten aber rumorte es noch immer im Walde, Sanchez machte eifrig die Runde, denn gab es hier auch nichts zu bewachen, den müßigen Gesellen war es in ihrer Langenweile eben nur um den Lärm zu tun. In einzelnen Trupps auf den waldigen Abhängen um die Wachtfeuer gelagert, sangen sie aus der Ferne schöne Lieder, und sooft sie pausierten, hörte man Meer und Wald heraufrauschen. Das hatte die arme Alma lange nicht gehört; sie plauderte froh in ihrer fremden Sprache und sang und tanzte den Kriegstanz ihres Volks. Diegos Augen aber ruhten bald auf ihr, bald auf dem blühenden Antonio, ihm war, als spiegelte sich wunderbar sein Leben wie ein Traum noch einmal wider.

DIE SPANIER lagen noch mehrere Tage auf dieser Insel, um günstigen Wind abzuwarten. Don Diego hatte, als er sein Haus im Felsen baute, Gold in Menge gefunden, das lag seitdem vergessen im Schutt. Jetzt fiel's ihm wieder ein, er verteilte den Schatz nach

Amt und Würden an seine armen Gäste. Da war ein Jubilieren, Prahlen und Projektemachen unter dem glückseligen Schwarm, jeder wollte was Rechtes ausbrüten über seinem unverhofften Mammon und ließ allmählich die lustigen Reiseschwingen sinken in der schweren Vergoldung. Den Studenten Antonio aber verlangte wieder recht nach den duftigen Gärten der Heimat, um dort in den blühenden Wipfeln mit seinem schönen fremden Wandervöglein sich ein Nest zu bauen. So beschlossen sie alle einmütig, die neue Welt vorderhand noch unentdeckt zu lassen und vergnügt in die gute alte wieder heimzukehren. Diego schüttelte halb unwillig den Kopf. „So", sagte er, „hätte ich nicht getan, als ich noch jung war."

In dieser Zeit erwachte einmal Alma mitten in der schönsten Sommernacht, es war, als hätte sie jemand im Schlafe auf die Stirn geküßt. Sie fuhr erschrocken halb empor und sah soeben Don Diego von dem Platze fortgehn, der zu ihrem Erstaunen ganz still und verlassen war. Als sie sich aber völlig ermunterte, vernahm sie tiefer unten ein verworrenes Getümmel, es war, als sei plötzlich über Nacht der Frühling gekommen: ein Jubel und Rufen und Durcheinanderrennen den ganzen Strand entlang.

Jetzt kamen auch mehrere Soldaten mit gefüllten Schläuchen von den Quellen im Walde herab. „Viktoria!" riefen sie ihr zu, „der Wind hat sich gedreht, nun geht's nach Spanien." Da sprang Alma pfeilschnell auf, suchte emsig alles zusammen und schnürte ihr Bündel und jauchzte in sich, sie meinte, sie hätte den gestirnten Himmel noch niemals so weit und schön gesehen!

Indem sie aber noch fröhlich hantierte, sah sie Antonio mit Don Diego eilig und in lebhaftem Gespräch vom Strande kommen. Auf der Klippe über ihr stand Diego plötzlich still. „Nun geh hinab", sagte er zu Antonio, „du beredest mich nicht, ich bleibe hier. Mein Leben ist wie ein Gewitter schön und schrecklich vorübergezogen, und die Blitze spielen nur noch fern am Horizont wie in eine andere Welt hinüber. Du aber sollst dir erst die Sporen verdienen, kehre zurück in die Welt und haue dich tüchtig durch, daß du dir einst auch solchen Fels eroberst, der die Wetter bricht – weiter bringt es doch keiner. Fahre wohl!" Hier umarmte er gerührt den Jüngling und verschwand in der Wildnis.

Antonio sah ihm lange in die nachtkühle Einsamkeit nach. Da erblickte er auf einmal Alma dicht vor sich, schwang sie auf seinen Arm hoch in das aufdämmernde Morgenrot und stürzte mit ihr hinab.

Und als die Sonne aufging, flog das Schiff schon übers blaue Meer, der frische Morgenwind schwellte die Segel, Alma saß vergnügt mit ihrem Reisebündel und schaute in die glänzende Ferne, die Schiffer sangen wieder das Lied von der „Fortuna", auf dem allmählich versinkenden Felsen der Insel aber stand Diego und segnete noch einmal die fröhlichen Gesellen, denen auch wir eine glückliche Fahrt nachrufen.

# DIE ENTFÜHRUNG

Der Abend senkte sich schon über der fruchtbaren Landschaft, welche die Loire durchströmt, als ein junger Mann, jagdmüde und mit der Büchse über dem Rücken aus dem Walde tretend, unerwartet zwischen den grünen Bergen in der schönsten Einsamkeit ein altes Schloß erblickte. Er konnte durch die Wipfel nur erst Dach und Türme sehen, von Efeu überwachsen, mit geschlossenen Fenstern, halb wie im Schlafe. Neugierig drang er durch das verworrene Gebüsch die Anhöhe hinan, es schien der ehemalige Schloßgarten zu sein, denn künstliche Hecken durchschnitten oben den Platz, weiterhin schimmerte noch eine weiße Statue durch die Zweige, aber rings aus den Tälern ging der Frühling, mit Waldblumen funkelnd, lustig über die gezirkelten Beete und Gänge, alles prächtig verwildernd.

Jetzt, um eine Hecke biegend, sah er auf einmal das ganze Schloß vor sich, mitten im Grün, als wollt's in alle Fenster steigen; auf der steinernen Rampe vor der Saaltür, vom Abendrot beschienen, saßen eine ältliche Dame und eine schlanke Mädchengestalt am Stickrahmen, ein zahmes Reh graste neben ihnen in der schönen Wildnis, alle drei den Ankommenden erstaunt betrachtend.

Dieser stutzte überrascht, aber schnell entschlossen näherte er sich den Frauen und entschuldigte mit vielem Anstand seinen unwillkürlichen Überfall, er kenne hier die Waldgrenzen noch zu wenig, so sei er in dies fremde Revier geraten und lege nun als Wildschütz sein Geschick in ihre Hände. Die alte Dame, ohne seine Entschuldigung besonders zu beachten und ihn vom Kopf bis zu den Füßen mit den Blicken messend, bat ihn, da er fein gekleidet erschien, ziemlich kalt, neben ihnen Platz zu nehmen, indem sie auf einen Lehnstuhl wies, den auf ihren Wink ein bejahrter Diener in etwas verschossener Livree soeben aus dem Gartensaal brachte.

Die Unterhaltung stockte einen Augenblick, aber der Fremde, der sich in der maskenhaften Freiheit eines Unbekannten zu gefallen schien, wußte bald mit großer Gewandtheit das Gespräch zu ergreifen und zu beleben. Sie sprachen demnächst von der Räuberbande, die sich in diesem Frühjahr hier zwischen den Bergen eingenistet und durch ihre verwegenen Züge die ganze Gegend in Furcht und Schrecken setzte. Der Gast sagte lachend, das komme von der langen Friedenszeit, da spiele der Krieg, der sich sein Recht nicht nehmen lasse, auf seine eigne Hand im Lande. Der Mensch verlange immer etwas Außerordentliches, und wenn es das Entsetzlichste wäre, um nur dem unerträglichsten Übel, der Langeweile, zu entkommen. Die neueste Zeitung lag soeben auf dem Tischchen vor ihnen, sie enthielt eine ungefähre Personenbeschreibung des vermutlichen Hauptmannes der Bande. Der Fremde las sie mit großer Aufmerksamkeit, und es fiel der Dame auf, da er darauf um die Erlaubnis bat, das Blatt mitzunehmen, und es hastig einsteckte.

Währenddes war Frenel, der alte Diener, mit sichtbaren Zeichen von Bestürzung wieder hinzugetreten. Er schien aus dem Hofe zu kommen, und der Dame einen heimlichen Wink gebend, sprach er lange leise und lebhaft mit ihr im Hintergrunde des Saales. Er meldete, daß sich im Walde unweit des Schlosses unbekannte, bewaffnete Männer zu Pferde gezeigt, sie hielten ein lediges Roß, das schöner und kostbarer gezäumt als die andern. Der Waldhirte, der unbemerkt in ihrer Nähe gewesen, habe deutlich vernommen, wie sie von ihrem Herrn geredet, mehrmals ungeduldig nach dem Schlosse schauend, als ob sie jemanden von hier erwarteten. Die alte Dame, bei dieser seltsamen Nachricht einen Augenblick nachsinnend, überflog unwillkürlich in Gedanken die Beschreibung des Räuberhauptmannes aus der Zeitung, er war als ein junger, schöner, weltgewandter Mann geschildert – es fuhr ihr auf einmal wie ein Blitz durch die Seele, wie alles gar wohl auf ihren rätselhaften Gast bezogen werden konnte.

Indem sie so in großer Bewegung mit sich selber schnell beriet, wie sie in dieser sonderbaren Lage sich zu benehmen habe, schien der Fremde von alledem nichts zu bemerken. Er unterhielt sich heiter und angelegentlich mit dem Fräulein, während der Abend über dem wilden Garten schon immer tiefer hereindunkelte. Da fiel plötzlich ein Schuß unten im Walde. Die Dame trat entschlossen einige Schritte auf den Fremden zu. „Das sind meine Leute", sagte dieser, rasch aufspringend.

„Ihre Leute?"

„Gewiß", erwiderte er. Da er aber auf einmal den Schreck der erbleichten Dame bemerkte, entschuldigte er sich abermals wegen dieser Unruhe, versprach den Frevler ernstlich zu bestrafen und nahm sogleich Abschied, indem er, flüchtig seinen Namen nennend, noch um die Erlaubnis bat, wiederkommen zu dürfen. Aber niemand hörte oder antwortete ihm in der Verwirrung: So flog er den Schloßberg hinab. Der Abend tat noch einen roten, falschen Blick über die Bergkuppen, unten war schon alles finster und still, man hörte nur den Hufschlag von mehreren Rossen den Waldgrund entlang.

Das Fräulein, das nun auch den entsetzlichen Verdacht vernommen, rief aufs tiefste erschrocken: „O Gott, o Gott, er kommt gewiß wieder!"

Wirklich konnte die Lage der verwitweten Marquise Astrenant – so hieß die Dame – gerechte* Besorgnis erregen. Die Erinnerung an den alten Glanz und den verschwenderischen Aufwand ihres verstorbenen Gemahls war in der Gegend noch frisch genug, um die Anschläge des Raubgesindels auf das abgelegene Schloß zu lenken, und doch war sie in der Tat so verarmt, daß sie nicht daran denken konnte, in diesem Augenblick mit ihrer Tochter Leontine diese gefährliche Einsamkeit zu verlassen. In dieser Not fiel ihr ein, daß der Graf Gaston, wie sie von ihren Leuten gehört, soeben auf kurze Zeit auf einem seiner benachbarten Jagdschlösser angekommen war. Diesen glücklichen Umstand benutzend, stellte sie dem Grafen, obgleich sie ihn noch nicht persönlich kannte, schriftlich in wenigen Worten ihre Abgeschiedenheit und Gefahr vor und beschwor ihn, als Nachbar sie in ihrer hülflosen Lage zu beschützen. Mit diesem Briefe wurde noch denselben Abend ein reitender Bote nach dem Jagdschlosse gesandt.

So war die Nacht allen unter mancherlei Vorsichtsmaßregeln schlaflos vergangen. Schon am folgenden Morgen aber erhielten sie die Antwort: Der Graf werde nicht ermangeln, ihren Wünschen

* hier in der älteren Bedeutung von „richtig", „berechtigt"

nach Kräften zu entsprechen, und womöglich heute noch selbst seine Aufwartung machen. Diese Zusage und das tröstliche Morgenlicht hatten alle Sorge gewendet. Sie schämten sich fast und lachten über die übertriebene Furcht und Besorgnis, womit die Wälder ringsumher im Dunkeln sie erschreckt. Und wie nach Gewittern oft ein heiterer Glanz über die Landschaft fliegt, so brachte auch hier der angekündigte Besuch des Grafen Gaston sehr bald das ganze stille Haus in eine ungewohnte fröhliche Bewegung. Die gläsernen Kronleuchter, die so lustig funkelten, wurden sorgfältig geputzt, die verstaubten Tapeten ausgeklopft und Teppiche gelüftet, der Morgen glänzte durch die verbleichten, rotseidenen Gardinen seltsam auf dem getäfelten Boden der Zimmer, während draußen über dem sonnigen Rasenplatz vor dem Hause die Schwalben jauchzend hin und her schossen. Leontine erschien besonders fleißig, sie war aufgewachsen zwischen diesen Trümmern des früheren Glanzes, nun schien ihr alles so prächtig, weil es ins Morgenrot ihrer Kindheit getaucht. Die Marquise lächelte schmerzlich, aber sie mochte die Freude der Tochter nicht stören.

Die Sonne stieg indes und senkte sich schon wieder nach den Tälern, und der Graf war zu ihrem Befremden noch immer nicht angekommen, noch hatte er den ganzen Tag über etwas von sich hören lassen. Sie mußten seinen Besuch für heute schon aufgeben, und als endlich der Abend von neuem die Wälder färbte, saßen beide Frauen, durch die Geschäftigkeit des Tages zerstreut und zuversichtlicher geworden, wie sonst wieder auf der steinernen Rampe vor dem Garten an ihrer Arbeit, als wäre eben nichts vorgefallen. Leontine, in vergeblicher Erwartung des Grafen, war geschmückt wie eine arme Braut, die nicht weiß, wie schön sie in ihrer Armut ist. Aber die Abendsonne blitzte über ihre frischen Augen und hüllte sie ganz in ihr schönstes, goldnes Kleid, und ihr Reh sah von fern verwundert nach der prächtigen Herrin, es war, als hätt' es alle seine Spielkameraden mit herbeigerufen, so neugierig wimmelten die Waldvögel im Garten und guckten durch die Zweige und schwatzten vergnügt untereinander. Vor dem Hause aber ging die Abendluft lind durch die Blumen unter ihnen. Leontine sah oft in Gedanken über ihre Arbeit ins Tal hinaus und sang:

„Überm Lande die Sterne
Machen die Runde bei Nacht,
Mein Schatz ist in der Ferne,
Liegt am Feuer auf Wacht."

Die Marquise sagte: „Das hast du von unserm alten Frenel, da er noch Soldat war; sollte man doch glauben, du hättst einen Offizier zum Liebsten."

Leontine lachte und sang weiter:

„Übers Feld bellen Hunde,
Wenn der Mondschein erblich,
Rauscht der Wald auf im Grunde:
Reiter, jetzt hüte dich!

Ist's denn schon so spät?" unterbrach sie sich selbst, „sie läuten ja schon die Abendglocken, der Wind kommt über den Wald her, wie schön das klingt aus der Ferne herüber." Sie sang von neuem:

„Um das Lager im Dunkeln
Jetzt schleichen sie sacht,
Die Gewehre schon funkeln –
So falsch ist die Nacht!"

„Was steigt denn da für ein Rauch auf im Walde?" fragte hier die Mutter.

„Es wird wohl der Köhler sein", erwiderte Leontine, aber sie sah doch gespannt hin und sang zögernd:

„Ein Gesell durchs Gesteine
Geht sacht in ihrer Mitt',
Es rasseln ihm die Beine –
Hat einen leisen, leisen Tritt –

Nein!" Sie sprang auf. „Das ist ein Brand, da schlägt ja die helle Flamme auf, horch, sie läuten die Sturmglocken drüben!"

Indem nun beide sich erhoben, hörten sie in derselben Richtung ein paarmal schießen, dann war alles wieder still. „Da haben gewiß die Nachbarn großes Jagen", sagte die Marquise, „sie können nun einmal nicht fröhlich sein ohne Lärm." Da sie aber jetzt das Schloßgesinde am Abhange des Gartenberges versammelt sah, in großer Aufregung untereinander redend und nach jener Gegend hinausschauend, rief sie hinab: was es gebe?

„Blutige Köpfe!" hieß es zurück, der Waldwärter sei eben aus den Bergen gekommen, der Graf Gaston habe vor Tagesanbruch heimlich alle seine Bauern und Jäger bewaffnet und die Räuberbande aufgespürt und treibe sie von einem brennenden Schlupfwinkel zum andern durch den Wald, es gehe scharf her da drüben!

Da wandte sich Leontine, die bisher wie im Traume gestanden, plötzlich herum, sie sagte: Es sei schändlich und gottlos, die Schlafenden zu überfallen und Menschen zu hetzen wie die wilden Tiere! Die Mutter sah sie erstaunt an. Aber sie hatte keine Zeit, dem sonderbaren Betragen der Tochter nachzudenken, denn der alte Frenel trat soeben voll Eifer aus dem Hause, er hatte hastig seine Büchse geladen und wollte mit hinunter. Die Marquise beschwor ihn, zum Schutze bei ihnen zu bleiben, wenn etwa einzelne versprengte Räuber hier vorüberschweiften, die andern sollten das Hoftor schließen, sich mit Beilen und Sensen versehen und den offenen Garten umstellen.

Leontine aber war indes schon in das obere Stockwerk gestiegen, die Fledermäuse in den wüsten Sälen schossen verstört aus den offenen Fenstern, sie schaute aus einem Erker angestrengt in die Waldgründe hinaus, als wollte sie durch die Wipfel sehen. Es dunkelte schon über den Tälern, die Schüsse schienen näher zu kommen, manchmal brachte der Wind einen wilden Schrei aus der Ferne herüber, vom Walde sah sie ein Reh von dem Lärm erschrocken unten über die Wiese fliegen. O wäre ich doch ein Mann! dachte sie tausendmal; dazwischen betete sie wieder still im Herzen vor der aufsteigenden Nacht, dann lehnte sie sich weit aus dem Fenster und winkte mit ihrem weißen Schnupftuch über die dunklen Wälder, sie wußte selbst nicht, was sie tat.

Jetzt hörte sie, wie unten im Garten nach und nach mehrere Boten zurückkamen, die die Mutter auf Kundschaft ausgeschickt; sie konnte in der Stille jedes Wort vernehmen. Die Bande, hieß es, sei völlig geschlagen, gefangen oder zerstreut. Ein anderer erzählte von der außerordentlichen Kühnheit des Grafen Gaston, wie er, überall der erste voran, den Hauptmann selber aufs Korn genommen. Auf der Felsenkante im Walde seien sie endlich aneinandergeraten, da habe der Graf ihn, immerfort fechtend, samt dem Pferde über den Abhang hinabgestürzt. Aber Unkraut verdirbt nicht, unten sich überkugelnd, seien Roß und Reiter, wie die Katzen, wieder auf die Beine gekommen; nun jagten sie alle den Räuber hier nach dem Schlosse zu, aber er sei ganz umzingelt, er könne nicht mehr entwischen.

„Gott segne den tapferen Grafen!" rief die Marquise bei diesem Berichte aus, „er hat ritterlich sein Wort gelöst."

Leontine aber sah wieder unverwandt nach dem Walde, denn draußen hatte die wilde Jagd sich plötzlich gewendet, ein Schuß fiel ganz nah, darauf mehrere, immer näher und näher, man sah die einzelnen Schüsse blitzen im Dunkeln. Auf einmal glaubte sie einen Reiter in verzweifelter Flucht längs dem Saume des Waldes flimmern zu sehen, die Jäger des Grafen, eine andere Fährte einschlagend, schienen ihn nicht zu bemerken, er flog gerade nach dem Schlosse her. Da, in wachsender Todesangst sich plötzlich aufraffend, stürzt sie pfeilschnell über die steinernen Treppen durch das stille Haus hinab und unten an dem alten Walle durch eine geheime Pforte, den Riegel sprengend, ins Freie. Als sie aber am Fuß des Schloßberges atemlos anlangt, vor Ermattung fast in die Knie sinkend, kommt auch der Reiter schon durch die dunkelnde Luft daher – es war, wie sie geahnt, der Fremde von gestern, verstört, mit fliegenden Haaren, sein Pferd ganz von Schaum bedeckt.

„Was wollen Sie hier?" rief sie ihm schon von fern entgegen. Er, bei ihrem Anblick stutzend, hielt schnell an, und sich vom Pferde schwingend, erwiderte er höflich: Er wolle, seinem Versprechen gemäß, sie und die Marquise noch einmal begrüßen. „Um Gottes willen, sind Sie rasend! Heut, in dieser Stunde?" Der Reiter entschuldigte sich, der Kampf sei ernster geworden und habe ihn länger aufgehalten, als er gedacht, es sei der einzige noch übrige Augenblick, er müsse sogleich wieder weiter. „O Gott, ich weiß", fiel Leontine ein.

„Sie wissen –?"

Leontine schauderte, da er, dicht vor ihr, sie auf einmal so durchdringend ansah. „Sie bluten", sagte sie dann erschrocken.

„Nur ein Streifschuß", entgegnete er, „doch Sie haben recht", fuhr er lächelnd fort, „es ziemt sich nicht, in diesem Zustande bei Damen Besuche abzustatten."

Aber Leontine hörte kaum mehr, was er sprach, sie stand in tiefen Gedanken. „Ich wüßte wohl einen verborgenen Ort für diese Nacht", sagte sie darauf schnell und leise, „wenn nur – nein, nein, es ist unmöglich! Das Schloß ist voller Leute, vielleicht kommt der Graf selbst noch." Und den Fremden in steigender, höchster Angst fortdrängend, wies sie ihm einen abgelegenen Fußsteig, der führe zu einer Furt des Flusses, da solle er hinüber, dann den Pfad rechts einschlagen – „nur schnell, schnell", flehte sie, „da kommen schon Leute zwischen den Bäumen, sie suchen –"

„Wen?" fragte der Reiter, sich rasch umsehend.

„O mein Gott", rief Leontine fast weinend, „Sie selbst, den unglücklichen Hauptmann!"

Der Fremde, bei diesen Worten plötzlich wie aus einem Traume erwachend, schlug schnell den Mantel zurück und nahm sie in beide Arme: „Kind, Kind, wie liebst du mich so schön! Das werde ich dir gedenken mein Lebelang, du sollst noch von dem Räuberhauptmann hören. – Jetzt drängt die Zeit. Grüße die Mutter oben, sag ihr, das Land sei frei, sie könne ohne Sorgen schlafen, leb wohl!" Noch vom Pferde aber bat er sie um ihr weißes Tuch, sie reicht' es ihm zögernd; das wollte er um seine Wunde schlagen, da heilt' es über Nacht. So ritt er fort.

Jetzt bemerkte sie erst, daß ihr Handschuh blutig geworden von seinem Arm, sie verbarg ihn, heftig an allen Gliedern zitternd. Im Walde indes und droben im Schlosse gingen verworrene Stimmen, sie sah noch immer dem Reiter nach und atmete tief auf, als er endlich in der schirmenden Wildnis verschwunden. Dann setzte sie sich auf den Rasen, den Kopf in beide Hände gestützt, und weinte bitterlich.

NOCH in derselben Nacht brach auch Graf Gaston von seinem Jagdschlosse wieder auf, wohin er nur erst vor wenigen Tagen mit dem Ruhme eines ausgezeichneten Offiziers aus fremdem Kriegsdienste zurückgekehrt, um sich in der Einsamkeit zu erholen. Aber der Ruf seiner Tapferkeit war ihm längst nach Paris vorangeeilt, und fast gleichzeitig mit der Bitte der Marquise um seinen Schutz vor den Räubern erhielt er den unerwarteten Befehl des Königs, sich unverzüglich an den Hof zu begeben, wo man bei den damaligen heimlichen Kriegsrüstungen seine Erfahrung benutzen wollte. So war es gekommen, daß er, um sein Wort gegen die besorgte Dame zu lösen, die Räuberjagd auf das gewaltsamste beschleunigt, dann aber keine Zeit mehr übrig hatte, bei der Marquise noch den versprochenen Besuch abzustatten.

In Paris zog er wie im Triumphe ein. Der frische Lorbeerkranz stand der hohen, schlanken Gestalt gar anmutig zu dem gebräunten Gesicht. Nun folgte ihm auch noch das vergrößernde Gerücht der Kühnheit, womit er soeben die lange vergeblich aufgesuchte Räuberbande wie im Fluge zwischen den Bergen vernichtet. Der König selbst hatte ihn ausgezeichnet empfangen, jedermann wollte ihn kennenlernen, und die Damen sahen scheu und neugierig durch die Fenstergardinen, wenn er im vollen Schmuck soldatischer Schönheit die Straßen hinabritt. Unter ihnen aber zog nur eine seine Aufmerksamkeit auf sich, und diese hatte er bis jetzt noch nirgend erblickt.

Ganz Paris sprach damals von der jungen, reichen Gräfin Diana, einer amazonenhaften, spröden Schönheit mit rabenschwarzem Haar und dunklen Augen. Einige nannten sie ein prächtiges Gewitter, das über die Stadt fortzöge, unbekümmert, ob und wo es zünde; andere verglichen sie mit einer zauberischen Sommernacht, die, alles verlockend und verwirrend, über seltsame Abgründe scheine. So fremd und märchenhaft erschien diese wilde Jungfräulichkeit an dem sittenlosen Hofe.

Über ihr früheres Leben konnte Graf Gaston nur wenig erfahren. Schon als Kind elternlos und auf dem abgelegenen Schlosse ihres Vormunds ganz männlich erzogen, soll sie diesen in allen Reiter- und Jagdkünsten sehr bald übertroffen haben. Da verliebte sich, so hieß es, der unkluge Vormund sterblich in das wunderbare Mädchen, dem schon längst der benachbarte junge Graf Olivier mit aller schüchternen Schweigsamkeit der ersten Liebe heimlich zugetan war. Um den Vormund zu vermeiden, hatte er, wie von einem Spazierritt oder vom Jagen zurückkehrend, sich fast jeden Abend, wenn im Schlosse schon alles schlief, unter ihren Fenstern eingefunden, wo sie in der Stille der Nacht, da sie seine zärtlichen Blicke nicht verstand, sorglos und fröhlich mit ihm zu plaudern pflegte. Jetzt aber, da er eines Abends spät wiederkommt, trifft er zu seinem Erstaunen die Gräfin reisefertig draußen im Garten. Sie verlangt ein Pferd von ihm, sie könne mit dem Vormund nicht länger zusammenwohnen. Überrascht und einen Augenblick ungemessenen Hoffnungen Raum gebend, bietet er ihr sein eigenes Roß an und schwingt sich freudig auf das seines Dieners, der unter den hohen Bäumen am Garten hielt. So reiten sie lange schweigend durch den Wald. Da öffnet ihm die schöne Einsamkeit das Herz, er spricht zum ersten Mal glühend von seiner Liebe zu ihr, während sie eben an einem tiefen Felsenriß dahinziehn. Diana, bei seinen Worten erschrocken auffahrend, sieht ihn verwundert von der Seite an, drauf, nach kurzem Besinnen plötzlich ihr Pferd herumwerfend, setzt sie grauenhaft* über die entsetzliche Kluft – sein störrisches Pferd bäumt und sträubt sich, er kann nicht nach. Drüben aber hört er sie lachen, und eh' sie im Walde verschwunden, blitzt noch einmal die ganze Gestalt seltsam im Mondlicht auf; es war ihm, als hätt' er eine Hexe erblickt. So kam sie mitten in der Nacht ohne Begleitung auf dem Landhaus ihrer Tante bei Paris an. Olivier aber hatte wenige Tage darauf seine Güter verlassen und fiel im Auslande im Kriege; man sagt, er habe sich selbst in den Tod gestürzt.

Der Tor! dachte Gaston, wer schwindelig ist, jage nicht Gemsen! Es war ihm recht wie Alpenluft bei der Erzählung von der schönen Gräfin, und er freute sich auf das bevorstehende Hoffest, wo er ihr endlich einmal zu begegnen hoffte.

Der Ball am Hofe war halb schon verrauscht, als Gaston, den Besuch, Freunde und alte Erinnerungen auf jedem Schritte aufgehalten hatten, in seinen Domino** gewickelt, die Treppen des königlichen Schlosses hinaufeilte. Betäubt, geblendet trat er mitten aus der Nacht in das erschreckende Gewirr der Masken, die sich gespenstisch schrillend kreuzten, durchblitzt vom grünen Gefunkel der Kronleuchter und in den Spiegelwänden tausendfach verdoppelt, wie wenn das heidnische Gewimmel von den gemalten Decken der Gemächer plötzlich lebendig geworden und herabgestiegen wäre.

Als er, sich mühsam durchdrängend, endlich den großen Saal

* Grauen bereitend
** Maskenmantel mit weiten Ärmeln und Kapuze

erreicht, fiel eben die Musik majestätisch in eine Menuett ein, die tanzfertigen Paare, einander an den Fingerspitzen haltend, verneigten sich feierlich gegen den Eingang, als wollten sie den Eintretenden bewillkommnen, der sich nicht enthalten konnte, die Begrüßung mit einem tiefen Kompliment lustig zu erwidern. Da schwang der Kapellmeister auf dem goldverschnörkelten Chor seine Rolle wieder: Ein neuer Akkord, und wie auf einen Zauberschlag mit den taftenen Gewändern auseinanderrauschend, auf den Zehen sich zierlich wendend und wieder verschlingend, wogt' es auf einmal melodisch den ganzen, kerzenhellen Saal entlang.

Gaston aber sah wie ein Falk durch die duftende Tanzwolke, denn sooft sie sich teilte, erblickte er im Hintergrunde mitten zwischen den fliegenden Schößen und Reifröcken, gleich einer Landschaft durch Nebelrisse, eine prächtige Zigeunerfürstin, hoch, schlank, mit leuchtendem Schmuck, die Locken aufgeringelt über die glänzenden Schultern.

Und wie er noch so hinstarrend stand, kam sie selber quer durch den Saal und ein Kometenschweif galanter Masken hinter ihr, die ihr eifrig den Hof zu machen schienen. Sie war in seltsamer Geschäftigkeit. Aus ihrem Handkörbchen ein Band aufrollend, schwang sie es plötzlich wie einen Regenbogen über die Verliebten, jeder griff und haschte graziös darnach. Drauf hier und dort durch den Haufen sich schlingend und alle wie mit Zaubersprüchen rasch umgehend, das eine Ende des Bandes fest in der Hand, schlang sie's behend dem einen um den Hals, dem andern um Arm und Füße, immer schneller, dichter und enger. Die überraschten Liebhaber, Ritter, Chinesen und weise Ägyptier, als sie die unverhoffte Verwickelung gewahr wurden, wollten nun schnell auseinander, aber je zierlicher sie sich wanden und reckten, je unauflöslicher verwirrte sich der Knäul; auf dem glatten Boden ausglitschend, verloren sie Larven*, Helme und phrygische Mützen**, daß die Haarbeutel*** zum Vorschein

---

* Gesichtsmaske

** kegelförmige Zipfelmützen mit meist nach vorn gebogener Spitze; Urbild der Freiheitsmütze

*** zur Haartracht des 18. Jahrhunderts gehörender Beutel, in den die Nackenhaare zum Schutz des Rockes gegen Puder eingebunden wurden

kamen und der Puder umherstob, die Menuett selbst kam aus ihrer Balance, man hörte im Saale ein kurzes, anständiges Lachen – die Zigeunerin aber war unterdes in dem Getümmel verschlüpft.

Gaston aber, eh' sich die andern besannen, flog ihr schon nach, aus dem Saal, durch mehrere anstoßende Zimmer. Dort in den Spiegeln ihn hinter sich gewahrend, wandte sie sich einmal nach ihm herum, daß er vor den Augen erschrak, die aus der Larve funkelten. Dann sah er sie durch den Gartensaal schweifen, jetzt trat sie aus der Tür auf die Terrasse und schien plötzlich draußen in der Nacht zu verschwinden, wie ein Elfe, der nur neckend zum flüchtigen Besuch gekommen.

Gaston wollte dennoch seine Jagd nicht aufgeben, wurde aber durch einen ungewöhnlichen Aufruhr der Gesellschaft aufgehalten.

Die Masken traten rasch auseinander, ehrfurchtsvoll eine Gasse bildend; der König mit seiner vertrautesten Umgebung nahte, nach allen Seiten sprechend und lachend, unmaskiert in bürgerlicher Kleidung, ein schöner Jüngling voll lebensfrohen Mutwillens, wie damals Ludwig der Fünfzehnte* war. „Hütet Euch, Gaston", sagte er, diesen sogleich an Größe und Haltung erkennend, „dies ist eine gefährliche Räubernacht, es wird mit Augen um Herzen gefochten."

Alle Blicke waren auf den Grafen gerichtet, der nun, die Larve abnehmend, dem König folgen mußte. Sie traten, um sich zu erfrischen, vor den Gartensaal hinaus. Es war eine schwüle Sommernacht, der Himmel halb verdunkelt von finsteren Wolken, aus denen sich die weißen Statuen fast gespenstisch abhoben, tiefer im Garten hörte man eine Nachtigall schlagen, zuweilen blitzte es von fern über den hohen schwarzen Bäumen.

Der König, indem er sich tanzmüde und gähnend unter den Orangenbäumen auf der Terrasse niederließ, wollte zur Unterhaltung von Gaston irgendein Abenteuer seiner Fahrten hören. Diesem, der noch immer zerstreut und unruhig in den Garten schaute, wo die Zigeunerin verschwunden, war bei dem plötzlichen Anblick der stillen Nacht soeben ein seltsamer Vorfall wie-

* französischer König (1715–74)

der ganz lebendig geworden, und ohne sich lange zu besinnen, erzählte er, wie er auf seiner jetzigen Reise hierher eine alte verfallene Burg, in der es der Sage nach spuken sollte, aus Neugier besucht und, da es gerade schwüle Mittagszeit, unter den Trümmern im hohen Grase rastend eingeschlummert.

„Gute Nacht, gute Nacht!" unterbrach ihn der König, „das ist ein schläfriges Abenteuer."

„Es wird gleich wieder munter, Sire", entgegnete Gaston, „denn auf einmal, mitten in dieser Einsamkeit, fiel ein Schuß ganz in der Nähe, traumtrunken seh' ich ein Reh getroffen vor mir in den Abgrund stürzen, und wie ich erschrocken aufspringe, steht über mir zwischen den wilden Nelken im zerbrochenen Fensterbogen der Burg eine unbekannte, wunderschöne Frauengestalt auf ihr Gewehr gestützt, die wandte sich nach mir – den Blick vergesse ich nimmer, gleichwie das Wetterleuchten überm Garten dort!"

Der König lachte: Das sei eine Waldfrau gewesen mit dem Zauberblick, von dem die Jäger sprechen, die hab' es ihm angetan.

„Und Sie setzten ihr nicht nach?" riefen die andern.

„Wohl tat ich das", erwiderte Gaston, „aber ich konnte so bald über das Gemäuer und Geröll nicht den Eingang finden, und als ich endlich in die Hallen eintrat, war alles still und kühl, nur ein wilder Apfelbaum blühte im leeren Hofe, die Bienen summten drin, kein Vogel sang den weiten Wald entlang – Herr Gott, das ist sie!"

„Wie, unsere Amazone?" rief der König überrascht herumgewendet.

Die Zigeunerin, ihre Larve am Gürtel und vom Streiflicht der Fenster getroffen, trat aus einer der Alleen zu ihnen auf die Terrasse. Gaston war ganz verwirrt, da sie ihm gleich darauf als die Gräfin Diana vorgestellt wurde.

Sie aber, als sie seinen Namen nennen hörte, der so tapfern Klang hatte, sah ihn mit großer, fast scheuer Aufmerksamkeit an. „Wenn ich nicht irre", sagte sie, „so traf ich schon letzthin auf der alten Burg –"

„Ein edles Wild mit Zauberblicken", fiel rasch der König ein.

„Also auch schon lahm!" erwiderte sie halb für sich und wandte plötzlich dem Grafen verächtlich den Rücken. Die

Umstehenden blickten ihn schadenfroh an, Gaston aber lachte wild und kurz auf und verschwor sich innerlich, die Stolze zu demütigen, und sollt' er auf den Zinnen von Notre-Dame mit ihr den Tanz wagen!

Über des Königs Stirn aber flog eine leichte Röte, denn er hegte seit Gastons Anwesenheit in Paris insgeheim den Wunsch, ihn mit Diana zu verbinden. Etwas verstimmt, um nur die plötzlich eingetretene peinliche Stille zu unterbrechen, fragte er Diana: ob sie denn so allein im Garten nicht fürchte, daß sie entführt werde? Sie lachte: Der König habe alles zahm gemacht, sie hätte nur Grillen gefunden in den Hecken, die zirpten lieblich, dort wie hier. Gaston meinte: Die Gräfin habe ganz recht, solche Grillenhaftigkeit sei nicht gefährlich, und mache auch manche noch so weite Sprünge, jeder wackere Bursch überhole sie leicht. Diana schüttelte die Locken aus der Stirn; es verdroß sie doch gerade von ihm, daß er ihr so trotzte. Und da einer der Kammerherren, um wieder einzulenken, soeben zirpte: selbst die Heimchen brächten ihr Ständchen, wenn sie träumend durch den nächtlichen Garten ginge, erwiderte sie rasch in heimlicher Aufregung: „Wahrhaftig, mir träumte, der Tag mache der Nacht den Hof, er duftete nach Jasmin und Lavendel, blond, artig, lau, etwas lispelnd, mit kirschblütenen Manschetten und Hirtenflöte, ein guter, langweiliger Tag."

Man lachte, keiner bezog es auf sich; ein Vicomte, als Troubadour die Zither im Arme, sagte zierlich: „Aber die keusche Nacht wandelte unbekümmert fort, ihren Elfenreihen ätherisch dahinschwebend."

„Nein", entgegnete Diana, indem sie ihm in ihrer wunderlichen Laune die Zither nahm und, sich auf das Marmorgeländer der Terrasse setzend, zur Antwort sang:

„Sie steckt' mit der Abendröte
In Flammen rings das Land
Und hat samt Manschetten und Flöte
Den verliebten Tag verbrannt.

Und als nun verglommen die Gründe:
Sie stieg auf die stillen Höhn,
Wie war da rings um die Schlünde
Die Welt so groß und schön!

Waldkönig zog durch die Wälder
Und stieß ins Horn vor Lust,
Da klang über die stillen Felder,
Wovon der Tag nichts gewußt.

Und wer mich wollt' erwerben,
Ein Jäger müßt's sein zu Roß,
Und müßt' auf Leben und Sterben
Entführen mich auf sein Schloß!"

Hier gab sie lachend die Zither zurück.

Gaston aber bei der plötzlichen Stille erwachte wie aus tiefen Gedanken. „Und wenn es wirklich einer wagte?" sagte er rasch in einem seltsamen Tone, daß es allen auffiel.

„Wohlan, es gilt", fiel da der junge König ein, „ich trete der Herausforderung der Gräfin als Zeuge und Kampfrichter bei, ihr alle habt's gehört, welchen Preis sie dem Entführer ausgesetzt."

Diana stand einen Augenblick überrascht. „Und verspielt der Vermessene?" fragte sie dann ernst.

„So wird er tüchtig ausgelacht", erwiderte der König, „wie ein Nachtwandler, der bei Mondschein verwegen unternimmt, wovor ihm bei Tage graut."

Mit diesen Worten erhob er sich, und im Vorbeigehen dem Grafen noch leise zuflüsternd: „Wenn ich nicht der König wär, jetzt möcht' ich Gaston sein!" wandte er sich, wie über einen herrlich gelungenen Anschlag lebhaft die Hände reibend, durch den Gartensaal in die innern Gemächer. Diana aber schien anderes bei sich zu beschließen, sie folgte zürnend.

Jetzt umringten die Hofleute von allen Seiten den Grafen, ihm zu dem glänzenden Abenteuer, wie einem verzauberten Prinzen und Feenbräutigam, hämisch Glück wünschend. Die übrige Gesellschaft unterdes, da der König sich zurückgezogen, strömte schon eilig nach den Türen, die Masken hatten ihre Larven abgenommen und zeigten überwachte, nüchterne Gesichter, durch die Säle zwischen den wenigen noch wankenden Gestalten strich die Langeweile unsichtbar wie ein böser Luftzug.

Gaston blieb nachdenklich am offenen Fenster, bis alles zerstoben. Er sah sich hier unerwartet durch leichtsinnige Reden, die anfänglich nur ein artiges Spiel schienen, plötzlich seltsam und unauflöslich verwickelt. Es war ihm wie eine prächtige

Nacht, vor der eine marmorkalte Sphinx* lag, er mußte ihr Rätsel lösen, oder sie tötete ihn.

Währenddes war Diana schon in ihrem Schlafgemache angelangt. Als sie in dem phantastischen Ballschmuck eintrat, erstaunte die Kammerjungfer von neuem und rief fast erschrocken aus: wie sie so wunderschön! Die Gräfin verwies es ihr unwillig, das sei ein langweiliges Unglück. Und da das Mädchen drauf ihr Befremden äußerte, daß sie durch solche Härte so viele herrliche Kavaliere in Gefahr und Verzweiflung stürze, erwiderte Diana streng: „Wer nimmt sich meiner an, wenn diese Kavaliere bei Tag und Nacht mit Listen und Künsten bemüht sind, mich um meine Freiheit zu betrügen?"

Draußen aber rollten indes die Wagen noch immerfort, jetzt flog das rote Licht einer Fackel über die Scheiben, in dem wirren Widerschein der Windlichter unten erblickte sie noch einmal flüchtig den Gaston, wie er eben sein Pferd bestieg, die Funken stoben hinter den Hufen, sie sah ihm gedankenvoll nach, bis er in der dunkeln Straße verschwunden. Dann, vor den Wandspiegel tretend, löste sie die goldne Schlange aus dem Haar, die schwarzen Locken rollten tief über die Schultern hinab, ihr schauerte vor der eigenen Schönheit.

Kurze Zeit nach diesem Feste war der Hof fern von Paris zum Jagen versammelt. Da ging das Rufen der Jäger, Hundegebell und Waldhornsklang wie ein melodischer Sturmwind durch die stillen Täler, breite, ausgehauene Alleen zogen sich geradlinig nach allen Richtungen hin, jede an ihrem Ende ein Schloß oder einen Kirchturm in weiter Ferne zeigend. Jetzt brachte die Luft den verworrenen Schall immer deutlicher herüber, immer näher, und häufiger sah man geschmückte Reiter im Grün aufblitzen, plötzlich brach ein Hirsch, das Geweih zurückgelegt, aus dem Dickicht in weiten Sätzen quer über eine der Alleen und ein Reiter leuchtend hinterdrein mit hohen, steifen Jagdstiefeln, einen kleinen dreieckigen Tressenhut über den gepuderten Locken, in reichgesticktem grünen Rock, dessen goldbordierte Schöße weit

* geflügelte Löwin mit menschlichem Kopf, die jeden tötet, der ein von ihr gestelltes Rätsel nicht lösen kann

im Winde flogen – es war der junge König. „Das ist heute gut Jagdwetter, man muß es rasch benutzen!" rief er flüchtig zurückgewandt zu Gaston herüber, der im Gefolge ritt. Gaston erschrak, er wußte wohl, was der König meinte.

Diana aber fehlte im Zuge, sie war zuletzt auf einer der entfernteren Waldhöhen gesehen worden. Des Treibens müde und ohne jemanden von ihrem Vorhaben zu sagen, hatte sie sich mitten aus dem Getümmel nach einem nahe gelegenen, ihr gehörigen Jagdschloß gewendet; denn sie kam sich selber als das Wild vor auf dieser Jagd, auf das sie alle zielten. Es war das Schloß, wo sie als Kind gelebt, sie hatte es lange nicht mehr besucht. Die Nacht war schon angebrochen, als sie anlangte, niemand erwartete sie dort, alle Fenster waren dunkel im ganzen Hause, als ständ' es träumend mit geschlossenen Augen. Und da endlich der erstaunte Schloßwart, mit einem Windlicht herbeigeeilt, die alte schwere Türe öffnete, gab es einen weiten Schall durch den öden Bau, draußen schlug soeben die Uhr vom Turme, als wollte sie mit dem wohlbekannten Klange grüßen.

Diana, fast betroffen oben im Saale umherblickend, öffnete rasch ein Fenster, da rauschten von allen Seiten die Wälder über den stillen Garten herauf, daß ihr das Herz wuchs. Mein Gott, dachte sie, wo bin ich denn so lange gewesen! O wunderschöne Einsamkeit, wie bist du kühl und weit und ernst und versenkst die Welt und baust dir in den Wolken drüber Schlösser kühn wie auf hohen Alpen. Ich wollt', ich wäre im Gebirg, ich stieg' am liebsten auf die höchsten Gipfel, wo ihnen allen schwindelte nachzukommen – ich tu's auch noch, wer weiß, wie bald!

Unterdes war das Nötigste zu ihrer Aufnahme eingerichtet, jetzt wurde nach und nach auch im Schlosse alles wieder still, sie aber konnte lange nicht einschlafen, denn die Nacht war so schwül, und in den Fliederbüschen unter den Fenstern schlugen die Nachtigallen, und das Wetter leuchtete immerfort von fern über dem dunkeln Garten.

Als Diana am folgenden Morgen erwachte, hörte sie draußen eine kindische Stimme lieblich singen. Sie trat rasch ans Fenster. Es war noch alles einsam unten, nur des Schloßwarts kleines Töchterlein ging schon geputzt den stillen Garten entlang, singend, mit langem, blondem Haar, wie ein Engel, den der Morgen auf seinem nächtlichen Spielplatz überrascht. Bei diesem Anblick flog eine plötzliche Erinnerung durch ihre Seele, wie einzelne Klänge eines verlorenen Liedes, es hielt ihr fast den Atem an, sie bedeckte die Augen mit beiden Händen und sann und sann – auf einmal rief sie freudig: „Leontine!"

Da sprang sie schnell auf, es fiel ihr ein, daß die Marquise Astrenant mit ihrer Tochter ja nur wenige Meilen von hier wohnte. Sie setzte sich gleich hin und schrieb an Leontine. Sie erinnerte sie an die schöne Morgenstille ihrer gemeinschaftlichen Jugendzeit, wo sie immer die kleine Elfe genannt wurde wegen ihrer langen, blonden Locken, wie sie da in diesem Garten hier als Kinder wild und fröhlich miteinander gespielt und seitdem eines das andere nicht wiedergesehen. Sie werde sie auch nicht mehr schlagen oder im Sturm auf dem Flusse unterm Schlosse mit ihr herumfahren wie damals. Sie solle nur eilig herüberkommen, so wollten sie wieder einmal ein paar Tage lang zusammen sich ins Grüne tauchen und nach der groß gewordenen Welt draußen nichts fragen. Diese Aussicht hatte sie lebhaft bewegt. Sie klingelte und schickte noch in derselben Stunde einen Boten mit dem Brief nach dem Schlosse der Marquise ab.

Darauf ging sie in den Garten hinab. Sie hätte ihn beinahe nicht wiedererkannt, so verwildert war alles, die Hecken unbeschnitten, die Gänge voll Gras, weiterhin nur glühten noch einige Päonien verloren im tiefen Schatten. Da fiel ihr ein Lied dabei ein:

„Kaiserkron' und Päonien rot,
Die müssen verzaubert sein,
Denn Vater und Mutter sind lange tot,
Was blühn sie hier so allein?"

Jetzt sah sie sich nach allen Seiten um, sie kam sich selbst wie verzaubert vor zwischen diesen stillen Zirkeln von Buchsbaum und Spalieren. Die Luft war noch immer schwül, in der Ferne standen Gewitter, dazwischen stach die Sonne heiß, von Zeit zu Zeit glitzerte der Fluß, der unten am Garten vorüberging, heimlich durch die Gebüsche herauf. Es war ihr, als müßte ihr heut was Seltsames begegnen, und die stumme Gegend mit ihren fremden Blicken wollte sie warnen. Sie sang das Lied weiter:

„Der Springbrunnen plaudert noch immerfort
Von der alten schönen Zeit,
Eine Frau sitzt eingeschlafen dort,
Ihre Locken bedecken ihr Kleid.

Sie hat eine Laute in der Hand,
Als ob sie im Schlafe spricht,
Mir ist, als hätt' ich sie sonst gekannt –
Still, geh vorbei und weck sie nicht!

Und wenn es dunkelt das Tal entlang,
Streift sie die Saiten sacht,
Da gibt's einen wunderbaren Klang
Durch den Garten die ganze Nacht.

Ich weckte sie doch", sagte sie, „wenn ich sie so im Garten fände und spräch' mit ihr."

Unterdes aber waren die Wolken von allen Seiten rasch emporgestiegen, es donnerte immer heftiger, die Bäume im Garten neigten sich schon vor dem voranfliegenden Gewitterwinde. Die schwülen Traumblüten schnell abschüttelnd, blickte sie freudig in das Wetter. Da gewahrte sie erst dicht am Abhang den alten Lindenbaum wieder, auf dem sie als Kind so oft gesessen und vom Wipfel die fernen, weißen Schlösser weit in der Runde gezählt. Er war wieder in voller Blüte, auch die Bank stand noch darunter, deren künstlich verflochtene Lehne fast bis an die ersten Äste reichte. Sie stieg rasch hinauf in die grüne Dämmerung, der Wind bog die Zweige auseinander. Da rollte sich plötzlich rings unter ihr das verdunkelte Land auf, der Strom, wie gejagt von den Blitzen, schoß pfeilschnell daher, manchmal klangen von fern die Glocken aus den Dörfern, alle Vögel schwiegen, nur die weißen Möwen über ihr stürzten sich jauchzend in die unermeßliche Freiheit – sie ließ vor Lust ihr Tuch im Sturme mit hinausflattern.

Auf einmal aber zog sie es erschrocken ein. Sie hatte einen fremden Jäger im Garten erblickt. Er schlich am Rande der Hecken hin; bald sachte vorgebogen, bald wieder verdeckt von den Sträuchern, keck und doch vorsichtig, schien er alles ringsumher genau zu beobachten. Sie hielt den Atem an und sah immerfort unverwandt hin, wie er, durch die Stille kühn gemacht, nun hinter dem Gebüsch immer näher und näher kam; jetzt, schon dicht unter dem Baume, trat er plötzlich hervor – sie konnte sein Gesicht deutlich erkennen. In demselben Augenblick aber hörte er eine Tür gehn im Schlosse und war schnell im Grünen verschwunden.

Diana aber, da alles wieder still geworden, glitt leise vom Baume; darauf, ohne sich umzusehen, stürzte sie durch den einsamen Garten die leeren Gänge entlang nach dem Schlosse, die eichene Tür hinter sich zuwerfend, als käme das Gewitter hinter ihr, das nun in aller furchtbaren Herrlichkeit über den Garten ging.

Sie achtete aber wenig darauf. In großer Aufregung im Saale auf und nieder gehend, schien sie einem Anschlage nachzusinnen. Manchmal trat sie wieder ans Fenster und blickte in den Garten hinab. Da sich aber unten nichts rührte als die Bäume im Sturm, nahm sie ein paar Pistolen von der Wand, die sie sorgfältig lud; dann setzte sie sich an den goldverzierten Marmortisch und schrieb eilig mehrere Briefe. Und als das Wetter draußen kaum noch gebrochen, wurden im Hofe gesattelte Pferde aus dem Stalle geführt, und bald sah man reitende Boten nach allen Richtungen davonfliegen.

Gleich darauf aber rief sie ihr ganzes Hausgesinde zusammen. Sie mußten schnell herbeischaffen, was die Vorräte vermochten, Wild, Früchte, Wein und Geflügel. Einer der Jäger, dessen Vater einst Küchenmeister gewesen, verstand sich noch am besten unter ihnen auf den guten Geschmack und mußte, zu allgemeinem Gelächter, eine weiße Schürze vorbinden und den Kochlöffel statt des Hirschfängers führen. Bald loderte ein helles Feuer im Kellergeschoß, die halbverrosteten Bratspieße drehten sich knarrend in der alten verödeten Küche, überall war ein lustiges Plaudern und Getümmel. Alle guten Stühle und Kanapees aber ließ die Gräfin oben in den großen Saal zusammentragen, Spieltische wurden zurechtgerückt und in der Mitte des Saales eine lange Tafel gedeckt. Die feierlichen Anstalten hatten fast etwas Grauenhaftes in dieser Einsamkeit, als sollten die Ahnenbilder, die mit ihren Kommandostäben ernst von den Wänden schauten, sich zu Tische setzen, denn niemand wußte sonst, wer die Gäste sein sollten.

So war in seltsamer Unruhe der Abend gekommen und das Gewitter lange vorbei, als Diana allein mit ihrer Kammerjungfer unten in das Gartenzimmer trat, die sich beim Hereintreten rasch und verstohlen nach allen Seiten umsah. Sie hatte, ohne zu wissen, zu welchem Zweck, das schöne Kleid anziehen müssen, das die Gräfin heute getragen, das hinderte sie, es war überall zu knapp und zu lang. Sie ging vor den Spiegel, als wollte sie sich's zurechtrücken, ihre Blicke aber schweiften seitwärts durchs Fenster, und als Diana sich einmal wandte, benutzte sie's schnell und schien zornig jemanden in den Garten hinauszuwinken. Die Gräfin, sie an ihre Verabredung erinnernd, hieß sie vom Fenster wegtreten, ordnete rasch noch die Locken des Mädchens und setzte ihr ihren eigenen Jagdhut auf. Dann, die Verkleidete von allen Seiten zufrieden musternd, schärfte sie ihr nochmals ein, sich in diesem Zimmer still zu verhalten und nicht in den Garten zu gehen, bis sie draußen dreimal leise in die Hände klatschen höre, denn es dunkele schon und die Nacht habe wilde Augen. „Wo?" rief das ganz zerstreute Mädchen heftig erschrocken. Aber Diana, eilig wie sie war, bemerkte es nicht mehr; heftig einen Jägermantel umwerfend, der über dem Stuhle lag, und einen Männerhut tief in die Augen drückend, flog sie in den dämmernden Garten hinaus.

Kaum aber war sie verschwunden, so sprang die Kammerjungfer geschwind ans Fenster. „Aber, Robert, bist du denn ganz toll!" rief sie einem fremden Jäger entgegen, der schon längst draußen im Gebüsch steckte und nun rasch hinzutrat.

„I Gott bewahre, hast du mich doch erschreckt!" entgegnete dieser, sie erstaunt vom Kopf bis zu den Füßen betrachtend, „das ist ja ganz wie deine Gräfin!" Das Mädchen aber nannte ihn einen Unverschämten, daß er sie hier auf dem Lande besuche; wenn die Gräfin ihn sähe, sei es um ihren Dienst geschehen, er solle auf der Stelle wieder fort. „Nicht eher", erwiderte der eifersüchtige Liebhaber, „bis ich weiß, wer der Mann war, der soeben von dir ging." Da lachte sie ihn tüchtig aus: Er sei ein rechter Jäger, der auf dem Anstand das Wild verwechsele, es sei ja die Gräfin selber gewesen. „So?" sagte Robert sehr überrascht und einen Augenblick in Nachsinnen versunken. Dann plötzlich mit leuchtenden Blicken fragte er hastig: Warum denn die Gräfin sich verkleidet, wohin sie ginge, ob sie diesen Abend in dem Mantel bleibe? Aber das ungeduldige Mädchen, in wachsender Furcht, drängte ihn statt aller Antwort schon von der Schwelle über die Stufen hinab. Er gab ihr noch schnell einen Kuß, dann sah sie ihn freudig über Beete und Sträucher fortspringen.

Als sie wieder allein war, fiel ihr erst die seltsame Hast und Neugierde des Jägers aufs Herz, es überflog sie eine große Angst, daß sie in der Verwirrung die Verkleidung der Gräfin ausgeplaudert. Auch schreckte sie nun in dieser Stille die aufsteigende Nacht im Garten, es war ihr, als blickten wirklich überall wilde Augen aus dem Dunkel auf sie, manchmal glaubte sie gar Stimmen in der Ferne zu hören. Sie konnte durchaus nicht erraten, was es geben sollte, und verwünschte tausendmal ihre Liebschaften und die unbegreiflichen Einfälle der Gräfin und das ganze dumme Landleben mit seiner spukhaften Einsamkeit.

Ein tiefes Schweigen bedeckte nun schon alle Gründe, nur fern im Garten war noch ein heimlich Knistern und Wispern überall zwischen den Büschen, als zög' eine Zwerghochzeit unsichtbar über die stillen Beete hin, von Zeit zu Zeit funkelte es aus den Hecken herüber wie Waffen oder Schmuck. Dann hörte man von der andern Seite eine Zither anschlagen, und eine schöne Männerstimme sang:

„Hörst du die Gründe rufen
In Träumen halb erwacht?
O von des Schlosses Stufen
Steig nieder in die Nacht!"

Drauf alles wieder still, nur eine Nachtigall schlug in dem blühenden Lindenbaum am Abhange. Auf einmal raschelt was, eine schlanke Gestalt schlüpft droben aus dem Gebüsch. Es war Diana, in ihren Jägermantel dicht verhüllt, die über den Rasen nach dem Schlosse ging. Tiefer im Garten sang es von neuem:

„Die Nachtigallen schlagen,
Der Garten rauschet sacht,
Es will dir Wunder sagen
Die wunderbare Nacht."

Jetzt stand Diana vor der Tür des Gartenzimmers und klatschte dreimal leise in die Hand. In demselben Augenblick aber sieht sie auch schon zwei dunkle Gestalten zwischen den Bäumen vorsichtig hervortreten. „Bist du es, Robert? Und wo ist sie?" flüstert der eine dem anderen zu.

Sie zog sich tiefer in den Garten zurück. Da sah sie, wie die Kammerjungfer auf das verabredete Zeichen oben aus dem Hause getreten, die eine Gestalt schien sich ihr zu nähern. Diana triumphierte schon im Herzen, als jetzt plötzlich der andere gerade auf ihren Versteck losschritt. Bei dieser unerwarteten Wendung flog sie erschrocken über den Rasenplatz den Gartenberg hinab, seitwärts sah sie den Fremden bei ihrem Anblick rasch durch die Hecken brechen, als wollt' er ihr den Vorsprung abgewinnen, sie verdoppelte ihre Eile, schon glaubte sie unten Bekannte zwischen den Bäumen zu erblicken, jetzt trat sie atemlos am Fuß des Berges aus dem Garten, zu gleicher Zeit aber war auch der Fremde angelangt, und vor ihr stand Graf Gaston.

Hut und Mantel waren ihr im Gebüsch entfallen, Gaston, rasch die Zither wegwerfend, blickte ihr lächelnd in die Augen.

„Ihr seid der kühnste Freier, den ich jemals sah", sagte sie nach einem Weilchen finster. Gaston küßte feurig ihre Hand, die er nicht wieder losließ. Vor ihnen aber, vom Gesträuche halb verdeckt, stand ein leichter Wagen mit vier Pferden, die Kutscher in den Sätteln, die Pferde schnaubend, scharrend, alles wie ein Pfeil auf gespanntem Bogen, der eben losschnellen will.

Indem aber, wie Gaston, den Kutschern winkend und ihr ehrerbietig den Arm reichend, sie in den Wagen heben will, sieht er, daß sie, einige Schritte zurückgetreten, mit einem Pistol nach ihm zielt. Er stutzt, sie aber lacht und feuert das Pistol in die Luft. Da bei dem Knall, wie ein Schwarm verstörter Dohlen, brechen plötzlich seitwärts aus allen Hecken Gestalten mit Haarbeuteln, Staubmänteln und gezückten Stahldegen. Gaston erkennt sogleich mit Erstaunen die alten Gesichter aus der Residenz, alles jubelfröhlich, siegsgewiß.

„Fahrt zu!" ruft er da, ohne sich zu bedenken, den Kutschern zu, die nun, ihre Peitschen schwingend, gerade in den glänzenden Schwarm hineinjagen, der sogleich von allen Seiten lachend den Wagen umringt, um die vermeintlich Entführte daraus zu erlösen. Gaston und Diana aber standen währenddes dicht am Bergstrom, der unter dem Garten vorüberschoß, ein Kahn lag dort am Ufer angebunden. Der Graf, eh' Diana sich besinnt, schwingt sie hoch auf dem Arm in den Nachen, zerhaut mit seinem Hirschfänger das Tau und lenkt rasch mitten ins Fahrwasser; so flogen sie, bevor noch die am Wagen es gewahr wurden, in der entgegengesetzten Richtung pfeilschnell den Fluß hinab.

Er selbst war es gewesen, den Diana am Morgen vom Lindenbaum umherspähend erblickt. Da zweifelte sie keinen Augenblick länger, daß er sein verwegenes Vorhaben in der folgenden Nacht auszuführen gedenke. Ihr Anschlag war schnell gefaßt. Voll Übermut lud sie durch vertraute Boten sogleich das ganze Hoflager zu Entführung und Abendbrot herüber, die einzeln und ohne Aufsehen eingetroffenen Hofleute wurden am Wege versteckt, Gaston in der Verwirrung und Dunkelheit sollte, statt ihrer, das verkappte Kammermädchen entführen und so vor den Augen des hervorbrechenden Hinterhalts doppelt beschämt werden. Nun aber hatte die unzeitige Liebschaft des Mädchens und Dianas eigene Unbesonnenheit im entscheidenden Augenblick plötzlich alles anders gewendet!

Schon waren Schloß und Garten hinter den Fortschiffenden dämmernd versunken, immer ferner und schwächer nur hörte man von dorther noch verworrenes Rufen, Schüsse und Hörnersignale der bestürzten Hofleute, die sich wie durch eine unbegreifliche Verzauberung auf einmal in allen Plänen gekreuzt sahen und nun die auf Gaston geladenen Witze verzweifelt gegeneinander selbst abschossen.

Der Fluß indes ging rasch durch wüsten Wald, Diana wußte recht gut, daß hier kein Haus und keine menschliche Hülfe in der Nähe war; so saß sie still am Rand des Kahnes und schaute vor sich in die Flut, die von Zeit zu Zeit in Wirbeln dunkel aufrauschte. Gaston aber, wohl fühlend, daß in dieser unerhörten Lage alle gewöhnliche Galanterie und Entschuldigung nur lächerlich in den Wind gesprochen sei, blieb gleichfalls stumm, und so glitten sie lange Zeit schweigend zwischen stillen Wäldern und Felsenwänden durch die tiefe Einsamkeit der Nacht, während der Graf immerfort Dianas Spiegelbild im mondbeschienenen Wasser vor sich sah, als zöge eine Nixe mit ihnen neben dem Schiff.

Endlich, um nur die unerträgliche Stille zu brechen, sagte er, als wäre nichts geschehen: Alles hier erinnere ihn wunderbar an eine Sage seiner Heimat. Da stehe im Schloßgarten ein marmornes Frauenbild und spiegele sich in einem Weiher. Keiner wage es, in stiller Mittagszeit vorbeizugehen, denn wenn die Luft linde kräuselnd übers Wasser ginge und das Spiegelbild bewegte, da sei's, als ob es sachte seine Arme auftät'.

Diana, ohne ein Wort zu erwidern, fuhr unwillig mit der Hand über das Wasser, daß alle Linien ihres Bildes drin durcheinanderlaufend im Mondesflimmer sich verwirrten.

„Von diesem Bilde", fuhr Gaston fort, „geht die Rede, daß es in gewissen Sommernächten, wenn alles schläft und der Vollmond, wie heut, über die Wälder scheint, von seinem Steine steigend, durch den stillen Garten wandle. Da soll sie mit den alten Bäumen und den Wasserkünsten in fremder Sprache reden, und wer sie da zufällig erblickt, der muß in Liebesqual verderben, so schön ist die Gestalt."

„Was ist das für ein Turm dort überm Walde?" rief hier Diana, sich plötzlich aufrichtend, daß er zusammenschrak, als hätt' er selbst das Marmorbild erblickt, von dem er sprach – es waren ihre ersten Worte. Er sah sich verwundert nach allen Seiten um, weiterhin schien sich die Schlucht zu öffnen, durch eine Waldlichtung erblickte er wirklich schon flüchtig den Turm seines Jagdschlosses, tiefer unten den Fahrweg, der in weiten Umkreisen um das Gebirge ging; dort hatte er seine Leute vom Schloß zum Empfange hinbestellt. Gleich darauf aber verdeckten Felsen und Bäume alles wieder, und der Fluß wandte sich von neuem. Gaston, der das abgelegene Schloß selten besucht, kannte die Umgebung nur wenig, er stand einen Augenblick verwirrt und wußte nicht, an welchem Ufer er landen sollte.

Da bemerkte er rechts den Schimmer eines kleinen Feuers ungewiß durch die Büsche. Das sind sie, dachte er und lenkte darauf hin. Der Kahn stieß hart ans Land, indem er aber, schon am Ufer, das Gestrüpp auseinanderbog, um der Gräfin Platz zu schaffen, stieß diese, eh' er's hindern konnte, im Heraussteigen den Nachen weit hinter sich, der nun unwiederbringlich mit dem reißenden Strom forttrieb. Gaston sah sie überrascht an, sie blickte funkelnd nach allen Seiten in der schönen Nacht umher.

So standen sie an einem wildumzirkten Platz, Bäume, Fels und altes Bauwerk wirr durcheinander gewachsen. Es war, wie er beim Mondlicht erkannte, eine verfallene, unbewohnte Wassermühle, hinten, wie ein Schwalbennest, an die hohe unersteigliche Felsenwand gehängt, von zwei andern Seiten vom schäumenden Fluß umgeben. Von dort zwischen Unkraut und Gebälk kam der Lichtschein her, den er vom Strom gesehen, er trat eilig mit Diana in das wüste Gehöft, voll Zuversicht, die Seinigen zu treffen. Wie groß aber war sein Erstaunen, da er den Platz leer fand, nur einzelne blaue Flämmchen zuckten noch aus der halb verloschenen Brandstätte, als wäre sie eben von Hirten verlassen worden.

„Ist das Ihr Schloß?" fragte Diana höhnend. Gaston aber, der einen zerbrochenen Fensterladen im Winde klappen hörte, war schon ins Haus gegangen. Dort durch die Öffnung schauend, gewahrte er zu seinem Schrecken erst, daß er auf dem falschen Ufer gelandet, drüben hinter den dunklen Wipfeln lag sein Jagdschloß im prächtigen Mondschein – nun wußt' er's auf einmal, warum Diana vorhin den Nachen zurückgestoßen!

In dieser Verlegenheit zog er schnell ein Pistol unter seinem Mantel hervor und feuerte es in die Nacht ab, ein Reh fuhr nebenan aus dem Dickicht, man konnte seinen Hufschlag noch weit durch den stillen Waldgrund hören. Zugleich aber gab zu seiner großen Freude ein Schuß drüben Antwort, bald wieder einer, und drauf ein Schreien und Rufen vom Felde, daß fern in den Dörfern die Hunde anschlugen. Schon glaubte er einige der Stimmen zu erkennen und wollte eben ein zweites Pistol abschießen, als er auf einmal ein seltsames Knistern und Blinken in allen Ritzen des alten Hauses bemerkte. „Um Gottes willen, da schlagen Flammen auf!" schrie er entsetzt hinausstürzend, der einzige Ausgang zum Walde brannte schon lichterloh – Diana, da sie bei dem Herannahen der Signale und Stimmen keine Rettung mehr sah, hatte das Haus an allen vier Ecken angezündet. Jetzt erblickte er die Schreckliche selbst hoch auf dem hölzernen Balkon der Mühle, gerade über dem Strom.

Da sie ihn gewahrte, wandte sie sich schnell herum, es war wieder jenes Wetterleuchten des Blicks, das ihn schon einmal geblendet. „Komm nun und hol die Braut!" rief sie ihm wild durch die Nacht zu, „das Brautgemach ist schon geschmückt, die Hochzeitsfackeln brennen."

Unterdes aber züngelten einzelne Flammenspitzen schon hier und da durch die Fugen, der heiße Sommer hatte alles gedörrt, das Feuer, im Heidekraut fortlaufend, kletterte hurtig in dem trocknen Gebälk hinauf, und der Wind faßte lustig die prächtigen Lohen, und von drüben kam das Rufen und Schießen rasch immer näher und lauter, und: „Hol deine Braut!" frohlockte Diana dazwischen. Da, ohne hinter sich zu blicken, stürzte Gaston durch den wirbelnden Rauch die brennende Treppe hinan. „Zurück, rühr mich nicht an!" rief ihm Diana entgegen, „wer hieß dich mit Feuer spielen, nun ist's zu spät, wir beide müssen drin verderben!"

Aber die Funken von den Kleidern stäubend, stand er schon droben dicht bei ihr; am Ufer brannte ein schlanker Tannenbaum vom Wipfel bis zum Fuß, die schöne Gestalt und die stille Gegend beleuchtend. Gaston blickte ratlos in der Verwüstung umher, es schien keine Hülfe möglich, die Balken stürzten rings schon krachend in die Glut zusammen, hinten die steile Felsenwand und unter ihnen der Strom, in dem der Brand sich gräßlich spiegelte.

Indem aber hat das Feuer die dürren Wurzeln der Tanne zerfressen, und wie das Gerüst eines abgebrannten Feuerwerks allmählich verdunkelnd und sich neigend, sinkt der Baum prasselnd quer über den wütenden Felsbach. Da faßt Gaston, der alles ringsher scharf beachtet, plötzlich Dianas Hand, schwingt sie selbst, eh' sie sich des versieht, auf seinen Arm, und seinen Mantel um sie schlagend, mit fast übermenschlicher Gewalt, trägt er die Sträubende mitten durch die Flamme über die grauenvolle Brücke, unter der der Fluß wie eine feurige Schlange dahinschoß.

Jetzt hat er, aus dem furchtbaren Bezirk tretend, glücklich das jenseitige Ufer erreicht und schleudert den brennenden Mantel hinter sich in den Fluß. Diana, plötzlich Stirn und Augen enthüllt, wandte sich von ihm ab in die Nacht. „Sieh mich nicht so an", sagte sie, „du verwirrst mir der Seele Grund."

Da hörte er auf einmal auch die Stimmen wieder im Felde, mehrere Gestalten schwankten fern durch den Mondschein; es waren seine Leute, die, der Verabredung gemäß, am Fahrwege auf ihn gewartet und nun ganz erstaunt herbeieilten, da sie den Herrn auf dem Wege vom Fluß erkannten. „Zum Schloß!" rief ihnen Gaston zu, und alle Kräfte noch einmal zusammenraffend, trug er seine Beute rasch den Gartenberg hinan; schon schimmerten rechts und links ihm altbekannte Plätze entgegen, jetzt teilten sich die alten Bäume, und vor ihnen ernst und dunkel lag das stille Haus; da ließ er erschöpft die Gräfin auf den steinernen Stufen vor der Schloßtür nieder. Von drüben aber beleuchtete der Brand taghell Garten und Schloß und Dianas grausame Schönheit; Gaston schüttelte sich heimlich vor Grausen.

Indem waren auch die Diener, entschuldigend, fragend und erzählend, von allen Seiten herbeigekommen. Der Graf, ohne ihrer Neugier Rede zu stehen, befahl ihnen, rasch die Türen zu öffnen und die Kerzen anzuzünden, er schien in seinem ganzen Wesen auffallend verändert, daß sie sich fast vor ihm fürchteten. Darauf der Gräfin seinen Arm reichend, indem er sie in das unterdes geöffnete Schloß führte, sagte er mit glatter, seltsamer Kälte zu ihr: Die Aufgabe sei gelöst und die wunderliche Wette entschieden, sie möge nun ausruhen und Schloß, Garten, Diener und Wildbahn hier ganz als die ihrigen betrachten. Und so, ohne ihre Antwort abzuwarten, ließ er sie im kerzenhellen Saale allein.

Draußen aber, in großer Aufregung, hieß er schnell alle Gemächer reinigen und schmücken und ordnete zu allgemeiner Verwunderung der Diener sogleich alles zu einem glänzenden Feste an. Die Jäger flüsterten mit verbissenem Lachen heimlich untereinander, der eine winkte schlau mit den Augen nach der schönen Fremden im Saale. Gaston, der es bemerkte, faßte ihn zornig an der Brust und schwor jedem den Tod, der der Gräfin drin, als ihrer Herrin, nicht ehrfurchtsvoll und pünktlich wie ihm selber diente.

Drauf ließ er ein Pferd satteln und ritt noch dieselbe Stunde fort, niemand wußte, wohin.

Auf dem Schlosse der Marquise Astrenant ging seit jener Räuberjagd gar mancherlei Gerede. Den Anführer der Räuber, hieß es, habe von dem Augenblick, da Graf Gaston ihn vom Fels gestürzt, niemand mehr wiedergesehen, nur eine blutige Fährte hätten sie beim Verfolgen bemerkt, die führte endlich zwischen ungangbaren Klippen in einen Abgrund, wo keiner hinabgekonnt, da habe er ohne Zweifel in dem Felsstrom unten seinen wohlverdienten Tod gefunden. Leontine wußt' es wohl besser, aber das Geheimnis wollt' ihr das Herz abdrücken.

In den Wäldern war es unterdes schon lange wieder still geworden, über den wilden Garten vor dem Schlosse schien soeben die untergehende Sonne, die Luft kam vom Tal, man hörte die Abendglocken weither durch die schöne Einsamkeit herüberklingen. Da stand Leontine, wie damals, zwischen den Hecken und fütterte wieder ihr Reh und streichelt' es und sah ihm in die klaren, unschuldigen Augen. „Deine Augen sind ohne Falsch", sagte sie schmeichelnd zu ihm, „du bist mir treu, wir wollen auch immer zusammenbleiben hier zwischen den Bergen, es fragt ja doch niemand draußen nach uns." Und da die Vögel so schön im Walde sangen, fiel ihr dabei ein Lied wieder ein, an das sie lange nicht gedacht, und sie sang halb traurig:

„Konnt' mich auch sonst mitschwingen
Übers grüne Revier,
Hatt' ein Herze zum Singen
Und Flügel wie ihr.

Flog über die Felder,
Da blüht' es wie Schnee,
Und herauf durch die Wälder
Spiegelt' die See.

Ein Schiff sah ich gehen
Fort über das Meer,
Meinen Liebsten drin stehen –
Dacht' meiner nicht mehr.

Und die Segel verzogen,
Und es dämmert das Feld,
Und ich hab mich verflogen
In der weiten, weiten Welt."

„Leontine!“ rief da die Marquise an der Gartentür des Schlosses, „sieh doch einmal, was wirbelt denn dort für Staub auf dem Wege?“

Leontine trat an den Abhang des Gartens, und die Hand vor dem Glanz über die Augen haltend, sagte sie: „Ein Reiter kommt, die Sonne glitzert nur zu sehr, ich kann nichts deutlich erkennen.“ Gott, dachte sie heimlich, wenn *er* es wäre! Jetzt biegt er schon um den Weidenbusch, wie das fliegt! Ach nein, ein fremder Jäger ist's, was der nur noch bringen mag.

Die Mutter aber, voll Neugier und Verwunderung, war dem Reiter schon entgegengegangen und kam gleich darauf mit einem geöffneten Briefe zurück. Es war Dianas Einladung; sie beschwor das Fräulein in wenigen Zeilen herzlich und ungestüm, doch ja sogleich zu ihr hinüberzukommen, da sie nur eben ein paar Tage für sich habe und sich selbst dort nicht losmachen könne. Die Marquise stand einen Augenblick nachsinnend. „Daran hatt' ich am wenigsten gedacht“, sagte sie dann, „Diana ist übermütig, herrisch und gewaltsam, ihre Art ist mir immer zuwider gewesen, aber sie hat wie ein prächtiges Feuerwerk mit ihren Talenten, die sie selbst nicht kennt, den Hof und ganz Paris geblendet, du mußt ja doch endlich auch in die Welt hinaus, es ist wie ein Fingerzeig Gottes, sein Wille geschehe.“

Leontine aber flimmerten die Zeilen lustig im Abendrot, es blitzte ihr plötzlich alles wieder auf daraus: die schöne Jugendzeit, die wilden Spiele und kindischen Zänkereien mit Diana, alle ihre Gedanken waren auf einmal in die schimmernde Ferne gewendet, die sich so unerwartet aufgetan.

Es wurde nun nach kurzer Beratung beschlossen, daß sie, um keine Zeit zu verlieren und die angenehme Kühle zu benutzen, noch heute abreisen und die schöne Sommernacht hindurch fahren sollte; der alte Frenel sollte sie begleiten. Und nun ging es sogleich herzhaft an die nötigen Vorbereitungen, treppauf, treppab, die Türen flogen, Frenel klopfte seine alte Staatslivree aus, aus dem Schoppen wurde der verstaubte Reisewagen geschoben, der Hund bellte im Hofe, und der Truthahn gollerte in dem unverhofften Rumor.

Oben aber in der Stube saß Leontine mit untergeschlagenen Beinen fröhlich plaudernd auf dem glänzenden Getäfel des Fußbodens vor ihrem Koffer, Kleider und Schuhe und Schals in reizender Verwirrung um sie her, und die Mutter half ihr einpacken, das Schönste, das sie hatt'. Dann brachte sie ihr das Reisekleid und strich ihr die Locken aus der Stirn und putzte sie auf vor dem Spiegel. Und von draußen sah der Abend durchs offene Fenster herein und füllte das ganze Zimmer mit Waldhauch, und unten sangen die Vögel wieder so lustig zum Valet*, und Leontine war so schön in ihrem neuen Reisehut; es war lange nicht solche Freude gewesen in dem stillen Hause.

Endlich fuhr unten der Wagen vor, es war alles bereit, vor der Haustür stand das ganze Hofgesinde versammelt, um ihr Fräulein fortfahren zu sehen. Beim Hinabsteigen sagte die Marquise: „Ich weiß nicht, jetzt ängstigt mich ein Traum von heute nacht, ich sah dich prächtig geschmückt die große Allee hinuntergehen, da war's, als würde sie immer länger und länger und hinten eine ganz fremde Gegend, ich rief dir nach, aber du hörtest mich nicht mehr, als wärst du nicht mehr mein." Leontine lachte: Der Schmuck bedeute große Ehre und Freude, wer weiß, was für ein Glück sie in der Fremde erwarte. Damit küßte sie noch einmal herzlich die Mutter und sprang in den Wagen. Aber es war ihr doch wehmütig, als nun die Wagentür wie ein Sargdeckel hinter ihr zuschlug und die Mutter, die ihr immer noch mit dem Tuche nachwinkte, im Dunkel verschwand und Schloß und Garten allmählich hinter den schwarzen Bäumen versanken.

Jetzt rollten sie schon im Freien durch die einsame Gegend hin, der Mondschein wiegte sich auf den leise wogenden Kornfeldern, der Kutscher knallte lustig, daß es weit in den Wald schallte, manchmal schlugen Hunde an, fern in den Dörfern, und Frenels Tressenhut blinkte immerfort vom hohen Kutschbock. Leontine hatte das Wagenfenster geöffnet, sie war noch niemals zu dieser Stunde im Felde gewesen, nun war sie ganz überrascht, so wunderbar ist die ernste Schönheit der Nacht, die nur in Gedanken spricht und das Entfernteste wie im Traum zusammenfügt. Sie hatte auch Leontinen gar bald in sich versenkt. Im Fahren durch die stille Einsamkeit dachte sie sich den

* Abschiedsgruß, Lebewohl

Räuberhauptmann hoch im Gebirge am Feuer zwischen Felsenwänden, wie sie neben ihm auf dem Rasen schlief und er sie bewachte, tief unten aber durch den Felsenriß die Täler unermeßlich im Mondschein heraufdämmernd, Städte, Felder, gewundene Ströme und ihrer Mutter Schloß weit in der Ferne, und das Feuer, mit dem die Luft spielte, spiegelte sich flackernd an den feuchten Felsenwänden, und die Nachtigallen schlugen tief unten in den stillen Gärten, wo die Menschen wohnten, und die Wälder rauschten darüber hin, bis allmählich Wald und Strom und Flammen sich seltsam durcheinanderwirrten und sie wirklich einschlummerte.

Sie mochte lange geschlafen haben, denn als sie erwachte, hielt der Wagen still mitten in der Nacht, Frenel und der Kutscher waren fort, seitwärts stand eine einzelne Hütte, man sah das Herdfeuer durch die kleinen Fenster schimmern, im Hause hörte sie den Frenel sprechen, er schien nach dem Wege zu fragen. Sie lehnte sich in das Kutschenfenster, ein finstrer Wald lag vor ihnen und drüben auf einer Höhe ein Schloß im Mondschein. Wie sie aber so, nicht ohne heimliches Grauen, mit ihren Augen noch die Öde durchmißt, hört sie auf einmal Pferdetritte fern durch die Stille der Nacht. Es schallt immer näher und näher, jetzt sieht sie einen Reiter, in seinen Mantel gehüllt, im scharfen Trabe auf demselben Wege vom Walde rasch daherkommen. Sie fährt erschrocken zurück und drückt sich in die Ecke des Wagens. Der Reiter aber, da er den verlassenen Wagen bemerkt, hält plötzlich an.

„Wer ist da", rief er, „wo wollen Sie hin?"

„Nach St. Lüc", erwiderte Leontine, ohne sich umzusehen.

„St. Lüc? Das ist das Schloß der Gräfin Diana", sagte der Reiter; „wenn Sie die Gräfin sehen wollen, die ist seit einigen Stunden schon auf des Grafen Gaston Schloß dort überm Wald."

„Unmöglich", versetzte das Fräulein, sich lebhaft aufrichtend bei der unerwarteten Nachricht.

„Leontine!" rief da auf einmal der Fremde, ganz dicht an den Wagenschlag heranreitend, daß sie zusammenfuhr, ein Mondblick durch die Wipfel der Bäume funkelte über Reiter und Roß – es war der Räuberhauptmann.

Er zog, da er sie nun erkannte, schnell das weiße Tuch hervor, das sie ihm damals gegeben, und es ihr vorhaltend, fragte er: ob sie das kenne und seiner manchmal noch gedacht? Leontine, auf das heftigste erschrocken und an allen Gliedern zitternd, hatte doch die Besinnung, nicht um Hülfe zu schreien. „Um Gottes willen", rief sie, „nur jetzt nicht, reiten Sie fort!" Er aber, sich vorbeugend in sichtlicher Spannung, als hing' die Welt an ihrer Antwort, fragte noch einmal dringender: ob sie ihn und jene wildschöne Nacht vergessen oder nicht? „Rasender, was tun Sie!" erwiderte sie mit einiger Heftigkeit, „meine Leute sind nur wenige Schritte von hier, verlassen Sie mich auf der Stelle!"

Da ließ er langsam Arm und Tuch sinken, und vor sich sehend, sagte er finster: „Was tut's, ich bin des Lebens müde."

Jetzt hörte sie plötzlich die Tür gehen im Hause und Frenels Stimme. „Sie kommen", rief sie in Todesangst und fast in Weinen ausbrechend. „O ich beschwöre dich, reit eilig fort, sie fangen dich, ich überlebt' es nicht!"

„Das war der alte Klang, du liebst mich noch!" jubelte da plötzlich der Reiter auf, sein Pferd lustig herumwerfend. Nun traten auch Frenel und der Kutscher wieder aus dem Hause. „Dort hinaus, immer den Wald entlang!" rief er ihnen im Vorübersprengen zu und verschwand im Dunkel vor ihnen.

„Wer war denn das?" fragte Frenel, ihm erstaunt nachsehend.

Aber Leontine, noch ganz verwirrt, atmete erst tief auf, als die letzten Roßtritte verhallt und sie den Reiter in der Freiheit der Nacht wieder geborgen wußte. Darauf befahl sie, sogleich nach dem Schloß des Grafen Gaston zu fahren, das sie dort über dem Walde sähen, die Gräfin Diana sei dort, sie habe es soeben von jenem Reiter gehört, einem reisenden Herrn, setzte sie zögernd hinzu, der von dorther gekommen. Frenel, sehr verwundert, wollte noch mancherlei fragen, aber sie trieb ihn in großer Hast. „Nun, nun, es wird auch ganz finster, der Mond geht schon unter, wir mußten ohnedies an dem Schlosse vorüber", sagte er, mühsam seinen Sitz besteigend, der Kutscher schwang die Peitsche, und sie flogen dem Walde zu; es war derselbe Weg, den ihnen der Reiter gewiesen.

So fuhren sie rasch an den Tannen hin, von der andern Seite schwebten Wiesen, Felder und Hecken leise wechselnd vorüber, das Schloß trat immer deutlicher über den Wipfeln heraus, man hörte fern schon Nachtigallen in den Gärten schlagen. Leontine, in Nachsinnen versunken, sah sich noch manchmal scheu nach allen Seiten um, es war ihr alles wie ein Traum.

„Da blitzt es von weitem", sagte sie nach einem Weilchen zu Frenel, um in der Angst nur etwas zu sprechen. Aber Frenel, der von seiner hohen Warte freier ins Land schauen konnte, schüttelte den Kopf: Er sehe schon lange hin, das sei kein Wetterleuchten, sondern Raketen oder Leuchtkugeln, die sie vom Schlosse würfen, jetzt hab' er's ganz deutlich gesehen, sie müßten droben heut ein Fest haben.

Während sie aber noch so sprachen, kam plötzlich ein Lakai zu Pferde, in prächtiger Liverei* und von Golde flimmernd, ihnen durch die Nacht entgegen. Frenel, ganz überrascht, zog ehrerbietig seinen Tressenhut. Jener aber ritt dicht an den Wagen, das Fräulein begrüßend, indem er sich als einen Diener aus dem Schlosse ankündigte, wohin er die Herrschaft geleiten solle. Und mit diesen Worten, ohne eine Antwort abzuwarten, drückte er die Sporen wieder ein und setzte sich rasch an die Spitze, in der hohen, dunkeln Kastanienallee dem Wagen vorreitend. Frenel hatte sich von seinem Bocke ganz zurückgebogen und sah durch die Scheiben erstaunt und fragend das Fräulein an. Leontine zuckte nur mit den Achseln, sie wußte durchaus nicht mehr, was sie davon denken sollte. Ihre Verwirrung wurde aber noch größer, als sie bald darauf an mehreren kleinen Häusern vorüberkamen, wo ungeachtet der weit vorgerückten Nacht alles noch in seltsamer Erwartung und Bewegung schien. Überall brannte Licht, daß man weit in die reinlichen Zimmer hineinsehen konnte, Mädchen und Frauen lagen neugierig in den offenen Fenstern. „Da kommt sie, das ist sie!" hörte Leontine im Vorüberfahren ausrufen.

„Mein Gott", sagte sie zu Frenel, „das muß hier irgendein Mißverständnis sein."

In diesem Augenblick aber bogen sie rasch um eine Ecke, der Wagen rollte über eine steinerne Brücke und gleich darauf in das hohe, dunkle, lange Schloßtor hinein. Jetzt flog rotes Licht spie-

---

* statt „Livree"

lend über die alten Mauern und Erker, Leontine, als hätte sie plötzlich ein Gespenst erblickt, starrte mit weit offenen Augen in die Blendung, denn der ganze Hof wimmelte von Windlichtern und reichgeschmückten Dienern, und auf den Stufen des Schlosses mitten im wirren Widerschein der Fackeln stand schon wieder der Räuberhauptmann!

Er schien selbst auch erst angelangt, sein Pferd, noch rauchend, wurde eben abgeführt. Als der Wagen anhielt, stieg er rasch hinab, alles wich ihm ehrerbietig aus. Er hob die ganz Verstummte aus dem Wagen und führte sie, wie einen längst erwarteten Besuch, durch die Reihe von Dienern mit höfischem Anstand die Treppe hinan, ohne mit Wort oder Mienen anzudeuten, was zwischen ihnen vorgefallen. So gingen sie durch mehrere Gemächer, alle waren hell erleuchtet, eine seltsame Ahnung flog durch Leontinens Seele, sie wagt' es kaum zu denken. Jetzt traten sie in den Saal. „Mein Gott", sagte sie, „Sie sind –"

„Graf Gaston", erwiderte ihr Begleiter, „vergeben Sie die Täuschung, sie war so schön!"

Drauf blickte er rasch im Saal umher. „Wo ist die Gräfin Diana?" fragte er die Diener. Man sagte ihm, die Gräfin habe gleich, nachdem er das Schloß verlassen, Pferd und Wagen verlangt, so sei sie mitten in der Nacht fortgefahren, der Kutscher selbst habe noch nicht gewußt, wohin es ginge. Gastons Stirne verdunkelte sich bei dieser Nachricht, er sah nachsinnend vor sich nieder.

Leontine aber hatte unterdes schnell noch einmal alles überdacht: den ersten Besuch des Unbekannten, seine flüchtige Erscheinung, dann unten vor dem Schloß die verworrenen Gerüchte von dem Tode des Räubers – wie hatte Schreck und Zufall alles wunderbar verwechselt! Sie stand verwirrt mit niedergeschlagenen Augen, tiefbeschämt, daß er nun alles, alles wußte, wie sehr sie ihn geliebt.

Da wandte sich Gaston, nach kurzem Überlegen, lächelnd wieder zu ihr. „Das Spiel ist aus", sagte er, „ein todwunder Räuber steht vor Ihnen und gibt sich ganz in Ihre Hand. Morgen geleit ich Sie zurück zur Mutter, da sollen Sie richtend entscheiden über ihn auf Leben und Tod."

Drauf, als wollte er schonend die Überraschte heut nicht

weiter drängen, klingelte er rasch; weibliche Dienerschaft trat herein zu des Fräuleins Aufwartung. Und ihre Hand küssend, eh' er schied, flüsterte er ihr noch leise zu: „Ich kann nicht schlafen, ich zieh heut mit den Sternen auf die Wacht und mach die Runde um das Schloß die ganze schöne Nacht, es ist ein heimlich Klingen draußen in der stillen Luft, als zög' eine Hochzeit ferne an den Bergen hin."

Leontine stand noch lange am offenen Fenster über dem fremden Garten, Johanneswürmchen schweiften leuchtend durch Blumen und Sträucher, manchmal schlug eine Nachtigall fern im Dunkel. „Es ist nicht möglich", sagte sie tausendmal still in sich, „es ist nicht möglich!"

Unten im Hofe aber erkundigte sich Gaston jetzt noch genauer, wiewohl vergeblich, nach der Richtung, die Diana genommen. Verblendet wie er war von ihrer zauberischen Schönheit, hatte sich, als er in den Flammen dieser Nacht sie plötzlich in allen ihren Schrecken erblickt, schaudernd sein Herz gewendet, und wie eine schöne Landschaft nach einem Gewitter war in seiner Seele Leontinens unschuldiges Bild unwiderstehlich wieder aufgetaucht, das Diana so lange wetterleuchtend verdeckt. Dieser hatte er nun auf dem Schlosse hier Leontinen als seine Braut vorstellen wollen; das sollte seine Rache sein und ihre Buße. Nun aber war unerwartet alles anders gekommen.

Wenige Wochen darauf ging an dem Schloß der Marquise ein fröhliches Klingen durch die stille Morgenluft, eine Hochzeit zog an den Waldbergen hin: glänzende Wagen und Reiter, Leontine als Braut auf zierlichem Zelter voran, heiter plaudernd an Gastons Seite. Die Vögel sangen ihr nach aus der alten, schönen Einsamkeit, das treue Reh folgte ihr frei, manchmal am Wege im Walde grasend. Sie zogen nach Gastons prächtigem Schloß an der Loire.

Hier lebte er in glücklicher Abgeschiedenheit mit seiner schönen Frau. Nur manchmal überflog ihn eine leise Wehmut, wenn bei klarem Wetter die Luft den Klang der Abendglocken von dem Kloster herüberbrachte, das man aus dem stillen Schloßgarten fern überm Walde sah. Dort hatte Diana in der Nacht nach ihrer

Entführung sich hingeflüchtet und gleich darauf, der Welt entsagend, den Schleier genommen. Als Oberin des Klosters furchtbare Strenge gegen sich und die Schwestern übend, wurde sie in der ganzen Gegend fast wie eine Heilige verehrt. Den Gaston aber wollte sie nie wiedersehen.

# Nachwort

Die Familie der Freiherren von Eichendorff, aus Bayern stammend, war im 17. Jahrhundert nahezu ausgestorben, als einer ihrer Abkömmlinge sich in Schlesien niederließ. Dort, auf dem Schloß Lubowitz bei Ratibor, ist der Dichter Joseph von Eichendorff als zweiter Sohn seiner Eltern am 10. März 1788 zur Welt gekommen. Sein Vater, ein gediegener und beliebter Gutsbesitzer, besaß die Bildung eines Edelmanns seiner Zeit, er hatte die Universität besucht, ziemlich ausgiebige Reisen gemacht, ein paar Jahre als Offizier gedient und muß ein guter, kluger und ritterlicher Mensch und Vater gewesen sein, seine Söhne hingen mit ehrfürchtiger Zärtlichkeit an ihm. Von der Mutter wird berichtet, daß sie eine Schönheit war und in Haus und Gesellschaft durch geistige Behendigkeit, Unternehmungslust und Tatkraft glänzte, sie liebte Heiterkeit, Geselligkeit, Gäste, und bei mancher der anmutigen Schloßherrinnen seiner Novellen wird der Dichter an sie gedacht haben.

Was später sein Wesen bestimmte, hat er aus dieser Familie und aus dieser an Wäldern reichen ländlichen Heimat mitgebracht: die Liebe zur Träumerei und Dichtung, zur Landschaft und vor allem zum Walde, die katholische Gläubigkeit und die Lauterkeit eines zarten, wohlerzogenen, vornehmen Herzens.

Dazu erwarb er sich schon in früher Jugend mehr als gewöhnliche sprachliche und literarische Kenntnisse, trieb Latein, Polnisch, Französisch, Spanisch und zeigte schon als Knabe in Tagebüchern, Briefen und gelegentlichen Gedichten ein leichtes, angenehmes Formtalent, das zur Spielerei neigte und nicht ohne Gefahren für ihn gewesen wäre, hätte ihn nicht sein nobler, ritterlich reiner Charakter vor Eitelkeit und literarischer Streberei bewahrt.

Eichendorff studierte in Halle, wo er dem romantischen Kreise der Steffens und Tieck näher trat, er genoß früh das Glück sorglosen Reisens, das er wie wenig andere verstanden und besungen hat, und hat in seinen empfänglichsten Jahren ein gutes Stück Welt gesehen. In Heidelberg, wo er seine Studien fortsetzte, lernte er Arnim, Brentano und Görres kennen und war bald ein Glied dieser genialischen Gesellschaft, starke literarische Einflüsse aber haben nur Arnim und die Lieder des Wunderhorns auf ihn geübt. Von außen betrachtet war es ein weniger gelehrtes als burschikoses Studententum, das er da mitlebte. In seinen Aufzeichnungen über jene Jahre findet man Stellen wie diese: „Es war wahrhaft rührend anzusehen, wie da in den überfüllten Auditorien in der schwülen Atmosphäre der entsetzlichsten Langeweile Lehrer und Schüler um die Wette verzweiflungsvoll mit dem Schlummer rangen . . ." oder „Stets schlagfertige Tapferkeit war die Kardinaltugend des Studenten, die Muse war seine Dame, der Philister der tausendköpfige Drache, der sie schmählich gebunden hielt und gegen den er daher mit Faust, List und Spott beständig zu Felde lag. Und gleichwie überall gerade unter Verwandten oft die grimmigste Feindschaft ausbricht, so wurde auch hier aller Philisterhaß ganz besonders auf die Handwerksburschen (Knoten) gerichtet. Wo diese etwa auf dem sogenannten Breiten Steine (dem bescheidenen Vorläufer des jetzigen Trottoirs) sich betreten ließen oder gar Studentenlieder anzustimmen wagten, wurden sie sofort in die Flucht geschlagen. Waren sie vielleicht in allzu bedeutender Mehrzahl, so erscholl das allgemeine Feldgeschrei: ‚Burschen heraus!' Da stürzten, ohne nach Grund und Veranlassung zu fragen, Studenten mit Rapieren und Knütteln aus allen Türen, durch den herbeieilenden Sukkurs des nicht minder raufustigen Gegenparts wuchs das Handgemenge von Schritt zu Schritt, dichte Staubwirbel verhüllten Freund und Feind, die Hunde bellten; so wälzte sich der Kampf oft mitten in der Nacht durch Straßen und Gäßchen fort, daß überall Schlafmützen erschrocken aus den Fenstern fuhren und hie und da wohl auch ein gelocktes Mädchenköpfchen in scheuer Neugier hinter den Scheiben sichtbar wurde."

Eine Reise nach Paris schloß die Studienzeit ab. Während dieser Jahre war Deutschland aufgewühlt und Preußen nahezu vernichtet worden, sonst hätte der junge Dichter wohl den preußischen Staatsdienst gesucht, es wäre das Hergebrachte und Natürliche gewesen. Berlin kannte er schon, hatte Fichtes Vorlesungen als Gast besucht und das Berliner Theater kennengelernt.

Statt dessen ging er nun nach Wien, legte seine Staatsprüfung ab und lebte dort einige Zeit im Umgang mit Friedrich Schlegel, Collin, Körner und dem Maler Philipp Veit, bis im Februar 1813 der Aufruf des Königs von Preußen auch ihn zu den Waffen rief. Er hat während des Befreiungskrieges dem Lützowschen Freikorps angehört. Im Jahr 1814 ging er, jung verheiratet, nach Berlin und gab bald darauf seinen ersten Roman heraus, „Ahnung und Gegenwart". In aller Stille, denn das Buch wurde zunächst kaum beachtet, trat er damit neben die führenden Romantiker. Das wunderschöne, phantastische Buch, die zeitnaheste seiner Erzählungen übrigens, ist niemals populär geworden, in der Geschichte der Dichtung aber ist das Jahr seines Erscheinens ein wichtiges und festliches Datum, denn dies erste Buch Eichendorffs enthält eine große Anzahl Gedichte, darunter einige seiner schönsten. Was in jenen ersten Liedern klang, das geht weiter durch seine ganze Dichtung: eine halb ritterliche, halb idyllische, genügsame, aber reine und innige Welt, in der die Melodie den Gedanken überwiegt und deren Ethos die Pietät ist. Nie hat Eichendorff eine Mode mitgemacht, nie hat er sich zu ihm nicht gemäßen Leistungen emporzuschrauben versucht, nie hat er sich interessant gemacht. Zwischen dem wilden Geniewesen mancher seiner romantischen Kameraden steht er freundlich, still und lächelnd wie ein Gast vom Lande, etwas verwirrt von dem Getriebe, aber seines eigenen Wesens und Wertes sicher und seiner angeborenen Liebe treu, der Liebe zum Frieden, zur Natur und zu einem Leben, wie er es in den Heimatjahren auf Schloß Lubowitz kennengelernt hatte. Dabei ist er immer geblieben, und da er in der traumhaften Sicherheit seines Kinderherzens gleich in seinen frühen Dichtungen seinen Ton vollkommen rein getroffen hatte, kann man von einer literarischen Entwicklung bei ihm kaum reden. Es folgten jenem ersten Buch mit den Jahren

Novellen und Gedichte, ein zweiter Roman und einige dramatische Versuche, und allmählich klang, was einst in der Unmittelbarkeit der Jugend gestrahlt hatte, müder und von rückblickender Sehnsucht verschleiert; auch trat die Frömmigkeit etwas mehr in den Vordergrund, es war nie eine bewußte und gepflegte Frömmigkeit, sie war auch nie verzückt oder asketisch, sie klang mit seiner Liebe zum Wald und zum Wandern brüderlich und naiv zusammen.

Als Eichendorff, nach einer langen Beamtentätigkeit, im Jahr 1857 starb, war er ein Unzeitgemäßer, obwohl viele seiner Lieder in den Herzen der Jugend lebten. Und später wurde er, samt der ganzen Romantik, weggelegt und vergessen, und sank in die Flut des Gewesenen unter, aus der nur das Lebendige und in irgendeiner Weise Vollkommene wieder emporzusteigen vermag. Aber siehe, das Werk dieses Bescheidenen war lebendig, war vollkommen, und es stieg aus Staub und Vergessenheit wieder herauf, es lebt unter uns und hat noch den alten süßen, reinen Klang, während so viele glänzendere Größen von gestern und vorgestern so spurlos verweht sind.

Daß die Lieder Eichendorffs zum unverlierbaren Gut deutscher Dichtung gehören, daran wurde auch früher schon selten gezweifelt. Ich habe sie als Knabe von Schulkindern und Dorfmägden, von Studenten und Soldaten hundertmal singen hören und mitgesungen, sie waren Volkslieder geworden: „O Täler weit, o Höhen", „In einem kühlen Grunde" oder „Wer hat dich, du schöner Wald". Seit Schumann haben unsere großen Liederkomponisten, bis auf Hugo Wolf und bis auf heutige, immer wieder dankbar und beglückt in seinen Liedern geschwelgt. Von den heutigen Musikern hat keiner so schöne Eichendorfflieder geschrieben wie Othmar Schoeck.

Aber es hat sich mit den Jahrzehnten und Generationen mehr und mehr erwiesen, daß auch Eichendorffs Prosa unsterblich ist, daß sie auf uns anders, aber nicht minder stark und wunderbar wirkt wie auf die Generationen von 1820 und 1840, daß ihr eine heitere, lebensfördernde Magie und eine unzerstörbare musikalische Schönheit innewohnt. Die Urteile der Literaturhistoriker über Eichendorff waren vor sechzig, siebzig Jahren sehr viel skeptischer als heute. Wir sind längst überzeugt, daß er zu den Klassikern gehört, und sehen ihn, gleich seinen ähnlich bescheidenen Brüdern Uhland und Mörike, ganz ohne Lärm zu jener Unsterblichkeit eingegangen, an welcher keine Kritik mehr rütteln kann.

*Hermann Hesse*

# INHALT

Joseph von Eichendorff:
AUS DEM LEBEN EINES TAUGENICHTS
UND ANDERE ERZÄHLUNGEN

Die Anmerkungen von Ludger Grenzmann wurden entnommen aus:
Joseph von Eichendorff, Sämtliche Erzählungen


Das Nachwort von Hermann Hesse entstammt der Ausgabe
„Joseph von Eichendorff, Novellen und Gedichte",
erschienen beim Insel Verlag, Frankfurt am Main 1984.


MEISTERHAFT UND UNVERGÄNGLICH
Erlesene Bücher aus aller Welt

809
Printed in Germany
ISBN 3 87070 558 2